ROMAN

IMPERATOR

KAI MEYER

LISANNE SURBORG

Basierend auf einer Hörspielserie
von Kai Meyer

Besuchen Sie uns im Internet:
www.knaur.de

Aus Verantwortung für die Umwelt hat sich die Verlagsgruppe Droemer Knaur zu einer nachhaltigen Buchproduktion verpflichtet. Der bewusste Umgang mit unseren Ressourcen, der Schutz unseres Klimas und der Natur gehören zu unseren obersten Unternehmenszielen. Gemeinsam mit unseren Partnern und Lieferanten setzen wir uns für eine klimaneutrale Buchproduktion ein, die den Erwerb von Klimazertifikaten zur Kompensation des CO_2-Ausstoßes einschließt. Weitere Informationen finden Sie unter: www.klimaneutralerverlag.de

Originalausgabe Mai 2021
Knaur Taschenbuch
Ein Imprint der Verlagsgruppe
Droemer Knaur GmbH & Co. KG, München
Alle Rechte vorbehalten. Das Werk darf – auch teilweise – nur mit Genehmigung des Verlags wiedergegeben werden.
© 2021 by Kai Meyer und Lisanne Surborg
Basierend auf einer Audible Original Serie
Buchausgabe © 2021 by Verlagsgruppe
Droemer Knaur GmbH & Co. KG
Dieses Werk wurde vermittelt durch die
Michael Meller Literary Agency GmbH, München.
Redaktion: Hanka Leo
Covergestaltung: Carola Bambach nach einem
Entwurf von Guter Punkt, München
Coverabbildung: Stadt © Kai Meyer
Masken und Kutten © Shutterstock, robin.ph und Jakub Krechowicz
Satz: Adobe InDesign im Verlag
Druck und Bindung: CPI books GmbH, Leck
ISBN 978-3-426-52717-7

2 4 5 3 1

PROLOG

LONDON, 1965

Ein Türglöckchen läutete, als Anna den unscheinbaren Laden betrat. Sie wischte sich mit dem Ärmel den Nieselregen aus dem Gesicht und strich sich eine nasse Strähne hinters Ohr.

Keine Auslage, kein Schaufenster, dafür ein Schild in psychedelischen Farben. Darunter eine schmale, dunkle Tür in einer schmalen, dunklen Gasse in Soho. Jemand hatte ein Plakat daraufgeklebt, das für den Ausverkauf einer Boutique warb. Das Datum lag eine Woche zurück, das wellige Papier wölbte sich ihr in der feuchten Luft entgegen.

Sie behielt die Klinke in der Hand, während sie sich umsah und zwischen Kisten und Regalen einen jungen Mann mit langem, rotem Haar entdeckte. Er ignorierte das Glöckchen und untersuchte mit skeptischem Blick die Nadel eines Plattenspielers.

»Hi«, sagte sie. »Bin ich hier richtig bei Pete?«

Er sah kurz zu ihr auf. »Ich bin Pete.« Routiniert setzte er hinzu: »Bring nichts mit rein als Liebe.«

Er verschwand hinter einem schmalen Tresen und tauchte mit einer Schallplatte wieder auf, deren Cover schon bessere Tage gesehen hatte. So wie der Rest des Ladens. Die Regale hatten sich unter Last und Feuchtigkeit verzogen, dahinter schälte sich die Tapete von der Wand. In den Fugen zwischen den Fliesen sammelten sich Dreck und Staub.

»Wegen Liebe bin ich nicht hier«, sagte Anna, bevor sie die Tür hinter sich schloss. Augenblicklich versank der Raum in schummrigem Zwielicht.

»Was auch immer dein Ding ist.« Pete zuckte mit den Achseln und widmete sich wieder dem alten Plattenspieler neben seiner Kasse. Sein rotes Haar reichte ihm fast bis zur Hüfte, und sein Gesicht war so sommersprossig, dass es im Halbdunkel braun gebrannt wirkte. Er trug eine zweireihige Kette mit Holzperlen und ein Hemd, von dessen Muster Anna schwindelig wurde. Wie seine übrige Kleidung war es drei Nummern zu groß für seine schmale Statur.

Sein winziger Laden lag abseits der Carnaby Street. Es war keiner, vor dem sich die Beatles fotografieren ließen, aber jemand hatte Anna erzählt, Keith und Mick kämen manchmal her. Beim Blick durch Rauchschwaden in das Chaos aus Kartons mit gebrauchten Schallplatten, Regalen mit Buddha-Nepp und Posterrollen fiel es ihr schwer, sich die beiden hier vorzustellen. Sicher hatten sie nicht nach Musik gesucht.

Ihr Blick glitt über die fleckige Plattenhülle in Petes Hand, ohne zu erkennen, worum es sich handelte. Als wabernde Klänge aus dem Lautsprecher drangen, wandte sie sich ab und betrachtete die Regale mit Duftkerzen und Fläschchen ätherischer Öle. Früher hätte sie sofort die Platten im nächstbesten Karton durchstöbert, heute ließ sie es bleiben. Über ihrem Kopf drehte sich träge ein Traumfänger.

»Das sind 'ne Menge Platten. Und hier riecht's gut.«

»Räucherstäbchen«, sagte Pete mit Unschuldsmiene.

»Klar.« Anna drehte sich um. Die Federn des Traumfängers streiften sanft ihr Haar. »Aber die bekomme ich auch anderswo.«

Die Langeweile auf Petes Gesicht wandelte sich zu geschäftsmäßigem Interesse. Er löste sich von seinem Plattenspieler, legte die Unterarme auf dem Tresen ab und lehnte sich vor. »Was genau suchst du denn?«

»Man hat mir gesagt, du vermittelst Trips … Ich meine, Trips nach Süden.«

»Ich vermittle dir *jede* Reise, die du brauchst.« Er legte den Kopf schräg und zählte Orte auf, als blätterte er in einem Reisekatalog. »Indien? Marokko? Bisschen näher, Ibiza, vielleicht?«

»Nach Rom.« Anna hatte überlegt, wie es sich anfühlen würde, es auszusprechen. Ob es wie das Ablegen einer Last wäre oder wie eine folgenschwere Unterschrift. Sie war eher enttäuscht als überrascht, dass sie gar nichts dabei fühlte.

»Rom …« Nachdenklich knetete er sein Kinn. Sein Blick schien sich in der Drehung des Traumfängers zu verlieren. Das Schweigen zog sich.

Als Anna gerade etwas sagen wollte, schnipste er mit den Fingern und nahm einen vergilbten Notizblock unter dem Tresen hervor. »Schreib mir deinen Namen auf. Ich kenn wen, der dich bis zur italienischen Grenze mitnehmen kann. Er kutschiert mit seinem Bus 'n paar Leute nach Kathmandu. Die können dich irgendwo hinter den Alpen absetzen, den Rest schaffst du per Anhalter. Das sind nette Jungs und Mädchen. Alle voller Liebe.«

»Okay.« Sie griff zum Bleistift und schrieb. »Wie auch immer.«

Pete drehte den Block zu sich herum und runzelte die Stirn. Als er ihren Nachnamen vorlas, sprach er ihn englisch aus. Natürlich. So wie die meisten.

»Anna Savarese«, korrigierte sie ihn. »Ist Italienisch.«

»Ich mach das für dich klar. Sonntag früh, sechs Uhr, geht's los. Macht ein Pfund für die Vermittlung. Den Rest musst du mit dem Fahrer klären.« Er musterte sie. »Spielst du 'n Instrument? Manchmal wird's dann billiger.«

»Ich mach Fotos. Hilft das?«

»Nee, eher nicht.« Er riss das Blatt mit ihrem Namen vom Block und ließ es unter dem Tresen verschwinden, bevor er nach dem Stift griff. Anna sah zu, wie er eine Adresse aufschrieb. »Hier, das ist der Treffpunkt. Bring Wasser mit. Und was dich sonst noch glücklich macht.«

Anna konnte sich kaum daran erinnern, wann sie zuletzt etwas glücklich gemacht hatte. Das, was sie in Rom suchte, würde daran vielleicht nichts ändern. Im Gegenteil: Das Risiko, alles nur noch schlimmer zu machen, fühlte sich gewaltig an. Die Aussicht auf Antworten, auf Genugtuung, auf Rache sogar – im Augenblick war das nichts als eine diffuse Hoffnung. Aber, immerhin, zum ersten Mal seit einem Jahr fühlte sie überhaupt etwas, das den Namen Hoffnung verdiente.

Sie zwang sich zu einem Gesichtsausdruck, der für Pete vielleicht als flüchtiges Lächeln durchging. Als sie ihm das Pfundstück in die

Hand legte, senkte er die Stimme, obwohl niemand sonst im Laden war.

»Falls du Proviant für die Reise brauchst, das gibt's hier auch. Nur vom Allerbesten.« Sachte klopfte er zweimal mit der flachen Hand auf den Tresen.

Für einen Augenblick klang Petes Angebot verlockend. Nach einer Pause von dem Albtraum, den sie jetzt lebte. Nach ein paar Stunden Unbeschwertheit. Doch dann schaltete sich ihre Vernunft ein. Sie würde sich in den nächsten Wochen keine Aussetzer leisten können – dafür stand zu viel auf dem Spiel. Auch ohne Drogen kam es ihr vor, als lägen die vergangenen Monate hinter einem Schleier aus Trauer und Panik und schierem Entsetzen.

Als Pete sie erwartungsvoll ansah, schüttelte sie den Kopf.

Er zuckte abermals die Achseln, bevor er hinter dem Tresen hervortrat und einen der unzähligen Kartons aufklappte.

Ohne Petes farbenfrohe Gestalt hinter der Kasse fiel Annas Blick ungehindert auf die Rückwand des Ladens, auf den schweren, roten Samtvorhang und das handgeschriebene Schild daneben.

Madame Shivani. Handlesen, Kartenlegen und –

»Mystische Ölungen?«, fragte sie amüsiert.

Pete schreckte von seinem Karton hoch, als hätte er sich am Papier geschnitten. »Das ist nichts für dich.«

»Wie gut ist sie?«

Er richtete sich auf, presste die Lippen zusammen und schien einen Moment lang zu überlegen, ob er antworten wollte. »Angeblich gut in manchen Dingen«, sagte er widerwillig. »Nicht so gut im Wahrsagen.«

Annas Blick glitt vom Schild zurück auf den Vorhang. »Ich will zu ihr.«

Pete schüttelte seufzend den Kopf und machte Anstalten, weiter Posterrollen ins Regal zu stapeln. Sein langes Haar rutschte ihm ins Gesicht, und er strich es sich über die Schulter. »Ich sag doch, das ist nix für dich.« Als sie den Vorhang zur Seite schlug, wurde seine Stimme schriller. »Hey!«

Aber Anna ging bereits die enge, knarrende Treppe hinauf. Sie streckte die Hände nach beiden Seiten aus und berührte speckige Tapete. Im schwachen Licht konnte sie am oberen Absatz die Umrisse einer Tür erkennen.

»Warte! Du kannst da nicht einfach hochgehen!« Hinter ihr polterte nun auch Pete die Stufen herauf.

Mit knirschenden Angeln schwang über Anna die Tür auf.

»Pete, lass sie raufkommen.« Die Frau im Rahmen sprach mit ebenjener rauen Stimme, die ein Blick in ihr Gesicht erwarten ließ. Obwohl sie vermutlich um die vierzig war, hatte sie die Tränensäcke einer Greisin.

Pete hob ergeben die Arme. »Wie du meinst. Sei nett zu ihr.« Er drehte sich um und ging die Treppe wieder hinunter. Bevor er den Vorhang erreichte, wandte er sich noch einmal an Anna. »Denk dran, Sonntag, sechs Uhr. Die warten auf niemanden.«

»Alles klar.« Sie stieg die letzten Stufen hinauf.

Madame Shivani trug einen langen Morgenmantel mit asiatischen Schriftzeichen. Ihr blond gefärbtes Haar hatte einen dunklen Ansatz so breit wie Annas Oberschenkel, und ihre Füße steckten in plüschigen Pantoffeln.

Anna ahnte, dass dies hier keine gute Idee war, aber in ihr regte sich etwas, das sie die letzten Stufen hinauftrieb. Keine Neugier. Vielleicht die Suche nach einem Funken Gewissheit.

»Ich bin –«

»Anna Savarese.« Madame Shivani zeigte ein geheimnisvolles Lächeln. »Ich hab dich in meiner Kristallkugel gesehen.«

»Ja, klar.«

Madame Shivanis Mundwinkel zuckten. »Die Decken sind dünn. Hab deinen Namen gehört. Komm rein.«

Anna gab sich einen Ruck und trat an ihr vorbei in einen stickigen Raum. Die dunklen Vorhänge waren zugezogen. Durch die Dielen konnte sie dumpf die Musik von unten hören.

Am Pfosten eines großen Metallbetts hing ein Gewirr aus Lederriemen. Außerdem waren da ein breiter Sessel, ein Waschbecken mit tropfendem Hahn und ein kleiner, runder Tisch. Es roch nach billigem Parfüm, Kernseife und dem Zeug, das Pete unter der Ladentheke verkaufte.

»Was kann ich für dich tun?«

»Ich könnte gerade jemanden brauchen, der mir sagt, dass meine Zukunft ganz wunderbar wird. Kriegen Sie das hin?«

Madame Shivani schloss die Tür und betrachtete Anna aufmerksam. »Bisschen Pech gehabt in letzter Zeit?«

Innerhalb eines Jahres war Annas Leben komplett umgekrempelt worden. Man hätte es Schicksal oder Unglück nennen oder irgendein anderes Wort für die Katastrophe finden können – aber Pech hatte gewiss nichts damit zu tun. Und etwas im Tonfall der Wahrsagerin verriet Anna, dass sie das bereits ahnte.

»Manches hätte besser laufen können.«

Madame Shivani lächelte. »Ja, das dachte ich mir.«

Anna machte ein paar Schritte in den Raum hinein. In einem Spiegel mit abblätterndem Goldrahmen sah sie sich neben der Frau stehen, einen halben Kopf kleiner als sie, das dunkelbraune Haar zum Pferdeschwanz gebunden und vom Regen in Strähnen geteilt. Eine helle Leinenhose, das Batikhemd mit weiten Ärmeln, darüber eine Weste. In Rom würde sie sich andere Sachen besorgen müssen, aber während der Fahrt im Love-Express nach Kathmandu würden alle so aussehen wie sie. Sie würden Folksongs singen, sich gegenseitig mit Henna bemalen und unaufhörlich über Siddhartha reden. Anna würde noch vor Maidstone übel werden und ihnen spätestens in Ashford den Bus vollkotzen.

Die vergangenen Monate hatten ihre Schultern nach unten gezogen, und sie wog noch weniger als früher. Es hatte eine Zeit für diese Kleidung an ihrem Körper gegeben, aber die neigte sich dem Ende zu. Mit einem Mal konnte sie es kaum erwarten, die Klamotten endlich loszuwerden.

Im Spiegel wanderte ihre Aufmerksamkeit wieder zu der Wahrsagerin, die ihren Blick aus blauen Augen erwiderte.

»Besonders indisch sehen Sie nicht aus«, sagte Anna.

»Der Name war Petes Idee. Er ist mein kleiner Bruder. Die meisten, die herkommen, interessieren sich nicht für meine

Geburtsurkunde.« Madame Shivani wandte sich vom Spiegel ab. »Setz dich.«

Anna machte Anstalten, ihr zu gehorchen.

»Nein, an den Tisch da! Der Sessel ist nicht zum Sitzen.«

»Wo ist nun die Kristallkugel?«, fragte Anna, als sie sich an dem kleinen Tisch gegenübersaßen. Durch die Wand hinter Madame Shivani zog sich ein feiner Riss, der die Tapete von der Decke bis zum Boden spaltete.

»Ich hatte mal eine«, sagte die Wahrsagerin. »Pete hat sie an die Scheißtouristen verkauft.« Sie verdrehte die Augen und winkte ab. »Aber ich kann dir aus der Hand lesen. Kartenlegen geht auch. Oder wir sparen uns das und reden einfach. Darauf läuft es eh hinaus.«

Anna drehte sich auf ihrem Stuhl um und beäugte die Lederriemen am Bettgestell. Im schwachen Licht sahen sie aus wie schlafende Schlangen. »Sonst wird hier nicht so viel geredet, oder?«

Die Wahrsagerin lachte leise. »Du würdest dich wundern. Zuhören ist inklusive. Aber ich nehme mal an, dass wir zwei sonst nichts treiben werden, also bist du mit zehn Schilling dabei.«

Anna angelte in ihrer Tasche nach den richtigen Münzen und schob sie über die Tischplatte. Während sie zusah, wie die Wahrsagerin sie auflas und in ihrem Morgenmantel verschwinden ließ, konnte sie kaum fassen, dass sie gerade jemanden dafür bezahlt hatte, ihr zu erzählen, was sie hören wollte.

Madame Shivani lehnte sich gelassen auf ihrem Stuhl zurück. Dabei schlug die Tasche des Morgenmantels gegen ein Stuhlbein. Das Geld klimperte zum Abschied.

»Also, was ist passiert?«

Anna schob die Hände unter die Oberschenkel und starrte auf die Kratzer in der Tischplatte. Das hier war ein neuer Tiefpunkt: der Tag, an dem sie sich von einer Wildfremden so etwas wie Aufmunterung erkaufte.

Am Anfang, vor einem Jahr, hatte jeden Tag jemand an ihrer Tür geklingelt. Aber mit den Monaten war es stiller geworden. Die meiste Zeit über fühlte sie sich wie ausgestopft. Äußerlich halbwegs intakt, innen nur Watte. Wenn sie sich zum Lachen zwang, klang es hohl. Gespräche überforderten sie und Fragen erst recht. Sie konnte Unterhaltungen oft nicht folgen und driftete in Gedanken ab, ohne es zu bemerken. Ihre Ohren schalteten auf taub, und ihr Gegenüber sprach ins Leere.

Sie bemerkte, dass die Frau sie unter ihren aufgemalten Augenbrauen beobachtete. Immerhin konnte es nach dem hier nur bergauf gehen. Und damit hatte die Vorstellung seltsamerweise etwas Beruhigendes. Vielleicht hatten auch die Dämpfe damit zu tun, die durch die Bodenbretter aufstiegen.

»Mein Vater hat meine Mutter ermordet.« Anna hatte den Satz so oft gedacht und gesagt, dass er ihr völlig emotionslos über die Lippen kam. »Jedenfalls sagt das die Polizei.«

Madame Shivani, die in Wahrheit wahrscheinlich Sheila oder Mary hieß, nickte so bedächtig, als hörte sie ähnliche Geschichten täglich. Vielleicht waren Keith und Mick ja wirklich hier gewesen. »Wie lang ist das her?«

»Ein Jahr. Seit sechs Monaten sitzt er in Wandsworth. Einmal die Woche ruf ich ihn an.«

Die aufgemalten Bögen rutschten fast in den Haaransatz. »Du redest noch mit dem Kerl?«

Anna hob die Schultern. »Weil er sich an nichts erinnern kann. Keiner kann mir sagen, warum meine Mutter tot ist. Nicht mal er.«

Madame Shivani beugte sich mit einem Seufzen vor. »Vergiss ihn.« Ihre Stimme klang jetzt weicher als zuvor. »Meinem alten Herrn gehört das Haus. Der Drecksack weiß genau, womit hier Geld verdient wird. Er sitzt in seinem verdammten Altersheim draußen in Stratford, spielt Bingo und streicht die Miete ein. Aber wenigstens muss ich nicht mit ihm reden.«

»Ich will erst mal weg aus London«, sagte Anna. »Ich muss was rausfinden.«

»Über deine Mutter?«

Anna öffnete den Mund, hielt aber einen Augenblick inne. »Ich hab gedacht, *Sie* erzählen mir was«, sagte sie dann. »Dafür hab ich Ihnen mein letztes Geld gegeben.«

»Erst mal muss ich dich kennenlernen. Du hast Pete nach einer Reise in den Süden gefragt?«

»Mein Vater hat einen Bruder in Rom. Bruno. Er nimmt mich fürs Erste bei sich auf.«

Die Wahrsagerin runzelte die Stirn. »Dann gib lieber gut auf dich acht.«

»Bruno ist in Ordnung. Er ist Pressefotograf. Vielleicht kann er mir was beibringen.«

Madame Shivani nickte wissend. »Du machst selbst Fotos.«

Anna stellte sich vor, dass die Frau mit einem Ohr am Boden gelegen hatte, während sie im Laden mit Pete gesprochen hatte. Die Vorstellung fand sie ein wenig unheimlich.

»Bruno hat mir seine alte Kamera geschenkt«, sagte sie, »gleich nach … der Sache mit Mum. Er hat gesagt, die Welt ist schöner, als sie mir vorkommt. Wenn ich das nicht mit meinen eigenen Augen sehen würde, dann eben durch die Kamera. Und er hat recht. Vielleicht nicht schöner. Aber anders.«

Madame Shivani tippte mit dem Zeigefinger auf Holz. »Gib mir jetzt doch mal deine Hand.« Ihre eigene legte sie geöffnet auf die Tischplatte.

Skeptisch betrachtete Anna die rauen Finger der Frau und den abgesplitterten roten Nagellack. »Sicher?«

»Kostet dich keinen Penny extra.«

Anna zögerte einen Moment, dann zog sie ihre rechte Hand unter ihrem Oberschenkel hervor und reichte sie der Wahrsagerin.

»Du hast schöne Finger.« Madame Shivani hatte sie nicht einmal angesehen. Stattdessen blickte sie Anna über den Tisch hinweg in die Augen. »Warum sind deine Eltern nach England gekommen?«

»Wegen der Arbeit, '45, kurz nach dem Krieg.«

»Und nun gehst du zurück nach Italien, um mit deinem Onkel zu arbeiten.« Es war keine Frage. Eher schien Madame Shivani die Fakten für sich selbst zusammenzufassen.

Anna schüttelte den Kopf. »Nicht nur deswegen. Ich sag doch –«

Die fremden Finger schlossen sich um ihr Handgelenk. »Und wenn es bei deinen Eltern genauso war? Vieleicht hatten sie in

Wahrheit ganz andere Gründe, um aus ihrer Heimat fortzugehen. Geheime Gründe.«

Annas Puls beschleunigte sich ein wenig, in ihrer Brust stieg Hitze auf. Sie wollte ihren Arm zurückziehen, doch Madame Shivani ließ ihn nicht los. Mit gerunzelter Stirn beugte die Frau sich vor und betrachtete Annas Hand aus der Nähe. Ihre Augen lagen im Schatten. Als sie sprach, kamen die Worte heiser über ihre Lippen:

»Ich sehe Masken – und Geheimnisse. Ich spüre etwas sehr, sehr Altes. Etwas sehr Gefährliches … Vergangenheit, die sich als Gegenwart tarnt … Da ist ein Mann mit einem schwarzen Zylinder … Und ein Mädchen auf einem Altar … Ein Feuer. Ein Feuer so groß wie eine ganze Stadt.« Als sie aufschaute, schienen ihre Augen eingetrübt, fast milchig. »Nimm dich in Acht, Anna Savarese. Wo du hingehst, erwartet dich eine Welt aus Lüge und Illusion.«

Sie legte einen Finger auf Annas Lebenslinie, fuhr sanft daran entlang – und begann leise zu weinen.

ROM

EINE WOCHE SPÄTER

1

Vor dem Autofenster zogen barocke Paläste und antike Ruinen vorüber, aus dem Radio ertönten italienische Schlager. Anna hatte beide Arme um die Reisetasche auf ihrem Schoß geschlungen. Mit dem Fingernagel kratzte sie gedankenverloren an einem Hennafleck auf dem hellen Stoff.

Ihr Blick sprang von einem Torbogen zu einer Formation verwitterter Säulen. Die Überreste einer hohen, sandfarbenen Mauer zogen vorüber, davor hatte sich eine Gruppe Touristen versammelt. Dann rollte der Wagen aus dem chaotischen Verkehr einer Kreuzung durch ein altes Stadttor.

Anna ließ von ihrer Tasche ab, als sich vor ihr eine belebte, mehrspurige Straße auftat. Auf den breiten Gehwegen hielten die livrierten Portiers der Luxushotels Ausschau nach Limousinen mit Gästen. Unter den farbigen Markisen reihten sich runde Kaffeehaustische aneinander. Dort studierten Herren in teuren Sakkos rauchend ihre Zeitungen und nippten an Kaffeetassen, während ein paar Damen winzige Hunde spazieren führten oder einander in den Fensterscheiben beobachteten.

Die altehrwürdigen Straßenzüge Roms schlugen Anna derart in ihren Bann, dass ihr die amüsierten Blicke, die Bruno ihr vom Fahrersitz aus zuwarf, beinahe entgingen. Nicht zum ersten Mal fummelte ihr Onkel am Radio herum und entschuldigte sich dafür, dass alle anderen Sender entweder rauschten oder schwiegen.

Mit jedem Meter, den Brunos Fiat zurücklegte, wuchs Annas Verständnis für das, was ihre Mutter an dieser Stadt geliebt hatte. Zugleich fiel es ihr schwerer, zu verstehen, weshalb ihre Eltern Italien nach dem Krieg den Rücken gekehrt hatten.

Anna hatte heute zum ersten Mal in ihrem Leben einen Fuß auf römischen Boden gesetzt. Sie löste ihren Zopf und stellte fest, dass in ihrem Haar nicht nur der Geruch von Räucherstäbchen hing, sondern auch der vom Gras ihrer Mitreisenden, mit denen sie eingepfercht in einem Bus von London bis Italien gefahren war.

Die gute Laune, das Gefasel von Glück und Frieden und nicht zuletzt ihr eigenes Maskenlächeln hatten die Fahrt zu genau jener Tortur gemacht, die sie erwartet hatte. Folksongs hatten sich in quälender Endlosschleife in ihrem Kopf eingenistet. Und dass sich in einem rumpelnden Bus weder Hände noch Gesichter geschickt mit Henna bemalen ließen, war außer Anna niemandem aufgefallen.

Die rauchgeschwängerte Luft und das stete Brummen des Motors hatten sie die meiste Zeit dösen lassen. Irgendwo in Frankreich hatten ihre Mitreisenden begonnen, die stille Begleiterin mit neugierigen Fragen zu löchern. Sie war heilfroh gewesen, als sie an der italienischen Grenze endlich vom Bus in einen Zug umgestiegen war.

Vor dem Fiat scherte ein roter Sportwagen aus, und Bruno ergriff die Gelegenheit, seinen Wagen in die Parklücke zu setzen.

Wenn sie ehrlich zu sich war, war auch Bruno ein Fremder für sie. Aber er wusste Bescheid und stellte keine Fragen. Während der ganzen Fahrt vom Hauptbahnhof Roma Termini bis hierher hatte er kein einziges Mal ihren Vater erwähnt. Bruno war damals zur Urteilsverkündung nach London gekommen. Kurz darauf musste er beschlossen haben, dass sein Bruder Tigano für ihn nicht mehr existierte.

Er stieg aus, schlug die Autotür zu und stemmte stolz die Hände in die Hüften. Auf seinem Gesicht lag eine Begeisterung, die Annas Reisegruppe nicht einmal beim Singen zu klimpernder Gitarre gezeigt hatte.

»Da wären wir«, verkündete er, als sie neben ihm stand. »Das ist die Via Veneto, die Straße der Reichen und Schönen von Rom – und aus dem Rest der Welt. Hier werden du und ich eine Menge Zeit verbringen.«

Aus seiner Jackentasche kramte er eine Packung Zigaretten. Bruno Savarese war Mitte vierzig, kaum größer als Anna und überaus drahtig. Er redete gern, viel und schnell. Dabei unterstrich er seine

Worte mit ausladenden Gesten, schon am Steuer und nun erst recht auf dem Bürgersteig. Er erschien ihr so anders als sein Bruder. Annas Vater war ruhig und ernst, fast verschlossen – ganz sicher niemand, dem irgendwer einen Mord zugetraut hätte. Ihre Mutter hatte oft gesagt, Anna sei ihm ähnlich.

»Anfang der Fünfziger, als die ersten Hollywoodleute in Rom aufgeschlagen sind, da war die Via Veneto einfach irgendeine Straße mit ein paar Hotels. Aber danach konnte es zehn Jahre lang keine andere mit ihr aufnehmen.« Bruno zählte die berühmten Straßen an den Fingern ab. »Nicht die Champs-Élysées, nicht die Fifth Avenue, nicht die –« Er hielt inne und suchte ihren Blick. »Hörst du mir zu?«

»Ja«, sagte Anna. »Ich hab nur daran gedacht, wie anders hier alles ist als in London.«

Gedankenverloren blickte sie an einer Fassade hinauf, in die eine Heiligenstatue eingelassen war. Direkt daneben warb ein Aufsteller in grellen Farben für den Jazzmusiker, der heute im benachbarten Club spielen würde. Eine Papierserviette aus einem amerikanischen Restaurant trieb über den Gehweg. Ein Stück die Straße hinauf umrahmten klobige Werbetafeln Balkone mit filigranen Geländern.

Wenn Anna die Augen schloss, tanzten all die neuen Eindrücke wie Traumbilder hinter ihren Lidern. Rom erschien ihr so unwirklich, eine Stadt, in der monumentale Geschichte und heruntergekommene Gegenwart in einer der unzähligen Bars zusammen Kaffee tranken – und niemand wunderte sich darüber.

»Anders trifft es gut.« Vergnügt bot Bruno Anna eine Zigarette an, aber sie lehnte ab. Er entzündete sich selbst eine, bevor er den Faden wieder aufnahm. »Vor zwei, drei Jahren sind die ganz großen Stars abgereist. Mittlerweile kommt eher die zweite und dritte Garnitur aus den Staaten. Alle, die ihre Karriere aus irgendwelchen Gründen vor die Wand gefahren haben, landen hier bei uns in Rom. Und sie hoffen, dass die Filme, die sie hier drehen, zu Hause keiner sieht.« Schmunzelnd schwadronierte Bruno von billigen Agentenfilmen, die derzeit in Rom wie am Fließband entstanden und deren Helden nicht 007, sondern 006 oder 008 hießen.

»Und das guckt sich irgendwer an?«, fragte sie.

»Den Leuten in den Vorstadtkinos reicht das. Jetzt fangen sie auch noch mit Western an. Und dann sind da immer noch die Sandalenfilme. *Hercules. Ursus. Maciste.*«

Anna lächelte beschämt. »Nie davon gehört.«

»*Cleopatra? Ben Hur?*«

»Ja, klar, von denen schon.«

Bruno sah zufrieden aus. »Das waren zwei von den großen amerikanischen Kostümschinken, die sie hier bei uns gedreht haben. Clevere Studiochefs haben all die Kulissen und Kostüme eingelagert, und damit fabrizieren sie jetzt einen Film nach dem anderen über irgendwelche antiken Muskelmänner und ihre halb nackten Sklavinnen.« Sein beschwingter Tonfall verschwand, als er sachlicher hinzufügte: »Für uns Fotografen ist eigentlich nur wichtig, dass die Via Veneto der Ort ist, wo die ganze Bagage nach Drehschluss auftaucht. Erst in den Cafés, im *Strega*, im *Paris* oder dem *Doney*.«

Er deutete auf einen Laden mit mächtigen Glastüren und ausladenden Markisen auf der anderen Straßenseite. Üppige Blumenrabatten und hohe Platanen trennten die Tischreihen auf dem Bürgersteig von der Straße. Anna ließ den Blick über die Gesichter der Gäste wandern, erkannte aber kein einziges. Zumindest waren unter den Frauen mit ihren eleganten Hochsteckfrisuren, Seidenschals und roten Lippen einige, die sie sich als Filmdiven vorstellen konnte.

»Sind gerade irgendwelche Prominenten hier?«

Bruno sah nur flüchtig zu den Gästen im *Café Doney* hinüber und schüttelte lächelnd den Kopf. »Die kommen frühestens in ein paar Stunden. Danach ziehen sie weiter in die Nachtclubs in den Seitenstraßen. Und in ein paar Etablissements, die du auf keinen Fall von innen sehen wirst.«

»Ich bin fast zwanzig«, sagte sie, während sie an den Tischen vorüberschlenderten.

»Du bist meine Nichte. Ich bin jetzt für dich verantwortlich, und hier wird nichts passieren, das deiner armen Mutter nicht gefallen hätte. Die Heilige Maria sei mein Zeuge.«

»Halleluja«, sagte sie leise, aber natürlich hörte er es trotzdem und schien sich ein Lächeln zu verkneifen.

Als sie beschlossen hatte, nach Rom zu gehen, war sie nicht sicher gewesen, was genau sie hier suchte. Ein Teil von ihr hatte sich darauf verlassen, dass die Erkenntnis sie wie ein Blitzschlag treffen würde, wenn sie erst einmal angekommen war. Womöglich ein Trugschluss. Aber was es auch war, eine Gouvernante brauchte sie dabei bestimmt nicht.

Bruno bedeutete ihr, die Straße zu überqueren. »Wir werden diese Leute fotografieren, wo sie uns vor die Kameras laufen, aber ansonsten hältst du dich von denen fern, okay? Die sind nichts für ein anständiges Mädchen und –«

Der Rest seines Satzes ging im monumentalen Getöse von Kirchenglocken unter.

Anna unterdrückte den Reflex, sich die Hände auf die Ohren zu pressen. Jeder Glockenschlag hallte als zitterndes Echo in ihr nach. »Shit, was ist das denn?«

Es war, als hätten sich mit einem Mal alle Kirchen Roms unbemerkt herangeschlichen. Während Anna sich staunend im Kreis drehte, erwartete sie fast, dass sich Turmspitzen wie Riesen über die Dächer beugten und argwöhnisch auf sie herabblickten. Aber das Glockenspektakel schien direkt aus dem blauen Himmel über den Palazzi und Wohnhäusern zu beiden Seiten der Straße zu kommen.

»Wart's nur ab!« Bruno nahm mit gelassenem Lächeln einen Zug von seiner Zigarette.

Ein Stück weit die Straße hinunter stürmte der Besitzer eines Kiosks ins Freie und schimpfte zu den Dächern hinauf. Autos stauten sich auf der Via Veneto, als neugierige Fahrer anhielten und die Köpfe aus den Fenstern reckten.

Nach einer Minute, vielleicht zweien, brach das Glockengeläut so abrupt ab, wie es begonnen hatte. Zu dem leisen Pfeifen in Annas Ohren gesellte sich vereinzeltes Autohupen.

Gleich darauf donnerte eine majestätische Stimme von den Dächern auf die Straße herab. Irgendwo musste jemand alle Regler für Echo und Hall auf Anschlag gezogen haben.

»Meine Kinder, ich segne euch!«, erklang es tief und gebieterisch. »Von meinem Thron in den höchsten Himmeln blicke ich auf euch nieder, und ich sehe, wie ihr darbt in schwerer Arbeit und schweren Gedanken. Das Leben, das ich euch schenkte, die Welt, die ich euch schuf … auf alldem lastet die Bürde eines grauen Alltags.«

»Heilige Scheiße«, entfuhr es Anna, als sie ahnte, was hinter dem Spektakel steckte.

»Darum höret meinen Rat!«, rief die Stimme. »Ist die Last eurer Sorgen zu groß, ist euch zu warm, die Sonne zu grell? So suchet ein klimatisiertes Filmtheater auf und fraget nach dem neuen gewaltigen Epos *Als Gott den Menschen schuf!* Eine Schöpfung so makellos, dass nicht einmal ich sie in sieben Tagen hätte vollbringen können.«

Anna fand Brunos Blick. Grinsend deutete er auf die Gebäude gegenüber. »Da sind Lautsprecher auf den Dächern. Gestern war die Piazza Navona dran. An der Spanischen Treppe waren sie auch schon.«

»Merket euch meine Worte und folget dem Willen des Allmächtigen!«, befahl die Stimme. »*Als Gott den Menschen schuf!* Sehet und ihr werdet die Wahrheit erkennen. Und die Wahrheit wird euch glücklich machen. *Als Gott den Menschen schuf!* Amen. Amen. Amen!« Das letzte *Amen* brüllte er so inbrünstig, dass es blechern über die Straße schallte.

Ihr werdet die Wahrheit erkennen. Und die Wahrheit wird euch glücklich machen.

Die Autos fuhren langsam wieder an. Einige Leute in den Cafés lachten, ehe sie ihre Gespräche wieder aufnahmen. Andere zeigten sich entrüstet. »Die schrecken vor nichts zurück«, sagte ein Mann im Vorbeigehen. Ein weiterer schüttelte verständnislos den Kopf. Hinter Anna widmete ein Portier sich neuen Gästen, und die Veneto kehrte zum Tagesgeschäft zurück.

Bruno schnippte seinen Zigarettenstummel in die Rabatten. »Willkommen in der Stadt des Herrn, Anna. Willkommen in Rom.«

2

Eine Stunde später verstaute Bruno Tüten mit Hosenanzügen, zwei Kleidern, Wollhosen und einer Seidenmischbluse in seinem Fiat 500. Im Schlussverkauf hatte Anna sich außerdem für einen Haarreif und eine Sonnenbrille entschieden, die ihr halbes Gesicht bedeckte. Bruno hatte zuvor darauf bestanden, alle ihre Einkäufe zu bezahlen, und ihr war keine andere Wahl geblieben, als das Angebot zögernd, wenn auch dankbar, anzunehmen. Mit dem wenigen Geld, das sie noch besaß, hätte sie sich gerade mal den Haarreif leisten können.

Auf dem Weg aus der Innenstadt wurden sie abermals von Schlagermusik aus dem Radio begleitet. An der langen Ausfahrtstraße reihten sich die berüchtigten Betonbunker der sozialen Bauprojekte aneinander. Gigantische Bienenwaben für die verarmte Landbevölkerung, die seit Jahrzehnten aus dem Süden nach Rom strömte. Noch schlimmer sei es in den neuen Vorstädten, erklärte Bruno, von denen solle sie sich um Himmels willen fernhalten. Und an die illegalen Hüttensiedlungen am Aquädukt Aqua Felice möge sie am besten nicht mal denken.

Plappernd trug er ihr die Tüten durch das Labyrinth der beigefarbenen Apartmentblöcke an der Via Portuense. Auch hier im Viertel könne es nicht schaden, einmal zu oft über die Schulter zu blicken, sobald sie die Wohnung verließ. Anna konnte ihm ansehen, dass er ihr gern etwas Besseres geboten hätte. Dabei bot er ihr Rom, und das war besser als alles, was sie in London zurückgelassen hatte.

Sie war außer Puste, als er endlich vor einer Wohnungstür stehen blieb und aufschloss. Ein kleiner Flur führte in eine Küche mit schlichten Armaturen und einem Ecktisch mit zwei Stühlen. Der schwere Kühlschrank kam ihr vor wie ein Tresor. Das ganze Apartment roch ein wenig nach feuchter Wäsche, auch wenn Anna keine entdecken konnte.

Bruno stellte ihre Tüten auf dem Tisch ab und führte sie wieder hinaus auf den Flur.

»Ich hab nicht vor, ewig hier zu wohnen«, sagte er. »Irgendwann werde ich ein kleines Haus haben, mit einem Garten und meinem eigenen Orangenbaum. Aber bis es so weit ist, müssen wir uns hiermit begnügen … Hier, sieh dir das mal an!«

Er blieb vor einer schmalen Tür stehen und legte die Hand auf die Klinke, wartete bedeutungsschwanger einige Augenblicke und drückte sie schließlich nach unten. Im Inneren war es stockfinster.

Verwirrt runzelte Anna die Stirn und drehte sich halb zu ihm um. Er strahlte erwartungsvoll über das ganze Gesicht.

»Die Dunkelkammer«, sagte er und schob einen dicken, schwarzen Vorhang zur Seite.

Der Raum maß nur wenige Quadratmeter. Jede der vier Wände war vom Boden bis zur Decke mit weißen Fliesen beklebt, ein Fenster gab es nicht. Hinter Anna knipste Bruno das Licht an, die Kammer wurde in rötlichen Schein getaucht.

Außer einem schiefen Metallschrank und einem Tisch gab es keine Möbel, dafür allerhand Gerätschaften und Utensilien, die sich auf der Platte häuften. Da waren Glas- und Plastikfläschchen mit verschiedenen Chemikalien, Messbecher und einige Fotozangen. Mehrere Entwicklerschalen stapelten sich um ein hohes Gerät, das empfindlich und sehr teuer aussah. Den Fuß der Apparatur bildete ein rechteckiger Rahmen. Daran führte eine lange Metallskala senkrecht zu einem kompakten Kopfstück mit Schrauben und Reglern.

»Das ist ein Vergrößerer. Damit projizierst du dein Filmnegativ auf Fotopapier, das du dann entwickelst. Hast du schon mal mit einem gearbeitet?«

»Nicht mit so einem.«

An straff gespannten Leinen hingen endlose Reihen von entwickelten Fotos: Männer und Frauen in Abendgarderobe, die aus Nachtclubs und Hotels in den Schein der Blitzlichter traten, grell genug, um sie alle aussehen zu lassen, als wären sie bei einem Verbrechen ertappt worden.

»Wie suchst du aus so vielen Bildern das eine richtige aus?«

Im roten Licht konnte sie ihn wieder schmunzeln sehen. »Man weiß es, wenn man es sieht.«

Anna wurde neugieriger, als sie eine Bilderreihe entdeckte, die schnell hintereinander geknipst worden war. Hätte sie die Fotos übereinandergelegt und wie ein Daumenkino durchgeblättert, wäre die Szene in ihrer Hand zum Leben erwacht.

Die Bilder zeigten eine Rangelei zwischen einem Bodybuilder im Anzug und einem Fotografen, der sich – wie ein Bankräuber in einem Western – ein schwarzes Tuch über Mund und Nase gezogen hatte. Bruno war bis auf eine Armlänge an die beiden herangerückt, und eines der letzten Fotos verriet, dass der Koloss auch auf ihn losgegangen war.

»Sieht gefährlich aus«, sagte Anna und wunderte sich selbst ein wenig über die Faszination in ihrer Stimme.

»Das hier war sogar echt.« Vorsichtig legte Bruno zwei Finger hinter eines der Bilder und hob es an, um es eingehender zu betrachten. »Mit anderen, die lange nicht mehr in der Zeitung waren, sprechen wir uns vorher ab.«

Sie sah irritiert zu ihm auf. »Ihr stellt solche Szenen?«

Bruno ließ das Bild los und zuckte mit den Schultern, während es träge an der Leine schaukelte. »Tut doch keinem weh. Wir verdienen an dem Foto und die Schauspieler an der Publicity. Jedenfalls hoffen sie das.«

Sie lehnte sich gegen den Metallschrank. »Wie genau läuft das ab? Wartet ihr den ganzen Abend, bis irgendwer auf die Straße kommt, mit der falschen Frau oder dem falschen Kerl am Arm?«

»So einfach ist das nur selten. Wir sind ständig unterwegs und fahren mit den Vespas die Clubs und Bars und Cafés ab. Meistens sind mehrere von uns zusammen auf der Jagd. Es gibt so eine Art Ehrenkodex. Jeder versucht, das beste Foto zu schießen, aber wir helfen einander, wenn es hart auf hart kommt.«

Wieder wanderte Annas Blick zu der ungestellten Bilderreihe. »Also, dem hier mit dem Tuch vorm Gesicht hast du nicht geholfen – du hast ihn nur fotografiert.«

Bruno winkte ab. »Das ist Spartaco. Der weiß genau, wie weit er gehen kann. So was passiert ihm nicht zufällig.«

Spartaco. Sie gab ein Schnaufen von sich, das zu einer anderen Zeit vielleicht ein Lachen geworden wäre. Spartaco der Gladiator. Der Aufrührer. Der einsame Rebell gegen das römische Establishment. Der alberne Name passte zu dem Theater mit dem Tuch.

»Jeder macht für sich das Beste draus«, sagte Bruno. »Im Grunde ist es so was wie ein, sagen wir, sportlicher Wettbewerb. Jeder kämpft mit seinen eigenen Waffen, aber das macht uns nicht zu Gegnern. Spartaco ist einer der Besten, und wenn er dafür seine Maskerade braucht … Soll er doch. Mich interessiert's nicht.«

Der Schrank gab ein blechernes Ploppen von sich, als Anna sich davon abstieß und die dünne Metalltür zurück in ihre Form sprang. Sie schob die Hände in die Taschen ihrer Leinenhose und löste ihren Blick von den Fotos. »Am Ende geht's aber doch ums Geld, oder?«

Bruno seufzte. »Sicher. Für ein normales Pressefoto zahlt mir die *Repubblica* dreitausend Lire. Ich müsste zwanzig oder dreißig davon im Monat verkaufen, um auf das Gehalt eines Arbeiters zu kommen. Dagegen kann ich vom *Specchio* oder der *Ore* für ein anständiges Skandalfoto zweihunderttausend Lire kassieren. Drei oder vier solcher Bilder sind so viel wert wie ein neuer Fiat.«

Anna stieß einen anerkennenden Pfiff aus. »Also jagen wir nur Skandale?«

Brunos Lächeln kehrte zurück. »Heute Abend lernst du erst mal die anderen kennen. Und dann probieren wir was aus, falls du das wirklich willst.«

Damit führte er sie aus der Dunkelkammer, knipste das Licht aus, schloss erst sorgfältig den Vorhang und dann die Tür.

Der Rest der Wohnung bestand aus einem Wohnzimmer mit fleckigem Teppich, einem Bad mit winzigem Fenster und zwei Schlafzimmern.

»Ich schlafe im hinteren Zimmer«, sagte Bruno. »Du kannst das mit dem Balkon haben. Die Aussicht macht nicht viel her, aber abends kann man die Sterne sehen, weil in der Richtung keine Fabriken liegen.«

In einem Anflug von Dankbarkeit machte sie einen Schritt nach vorn und umarmte ihn. Wieder fiel ihr auf, wie schmal und drahtig er war. »Das ist lieb von dir. Nicht nur das Zimmer, überhaupt alles. Dass ich hier sein darf.«

»Wir sind eine Familie.« Er lächelte. »Hier in Italien bedeutet das noch was.«

Das Zimmer war heller als der Rest der Wohnung. Neben dem schlichten Bett gab es ein Nachttischchen mit Lampe, einen alten Kleiderschrank, einen Sessel und ein Regalbrett mit einigen Büchern und Krimskrams. Über dem Bett hing der verblichene Druck eines Landschaftsgemäldes.

»Du kannst bleiben, so lange du willst. Valeria hätte das so gewollt. Sie hat Rom immer geliebt.«

Anna hatte schon die Hand nach der Balkontür ausgestreckt, als Bruno noch etwas hinzufügte. Ihre Hand verharrte am Griff.

»Tigano hat sich immer geweigert, zurückzukommen«, sagte er leise, als würde das die Worte sanfter machen. »Kein Tag vergeht, an dem ich mir keine Vorwürfe mache. Ich hab nicht geahnt, dass so was passieren könnte. Tigano ist mein Bruder, aber dass er zu so was fähig wäre ...«

»Niemand hat das kommen sehen.« Anna spürte einen Kloß im Hals, der ihr für einen Augenblick die Luft nahm. Sie räusperte sich, als sie die Sorge in Brunos Blick erkannte. »Er hat Mum nie ein Haar gekrümmt, das hätte ich gemerkt. Sie haben gestritten, aber nicht mehr als andere.« Allmählich konnte sie wieder atmen. »Ich würde alles geben, um zu erfahren, was passiert ist. *Wirklich* passiert, meine ich. Worüber sie geredet haben. Was ihnen durch den Kopf gegangen ist.«

Von der anderen Seite des Raumes sah Bruno sie verblüfft an. »Du glaubst noch immer nicht, dass er es war?«

Die Übelkeit kehrte schlagartig zurück. Annas Hand glitt vom Griff der Balkontür. »Ich weiß nicht, was ich glauben soll. Die Beweise sprechen gegen ihn. Aber er sagt, er erinnert sich an nichts.«

»Telefonierst du noch mit ihm?«

Sie wollte den missbilligenden Ausdruck auf seinem Gesicht

nicht sehen und wandte sich dem Fenster zu, ohne die Aussicht wahrzunehmen. »Manchmal«, sagte sie leise.

»Das ist nicht gut, Anna.«

»Das ist das Einzige, was ich tun kann.«

»Ich würde ihn umbringen, wenn ich könnte.« Bruno verstummte. Sie hörte, wie er hinter ihr einen zögernden Schritt in ihre Richtung machte. Kleidung raschelte, als er sich die Handflächen am Hemd abwischte. »Tut mir leid«, sagte er dann. »Ich sollte so was nicht über meinen eigenen Bruder sagen.«

»Es gab Tage, da habe ich das Gleiche gedacht.« Es hatte auch Tage gegeben, da hatte sie sich für diese Gedanken gehasst.

»Du bist ein starkes Mädchen geworden.« Er räusperte sich unbeholfen. »Eine starke Frau.«

Sie schüttelte den Kopf und streckte die Hand wieder nach der Tür zum Balkon aus. »Ich weiß nicht mal, was das ist – Starksein. Seit Mum tot ist, reagiere ich nur noch auf die Dinge. Irgendwas passiert, und ich tue daraufhin irgendwas anderes und ... Ich weiß nicht, ob das Stärke ist.«

Mit einem leichten Ruck drehte sie den Griff zur Seite. Die Scharniere quietschten. Der Balkon bot gerade mal genug Platz für einen Stuhl und einen Klapptisch.

Von unten drang vielstimmiges Kindergebrüll herauf. Vor dem Haus drosch eine alte Frau den Staub aus ihren Teppichen, und irgendwo ließ jemand immer wieder den Motor eines kaputten Autos aufheulen.

»Ich mag die Aussicht«, sagte Anna und betrachtete die Wäscheleinen auf der Rasenfläche.

»Nie im Leben.« In Brunos Stimme schwang ein Lächeln mit, als er näher herantrat.

»Das ist Rom«, sagte sie. »Mum ist so gern hier gewesen. Ich kann mir gar nichts Schöneres vorstellen.«

3

Der einzige Einheimische unter den Touristen, die am Vormittag das *Café de Paris* besetzten, hielt seine aufgeschlagene Zeitung wie einen Sichtschirm. Er trug einen grauen Anzug und handgemachte Schuhe, nicht mehr ganz neu, aber sauber poliert. Hinter der *Corriere della Serra* kräuselte sich eine dünne Rauchfahne am Sonnenschirm vorbei zum wolkenlosen Himmel empor. Zwischen dem Cinzano-Aschenbecher und der leeren Kaffeetasse lag ein *La-Stampa*-Exemplar, frisch vom internationalen Kiosk nur wenige Schritte den Gehweg hinunter.

Das *Café de Paris* war eines von mehreren großen Kaffeehäusern, die sich zwischen den Grand Hotels am oberen Ende der Via Veneto auf den Bürgersteigen breitgemacht hatten. Sie hatten nicht nur die blau-roten Sonnenschirme und Markisen gemein, sondern auch die unverschämt hohen Preise.

Der High Society, die hier an den Abenden einkehrte, taten die hohen Rechnungen nicht weh. Und die Touristen wussten nicht, dass Stars und Sternchen am Vormittag entweder zu beschäftigt oder zu erschöpft waren, um sich auf der Via Veneto blicken zu lassen. Aber der Hauch des berüchtigten Dolce Vita und die Hoffnung auf alten Adel, junge Schauspielerinnen, Filmproduzenten, Politiker oder millionenschwere Geschäftsleute am Nebentisch schien es den meisten Besuchern wert zu sein, zumindest ein paar Stunden auf der Veneto zu verbringen.

Gennaro Palladino interessierte sich für bekannte Gesichter allein aus beruflichen Gründen. Auch deshalb saß er Morgen für Morgen im *Café de Paris* und studierte die Zeitungen.

»Alles zu Ihrer Zufriedenheit, Signor Palladino? Wünschen Sie jetzt Ihren zweiten Kaffee?« Der Kellner, der auf leisen Sohlen herangetreten war, zog mit einer eleganten Handbewegung die leere Tasse von der Tischdecke.

»Ja, danke, Enzo. Irgendwas Neues, das ich wissen sollte?«

Für Palladinos Beruf war es unverzichtbar, immer auf dem Laufenden zu bleiben. Die Presse gab einen passablen Überblick, aber sie war nichts gegen die aufmerksamen Barkeeper und Kellner der Via Veneto. Er ließ seine Zeitung sinken und legte die Stirn in Falten, als er zu Enzo aufblickte.

»Großer Gott, Enzo … was ist mit Ihrem Auge passiert?«

Der Kellner war wie immer tadellos gekleidet und sorgfältig rasiert. Rund um sein rechtes Auge aber war die Haut dunkelblau angelaufen, Lid und Tränensack dick angeschwollen. »Eine Unannehmlichkeit auf dem Nachhauseweg«, sagte er diskret.

Palladino verzog das Gesicht. »Wohnen Sie noch immer draußen in Magliana?«

»Es gibt *noch* schlimmere Gegenden in Rom.« Enzos feines Lächeln war heute nicht ganz so überzeugend wie sonst.

»Erzählen Sie schon.«

Der Kellner zuckte die Achseln. »Das Übliche: Ein paar Kommunisten, ein paar Faschisten, ein paar harmlose alte Leute in der Mitte – und jemand, der ihnen zu Hilfe gekommen ist.«

»Dann sind Sie also jetzt ein Held?«

Enzo schlug die Augen nieder, als wäre ihm allein der Gedanke unangenehm. »So steht's zumindest in der Zeitung.« Hastig fügte er hinzu: »Nicht mein Name, natürlich. Nur, was passiert ist. Aber sie lassen es so aussehen, als wären es ein paar betrunkene Jugendliche gewesen, die aufeinander eingeschlagen haben … So läuft das eben, seit Moro die Kommunisten in die Regierung holen will.«

Palladino klemmte sich seine Zigarette zwischen die Lippen und breitete die Zeitung auf dem Tisch aus. Mit lautem Geraschel blätterte er zum Lokalteil. »Irgendwer hat gesagt, dass es zwei Arten von Faschisten gibt: die Faschisten und die Antifaschisten. Die einen sind keinen Deut besser als die anderen.«

»Ich weiß nicht mal, welcher Sorte ich das blaue Auge verdanke«, sagte Enzo.

»Hier ist es.« Palladino überflog den Artikel und warf einen Blick auf das Foto daneben. Eine Momentaufnahme von kräftigen Männern, die mit bloßen Fäusten und hassverzerrten Visagen aufeinander einschlugen. »Himmel, man sieht sogar auf dem Foto, dass das keine besoffenen Halbstarken waren.« Er seufzte und schlug die Zeitung zu. »Noch andere Verletzungen?«

»Nein, alles in Ordnung.« Enzos Gesicht bot eindrucksvolle Farbnuancen. Das Spiel von Rot, Violett und Schwarz, die gespannte Haut wie nach einem Wespenstich – zuletzt hatte Palladino so etwas im Spiegel gesehen. Ein Teil von ihm erinnerte sich ein wenig zu gut daran, und sein eigenes Auge begann zu jucken und zu pochen.

Der Kellner senkte die Stimme. »Haben Sie schon das von Jack Denning gehört?«

Denning war ein mittelmäßiger Schauspieler, der sich großspurig zum »amerikanischen Bürgermeister von Rom« ernannt hatte. Er gehörte zu jener illustren Gemeinde von Filmleuten, die in den letzten zehn Jahren aus Amerika nach Rom immigriert waren, weil sie in Hollywood keine Jobs mehr bekamen. Mit ihren Familien, Geliebten, Agenten und Managern bewohnten sie schicke Apartmentanlagen im Parioli-Viertel und im Stadtteil Vigna Clara. Die Einheimischen sprachen naserümpfend vom Amerikanischen Getto, aus dem allmorgendlich eine Flotte von Ferraris und Alfa Romeos aufbrach. In Cinecittà und den kleineren Studios an der Via Tiburtina spielten ihre Besitzer in dritt- oder viertklassigen Produktionen und polierten die Patina ihrer gescheiterten Karrieren.

Palladino hatte für einige von ihnen gearbeitet – und genauso oft auch gegen sie. Meist ging es um Scheidungssachen: Dann lag er vor Schlafzimmerfenstern auf der Lauer und besorgte Beweise, die betrogenen Gattinnen und gehörnten Ehemännern die Tränen in die Augen und die Scheckbücher in die Hände trieben.

»Was hat der Drecksack denn diesmal angestellt?«

Enzo rümpfte die Nase. »Sie wissen es wirklich noch nicht?«

»Herrje, Enzo – rücken Sie schon raus mit der Sprache.«

Im Ringen nach vornehmen Worten, um die Sache treffend zu beschreiben, ließ der Kellner zu, dass der Löffel auf der Untertasse klimperte.

»Wir sind doch unter uns«, raunte Palladino ihm zu. Manchmal brauchte Enzo eine gewisse Aufmunterung, nicht nur finanzieller Natur.

Der Kellner drehte dem Nachbartisch den Rücken zu. »Vorgestern, im *Jicky*«, flüsterte er, »da hat Denning einer gewissen jungen Dame ans Hinterteil gefasst.«

»Und?«

Das *Jicky* war einer der Nachtclubs an der Via Veneto – wenn man das Wort denn derart strapazieren wollte. Genau genommen war es das schlichte Hinterzimmer eines Restaurants. Zu etwas Außergewöhnlichem machte es einzig die Art von Menschen, die es in den frühen Morgenstunden dorthin verschlug. Der Griff an Hinterteile war nichts, womit man dort nicht rechnen musste.

Nun konnte sich selbst Enzo ein süffisantes Grinsen nicht verkneifen. »Die junge Dame gehört zum Privatbesitz von Carmine Ascolese.«

Palladino horchte auf. »*Don* Ascolese?«

Enzo nickte eifrig. »Dottore Ascolese war nicht erfreut, als er von dem Vorfall hörte, und so hat er zwei seiner Mitarbeiter gebeten, Mister Denning einen Besuch abzustatten. Wie man hört, haben sie ihm die rechte Hand ... nun ...«

»Gebrochen?«, schlug Palladino vor.

Enzos Stimme war jetzt kaum mehr als ein Wispern. »An den eigenen Arsch genäht. Jeden einzelnen Finger!« Vor Schadenfreude rutschten die letzten Silben in eine höhere Tonlage.

»In vielen Drehbüchern muss er ja eh nicht mehr blättern.« Palladino zog genüsslich an seiner Zigarette.

Ascolese also. Für derart dämlich hätte er selbst Jack Denning nicht gehalten.

Enzo unterdrückte ein Lachen und hielt vorsichtshalber den kleinen Löffel auf der Untertasse fest. Palladinos Blick streifte das verletzte Auge, und erneut begann sein eigenes zu schmerzen. Er schloss die Lider und massierte sie mit den Fingerspitzen, bis das Pochen langsam nachließ.

Als er die Augen wieder öffnete, stand ein Fremder vor seinem Tisch.

»Signor Palladino? Gennaro Palladino?«

Der Mann trug die schwarze Uniform und Schirmmütze eines Chauffeurs. Er mochte sich noch so große Mühe geben, mit artikulierter Stimme zu sprechen – Palladino kannte Gesichter wie seines. Eine Spur zu hart, eine Spur zu erfahren, mit einem Anflug von resignierter Melancholie.

Palladino hob eine Braue. »Was kann ich für Sie tun?«

Enzo verschwand bereits im Inneren des Cafés. Aus dem Augenwinkel sah Palladino seine weiße Jacke im Halbschatten hinter der Scheibe verharren. Immer die Augen und Ohren offen, dachte er amüsiert. Auch deshalb schätzte er Enzo so viel mehr als die meisten anderen Kellner der Via Veneto. Seine Informationen machten den Aufpreis, den Palladino hier für den Kaffee zahlte, mehr als wett.

»Verzeihen Sie die Störung, Signor Palladino«, sagte der Fremde. »Ich bin im Auftrag der Contessa Amarante hier. Sie würde sich freuen, wenn Sie ein wenig Zeit für sie hätten.«

Palladino drückte seine Zigarette aus, ohne den Fremden aus den Augen zu lassen. Dann blies er langsam den Rauch aus und lehnte sich zurück. »Ich hab einiges zu tun im Moment. Viele Damen misstrauen ihren Ehemännern und –«

»Die Contessa Amarante ist verwitwet«, unterbrach ihn der Mann und bestätigte Palladinos Vermutung, dass er es nicht mit einem einfachen Fahrer zu tun hatte. Wahrscheinlich verteidigte er die gute Contessa nicht nur mit Worten. »Ich bin befugt, Ihre Honorarvorstellungen zu akzeptieren, falls Sie sofort verfügbar wären.«

»Sie kennen meinen üblichen Satz?«

»Selbstverständlich. Darüber hinaus bietet Ihnen die Contessa einen Bonus von dreißig Prozent, falls Sie die Angelegenheit übernehmen. Weitere zwanzig Prozent, sollten Sie mich umgehend begleiten.«

Palladino ordnete in Ruhe seine Zeitung und faltete sie zusammen. Dann schob er geräuschvoll seinen Stuhl zurück und erhob sich.

»Der Schlitten da ist Ihrer?« Mit dem Kinn deutete er grob in die

Richtung einer schwarzen Luxuskarosse auf der anderen Straßenseite.

»Der Mercedes gehört zum Fuhrpark des Palazzo Amarante«, sagte der Mann steif.

»Ich vermute mal, Sie können mir nicht einfach sagen, um was es geht?«

»Nein. Ich wurde beauftragt, Ihnen etwas zu zeigen. Danach wird die Contessa persönlich mit Ihnen sprechen.«

Der Name Amarante war Palladino vertraut, aber er konnte sich nicht erinnern, der Contessa je persönlich begegnet zu sein. Zehn Jahre in seinem Job – und fast zwanzig in dem davor – hatten ihn gelehrt, dass hinter jeder Fassade voller lächelnder Steinengel Abgründe klafften. Der Palazzo Amarante bildete da gewiss keine Ausnahme.

Der Chauffeur zog ein Bündel Scheine aus seiner Jackentasche und reichte sie Palladino. »Ist das genug für eine Stunde Ihrer Aufmerksamkeit?«

»Fürs Erste, ja.« Palladino steckte das Geld ein und ließ einen Schein für Enzo auf dem Tisch zurück.

»Haben Sie noch eine andere Krawatte?«, fragte der Chauffeur, als Palladino ihm zur Limousine folgte.

»Haben *Sie* einen Namen?« Palladino richtete seinen roten Schlips und fragte sich, was dem Lakaien der Contessa daran nicht passte.

»Sandro.« Mit der Hand am Türgriff hielt der Chauffeur inne und fügte mit ernster Miene hinzu: »Die Krawatte ist dem Anlass nicht angemessen.« Er öffnete die Tür und ließ Palladino auf der Rückbank Platz nehmen. Dann trat er um den Wagen, setzte sich hinters Steuer und startete den Motor.

Palladino streckte die Beine im großzügigen Fußraum aus, strich mit einer Hand über die Ledergarnitur und atmete den Geruch ein. Im Rückspiegel beobachtete er Sandros Augen. »Die Contessa legt also Wert auf Mode?«

»Die Contessa legt Wert auf Pietät«, entgegnete Sandro. »Sie hat den Toten sehr geschätzt.«

Palladinos Oberkörper federte nach vorn. »Warten Sie. Welcher Tote?«

Statt zu antworten, fuhr Sandro los. Als er den Wagen in den Verkehr Richtung Piazza Barberini eingereiht hatte, löste er die Rechte vom Lenkrad, um etwas aus dem Handschuhfach zu ziehen.

»Probieren Sie die hier«, sagte er, ohne den Blick von der Straße zu nehmen.

Palladino rang einen Moment mit sich, ehe er die schwarze Krawatte entgegennahm. »Von was für einem Toten reden wir hier?«

Die Mimik des Fahrers blieb unbewegt. »Sie erfahren alles Nötige, wenn wir da sind.«

Palladino sank zurück in den Ledersitz. Während er umständlich den Krawattenknoten löste, registrierte er alle Straßen, die am Fenster vorüberzogen.

Schließlich bogen sie in eine Gasse mit vielen farbigen Türen und Fensterläden. Die Via Margutta war die Straße der Künstlerateliers und Galerien, eine schmale, schnurgerade Schlucht zwischen hohen Häusern. Manche waren vom Pflaster bis zum Dach bunt angestrichen, andere grau vom Kohlestaub der Öfen.

Die schwarze Limousine fuhr jetzt im Schritttempo. Obwohl die Gasse gerade breit genug für den Mercedes war, saßen am Straßenrand Musiker mit Akkordeons oder Celli neben Malern, die lautstark ihre Werke anpriesen.

Palladino atmete tief durch, als der Wagen vor einer Fassade voller Efeuranken anhielt.

Sandro zog den Zündschlüssel ab. »Wir sind da, Signore. Hier ist es.«

»Das ist keine Adresse für eine Contessa. Hier gibt's zu viele Sozialisten.« Zwei davon schoben sich gerade zwischen Wand und Wagen vorbei, nicht ohne argwöhnische Blicke auf Sandro und Palladino zu werfen.

»Sie werden der Contessa Amarante später begegnen, nicht hier«, sagte der Chauffeur und stieg aus.

Widerwillig öffnete Palladino die hintere Tür und fluchte, als der Fassadenputz am schwarzen Lack kratzte. Er warf die Tür zu und folgte Sandro die Steinstufen des Treppenhauses hinauf in den dritten Stock.

Wie an allen anderen Wohnungstüren im Haus fehlte auch an jener, vor der Sandro schließlich stehen blieb, das Namensschild. Der Chauffeur griff in seine Jackentasche und beförderte einen Schlüsselbund ans trübe Tageslicht im Treppenhaus.

»Signor Fausto war oft so sehr in seine Arbeit im Atelier vertieft, dass er die Klingel nicht gehört hat. Oder nicht hören wollte. Ich war dann befugt, einzutreten und ihn an seine Verabredung mit der Contessa zu erinnern.«

Aus einem langen Flur schlug ihnen beißender Gestank entgegen. Der Geruch von offenen Wunden war so penetrant, dass Palladinos Augen schon nach wenigen Schritten tränten.

Er hatte nicht zum ersten Mal beruflich mit dem Tod zu tun. In zwei Jahrzehnten Polizeiarbeit hatte er Dutzende Leichen gesehen. Das Schlimmste daran waren weder die faulenden Körper noch die Maden und Fliegen. Es war dieser ganz eigene Geruch von Gewalt. Leichengestank war übel genug, aber der von Mordopfern blieb tagelang an einem haften.

»Ist die Leiche noch hier?«

Hinter ihm schloss Sandro die Tür zum Hausflur, bevor er ungerührt erklärte: »Die Contessa hielt es für klüger, keine Polizei zu verständigen. Wenn Sie hier fertig sind, wird sich jemand um alles Nötige kümmern.« Er ging an Palladino vorüber auf die Tür am Ende des Flurs zu. Durch den offenen Spalt warf das Tageslicht einen hellen Streifen auf den Steinboden.

»Er ist im Atelier«, sagte Sandro. »Da war er immer, wenn ich hergeschickt wurde, um ihn abzuholen.«

»Ihre Chefin hat ihn hier gar nicht besucht?«

Im hohen Flur drehte Sandro sich um. »Wie ich schon sagte, Signor Palladino: Die Contessa ist Witwe, noch dazu besitzt sie ein beträchtliches Vermögen. Es gibt keinen Grund, warum sie einen guten Bekannten nicht im Palazzo Amarante empfangen sollte.« Mit einer Hand drückte er die Tür auf und betrat einen weiten Raum.

Palladino folgte ihm langsam. Hier war der Gestank fast unerträglich. Fluchend zog er die Hand in seinen Jackenärmel und eilte durch den Raum, um eines der großen Fenster aufzureißen.

»Tun Sie das nicht!«, sagte Sandro. »Wir wollen nicht, dass einer der Nachbarn etwas bemerkt.«

Mit der umhüllten Hand über dem Fenstergriff blieb Palladino stehen und drehte sich um. »Und das Treppenhaus? Es wird nicht lange dauern, bis man ihn im ganzen Haus riechen kann.«

»Die übrigen Etagen sind unbewohnt.«

»In der Via Margutta? Wir sind gerade mal einen Block von der Piazza di Spagna entfernt. Wer lässt im historischen Zentrum ein Haus leer stehen?«

»Das Gebäude gehörte Signor Fausto. Er hat keinen Wert auf Gesellschaft gelegt. Und er hat nicht viel Platz gebraucht. Nur das Nötigste zum Leben – und Raum für seine Kunst.«

Um diese Tageszeit fiel durch die Vorhänge des Ateliers ein diffuses Licht. An einer hellen Wand prangten Farbspritzer, die ihr Ziel verfehlt hatten.

»Als hätte er gewusst, dass er gehen würde«, sagte Sandro mit Blick auf das Dutzend Staffeleien und Leinwände, die wie alte Möbelstücke mit weißen Laken verhängt waren.

Viele weitere Bilder lehnten stapelweise an den Wänden, die unbemalten Rückseiten nach vorn gewandt. Dazu kamen sieben oder acht mannshohe Skulpturen, so gründlich verhüllt, dass nicht einmal die Sockel unter den Laken hervorschauten. Das Zentrum des Raumes bildete eine quadratische Metallplatte, offenbar die Unterlage, auf der Faustos Plastiken entstanden waren.

»Und wo ist nun die Leiche?«, fragte Palladino.

Der Chauffeur deutete nach oben. »Wenn Sie den Blick zur Decke heben ...«

Hoch über der Metallplatte am Boden befand sich ein Seilzug, um die schweren Skulpturen anzuheben. Statt Marmor oder Granit waren zwei über Kreuz genagelte Bretter waagerecht hinauf zur Decke gezogen worden. Von dort aus starrten Faustos tote Augen auf sie herab. Der Künstler war mit dem Bauch nach unten am Kreuz fixiert worden. Seine Lippen in dem eingefallenen Gesicht standen ein Stück weit offen. Langes, graues Haar umrahmte seinen Kopf als strähniger Kranz. Um Hand- und Fußgelenke waren die Stricke so fest gewickelt, dass die Haut sich dunkel verfärbt hatte. In wenigen Tagen wären die Fesseln vermutlich durchgefault.

Palladino tauschte einen Blick mit Sandro, der noch immer an der Tür zum Flur stand. Dann trat er einige Schritte näher an die Plattform heran, legte den Kopf in den Nacken und betrachtete den tiefen Schnitt an der Kehle des Toten. Darunter auf der Metallplatte befanden sich nur wenige Blutspritzer, die sich kaum von den Farbsprenkeln an der Wand unterschieden.

»Sie selbst haben ihn so gefunden?«, fragte er.

»Vor gut zwei Stunden.«

»Wo ist er getötet worden?«

»Im Badezimmer ist eine Menge Blut.«

Palladino ging hinüber in das fensterlose Bad. Auf dem Boden waren nur vereinzelte Tropfen und ein paar Schmierflecken zu sehen wie Wegweiser einer makaberen Schnitzeljagd. Er riss Toilettenpapier von der Rolle und schob damit vorsichtig den Plastikvorhang der Wanne beiseite. Schlieren von leuchtend rotem Blut zogen sich die weiße Emaille hinab und vereinten sich zu einer Pfütze.

Sandro betrat hinter Palladino den Raum. »Hier haben sie ihn ausbluten lassen wie ein Schwein.«

4

Durch Schwaden aus Zigarettenrauch folgten ihr zahllose Blicke. Im hinteren Teil der engen Bar dirigierte Bruno Anna zu einem Tisch, gleich neben einem Flipper und der Tür zur Toilette. Die meisten Männer, an denen Anna vorüberging, musterten sie belustigt, andere starrten sie feindselig an. Sie entdeckte keine weitere Frau inmitten all der Paparazzi, die sich hier vor ihren nächtlichen Streifzügen trafen.

Anna hatte ihr Batikhemd ganz unten in die Reisetasche gestopft, bevor sie losgefahren waren. Stattdessen trug sie jetzt einen dunklen Hosenanzug, dazu einen weißen Schal. Ihr Haar hatte sie mit dem Reif zurückgeschoben und ihre Augenwinkel mit Kajal nach außen verlängert, wie es hier in der Stadt die meisten Frauen machten. Bruno hatte sie begutachtet und befunden, dass sie sich derart ausstaffiert bestens in die abendliche Partygesellschaft der Via Veneto einfügen würde. Allerdings wäre in Anbetracht ihrer gegenwärtigen Umgebung etwas weniger Auffälliges zweckdienlicher gewesen.

Ihr Onkel erreichte den Tisch als Erster. Die vier Männer, die dort saßen, begrüßten ihn mit freundschaftlichen Rufen, während sie Anna neugierig musterten.

»Darf ich vorstellen, die Herren: meine Nichte, Anna Savarese. Ich hab euch von ihr erzählt. Dass ihr euch ja von eurer besten Seite zeigt!«

»Du hast nicht erzählt, dass sie aussieht wie Jane Fonda!« Der Jüngste am Tisch strahlte Anna an. Mit einer Hand spielte er nervös an seiner Kamera, die andere versuchte, den Wirbel auf seinem Kopf zu glätten.

»Jane Fonda ist blond«, sagte Anna. »Aber du machst ja auch nur Schwarz-Weiß-Fotos, oder?«

Während die anderen Männer grinsten, sagte Bruno: »Der vorlaute Kleine ist Michele.«

»Hi, Anna«, sagte Michele. Als er aufstand, um ihr die Hand zu reichen, konnte sie sehen, dass er als Einziger am Tisch Turnschuhe trug.

Der Reihe nach deutete Bruno auf die anderen Fotografen und nannte Anna ihre Namen.

Gianni wirkte nur wenige Jahre älter als Michele, aber um seine freundlichen Augen sammelten sich so viele Lachfalten, dass sein wahres Alter schwer zu schätzen war. Renato nickte ihr mit stummem Lächeln hinter seiner runden Brille zu, ehe er sich wieder seinem Bier widmete.

»Der da mit dem finsteren Blick ist Saverio«, sagte Bruno.

»Der da!«, wiederholte Saverio empört. Er lehnte sich zurück und richtete seine Jacke. »Dein Onkel und ich sind zusammen zur Schule gegangen.«

»Ja, die ganzen vier Jahre.« Michele grinste frech, aber Saverio ignorierte ihn. Er hatte den Kopf gedreht, sodass Anna ihn nur im Profil sehen konnte. Die Lippen verengten sich zu einer schmalen Linie, ansonsten blieb sein Gesicht bewegungslos. Seine Aufmerksamkeit galt dem Nachbartisch, irgendwo hinter ihr. Saverios Zigarette war bis auf den Stumpf heruntergebrannt und würde ihm jeden Moment die Fingerspitzen versengen. Trotzdem fixierte er einen seiner Kollegen durch den Rauch, ohne auch nur zu blinzeln.

Anna warf einen Blick über die Schulter und sah, wie der andere Mann die Augen niederschlug und sich wieder dem Tischgespräch widmete.

Bruno hatte seine vier Freunde vorgewarnt: Erstmals würde eine Frau mit ihnen auf die Jagd nach den besten Fotos der Nacht gehen. Er hatte Anna erzählt, dass es nicht einfach gewesen war, die anderen zu überzeugen, und auch sie las die Skepsis in ihren Mienen. Doch anders als die übrigen Männer bemühten sich diese vier zumindest um Höflichkeit.

»Schon mal so eine in der Hand gehalten?«, fragte Michele.

Annas Blick folgte seinem Nicken zu den Kameras, die die vier Paparazzi vor sich auf dem Tisch abgelegt hatten wie Revolverhelden ihre Waffen. Sie benutzten alle dasselbe Modell, kleine, schwarze Kisten mit silbernen Ornamenten und Rahmen. Auf der Vorderseite glänzten jeweils zwei Linsen wie Augenpaare.

Anna straffte die Schultern. »Eine Rolleiflex mit Weitwinkel und elektrischem Blitzgerät. Bei der müssen die Birnen nicht mehr ständig gewechselt werden, dadurch wird man flexibler und schneller.«

Für einen Moment herrschte Stille am Tisch. Michele grinste noch breiter.

»Hast du ihr das beigebracht?«, fragte Saverio.

»Nicht ein Wort«, antwortete Bruno.

Anna wandte sich an Saverio. »Ich hab in London schon Bilder damit gemacht, im *Marquee*.« Genau genommen hatte sie *zugesehen,* wie jemand Bilder damit gemacht hatte. Sie erinnerte sich nicht an den Namen der Band, die an diesem Abend gespielt hatte. Die meiste Zeit hatte sie mit dem Rücken zur Bühne gestanden und die Leute beobachtet. Dabei war ihr ein Mann aufgefallen, der sich mit seiner Kamera durch die Menge bewegt hatte. Es war das erste Mal seit Langem gewesen, dass wieder etwas ihr Interesse geweckt hatte, deshalb hatte sie sich wie ein Schatten an ihn gehängt und ihn so lange angelächelt, bis er ihr jedes Einzelteil der Kamera erklärt hatte.

»Da hört ihr's«, sagte Bruno. »Sie ist nicht beeindruckt von eurem Spielzeug.«

Renato nahm seine Brille ab und begann, die Gläser mit einem Zipfel seines weißen Hemdärmels zu putzen. »Na, dann komm mal her, Mädchen, und setz dich.«

Gianni rückte zur Seite, um Platz zu schaffen. Anna sank auf das blanke Holz und spürte wieder Blicke aus allen Richtungen auf sich. Michele drängte sich in ihr Sichtfeld und stieß dabei fast sein Bier um.

»Du bist also gerade erst aus London gekommen? Da soll ja 'ne Menge los sein. Beatles, die Stones, The Who. Schon mal einem davon begegnet?«

»Sherlock Holmes, die Queen, Jack the Ripper ...« Saverio hob das Glas und prostete dem Jüngeren zu.

Michele schüttelte abschätzig den Kopf. »Du bist ein alter, alter Mann, Saverio.«

Bruno hatte einen weiteren Stuhl aufgetrieben und ließ sich mit einem lauten Ausatmen nieder. Er legte die Hände flach auf den Tisch und blickte in die Runde. »Also, Kinder, was gibt's Neues?«

Renato schob sich die Brille zurück auf die Nase. »In *Dave's Dive* ist heute was los. Angeblich ist Orson Welles da, aber man kommt nicht zu ihm durch. Hab's schon versucht. Keine Chance.«

Michele winkte ab. »Ich hab genug Fotos davon, wie der sich fett frisst. Mehr davon braucht kein Mensch.«

Die anderen brummten zustimmend.

Saverio kratzte sich am Kinn und drehte den Kopf, bis der Schein der Lampe auf seiner hohen Stirn glänzte. »Clint ist wieder in der Stadt. Aznavour und Belmondo waren gestern Nacht im *Jicky*. Und jemand will Connery im *Bricktop's* gesehen haben – aber das glaub ich erst, wenn ich ihn selbst vor der Kamera hab.«

»Ustinov saß heute Morgen vorm *Doney* mit seinem Kreuzworträtsel«, sagte Gianni achselzuckend. »Nicht wirklich spannend.«

Während Bruno und die anderen Namen auflisteten, als wühlten sie im Register einer Schauspielagentur, nahm Anna aus dem Augenwinkel Micheles verstohlene Blicke wahr. Einmal schenkte sie ihm aus einer Laune heraus ein Lächeln, das ihn feuerrot anlaufen ließ.

»Dann sprechen wir also über Rex Bakers Geburtstagsfeier.« Saverio sah in die Runde. Niemand erhob Einspruch. »Bruno, willst du die Kleine da wirklich allein reinschicken?«

Ihr Onkel lächelte milde. »Da dürfte es so hoch hergehen, dass gar keiner merkt, dass Anna nicht eingeladen ist.«

»Weiß sie, was sie da erwartet?«, fragte Renato, als säße Anna nicht neben ihm.

»Ich kenne den Namen«, sagte sie schnell. »Aber –«

Saverio unterbrach sie. »Baker ist ein mieses Stück Scheiße. In Los Angeles hat er die Tochter seiner Verlobten vergewaltigt, über Monate hinweg. Da war sie zwölf oder dreizehn.«

»Ob das wahr ist, weiß keiner so genau«, wandte Bruno ein.

»Weil sein Manager ihn gerade noch rechtzeitig ins nächste Flugzeug nach Rom gesetzt hat. Die haben ihn aus der Schusslinie gebracht.«

»Und hier geben sie ihm weiter Hauptrollen?« Anna verzog das Gesicht, doch Bruno hob nur die Schultern.

»Die Leute mögen ihn«, sagte er. »Er sieht gut aus, ist immer charmant, und was kümmert Europa der Klatsch und Tratsch von Hollywood. Solange er sich einigermaßen benimmt, darf er hier weiter Cowboys und Spione spielen.«

Saverio verschränkte die Arme vor der Brust. »Erzähl ihr auch den Rest.«

»Welchen Rest?«

»Gerüchte«, sagte Bruno. »Wie über fast alle abgehalfterten Stars, die hier gestrandet sind.«

»Und die Orgien in seiner Villa an der Appia Antica? Keiner weiß so genau, wie alt die Mädchen sind, die da auftauchen.«

»Sagt mir einfach, auf was ich mich einlasse, okay?«, bat Anna.

Bruno sah ihr einen Moment lang in die Augen, dann nickte er. »In dem Club heute gibt's keine Orgien. Es werden eine Menge bekannte Leute da sein, viele sturzbetrunken oder high. Bakers Freundin dreht zurzeit in Jugoslawien, also wird er gerade ein paar anderen die Zunge in den Hals stecken. Du gehst rein, machst ein paar Bilder, redest mit niemandem und – voilà. Das war's.«

»Klingt nicht so schwierig«, sagte Anna.

»Mit Baker hängen immer 'ne Menge komische Leute rum«, murmelte Renato in sein halb leeres Glas.

»Eine Menge Schläger auch«, sagte Saverio.

Anna drückte ihren Rücken gegen die Lehne und hob das Kinn. »Ich krieg das hin.«

»Immerhin kommt sie aus London«, sagte Michele ironisch.

Gianni und Renato leerten fast gleichzeitig ihre Gläser, und Gianni orderte eine neue Runde. Das Bier, das er Anna vor die Nase stellte, schmeckte ihr nicht, doch das ging ihr seit Monaten mit fast allem so. Sie trank es trotzdem.

Eine halbe Stunde später stieg sie zum ersten Mal in ihrem Leben auf eine Vespa. Um sie herum röhrten die Motoren, als die Männer nach und nach ihre Gefährte starteten.

»Halt dich gut an Bruno fest!«, riet Saverio.

»Und immer schön in die Kurve legen«, sagte Renato, obwohl Anna niemanden um Tipps gebeten hatte.

Sie senkte die Stimme. »Die reden nicht oft mit Frauen, oder?« Und während sie sich hinter Bruno zurechtrückte, stellte sie die Frage, die ihr auf der Zunge brannte, seit sie die Bar betreten hatten. »Welcher von denen ist Spartaco?«

Bruno lachte. »Gar keiner. Wahrscheinlich wartet er vor dem Club auf uns. Manchmal taucht er auf, manchmal nicht. Bei Spartaco weiß man das nie so genau.«

Die anderen Vespas setzten sich in Bewegung, und Anna suchte ein wenig überrumpelt nach der besten Möglichkeit zum Festhalten. Doch Bruno fuhr noch gar nicht los.

Über seine Schulter hinweg konnte sie sehen, dass er zu Boden blickte. Er schwieg ein paar Sekunden und brach die Stille dann mit einem Seufzen. »Weißt du, Saverio hat vielleicht recht. Bist du sicher, dass du gleich ins kalte Wasser springen willst?«

»Absolut! Und ich bin es so leid, dass alle ständig Rücksicht auf mich nehmen. Davon hatte ich jetzt ein Jahr lang mehr als genug. Ich will, dass die Dinge hier in Rom anders laufen.«

Brunos Stimme wurde noch leiser. Im Motorenlärm gingen die Worte fast unter. »Manchmal kann das gefährlich werden.«

»Ich weiß, Bruno«, sagte Anna. »Genau deshalb bin ich hier.«

Ganz von allein griffen ihre Finger in den Stoff seiner Jacke, als die Vespa anrollte und rasch an Geschwindigkeit gewann. Die milde Nachtluft strich um ihr Gesicht und ließ ihr langes Haar im Schein der Straßenlaternen tanzen.

5

Sie waren nur wenige Minuten gefahren, als Bruno hinter den anderen Fotografen in die Via Veneto einbog. Bei Nacht war sie kaum wiederzuerkennen.

Die Klientel hatte in den letzten Stunden vollständig gewechselt. Dass die Leute, die jetzt über die Bürgersteige flanierten, keine Touristen waren, konnte Anna an ihrer Kleidung erkennen. Dass sie darüber hinaus keine durchschnittlichen Römer waren – oder sich nicht dafür hielten –, machte die selbstherrliche Art deutlich, mit der sie sich bewegten.

Die Vespas bogen in eine Seitenstraße, an die Anna sich zu erinnern glaubte. Im Vorbeifahren erhaschte sie einen flüchtigen Blick auf das dunkle Schaufenster, hinter dem sie ihren Hosenanzug gekauft hatte.

Laute Jazzmusik mischte sich in den Motorenchor. Der Nachtclub, aus dem sie drang, war Anna bei ihrem Einkaufsbummel am Tag nicht aufgefallen. Im Licht der Laternen und mit der Traube von Menschen in schillernder Abendgarderobe vor dem Eingang war er kaum zu übersehen.

Die Paparazzi stellten ihre Vespas auf der anderen Straßenseite ab. Schon als Anna abstieg, fiel ihr der junge Kerl auf, der sie im Schatten eines Hauseingangs erwartete. Vermutlich hatte er seine Kollegen bereits an der Kreuzung zur Via Veneto erspäht und ließ sie nicht aus den Augen. Anna ahnte, dass Bruno recht behielt.

Gleich darauf trat Spartaco aus dem Eingang in den gelben Schein der Lampen. Nach der Geheimnistuerei, die ihr Onkel um ihn veranstaltet hatte, war sie ein wenig enttäuscht, dass der Paparazzo nicht mit Donnergrollen und Schwefeldampf auf der Bildfläche erschien. Nicht einmal mit wallendem Umhang. Auch sein albernes Tuch trug er nicht vorm Gesicht.

Die anderen begrüßten ihn wie jemanden, der dazugehörte, und doch nicht so herzlich wie zuvor Bruno.

»Warum ausgerechnet Spartaco?«, fragte sie, nachdem Bruno ihr den Nachzügler auffallend beiläufig vorgestellt hatte. Viel wichtiger als der Junge war ihm die kleine, rote Handtasche, die Bruno ihr anvertraut hatte. Sie hing jetzt über Annas Schulter und baumelte auf Hüfthöhe.

Ehe Spartaco antwortete, sah er zu Bruno und den anderen, die auf der gegenüberliegenden Straßenseite ihr Vorgehen beratschlagten. Sie hatten sich abseits des Clubeingangs postiert, achteten auf eine gemäßigte Lautstärke, kamen aber nicht ohne wildes Gestikulieren aus.

»Spartaco ist hier kein ungewöhnlicher Name.« Sein schulterlanges, schwarzes Haar hatte Ähnlichkeit mit dem struppigen Fell des Stoffhunds, den sie als Kind kaum aus der Hand gelegt hatte.

»Wie der Kirk-Douglas-Spartacus? Der mit dem Aufstand der Gladiatoren?«

»Was wäre so falsch an einer Revolution?«, fragte er.

Anna kniff die Augen zusammen. »Ernsthaft jetzt?«

Er senkte die Stimme, als vertraute er ihr ein Geheimnis an. »Lang wird's nicht mehr dauern, dann stehen die Massen auf und sprengen die Ketten des Kapitalismus.«

Grundgütiger, dachte sie. Sie kannte Jungen wie ihn. Nach außen überzeugt und dogmatisch, im Inneren zutiefst verunsichert. Auch wenn er das geschickt verbarg.

»Und du bist dann ihr Anführer?«, fragte sie.

Er lächelte auf eine Art, die im Laternenlicht unmöglich zu deuten war. Dann schüttelte er langsam den Kopf. »Ich werd nur die Fotos machen, wenn die Paläste brennen und das Volk die Unterdrücker durch die Straßen treibt.«

Spartaco war groß, aber auf keinen Fall schön, und das war fast eine Erleichterung, denn vermutlich reichte allein sein Charisma aus, die unterdrückten Massen in Rage zu versetzen. Seine teure Kleidung stand im Widerspruch zu dem zerzausten Haar – und zu seinen Worten. Die Schuhe passten wie angegossen, aber am Kinn hatte er sich unsauber rasiert. Ihr skeptischer Blick brachte ihn nicht aus der Ruhe.

In seiner Dunkelkammer hatte ihr Onkel Spartaco einen der Besten genannt und seine Maskerade verteidigt. Während Anna ihn beobachtete, keimte in ihr der Gedanke, dass sie sich geirrt hatte: Spartaco mochte weder Tuch noch Umhang tragen, doch gänzlich unverkleidet war er auch jetzt nicht.

»Fotografieren ist aber nicht alles, was du tust, oder?«, fragte sie.

»Ich studiere. Politikwissenschaften und Semiotik.«

Anna wusste, wie es sich anfühlte, Geheimnisse zu haben, deshalb spürte sie, dass er etwas verschwieg.

»Und du?«, fragte er. »In London, meine ich.«

»Ich bin an der Uni in Kunstgeschichte eingeschrieben, aber ich geh nicht mehr zurück. Fürs Erste mach ich also wohl ... das hier.«

Was immer *das* auch war.

Von der anderen Seite der Straße, wo die Türsteher den Eingang des Nachtclubs bewachten, kam Bruno zu ihnen herübergelaufen. Er schaute weder nach links noch nach rechts und wäre beinahe von einem Auto erfasst worden. Während er seinen Weg fortsetzte, rief er der Fahrerin Beschimpfungen hinterher.

»Es ist so weit«, sagte er, als er Anna und Spartaco erreichte. »Und du bekommst das wirklich hin, ja?«

»Wir werden's nicht rausfinden, wenn ich's nicht versuche.«

Bruno nickte. Sie merkte ihm an, wie nervös er war. »Na gut. Gianni, Michele und die anderen lenken die Türsteher ab. So wie du aussiehst, würden die Typen dich wahrscheinlich auch so reinlassen, aber wir sorgen sicherheitshalber dafür, dass sie beschäftigt sind. Rex Bakers Geburtstagsparty findet in den hinteren Räumen statt. Verschwende also keine Zeit damit, irgendwen zu fotografieren, der sich vorn im Saal aufhält, auch wenn dir die Gesichter bekannt vorkommen.«

Anna zupfte vorsichtig die präparierte Handtasche zurecht. Sie würde die Kamera darin nicht mal herausnehmen müssen, um Bilder zu schießen. Laut Bruno war das Filmmaterial so empfindlich, dass sie ohne Blitzlicht passable Fotos schießen konnte.

»Vergiss nicht«, sagte er, »du musst drei, besser vier Sekunden vollkommen still stehen. Nicht mal atmen.«

Spartaco beobachtete sie aus dunklen Augen. »Du hast so was noch nie gemacht, oder?«

Anna wandte sich ihm zu, eine Hand am Band der Tasche. »Ich kann das. Kein Problem.«

Ein Klicken erklang, so leise, dass es bei Musik und Partygesprächen gänzlich unbemerkt bleiben würde.

Spartacos linke Braue zuckte nach oben. »Hast du mich gerade fotografiert?«

Anna lächelte und ging los. »Ich hab nur geübt«, sagte sie über die Schulter.

Sie ließ die beiden Männer stehen, überquerte die Straße und zwang sich zu tiefen, langsamen Atemzügen. Sie hob das Kinn und schritt energisch auf die Schlange am Einlass zu. Obwohl sie starr nach vorn sah, bemerkte sie, wie hinter ihr langsam Bewegung aufkam.

Die Paparazzi rückten aufdringlich an die Wartenden heran. Aus dem Augenwinkel erfasste Anna, wie Michele aus nächster Nähe eine Frau beim Richten ihrer Frisur ablichtete. Weiter vorn drängte Renato sich so eng an einem Mann vorbei, dass er ihm die Zigarette aus der Hand prellte. Der Mann grapschte verärgert nach Renatos Kragen, verfehlte ihn, bedachte ihn aber lieber mit heftigen Flüchen, statt seinen Platz in der Schlange aufzugeben.

Ganz vorn rempelten Gianni und Saverio auf der Suche nach der besten Perspektive einen der Türsteher an und begannen laut zu protestieren, als der sie beschimpfte und unwirsch gestikulierte.

Ohne aufzufallen, mischte Anna sich unter die wartenden Gäste. Sie stand hinter einer parfümierten Frau mit aufgesteckten Locken. Von der anderen Straßenseite her hörte sie den Türsteher weitere Drohungen ausstoßen. Sein Kollege am Eingang, ein stämmiger Typ mit kleinen Augen, verfolgte das Geschehen, während er nach und nach die Leute einließ.

Noch immer sprang Michele leichtfüßig um die Schlange herum. Hin und wieder sah Anna seine weißen Turnschuhe zwischen bunten Sandalen und schwarzen Sohlen aufblitzen. Er wich einem fluchenden Mann aus und geriet dabei in die Reichweite des Türstehers. Ein harter Schlag vor die Brust ließ Michele zurücktaumeln, aber Anna zwang sich, nach vorn zu sehen, als ginge sie das nichts an. Sie hörte Gummisohlen, die sich auf dem Bürgersteig entfernten. Die Frau vor ihr wurde durchgewunken und ließ sie in einer Wolke ihres Parfüms stehen.

Ein muskulöser Arm versperrte Anna den Weg.

Sie bemühte sich, ihre Kiefermuskulatur zu lockern, hob den Kopf und lächelte den Türsteher an. Der Mann ließ seinen Blick quälend langsam von den Zehen bis zu ihrem Gesicht heraufwandern. Dann zwinkerte er ihr zu, nahm den Arm herunter und ließ sie ein.

Anna schluckte, passierte die Garderobe und folgte dem Geruch von *Les Fleurs Enchantées* zur Tanzfläche.

6

Die schwarze Limousine rollte langsam auf einen mächtigen Torbogen zu. Er war das Portal zu Roms kleinstem und ungewöhnlichstem Viertel, dem märchenhaften Quartiere Coppedè.

Gennaro Palladino verirrte sich nicht oft hierher, und ihm war, als wüsste das auch das steinerne Gesicht auf der Frontseite des Bogens, das ihn mit seinem pupillenlosen Blick zu verfolgen schien. In der Wölbung des Tors, hoch über dem Straßenpflaster, hing ein eiserner Kronleuchter, mehrere Meter im Durchmesser.

Im Herzen des Viertels trafen sich fünf schmale Straßen auf der Piazza Mincio mit ihrem plätschernden Jugendstilbrunnen. Die Limousine umrundete ihn langsam.

Mehr noch als der Brunnen prägten das Quartiere Coppedè die Palazzi mit ihren breiten Aufgängen und hohen Portalen, verschachtelten Dächern und zinnenbewehrten Türmen, aufwendigen Balustraden und einer Fülle okkulter Symbole, die als Schmuckwerk in die Fassaden eingelassen waren. Verspielte Reliefs, gezwirbelte Säulen und Malereien von Tierwesen mit Mähnen und Flügeln umfassten ganze Stockwerke. Über dem Eingang eines Palastes wachte das Mosaik einer Spinne in ihrem goldenen Netz.

Wen es zufällig hierher verschlug, der ahnte nicht, dass all diese Bauten eine Art steinernes Zauberbuch bildeten, ein magisches Manifest des Architekten Gino Coppedè.

In den Gebäuden rund um die Piazza wohnten all jene Wohlhabenden der Stadt, die einen Hang zum Esoterischen hatten, zu Mystik und Magie. Hier lebten sie verborgen hinter diskreten Messingschildern mit Abkürzungen und Nummern und gingen ihren exzentrischen Interessen nach.

Vor einem siebenstöckigen Ungetüm in Weiß und Ocker rollte die Limousine aus. Als Palladino an der Fassade des Palazzo Amarante hinaufsah, fiel ihm auf, dass die Fenster unterschiedliche Formen und Größen hatten. Manche Balkone lagen im Schatten orientalischer Säulenbögen, andere waren von gotischer Schwere.

Der Chauffeur parkte die Limousine unmittelbar vor dem ausladenden Portal. Palladino stieg hinter Sandro eine Steintreppe hinauf, die zu einer Eingangstür aus dunklem Holz führte. Beidseits und über seinem Kopf wachten steinerne Adler. Malereien von Echsen, Seepferdchen und Sternen zierten das Gewölbe.

Sandro öffnete die Tür und bat Palladino wortlos in den Eingangsbereich. Es war kühl. Der Raum lag im Halbdunkel, die Fenster waren mit Stoffen verhangen. Der Marmorboden und die goldgeprägten Tapeten entsprachen dem, was Palladino hinter dieser Fassade erwartet hatte. Die glänzenden Ornamente der Wände spiegelten vage seinen Umriss, als er Sandro folgte. Er kam ihm vor wie der Schatten eines sehr viel größeren Mannes.

Bevor Palladinos Augen sich an die veränderten Lichtverhältnisse gewöhnen konnten, führte Sandro ihn eine Treppe hinunter und wieder ins Freie. Sie traten in einen efeuumrankten Innenhof, in dessen Zentrum ein hoher Walnussbaum stand. Seine Krone berührte die vier umliegenden Fassaden und tauchte den Boden in Düsternis.

Die hohen Mauern schirmten den Garten vor der Geräuschkulisse der Großstadt ab. Kurz dachte Palladino an das alte Bauernhaus seiner Eltern, wo die Stille vollkommen war.

»Der Baum hat nicht immer hier gestanden«, sagte jemand von der anderen Seite des Innenhofs.

Im ersten Moment hatte Palladino die Frau auf der Steinbank übersehen. Ganz in Schwarz gekleidet, verschmolz sie mit dem Schatten des Walnussbaums. In ihrer Stimme lag ein Hauch von Wehmut.

»Papst Pasquale hat im Mittelalter befohlen, ihn zu verbrennen, aber Kultisten haben ihn ausgegraben und an einem geheimen Ort wieder eingepflanzt. Achthundert Jahre lang stand er hier im Verborgenen, bis Gino Coppedè die alten Bauten abreißen ließ und zu Ehren des Baumes dieses Viertel errichtete.«

Über akkurat gestutztes Gras ging Palladino auf sie zu. »Ich wusste nicht, dass Nussbäume so alt werden können.«

Die Frau in Schwarz drehte ihm das Gesicht zu, und er sah, dass sie von einer herben Schönheit war, so ästhetisch und rätselhaft wie die steinernen Faungesichter an den Fassaden des Viertels.

»Dieser hier wuchs einst auf dem Grab des Kaisers Nero, wo heute die Kirche Santa Maria del Popolo steht. Jahrhundertelang tanzten Hexen um seinen Stamm. Papst Pasquale hat das Loch versiegeln und die Kirche darauf errichten lassen, nachdem ihm im Traum die Madonna erschienen war.« Sie lächelte ein wenig spitzbübisch. »Vielleicht war es wirklich die Madonna. Vielleicht auch nicht.«

Ohne aufzustehen, streckte sie Palladino den Handrücken entgegen, sodass der sich genötigt sah, sie mit der Andeutung eines Handkusses zu begrüßen.

»Contessa«, sagte er respektvoll.

»Signor Palladino. Es ist mir eine Freude, dass Sie meine Einladung angenommen haben.«

»Die Leiche in der Via Margutta hat mich überzeugt, dass es gesünder sein könnte, Ihren Wünschen Folge zu leisten.«

»Palladino.« Er spürte Sandros mahnenden Blick im Rücken, und einen Augenblick lang fragte er sich, was der Handlanger der Contessa wohl tun würde, wenn er die Warnung in den Wind schlüge.

Doch die Contessa hob die Hand, ohne den Chauffeur eines Blickes zu würdigen. »Es ist gut. Sie können gehen, Sandro. Vielen Dank für Ihre Mühe.«

»Wie Sie wünschen.« Er drehte sich um, stieg die Stufen hinauf und verschwand im Haus.

»Außerdem war ich neugierig«, sagte Palladino. »Ich mag käuflich sein, Contessa, aber ich bin kein Idiot. Sie haben mich in ein Verbrechen hineingezogen, indem Sie dafür gesorgt haben, dass ich am Tatort gesehen werde. Und jetzt glauben Sie, dass ich Ihr Angebot nicht mehr ausschlagen kann.«

Die Contessa zog die dunklen Brauen hoch. »Ich bin davon ausgegangen, dass Sie mein Angebot in jenem Moment angenommen haben, als Sie das Geld meines Mitarbeiters nicht ausgeschlagen haben.«

»Das war gerade mal genug, um ihn zu begleiten. Und um Ihnen zuzuhören.«

Wieder lächelte sie. »Würden Sie sich einen Augenblick zu mir auf die Bank setzen?« Behutsam wischte sie ein einzelnes Blatt von der Steinfläche neben sich.

Palladino erfüllte ihr den Wunsch. Unter dem Schatten der Baumkrone erklomm die Kälte der Steinbank seine Wirbelsäule.

Neben ihm streckte die Contessa Amarante elegant ihre Hand aus und deutete hinauf ins Geäst. Ihm fiel auf, dass sie nur einen einzigen schlichten Ring trug. »In diesem Baum gab es einmal ein Wespennest. Eines Tages ist es einfach heruntergefallen. Alle Wespen im Inneren waren tot. Ich hab es aufgeschnitten und fand eine Königin mit zwei Köpfen.«

Palladino musterte die Frau von der Seite. Es schien sie nicht zu stören, ihr Blick blieb unverwandt ins Blätterdach gerichtet.

»Falls es ungewöhnlich ist, Contessa, dass um Sie herum Menschen sterben – oder Wespen –, dann haben Sie mein Mitgefühl. Ich hab gehört, dass Sie kürzlich Ihren Gatten verloren haben. Auch dafür mein Beileid. Der Conte Amarante war ein einflussreicher Mann.«

»Ich schätze Sarkasmus, wo er angebracht ist. Seltsam, dass man immer annimmt, er sei bei anderen angebracht, aber nie bei einem selbst.« Sie hatte den Kopf zur Seite geneigt, das lange Haar ruhte auf ihrer Schulter und die Hände im Schoß. »Der Conte hat mir alles vererbt, und er hat es aus aufrichtiger Liebe getan. Sein Sohn aus erster Ehe hasst mich dafür. Und es gibt noch ein paar andere, die mich nicht besonders schätzen.«

»Dabei mögen Sie Bäume und trauern um Insekten. Man könnte fast meinen, Sie wünschten der ganzen Welt nur Gutes.«

Die Contessa hob das Kinn und lachte leise. Als sie ihm das Gesicht zudrehte, war alles Verträumte daraus gewichen. »Sind Sie in der Lage, herauszufinden, wer Fausto getötet hat?«

Palladino ließ ein paar Sekunden verstreichen. »Nur, wenn ich noch einmal zurück in diese Wohnung gehen kann. Und zwar ohne Ihren Handlanger. Danach können Sie die Leiche entsorgen lassen und was sonst noch von dort verschwinden soll.«

»Einverstanden.« Die Contessa faltete ihre langen Finger ineinander, bevor sie sich wieder dem Baum zuwandte. »Aber warten Sie, bis es dunkel ist. Sie sollten nicht zweimal dort gesehen werden. Bis Mitternacht haben Sie Zeit, dann wird jemand kommen, dem Sie besser nicht begegnen – der Beauftragte eines Geschäftspartners, der Erfahrung in solchen Dingen hat.«

Palladino schmunzelte. »Das Bestattungsinstitut, nehme ich an.«

»Sie glauben, der Mord hat mit den Geschäften meines Mannes zu tun. Oder mit seinen politischen Aktivitäten. Nun, ich kann Ihnen versichern, die Mafia steckt sicher nicht dahinter. Und die Etruskische Front ist zu beschäftigt mit ihren Umsturzplänen.«

Die Fläche des Innenhofs war eben und das Gras gleichmäßig gewachsen. Nur unweit des Stamms fiel Palladino eine kleine Grube auf. Gerade tief genug für eine Urne.

»Ich muss Ihnen eine persönliche Frage stellen«, sagte er.

»Sie wollen wissen, ob Fausto und ich eine Affäre hatten.«

»Oder etwas Vergleichbares.«

Ihre Hand fand Strähnen ihres Haars und strich langsam daran entlang. Ihre Augen sahen ins Leere. Der Schmerz, der aus ihrem Blick sprach, war alt, als hätte sie schon vor Faustos Tod zu trauern begonnen. »Das ist sehr, sehr lange her. In einer anderen Zeit. Zuletzt waren wir nur noch alte Freunde mit ähnlichen Interessen. Wir haben uns gegenseitig unterstützt.«

Palladino nickte, wusste aber nicht, ob er ihr glauben wollte. »Was soll ich tun, wenn ich den Täter finde?«

»Das, was Sie für gewöhnlich tun, wenn man Sie gut genug bezahlt. Ich habe kein Interesse daran, Faustos Mörder der Justiz auszuliefern. Ich will Rache, keine Gerechtigkeit. Und ich hörte, Sie sind talentiert in diesen Dingen. Sehr gründlich, vor allem.«

Argwöhnisch musterte er sie und konnte nicht umhin, ihre statuengleiche Haltung zu bewundern. Es fiel ihm schwer, sich eine

Situation auszumalen, in der diese Frau ihre Contenance verlor.
»Wer hat mich Ihnen empfohlen?«

»Es wird Sie amüsieren«, sagte sie ohne eine Spur von Belustigung. »Ausgerechnet mein verstorbener Mann. Der Conte sagte, falls er eines Tages eines gewaltsamen Todes sterben werde, dann solle ich Kontakt zu Ihnen aufnehmen.« Ihre Augen blitzten. »Ein Segen, dass er friedlich im Schlaf von uns gegangen ist.«

Palladino legte den Kopf in den Nacken und ließ ihn langsam im Halbkreis rotieren, um seine Wirbel zu lockern. Sie knackten, aber es fühlte sich nicht befreiend an. Als sein Blick den Boden streifte, fiel ihm auf, dass die Schatten der Zweige wie ein gewaltiges Netz über dem Innenhof lagen.

Die schwarze Witwe lächelte, doch in ihren Augen sah er etwas, das ihn schaudern ließ: den Zorn und den Hass einer zutiefst verletzten Frau.

7

Dicke Regentropfen zerplatzten auf der Frontscheibe. Durch die Schlieren beobachtete Palladino, wie die Künstlerinnen und Künstler der Via Margutta in ihre winzigen Ateliers und Apartments flohen.

Die Via Margutta galt als Treffpunkt der römischen Boheme. Abends saßen die Maler, Bildhauer und Schriftsteller vor der Handvoll Galerien im Erdgeschoss, den improvisierten Bars und der einzigen Trattoria weit und breit, die ihnen Kredit gewährte. Jedenfalls solange das Wetter ihnen keinen Strich durch die Rechnung machte.

Binnen weniger Minuten hatte sich die Straße geleert. Mit etwas Glück war Palladino niemandem aufgefallen, als er gegen dreiundzwanzig Uhr abermals Faustos Wohnung betrat.

Beim Besuch mit dem Chauffeur hatte er so gut wie nichts berührt. Als er jetzt die Tür aufdrückte, hinter der sich der Leichnam befand, trug er Handschuhe.

Durch die großen Fenster drang das Licht einer Straßenlaterne ins Atelier und malte Schatten an die gegenüberliegende Wand. Auf den ersten Blick schien alles unverändert: verhüllte Staffeleien und Skulpturen, ihr Schöpfer nach wie vor unter der Zimmerdecke. Der beißende Gestank, den der Tote verströmte, hatte sich intensiviert und noch mehr Aasfliegen angelockt, die den Körper hektisch umschwirrten.

Palladino hatte nur eine Stunde Zeit. Routiniert ging er an die Arbeit. Er öffnete Schränke und Schubladen und durchforstete sie nach etwas, das Aufschluss über die Gründe für Faustos Ermordung geben mochte. Offene Rechnungen, ein Foto, eine Notiz oder Visitenkarte.

Bis zum Nachmittag war er sicher gewesen, dass es dem Auftraggeber nur um eine Drohung gegangen war, mit der die Contessa Amarante eingeschüchtert werden sollte. Doch nach der Begegnung mit ihr vermutete er, dass mehr dahintersteckte.

Der Raum war so spartanisch eingerichtet, dass Palladino schon nach wenigen Minuten dazu überging, den Boden und die Wände des Ateliers abzuklopfen. Nirgends ein Hohlraum oder eine verdächtige Kleinigkeit. Nichts, das über die Utensilien eines verschrobenen Künstlers hinausging.

Schließlich trat er durch eine schmale Tür in ein Schlafzimmer. Gegenüber einem Bett mit zerwühlten Laken stand eine schlichte Kommode. Die Schubladen schabten rau über das Holz, als er sie aufzog. Darin waren nur ein paar Kleidungsstücke. Er drückte die Schubladen wieder zu, drehte sich um und betrachtete das Bett. Das unbezogene Kopfkissen hing halb über den Rahmen.

Er umging den Teppich, schob Decke und Kissen beiseite und suchte nach schwarzen Haaren der Contessa. Vergebens.

Mühsam zog er das schwere Eisenbett ein Stück nach vorn, um einen Blick dahinter zu werfen. Ein Handgriff, der zu seiner üblichen Vorgehensweise gehörte. Er hatte nicht ernsthaft damit gerechnet, ausgerechnet dort fündig zu werden.

Es musste einmal eine sehr viel dünnere Matratze auf dem Gestell gelegen haben, denn an der Wand kamen Worte zum Vorschein. Palladino stellte sich vor, wie der Maler sie in langen Nächten in die schmuddelige Tapete gekratzt hatte. Einige befanden sich tief im Putz, andere nur oberflächlich in der Tapete. Als hätte Fausto manchmal mit dem Messer geritzt, dann wieder mit bloßem Fingernagel. Was er hinterlassen hatte, las sich wie ein Gebet.

Ihr Götter ... Kein Schlaf ... Lasst mich doch schlafen ... Träume, wenn ich wach bin ... Macht, dass es endet!

Palladino prägte sich die Worte ein, dann schob er das Bettgestell wieder an die Wand. *Ihr Götter.* Plural.

Er blickte auf die Uhr. Es waren kaum zwanzig Minuten vergangen, seit er die Wohnung betreten hatte. Blieb noch über eine halbe Stunde bis Mitternacht, ehe der angekündigte Besucher erscheinen würde, um hier für Ordnung zu sorgen. Palladino verließ das Zimmer und ging zurück ins Atelier.

Der Gestank des Toten schlug ihm auf den Magen. An Faustos offener Kehle war das Gewimmel der Fliegen am größten. Von draußen prasselte der Regen an die Fenster, aber das Surren und Knistern war lauter.

Palladino trat vor die Staffeleien, hob ein Laken nach dem anderen und blickte darunter. Faustos Gemälde bestanden aus fingerdick aufgetragenen Farbkrusten. Überaus abstrakt und genau die Art von Kunst, mit der Palladino am wenigsten anfangen konnte.

Erst bei längerem Hinsehen formten sich aus Flächen und Farbspritzern brennende Gestalten. Schwarze Silhouetten, umlodert von roten und grellgelben Feuersbrünsten. Er fand im ganzen Atelier kein einziges Bild, das von diesem Schema abwich.

Auch die Skulpturen stellten Menschen dar, die in Flammen standen. Einige in Embryonalstellung am Boden, mit schmerzentstellten Gesichtern und verkrampften Fingern. Andere mit auseinandergerissenen Armen, fast triumphierend, als hießen sie die Qual willkommen.

Palladino zog das Laken von der letzten Figur und enthüllte einen Mann, dem das Feuer am Kinn emporzüngelte. Von den Knöcheln bis zur Brust war er von einer Flammensäule umgeben. Der Mund war zu einem stummen Schrei aufgerissen.

Das Laken in Palladinos Hand fühlte sich klamm an. Er ließ es zu Boden gleiten und wunderte sich über die Ruhe im Blick der brennenden Figur.

»Warum jetzt?«, fragte eine Stimme.

Er fuhr herum. Er hatte den Chauffeur nicht hereinkommen hören. Vielleicht wegen der Fliegen, wegen des Regens oder weil er allmählich alt und unachtsam wurde.

Sandro stand in der Tür zum Atelier. Regentropfen perlten von seinem schwarzen Mantel und sammelten sich zu seinen Füßen auf dem Parkett.

Palladino verzog keine Miene. »Die Contessa hat mir erlaubt, noch einmal herzukommen.«

»Natürlich.« Sandro machte einige Schritte ins Atelier und betrachtete die weißen Laken, die überall auf dem Boden lagen. »Aber wieso erst jetzt?«

»Ich hab gewartet, bis es dunkel war und der Regen losging. Die Leute auf der Straße –«

»Nein, nicht das«, unterbrach ihn Sandro barsch. »Warum schauen Sie sich erst jetzt die Bilder an? Warum nicht heute Nachmittag?«

»Da wusste ich noch nicht, ob ich den Auftrag überhaupt annehme.« Er gab sich keine Mühe, seinen Ärger zu verbergen.

Sandro kam langsam auf ihn zu. Sein Blick streifte die Leiche, richtete sich dann wieder auf Palladino.

»Wissen Sie«, sagte er seltsam tonlos, »ich war es, der sie alle verhüllt hat. Ich wollte nicht, dass sie ihren Schöpfer so sehen müssen.«

»Sie?« Befürchtungen schossen ihm durch den Kopf, aber keine ergab Sinn. Nur eine leise Vorahnung nistete sich ein.

»Am Nachmittag haben Sie sich über die Laken gewundert«, sagte Sandro und ließ ihn nicht aus den Augen. »Ich hab's Ihnen angesehen.«

»Vielleicht hätte die Contessa ja Sie zu ihrem privaten Schnüffler machen sollen. Sie scheinen sich eine Menge auf Ihre Beobachtungsgabe einzubilden.«

Wahrscheinlich die falsche Taktik. Der Chauffeur runzelte die Stirn. »Ich war nicht sicher. Es war nur so ein Gefühl, als wir beide hier waren. Aber jetzt, während ich Sie beobachtet habe … Sie haben diese Kunstwerke gerade nicht zum ersten Mal gesehen. Vielmehr haben Sie sich vergewissert, dass es noch dieselben sind und nichts verändert wurde.«

Palladino musterte ihn scharf. »Möglicherweise sollten Sie zur Contessa gehen und ihr sagen, was *Sie* über all das wissen, Sandro. Vielleicht ist es noch nicht zu spät für Sie.«

Ein freudloses Lachen drang aus Sandros Kehle. »Für mich?« Irritiert sah er Palladino an. »Nein, hier geht es nicht um mich. Ich weiß, wer das getan hat.«

Ehe Palladino reagieren konnte, zog Sandro eine Pistole aus der Innentasche seines Mantels und zielte. »Das hier waren Sie, Palladino. *Sie* haben Fausto ermordet.«

8

Während ihre Augen sich allmählich an das Halbdunkel gewöhnten, drängte Anna sich langsam durch die Menge. Der Club war in Violett und Silber gehalten, zwischen Kleidern und Hosenbeinen glänzten schwarze Fliesen. Nachtclubs wie diesen gab es auch in London, aber sie hatte nie das Bedürfnis gehabt, einen von innen zu sehen. Als sie noch getanzt hatte, hatte sie sich an die Schuppen mit klebrigem Boden und bemalten Toiletten gehalten.

Sie legte schützend eine Hand an ihre Tasche und versuchte, über die Köpfe der anderen Gäste hinweg einen Hinweis auf die exklusiveren Räume des Clubs zu finden. Das Durcheinander aus Gesprächsbrocken in mehreren Sprachen und die Blicke, die sie unverhohlen abschätzten, überforderten sie. Gleichzeitig kam es ihr vor, als würden ihre Poren bei all dem Schweiß und Alkoholdunst auch ein wenig von dem Leben rundum aufsaugen. Obwohl die vielen Menschen sie nervös machten, gefiel ihr der Nervenkitzel.

Sie entdeckte den Durchgang zu den hinteren Räumen und schob sich durch die Menge auf den Mann zu, der ihn mit finsterer Miene bewachte.

»Der Bereich ist privat.« Sein Tonfall und sein Gesicht machten deutlich, wie oft er den Satz heute Abend schon gesagt hatte. Er sprach gerade laut genug, dass Anna ihn über die Musik verstehen konnte.

»Ich weiß.« Sie lächelte. »Rex hat mich eingeladen.«

»Hat er das?«

»Gehen Sie rein und fragen Sie ihn. Sagen Sie ihm, Violetta ist da.«

»Violetta, hm?«

»Violetta Garibaldi. Am Ende seines letzten Films haben wir geheiratet.« Sie strahlte den Mann möglichst unbedarft an. »Ganz so weit ging's im wirklichen Leben nicht, aber wir … wir kennen uns gut. Wenn Sie verstehen, was ich meine.«

Der Mann seufzte tief und gab nach. Etwas sagte Anna, dass hinter dem Vorhang mehrere Frauen tanzten, die ihm eine ähnliche Geschichte erzählt hatten. Als sie sich an ihm vorbeischob, raunte er ihr ins Ohr: »Wenn du später keine Lust mehr hast auf die Spinner da drinnen, dann frag nach Luigi.«

Zwei Schritte später stand sie auf Rex Bakers Geburtstagsparty. Orientalische Klänge drangen aus den Lautsprechern, während sie sich in dem schummrigen Raum umsah. Es roch nach dem Rauch von tausend Zigaretten, nach Marihuana und verschüttetem Champagner. Auf einer Tanzfläche in der Mitte bogen sich drei halb nackte Bauchtänzerinnen.

Vereinzelte Schlaglichter erhellten Tische im hinteren Bereich. An einem davon thronte Rex Baker im weißen Smoking. Die Jacke war geöffnet, darunter trug er kein Hemd. Seine muskulöse Brust war mit Lippenstiftabdrücken übersät, so als sei es eine Art Aufnahmeritus, dass jede Frau nach der Ankunft seinen Körper küsste. Drei Mädchen in kurzen Kleidern drängten sich von beiden Seiten an ihn. Alle drei blutjung.

Sie schob sich zwischen den anderen Gästen hindurch auf Bakers Tisch zu. Eine Frau, deren Frisur so verrutscht war wie ihr Rock, stolperte ihr über den Weg, und im Versuch, ihr auszuweichen, stieß Anna mit dem Ellenbogen jemanden an. »Entschuldigung.«

Der Mann fuhr gereizt zu ihr herum, er kam ihr vage bekannt vor. Über seine Schulter hinweg konnte sie sehen, wie die Bauchtänzerinnen sich verbeugten und außerhalb der Tanzfläche im Dunkel verschwanden.

Die Musik veränderte sich. Der Trommelrhythmus, der nun einsetzte, bewirkte etwas im Gesicht des Mannes, den Anna angerempelt hatte. Hastig wandte er sich der Bühne zu. Erst jetzt bemerkte Anna, dass die meisten Gespräche um sie herum verstummt waren.

Auf der Tanzfläche erschien eine große, dunkelhäutige Frau. Sie trug noch weniger am Körper als die Bauchtänzerinnen, die vor ihr aufgetreten waren. Nichts glänzte, nichts klimperte.

In der Mitte der Tanzfläche blieb sie stehen, nickte kurz in Bakers Richtung und begann, sich langsam zum Klang der Trommeln zu bewegen. Der Rhythmus steigerte sich, und die Menge begann zu klatschen. Auch der Tanz wurde wilder, ekstatischer.

»Bravo!« und »Bravissimo!« riefen die Gäste. Anna war nicht sicher, ob das bereits etwas war, das sich zu fotografieren lohnte. Von der Tänzerin würden nur Schlieren zu sehen sein.

Sie schob sich an den Menschen vorbei, stellte sich in Position und drückte zweimal ab, weil sie neugierig war, ob das Motiv trotzdem etwas hergeben würde. Um sie herum begannen immer mehr Gäste zu jubeln.

»Wer ist das?«, fragte sie über den Lärm hinweg.

»Das ist Barbelo! Keine tanzt wie sie.« Die Augen des jungen Mannes neben ihr folgten jeder Bewegung. Er war so fasziniert, dass er sich unbemerkt seinen halben Drink über die Schuhe gekippt hatte.

Barbelo schüttelte ihre schwarzen, lockigen Haare im Rhythmus der Trommeln, wand ihren biegsamen Körper in bizarren Bewegungen und schien dabei Mühe zu haben, sich mit den Grenzen der Tanzfläche zu begnügen. Die Menschen verfolgten ihre besessene Performance wie hypnotisiert.

Langsam näherte Anna sich Bakers Tisch, schob sich an gebannten Zuschauern vorbei und gab dabei Acht auf ihre Handtasche. Der Amerikaner schien weniger von der Tänzerin angetan als von seinen jungen Gratulantinnen. Anna fand eine günstige Position und knipste mehrere Bilder von Baker, der seine Hände überall unter den knappen Kleidchen seiner Gespielinnen hatte. Außerdem bemühte sie sich um Fotos einiger anderer Männer und Frauen, deren Gesichter ihr bekannt vorkamen. Auch den Mann, den sie angerempelt hatte, hatte sie schon einmal auf der Leinwand gesehen. Wäre sie schneller gewesen, hätte sie die Wut in seinen Augen und die Bauchtänzerinnen im Hintergrund erwischen können.

Schließlich bemerkte sie, dass sie von der Menge an den Rand der Tanzfläche geschoben worden war. Barbelo tanzte unmittelbar vor ihr. Anna konnte die Hitze spüren, die von ihrem Körper ausging. Die Art, wie sie sich bewegte – mal staksend wie eine Gottesanbeterin, dann zerfließend wie aus Wachs –, verdrängte die versteckte Kamera und die wartenden Paparazzi vor der Tür für einen Moment aus Annas Gedanken.

Barbelo sah ihr direkt in die Augen. Zugleich schien sie durch Anna hindurchzublicken, so als sähe sie in Wahrheit ganz andere Zuschauer vor sich. Keine betrunkenen Schauspieler, sondern Menschen eines archaischen Zeitalters, die ganz genau wussten, welchem Götzen ihr bizarres Tanzritual galt.

Barbelos Lippen bewegten sich, schienen zu flüstern. Doch jeder Laut wurde von den Trommelschlägen geschluckt, ehe er Anna erreichen konnte. Schließlich wandte die Tänzerin sich wieder ab und glitt an der Reihe der Zuschauer entlang von ihr fort.

Mit ihr wich auch Annas Starre. Ihre Finger schlossen sich um den Taschengurt, so fest, dass ihre Nägel in ihren Handballen stachen. Ihr Magen hatte sich verkrampft.

»Verzeihung…«, hörte Anna sich sagen, als sie sich wieder durch die Menge drängte. Ein seltsamer Druck entstand in ihrem Kopf. Ihre eigene Stimme klang so dumpf, als bewegte sie sich am Grund eines Schwimmbeckens. Nur die Trommeln erschienen ihr lauter als zuvor.

Sie war nicht sicher, was sie da gerade gesehen hatte. Etwas in ihr wollte bleiben, den Tanz bis zum Ende miterleben, keine Sekunde davon verpassen. Doch da war auch eine innere Stimme, die sie anzuschreien schien, sofort von hier zu verschwinden, nur ja keine Zeit zu verschwenden. Raus hier, jetzt gleich.

Mit vorgestreckten Händen tastete sie sich blinzelnd an nackten Schultern und schweißdurchtränkten Jacketts entlang. Irgendwo hinter ihr erreichten die Trommeln einen dramatischen Höhepunkt. Annas Herzschlag konnte mithalten. Sie rang hektisch nach Atem, und etwas Weiches traf sie im Gesicht.

Der Vorhang.

Wenig später sog sie die kühle Nachtluft in ihre Lungen. Kein Marihuana, kein Rauch, weder Schweiß noch Champagneratem. Nur die römische Nachtluft. Sie richtete sich auf und nahm den Straßenlärm wahr. Der Druck in Bauch und Kopf, auch die Taubheit waren im Club zurückgeblieben.

»Da ist sie wieder!«

Anna drehte sich um und sah, wie Micheles Gesicht sich aufhellte. Die Männer standen nicht direkt vor dem Club, doch nah genug, um mitzubekommen, wer kam und wer ging. Gianni winkte sie heran, aber Bruno eilte ihr bereits entgegen.

»Alles in Ordnung?« Er sah ihr forschend ins Gesicht. »Wie ist es gelaufen?«

»Mir geht's gut.« Sie straffte die Schultern und atmete tief durch. »Ich hab Bilder gemacht, von Baker und ein paar anderen. Keiner hat was gemerkt.«

Michele grinste, Bruno drückte sie stolz an sich, und Gianni und Renato klopften ihr anerkennend auf die Schulter. Saverio räusperte sich. »Für's erste Mal nicht schlecht«, sagte er brummig.

Michele verdrehte die Augen. »Ach, Saverio, komm schon. Sie war großartig!«

»Warten wir mal die Bilder ab.«

»Achte gar nicht auf ihn, Anna«, sagte Gianni und schenkte ihr ein Lächeln.

Als die Aufmerksamkeit der übrigen Paparazzi von einer nahenden Limousine in Beschlag genommen wurde, berührte Bruno Anna am Ellenbogen. Sie konnte ihm ansehen, dass er besorgt um sie war. »Ist wirklich alles okay? Du bist so blass. Was hast du da drinnen gesehen?«

Sie mied seinen Blick und sah stattdessen den anderen am Straßenrand zu. »Nur eine Party. Eine Menge Menschen und diese Tänzerin ...« Anna brach ab und zählte. Renato, Saverio, Gianni, Michele und Bruno. Fünf. »Wo ist Spartaco?«

Michele zuckte die Achseln. »Schon wieder weg. Er kommt, er geht ... So ist er halt.«

Die Türen der Limousine öffneten sich. »Uninteressant«, sagte Saverio so laut, dass die Leute, die gerade ausstiegen, ihn nicht überhören konnten.

Bruno nickte, wobei er Anna nicht aus den Augen ließ. »Hauen wir ab.«

9

Die Pistole in Sandros Hand war auf Palladinos Brust gerichtet. Der Chauffeur stand zwischen ihm und der Tür zum Flur. Bis zum Schlafzimmer waren es zu viele Schritte, und hinter ihm befanden sich nur die großen Fenster, gegen die unablässig der Regen prasselte. Trotzdem konnte Palladino den aufgeregten Atem des Chauffeurs hören.

»Sie sind ein Idiot, wenn Sie wirklich glauben, dass ich ihn ermordet habe.« Es war nicht das erste Mal, dass jemand mit einer Waffe auf ihn zielte. »Kutschieren Sie weiter Ihre Chefin durch die Gegend, da liegen Ihre Talente. Aber versuchen Sie nicht, meine Arbeit zu machen.«

Sandros Brust hob und senkte sich so hastig, als wäre er den Weg vom Palazzo Amarante bis hierher gerannt. Mit der freien Hand wischte er sich den Regen aus den Augen. »Ich weiß, dass Sie es waren, Palladino. Sie haben Fausto die Kehle durchgeschnitten und ihn danach an das verdammte Kreuz gehängt.«

»Und warum zum Teufel sollte ich das tun? Ich kannte ihn nicht, und seine Bilder würde ich mir nicht mal für Geld über die Couch hängen.«

»Jemand hat Ihnen den Auftrag gegeben.«

»Ich bin Privatdetektiv!«

»Wir wissen beide, was Sie sind, Signor Palladino.«

»Und wieso sollte ich mich anheuern lassen, um mein eigenes Verbrechen aufzuklären?«

Sandros Augen verengten sich. »Um ... Ihre Spuren zu verwischen.«

Palladino sprach seine nächsten Worte so bedächtig, als hätte er es mit einem begriffsstutzigen Kind zu tun. »Falls es hier Spuren gibt, dann wäre es großartig, wenn Sie sie mir zeigen würden. Vielleicht könnte ich dann einfach weitermachen und den wahren Mörder finden.«

Sandro ignorierte die Bemerkung. »Ich wette, eine Menge Leute kommen mit ganz unterschiedlichen Aufträgen zu Ihnen. Und Sie sind gewiss kein Mann, der Skrupel hätte, die Seiten zu wechseln, wenn es zu seinem Besten wäre.«

Palladino seufzte leise. »Was würde wohl die Contessa denken, wenn sie uns beide so sehen könnte?«

»Die Contessa ...« Sandro schnaubte abfällig. »Sie hat sich nie für das Werk des Maestros interessiert. Ihn hat das verletzt, aber das war ihr vollkommen gleichgültig. Wenn ich ihn gefahren habe, von hier zum Palazzo und zurück, dann hat er oft darüber geklagt.«

»Ich dachte, die beiden waren Freunde. Oder sogar mehr?«

»Der Conte hätte es nicht geduldet, wenn da mehr gewesen wäre. Er hat die Contessa abgöttisch geliebt, aber einen anderen Mann hätte er ihr nie verziehen.«

»Nun ist es beim guten Conte heutzutage mit dem Verzeihen nicht mehr weit her«, sagte Palladino.

»So sollten Sie nicht über einen Toten sprechen!« Sandros linke Hand zitterte. Er steckte sie in die Manteltasche.

»Ich hab heute Nachmittag ein paar Erkundigungen eingeholt«, fuhr Palladino fort. »Der Palazzo Amarante – er hat bis vor ein paar Jahren noch einen anderen Namen getragen. Hat der Conte ihn gekauft, weil seine Frau ihn dazu gedrängt hat?«

»Sie hat ihm jahrelang damit in den Ohren gelegen, bis er ihr den Wunsch erfüllt hat.«

»Ganz schön teures Geschenk. Hätten es nicht auch irgendwelche Klunker getan?«

»Sie haben die Contessa doch erlebt. So eine Frau ist sie nicht.«

»Und was für eine Frau ist sie dann?«

»Eine ... sehr gefährliche.«

»Im Moment sind aber Sie derjenige, der mir eine Waffe unter die Nase hält.«

»Sie wollen mich nur ablenken.« Es klang fast wie ein Vorwurf. Sandro nahm die Hand wieder aus der Tasche und wischte sich den Regen, der noch immer aus seinem Haar troff, fahrig von der Stirn.

Palladino beschloss, dass es an der Zeit war, den Druck zu erhöhen. »Herrgott, nun nehmen Sie schon das Scheißding runter und lassen Sie mich meinen Job machen!«

Der Chauffeur blickte verunsichert. Palladino erkannte, dass er ihn falsch eingeschätzt hatte. Sandro war nicht der bedingungslose Lakai der Contessa, für den er ihn gehalten hatte – seine wahre Treue hatte dem verstorbenen Conte gehört. Außerdem hatte Sandro einen Narren an diesem Fausto gefressen. Womöglich war es nicht die Contessa gewesen, die dem toten Künstler schöne Augen gemacht hatte.

Während Sandro noch nach Worten suchte, sagte Palladino ein wenig versöhnlicher: »Wissen Sie, wir sollten das nicht hier diskutieren, während uns sein Leichnam auf die Köpfe tropft.«

Sandros Blick flackerte zu Faustos Überresten hinauf, dann zurück zu Palladino. Seine Stimme wurde schrill. »Sie lügen doch, wenn Sie nur den Mund aufmachen!«

»Und das genügt, um mich zu erschießen? Was haben Sie vor? Wollen Sie mich zur Polizei bringen? Das würde die Contessa nicht glücklich machen. Außerdem wird hier gleich jemand auftauchen, um die ganze Sauerei zu beseitigen. Er sollte uns beide nicht so vorfinden.«

Palladino zwang sich, die Waffe zu ignorieren, und sah demonstrativ auf seine Armbanduhr. Laut der Contessa sollte um zwölf der »Mitarbeiter eines Geschäftspartners« erscheinen. Palladino nahm an, dass es sich dabei um jemanden handelte, der für Carmine Ascolese arbeitete. Es war kein Geheimnis, dass es gewisse Verknüpfungen gab zwischen dem Reichtum des Conte Amarante und einem der mächtigsten Verbrecherclans Roms. Ein Grund mehr, diese Schmierenkomödie so schnell wie möglich zu beenden.

Langsam hob Palladino die Hände und führte sie zur Knopfleiste seines Mantels. Er sah Sandro in die Augen, während er Knopf um Knopf öffnete. »Sehen Sie, ich bin nicht mal bewaffnet. Nehmen Sie das Ding runter, und dann können Sie von mir aus dabei zusehen, wie ich nach etwas suche, das uns mehr über Faustos Tod erzählt.«

Der nervöse Chauffeur ließ die Pistole nicht sinken, aber Palladino bemerkte, dass er erneut hinauf zur Decke sah – zu dem stinkenden, von Fliegen umschwirrten Leichnam, der mit ausgebreiteten Armen über ihnen schwebte wie ein Schutzengel.

»Sie haben ihn wirklich gemocht«, sagte Palladino.

In Sandros Stimme schwang Trauer mit. »Er war ein Genie.«

Wiegend, als würde er nur sein Standbein wechseln, tat Palladino einen Schritt nach vorn. »Dann sehen wir uns sein Werk doch noch mal genauer an.«

Ehe Sandro reagieren konnte, riss Palladino die nächstbeste Leinwand von ihrer Staffelei und schleuderte sie gegen ihn. Die Kante traf den Chauffeur an der Brust. Er stolperte und rang um sein Gleichgewicht. Seine Finger öffneten sich, während er Halt suchte, und die Pistole schepperte zu Boden.

Mit drei Schritten war Palladino bei ihm. Sein Fuß verpasste der Waffe einen kräftigen Tritt, der sie außer Reichweite brachte. Dann stürzte er sich auf den Chauffeur.

»Wenn du jemanden umbringen willst«, brachte er verbissen hervor, »dann tu es sofort.« Palladino presste Sandros Gesicht auf den Boden und drehte ihm den rechten Arm auf den Rücken. Der Chauffeur schrie auf, ruderte in Panik mit dem freien Arm, bekam Palladino aber nicht zu fassen.

»Sich mit Leuten anzulegen, die so was besser können, ist immer ein großer Fehler.« Palladino ergriff auch Sandros linken Arm und fixierte beide mit den Knien auf dem Rücken. Dann packte er Sandros Kopf unterhalb des Kiefers und zog ihn hart nach oben. Der Chauffeur geriet in Panik und begann zu strampeln. Seine Schuhsohlen trafen aufs Parkett und rutschten auf dem nassen Boden ab, während er kehlige Laute ausstieß.

Es knackte laut und endgültig.

Einem Menschen das Genick zu brechen, war harte Arbeit. Der finale Moment jedoch fühlte sich kaum spektakulärer an als das Abknicken eines Zweiges. Dann ließ der Widerstand auf einen Schlag nach, gefolgt von einem Gefühl, als hätte der andere plötzlich den Raum verlassen. Obwohl sein Körper noch dalag, war man auf einen Schlag allein, und der Verstand brauchte einen Augenblick, um die Lage gänzlich zu erfassen.

Palladino ließ von dem Chauffeur ab und versuchte, wieder zu Atem zu kommen. Er stützte die Hände auf die Knie und sah auf den Toten hinab. Sandros Kopf war in einem absurden Winkel zur Seite gedreht, als wollte er unbedingt einen letzten Blick auf Faustos Kunstwerke werfen.

Mit einem Ächzen richtete Palladino sich auf. Dass der Chauffeur ihn so leicht durchschaut hatte, bereitete ihm Sorgen. War Sandro mit seiner Vermutung bereits zur Contessa gegangen? Unwahrscheinlich, aber nicht ganz auszuschließen. Es gab nur einen Weg, das herauszufinden.

Er packte den Leichnam bei den Knöcheln und zerrte ihn zur Tür des Ateliers. Die Pistole drapierte er daneben, so als wäre Sandro dort zusammengebrochen.

Schwer atmend trat er ein paar Schritte zurück und betrachtete seine Inszenierung. Mäßig glaubwürdig, aber es musste reichen.

Ein Geräusch auf der Straße ließ ihn innehalten. Motorenlärm eines Transporters. Er schaute auf seine Uhr: kurz vor Mitternacht.

Hastig eilte er zum Fenster und blickte nach unten auf die Via Margutta. Der Wagen hatte vor dem Haus angehalten. Soweit er das durch den Regen und im Schein einer Straßenlaterne erkennen konnte, trug der Transporter die Aufschrift einer Installationsfirma. Wasserrohrbrüche gab es auch nachts, erst recht in diesen alten Kästen. Niemand würde Verdacht schöpfen.

Er spürte einen scharfen Druck unter den Rippen und dachte, wie lächerlich es war, dass er Seitenstechen bekam wie nach einem Dauerlauf während der Polizeiausbildung. Er konnte das Haus jetzt nicht mehr verlassen, ohne dem Besucher in die Arme zu laufen. Und er war nicht lebensmüde genug, um sich bei diesem Wetter aus einem der Fenster zu hangeln. Stattdessen lief er durch den Flur zur Wohnungstür und horchte.

Schwere Schritte näherten sich unten im Treppenhaus. Jemand schleppte Utensilien. Sägen und Geflügelscheren vermutlich, außerdem Behälter, um Fausto im Atelier zu zerstückeln und in kleinen Portionen in den Transporter zu schaffen. Anderswo würde man die Überreste kremieren und der Contessa schließlich die Asche übergeben.

Mit Glück blieb ihm noch eine Minute. Er ignorierte das Stechen und hetzte zurück ins Atelier. Die leere Staffelei legte er flach auf den Boden, setzte seinen Fuß darauf und brach eine der Holzlatten ab. Das Splittern kam ihm zu laut vor. Dann hieb er das Holz mit aller Kraft auf Sandros Nacken, damit eine sichtbare Prellung entstand.

Zuletzt hob er die Pistole auf und wartete mit jagendem Herzschlag darauf, entdeckt zu werden.

10

Die Schritte hielten vor der Tür. Er hörte ein Klimpern, dann den klickenden Laut, mit dem ein Schlüssel im Schloss umgedreht wurde.

Palladino schwitzte, und sein Herzschlag raste, als die Tür der Wohnung von außen geöffnet wurde. Auf Unvorhergesehenes reagierte sein Körper zunehmend mit einem Anflug von Panik. Im Krieg war er häufig damit konfrontiert worden, und viel zu oft hatte es mit Blut und Leichen und zerstörten Träumen geendet.

Herein kam ein Koloss von einem Mann. Er trug die blaue Latzhose eines Installateurs, hatte wilde, dunkle Locken und einen gewaltigen Bart. Vergnügt summte er einen Schlager, während er Taschen, Plastiksäcke und Eimer in der Wohnung abstellte und mehrmals zurück vor die Tür ging, um die übrigen Werkzeuge hereinzuschaffen. Palladino atmete flach, und der Mann war so vertieft in seine Arbeit, dass er ihn am anderen Ende des Korridors nicht bemerkte.

Als er zum dritten Mal den Flur betrat und scheppernd einen Eimer mit Sägen abstellte, klemmte er sich die Locken hinter das Ohr und entblößte dabei eine Seite seines Gesichts.

»Verdammte Scheiße!«, entfuhr es Palladino verblüfft. »Ugo!«

Der Riese hielt abrupt inne, als er Palladino entdeckte. »Gennaro?«

»Ist 'ne Weile her.« Palladino trat in den Flur und blickte Ugo entgegen.

Der stutzte, als er erkannte, was Palladino in der Hand hielt. »Was soll denn die Pistole?«, fragte er, ohne sich aus der Ruhe bringen zu lassen.

»Ich hab wen anders erwartet.« Palladino ließ die Waffe in der Manteltasche verschwinden und hoffte inständig, damit keinen Fehler zu begehen.

Ugo schnaufte. »Ich hab *überhaupt keinen* erwartet. Also keinen, der noch lebt ... Und dich schon gar nicht.«

Palladino lachte nervös. »Manchmal passieren komische Sachen ...«

Eine unangenehme Spannung lag in der Luft. Hätte er Ugo nach der langen Zeit auf der Straße getroffen, wäre zwischen ihnen alles in Ordnung gewesen. Aber inmitten von Leichen, Knochensägen und mindestens einer Pistole sah die Situation anders aus.

»Warum stehst du dahinten im Dunkeln?«, rief Ugo mit seiner Bärenstimme vom anderen Ende des Flurs herüber. »Komm schon und lass dich umarmen!«

Palladinos Zögern dehnte sich, er musste irgendwie reagieren. Langsam setzte er sich in Bewegung. »Also ... ja, warum eigentlich nicht.« Er behielt Ugos Hände im Blick, während er sich ihm näherte.

»Gefreiter Gennaro!« Ugos Augen glänzten, als er Palladino in eine schwerfällige Umarmung zog und ihm hart auf den Rücken klopfte.

»Schütze Ugo!«, entgegnete Palladino und hatte sekundenlang Mühe zu atmen.

Über seinen Kopf hinweg warf Ugo einen Blick ins Atelier. »Ist er das? Dahinten an der Tür?«

»Der? Nein.« Palladino nutzte den Augenblick und löste sich aus der Umarmung. »Es ist ein bisschen ... komplizierter. Am besten guckst du's dir selbst mal an.«

Ugo drückte die Wohnungstür zu. Nebeneinander gingen sie den Flur hinunter. Bei der Hälfte blieben sie abermals stehen.

»Geh ruhig vor«, sagte Palladino.

Ugo schüttelte den Kopf. »Mach du lieber mal ...«

»Seh ich aus wie jemand, der dir in den Rücken fällt?«

Ugo musterte ihn kritisch von der Seite. »Du siehst aus wie ein Kerl, der eine Leiche zu viel am Hals hat.«

Beide lachten leise, aber Palladinos Anspannung blieb ungebrochen. Kurz bevor Ugo schließlich doch vorausging, konnte Palladino in seinem Gesicht sehen, dass es ihm ähnlich erging.

»Scheiße, was war denn hier los?«

Palladino betrat hinter Ugo das Atelier und stieg über Sandros ausgestreckte Beine. »Also, der unter der Decke, der ist umgebracht worden. Ich hab den Auftrag, den Mörder zu finden.«

Ugos buschige Augenbrauen zuckten in die Höhe. »Bist du wieder bei den Bullen?«

»Nein. Ich bin Detektiv … also, privat«, sagte er. »Jedenfalls war ich hier, um mich umzusehen, und da kommt der da mit 'ner Knarre rein. Ich hab ihm von hinten eins mit dem Ding hier übergezogen. Und ihn ein bisschen unglücklich im Nacken getroffen. Na, du siehst es ja.«

Die gebrochenen Pupillen des Chauffeurs starrten in ihre Richtung. Der anklagende Ausdruck war erst im Tod von seinem Gesicht gewichen.

Ugo nickte langsam. »Jetzt kann er keine Fragen mehr beantworten.«

»Nein.« Die Stille, die darauf folgte, fühlte sich unbehaglich an. Palladino holte Luft. »Aber wo du gerade hier bist, eventuell könntest du – also, der da müsste auch weg. Vielleicht hast du noch ein paar Säcke übrig? Ich bin ziemlich sicher, dass er den armen Kerl unter der Decke auf dem Gewissen hat.« Er grinste. »Es trifft also keinen von den Guten.«

Ugo gab ein unwilliges Brummen von sich. »Das gehört aber nicht zu meinem Auftrag.«

»Ich bezahl dich dafür«, sagte Palladino schnell. »Und einen Bonus für die Unannehmlichkeiten, natürlich.«

»Und was, wenn er ein Freund vom Boss war? Du weißt, wie solche Leute sind. Man will sich's nicht verscherzen, mit keinem von denen.«

»Sag mir einfach, wie viel.«

Ugo schüttelte den zotteligen Kopf. »Gar nichts. Wir sind uns gegenseitig genug schuldig, wir beide. Schützengraben und das alles.«

Palladino grinste. »Blutsbrüderschaft.«

Ugo warf den Kopf in den Nacken und lachte so laut, dass Palladino fürchtete, die Nachbarn könnten ihn hören. »Da waren wir sturzbetrunken …« Plötzlich schien ihm etwas einzufallen. »Wie geht's denn Laura?«

Palladino verzog das Gesicht. »Schwieriges Thema.«

»Verstehe.« Ugo betrachtete ihn eingehend, dann gab er nach. »Okay, ich mach das für dich. Wenn ich fertig bin, rümpft hier kein Spürhund mehr die Nase.«

»Du bist ein echter Freund, Ugo.«

»Ich bin jetzt selbstständiger Unternehmer. Da muss man seine Kontakte pflegen. Auch die potenziellen.«

»Wenn mal wieder was anliegt, denk ich an dich«, sagte Palladino.

»Hilf mir mal, die Plastikfolie auszubreiten.« Ugo faltete das knisternde Material auseinander. Gemeinsam legten sie die Folie zwischen den Staffeleien aus. Palladino umfasste Sandros Handgelenke, die sich noch immer warm anfühlten, während Ugo den Leichnam an den Knöcheln packte. Gemeinsam ließen sie ihn auf die Plane hinab.

»Hol die Tasche mit den Sägen«, sagte Ugo. »Die grüne, nicht die braune. Und die Thermoskanne. Ich brauch erst mal 'nen Kaffee.«

Palladino richtete sich gerade auf, als vor der Wohnungstür Geräusche erklangen. Auch Ugo spitzte die Ohren.

Schnelle Schritte im Treppenhaus. Sie klangen sonderbar, fast wie ein Tier auf allen vieren.

Palladino wechselte einen Blick mit Ugo. »Gehört der zu dir?«

»Auf keinen Fall.«

»Mist.« Palladino zog die Pistole aus seiner Manteltasche.

»Kein Geballer!«, sagte Ugo. »Das hört die ganze Nachbarschaft.«

Sogar über den Regen hinweg waren die Schritte deutlich zu hören. Jemand – oder etwas – raste in irrwitzigem Tempo die Treppe herauf.

Dann wurde es still.

Palladino und Ugo starrten die geschlossene Wohnungstür an.

»Was, bei der heiligen Muttergottes –«

»Ruhig!« Palladino streckte den Arm mit der Waffe aus. Wer auch immer es war, er musste jetzt direkt vor der Tür stehen.

Unvermittelt hasteten die Schritte weiter in Richtung Dachboden.

Ugo runzelte die Stirn. »Da oben ist nichts mehr.« Er erhob sich und folgte Palladino langsam zur Tür. Der behielt die Waffe in der Hand, während er mit der anderen die Klinke umfasste und sie vorsichtig nach unten drückte.

Im Flur war es dunkel und kühl. Die Schritte waren verklungen, aber vom Dach her war ein Knirschen zu hören, ganz kurz nur, als hätte jemand eine Luke aufgeschoben.

»Komm wieder rein«, flüsterte Ugo.

Palladino zog sich in den Wohnungsflur zurück und drückte die Tür zu. Er wollte schon wieder ins Atelier gehen, als die Schritte erneut erklangen.

»Jetzt ist er auf dem Dach!« Palladino starrte nach oben.

»Ist das ein Kerl?«, fragte Ugo. »Oder eher … ich weiß nicht, ein Hund?«

Die Schritte tänzelten über die Decke hinweg. Augenblicke später stammten die einzigen Geräusche auf dem Dach vom Regen.

»Jesus, Maria und Josef!« Ugo atmete geräuschvoll aus.

Palladino ließ die Waffe im Mantel verschwinden. Sein Herz trommelte, und das Stechen in der Seite war zurück. »Was immer das war – ich will hier so schnell wie möglich weg.«

Ugo nickte stumm und reichte ihm eine Säge.

11

Mit der Zange packte Anna das Foto vorsichtig an einer der oberen Ecken und hob es aus der Entwicklerschale. Sie wartete geduldig, bis der letzte Tropfen von der Oberfläche gerollt war. Unter dem Rotlicht sah die Flüssigkeit aus wie Öl.

Sie löste eine Klammer von der Leine und hängte das Foto in die Reihe ihrer anderen Bilder von letzter Nacht.

Sie konnte sich nicht erklären, was es war – vielleicht nur das rote Licht –, aber ihnen allen haftete etwas Unwirkliches an, so als wäre sie Zeuge von etwas geworden, das nur in einem Traum stattgefunden hatte.

Bruno betrachtete die Fotos aus nächster Nähe. »Die von Baker sind echt gut geworden.« Er trat einen Schritt zurück. »Sind die Mädchen da schon achtzehn? Ich bin zu alt, ich kann das nicht mehr schätzen.«

»Er offenbar auch nicht.«

»Deshalb muss er so nah an sie ran.«

»Meinst du, du kannst eins von den Bildern verkaufen?«

»Das hier ...« Bruno wies auf ein Foto, auf dem sowohl Baker als auch das Gesicht eines der Mädchen deutlich zu erkennen waren. Sein Blick wanderte zu dem Bild daneben, auf dem das Mädchen sich zwar wieder umgedreht hatte, das dafür aber zeigte, was neben Zigaretten und Alkohol noch am Tisch konsumiert worden war. »Das hier ist auch interessant. War da sonst noch jemand, der Fotos gemacht hat?«

»Ich hab keinen gesehen.«

Im Rotlicht traten die Fältchen um Brunos Augen stärker hervor. Besonders, wenn er lächelte, so wie jetzt. »Dann werden wir wahrscheinlich sogar drei oder vier los. Wir versuchen's erst mal bei Marino vom *Espresso*.«

Die Bilder, die Bruno der Zeitschrift anbieten wollte, hatte Anna sich nur flüchtig angesehen. Es waren die letzten, die sie geschossen hatte. Ihre Aufmerksamkeit galt vor allem den ersten Fotos aus dem Club.

»Eigentlich gefallen mir die von der Tänzerin am besten.«

»Wirklich?« Er kniff die Augen zusammen und schob skeptisch die Unterlippe vor. »Man kann kaum was erkennen. Die schnellen Bewegungen und das wenige Licht … Ist eher was für dein Kunststudium als für die Zeitung.«

Sie hörte kaum, was Bruno vom *Espresso* erzählte und der Art von Bildern, die man dort bevorzugte. Stattdessen glitt ihr Blick über Barbelos verwischte Glieder.

»Sie sieht aus wie ein Geist, oder?« Sie blinzelte. Wenn sie zu lange auf die Bilder starrte, begann Barbelo wieder zu tanzen. »Heb die mal auf, ja?«

»Das sind deine, ich rühr die nicht an«, sagte Bruno. »Aber Kunst ist die eine Sache. Jetzt sehen wir erst mal zu, dass wir Geld verdienen.« Er verschwand hinter dem Vorhang und durch die Tür. Anna hörte, wie er nach seinen Autoschlüsseln suchte.

Sie beugte sich nah an ihre Bilder, pustete sachte gegen die glänzenden Oberflächen und stellte zufrieden fest, dass die ersten schon trocken waren. Sie wählte die besten aus, darunter Brunos Favoriten, und legte sie vorsichtig in die Mappe, die er ihr geschenkt hatte. Als sie die Dunkelkammer verließ, meinte sie Barbelos Blick im Rücken zu spüren.

* * *

In der Redaktion klapperten ein halbes Dutzend Schreibmaschinen. Obwohl der Raum sehr schmal war, hatte jemand es geschafft, acht Schreibtische mit Stühlen darin unterzubringen. Durch das geöffnete Fenster drang der Straßenlärm, aber kaum frische Luft, um den Tabakdunst aufzulösen.

Der Fotoredakteur des Boulevardblatts lehnte mit der Hüfte am Schreibtisch. Er trug Hosenträger und eine Lupe, die an einem Band um seinen Hals baumelte. Durch eine schwere Hornbrille musterte er Anna von Kopf bis Fuß, als hielte er es für ganz und gar undenkbar, dass sich den Paparazzi der Via Veneto eine leibhaftige Frau angeschlossen hatte.

»Tut mir leid, ihr kommt zu spät.«

Bruno entglitten die Züge. »Was heißt das, zu spät? Das sind fantastische Bilder, Marino!«

»Ja«, sagte der Redakteur gedehnt, »aber jemand war schon vor euch hier. Fast dieselben Motive von Baker und seinen Kleinen.«

»Wer?«

Marino hob abwehrend die Hände und machte Anstalten, sich wieder an seinen Platz zu setzen. »Hört zu, macht das unter euch aus ...«

»Wer war das, Marino?«

Ein paar Sekunden lang standen Bruno und Marino sich gegenüber und starrten einander an. Dann seufzte der Fotoredakteur und schob sich die Brille auf das dünne Haar. »Spartaco. Er ist vor 'ner halben Stunde hier gewesen.«

»Spartaco war auch im Club?«, fragte Anna. »Dann muss er kurz nach mir rein sein.« Perplex nahm sie die Mappe entgegen, als Marino sie ihr entgegenstreckte.

Brunos Wangenmuskeln zuckten vor unterdrückter Wut. »Wie macht der Kerl das nur immer? Irgendwie kommt er an allen Türstehern vorbei.«

Marino setzte sich grinsend zurück auf seinen Stuhl. »Er macht sich unsichtbar, sagt er.« Er nahm seine Brille ab, hauchte die Gläser an, wischte mit einem Tuch darüber und setzte sich das Gestell nach kurzer Prüfung wieder auf die Nase. »Ich hab jetzt zu tun. Beim nächsten Mal wieder, okay? Tut mir leid, aber wer zuerst kommt ...«

Bruno presste ein »Ciao, Marino« hervor und bedeutete Anna zu gehen.

Draußen auf dem Flur klemmte Anna sich ihre Fotomappe unter den Arm und dachte zurück an letzte Nacht. An den ersten Türsteher und den zweiten, Luigi. Beim besten Willen konnte sie sich nicht vorstellen, wie Spartaco an ihnen vorbeigekommen war. Vielleicht hatte ihn tatsächlich keiner von beiden eingelassen. Womöglich hatte Spartaco einen anderen Weg gefunden.

»Finden wir doch raus, wie er das angestellt hat«, sagte sie, als sie die Treppe erreichten.

Bruno sah sie erstaunt an. »Was hast du denn vor?«

Sie lächelte. »Ich mache Jagd auf einen Unsichtbaren.«

12

Die Contessa empfing Palladino in einem der unzähligen Salons des Palazzo Amarante. Pockennarbiger Marmor, Stuckornamente an der Decke, Wandmalereien von Stechpalmen und Paradiesvögeln. Ein Raum, der in der Vergangenheit gefangen war wie in einer Schneekugel. Die Sitzgruppe aus Couch und Sesseln stand verloren inmitten der Weite als einsame Insel unter rotem Samtbezug.

»Stört es Sie, wenn ich rauche?«, fragte Palladino, während er das Feuerzeug bereits aufschnappen ließ. Er saß ihr gegenüber auf einem der Sessel, dessen gerade Lehne ihm in den Rücken drückte.

»Tun Sie sich keinen Zwang an. Dieses ganze Gemäuer ist so vergilbt wie ein altes Buch, da wird Ihr Nikotin keinen Schaden anrichten.« Der Blick der Contessa glitt gleichgültig über die kostbare Inneneinrichtung. Als sie sich ihm zuwandte, behielt ihr Gesicht den Ausdruck bei. »Ich kannte Sandro seit über zehn Jahren.«

»Er war schon der Chauffeur des Conte, bevor Sie beide geheiratet haben, oder?«

»Ja. Aber was soll das mit Faustos Tod zu tun haben?«

Palladino legte den Unterarm auf dem Samtpolster ab. Wo seine Hand und sein Ellenbogen den Bezug berührten, war der Stoff so dünn wie Spinnweben. »Ich weiß nur so viel: Ihr Chauffeur stand plötzlich in der Wohnung und hat mich mit einer Waffe bedroht. Er hat zugegeben, dass er Fausto getötet hat. Ich nehme an, er wollte verhindern, dass ich dort irgendwas finde.«

Als die Contessa aufhorchte, raschelte die schwarze Spitze ihres Kleids. »Und, haben Sie was gefunden?«

»Nein. Es ist auch nicht leicht, nach Hinweisen auf etwas zu suchen, über das ich so wenig weiß.« Als ihre Miene sich nicht veränderte, beschloss Palladino, konkreter zu werden. »Es fängt schon an mit Fausto selbst. Er war ein verschrobener Künstler, heißt es, und vor allem im Ausland erfolgreich. Aber wer war er wirklich? Wo kam er her? Hatte er eine Familie?«

»*Sie* sind der Detektiv.« Ihr Ausdruck blieb kühl, ihr Gesicht glatt wie Glas.

»Kannte er Ihren verstorbenen Gatten? Und wie sah diese Freundschaft zwischen Ihnen und ihm wirklich aus?«

»Sie glauben, Sandro hat Fausto getötet, weil er meinem Mann so treu ergeben war? Weil ich was – einen Toten betrüge?«

Er ignorierte den Vorwurf. »War Ihr Mann sehr eifersüchtig?«

»Man wird nicht so reich wie er, wenn man seinen Besitz nicht im Auge behält.«

»Vielleicht hat Sandro sich für sein Auge gehalten. Auch dann noch, als Ihr Mann schon tot war.« Er zuckte nicht mit der Wimper, während er ihr diesen Unsinn auftischte. Seine Stimme klang ruhig und einfühlsam. Er hatte jahrelange Erfahrung darin, Menschen Geheimnisse zu entlocken, ihre Gedanken zu erraten und ihre Taten nachzuvollziehen oder vorauszusagen. Aber diese Frau war nicht leicht zu durchschauen. Ob sie ihm nun glaubte oder nicht – etwas an ihr bewirkte, dass er sich in ihrer Nähe fühlte wie in einer Falle.

Sie senkte den Blick und zupfte ihre Stola zurecht, als sie von ihrer Schulter zu rutschen drohte. Die Bewegung sandte einen Hauch ihres Dufts herüber. Flüchtig dachte Palladino an den Olivenhain hinter seinem Elternhaus und das Kräuterbeet, das Laura dort angelegt hatte.

»Was ist mit Sandros Leiche passiert?«, fragte die Contessa.

»Man wird sie nicht finden. Ihre Limousine steht noch am Ende der Via Margutta. Ich fürchte, sie sammelt da gerade Strafzettel.«

»Ich werde jemanden schicken, um sie abzuholen.«

Palladino wollte nicht gehen, ohne Gewissheit zu haben, ob der Chauffeur vor der Konfrontation im Atelier mit ihr geredet hatte. Und ob er seinen Verdacht ihr gegenüber ausgesprochen hatte.

Womöglich war Sandro nicht dazu gekommen. Palladino konnte sich schwerlich vorstellen, wie die Contessa und er im Wagen plauderten oder sich hier im Salon gegenübersaßen. Sie war so unnahbar, während sie graziös in ihrem Samtsessel saß. Ihr Gesicht, fein geschnitten und regungslos wie eine Porzellanmaske. Ihr Wesen dahinter, ein Mysterium.

»Mit Verlaub, Contessa – Sie sind sehr gefasst für jemanden, der gerade darüber informiert wurde, dass ein enger Mitarbeiter zu Tode gekommen ist. Und dass derselbe Mitarbeiter der Mörder eines guten Freundes war.«

»Ich bezahle Sie nicht für Ihre gescheite Analyse, Signor Palladino.«

»Natürlich nicht. Verzeihen Sie.«

»Haben Sie irgendeinen Beweis für diese Geschichte?«

»Sandro ist tot, er wird keinem mehr irgendwas erzählen. Wenn Sie Beweise brauchen, müssen wir die anderswo suchen. Hat er Räume hier im Palazzo bewohnt?«

»Er hatte ein Zimmer im alten Dienstbotentrakt unter den Dächern.«

»Ich könnte mich dort umsehen.«

»Das erledige ich lieber selbst.« Die Contessa klang nicht harsch, aber sehr bestimmt. »Soweit ich weiß, hatte Sandro keine Verwandten. Hin und wieder ging er in Bars, aber ich glaube nicht, dass es irgendwen gibt, der ihn vermissen wird. Oder sich für seine Sachen interessiert.«

»Also ein Einzelgänger.«

»Das macht ihn nicht zu einem Mörder.«

»Ein *Mord* macht einen Menschen zu einem Mörder, Contessa.« Er musste den Blickkontakt mit ihr lösen, um die Asche seiner Zigarette am Rand einer Kristallschale abzustreifen. Sicher wurde sie jeden Abend geleert und gereinigt. Der Aschenbecher war so makellos wie der Umschlag, der danebenlag.

»Warum das Kreuz an der Decke?«, fragte die Contessa. Sie starrte auf die Asche, als könnte sie die Antwort darin finden. »Diese ganze Inszenierung ...«

Palladino gefiel das Schmierentheater nicht, das er für sie aufführte. In ihren Augen suchte er nach einem verräterischen Aufblitzen, irgendeinem Hinweis darauf, dass sie ihn durchschaute. Aber er entdeckte nichts dergleichen, keinerlei Regung. Seine Unruhe wuchs, und mit ihr die Bemühung, sie zu verbergen.

Er nahm einen tiefen Zug und blies den Rauch langsam wieder aus. »Anfangs hab ich das Ganze für eine Warnung gehalten. Aber es könnte auch eine ziemlich krude Art von Bestrafung gewesen sein.«

»Ja, vielleicht.« Ihr Blick verweilte an der Wand mit den Paradiesvögeln, wanderte dann weiter zum Fenster.

»Falls Sie einen Verdacht haben«, sagte er, »dann sollten Sie ihn mir verraten.«

Unvermittelt zog die Contessa den Umschlag vom Beistelltisch und streckte ihn ihm entgegen. Mit einer fließenden Bewegung glitt sie von ihrem Platz.

»Haben Sie Dank für Ihre Hilfe, Signor Palladino«, sagte sie, während er seine Zigarette im Aschenbecher entsorgte und sich weit weniger elegant aus dem Sessel erhob. »Ich glaube nicht, dass ich Ihre Dienste länger beanspruchen muss. Das hier dürfte genügen, um die Angelegenheit abzuschließen.«

Palladino nahm den Umschlag, schaute hinein und nickte. Mehr, als er erwartet hatte.

Beeindruckt von so viel Kaltschnäuzigkeit, folgte er ihr aus dem Saal. Sie führte ihn eine Steintreppe hinunter und blieb dabei vor ihm, sodass er ihr Gesicht nicht sehen konnte. Der Klang der Schritte, die zwischen den Wänden widerhallten, erinnerte ihn an etwas.

»Sagen Sie, hatte Fausto ein Haustier?«

»Was denn für ein Haustier?«

»Ich weiß nicht … Etwas Großes. Einen Hund, vielleicht. Etwas, das sehr schnell ist. Und ziemlich schwer.«

Sie drehte sich nicht um, aber Palladino glaubte zu hören, dass seine Frage sie belustigte. »Ganz sicher nicht.«

Vom Fuß der Treppe bis zur Eingangshalle sprach sie kein Wort mehr. Palladino öffnete sich selbst die Tür. Unter seiner Jacke raschelte der Umschlag, draußen plätscherte der Brunnen im Zentrum der Piazza Mincio. »Auf Wiedersehen, Contessa.«

Sie blieb im Schatten stehen. »Leben Sie wohl, Signor Palladino.«

Ehe sie die Tür schließen konnte, wandte Palladino sich ab. Im selben Moment kam jemand die Stufen heraufgelaufen. Eine junge Frau trat an ihm vorbei vor das Portal.

»Halt, warten Sie!«, rief sie der Contessa zu. »Entschuldigen Sie bitte! Ist das der Palazzo Amarante?« Auf der obersten Stufe blieb sie stehen.

In den Zügen der Contessa regte sich nichts, als sie ihre Besucherin von oben herab musterte. »Und Sie wünschen?«

Die junge Frau hatte große Augen und eine leichte Stupsnase. Sommersprossen auf dem Nasenrücken. Ihr langes dunkles Haar hatte sie mit einem Reif nach hinten geschoben. Unter ihren Augen lagen Ringe, als hätte sie in letzter Zeit nicht viel geschlafen.

»Verzeihen Sie«, sagte sie. »Mein Name ist Anna. Ich würde gerne mit Stefano sprechen. Stefano Amarante.«

Die Contessa machte keinen Hehl aus ihrem Missfallen. »Hat er Ihnen diese Adresse gegeben?«

Die junge Frau, Anna, ignorierte die Frage. »Sind Sie Stefanos Mutter?«

»Stefano ist mein Stiefsohn«, sagte die Contessa in einem Ton, als verabscheute sie zutiefst, dass man sie zu dieser Aussage nötigte. »Und er wohnt hier nicht mehr.«

»Wir kennen uns von der Uni.« Anna lächelte höflich, aber die Contessa trat bereits einen Schritt zurück ins Innere des Palazzo.

»Auf Wiedersehen, Signorina ...«

»Anna. Wenn Sie mit ihm sprechen, könnten Sie ihm dann wohl –«

Laut und überaus endgültig fiel die Tür ins Schloss.

»Vielen herzlichen Dank auch!« Als sie sich umdrehte und die Stufen wieder hinunterlief, hatte die Wut ihr ein feuriges Rot auf die Wangen getrieben.

Palladino drehte sich um und ging. Sein Citroën parkte in der Via Dora unweit des mächtigen Torbogens mit dem Eisenkronleuchter. Nachdem er eingestiegen war, sah er im Rückspiegel, wie die junge Frau die Piazza Mincio überquerte und die Beifahrertür eines weißen Fiats öffnete. Er prägte sich das Nummernschild ein, ohne darüber nachzudenken.

Dann startete er mit einem Achselzucken seinen Wagen, bog um den Jugendstilbrunnen und fuhr davon.

13

Anna ließ sich auf den Beifahrersitz fallen und schlug die Tür von Brunos Fiat fester zu als nötig.

Ihr Onkel trommelte ungeduldig mit den Fingern aufs Lenkrad. »Und?«

»Er wohnt nicht mehr hier. Und sie mag ihn nicht.«

Stefano Amarante war der Sohn des Conte aus erster Ehe, das hatte Anna mit Brunos Hilfe im Archiv recherchiert. Zuletzt tauchte er als kleines Kind auf Fotos auf, da hatte seine leibliche Mutter noch gelebt. Es war keine Nahaufnahme gewesen, aber Anna fand, dass der Junge mit seinem dunklen Haar und dem schmalen Gesicht Spartaco durchaus ähnlich sah. Über den älteren Stefano Amarante war im ganzen Archiv nichts zu finden gewesen. Keine öffentlichen Familienfotos, keine Homestorys, erst recht keine Partygeschichten. Der verstorbene Conte hatte sehr zurückgezogen gelebt. Er war keiner von diesen Dolce-Vita-Adeligen gewesen, über die Bruno sich häufig lustig machte. Und sein Sohn hielt es offenbar genauso.

Bruno gab ein Brummen von sich und lehnte sich auf dem Fahrersitz zurück. Im Rückspiegel betrachtete er den wuchtigen Eingang des Palazzo. »Und du bist wirklich sicher, dass Stefano Amarante und Spartaco ein und derselbe sind?«

»Garantiert. Ich hab diesem Luigi aus dem Club das Foto gezeigt, das ich draußen von Spartaco gemacht hab. Dafür musste ich ihm versprechen, dass ich ihm bald mal ganz genau von den Miniröcken erzähle, die angeblich alle Mädchen in London tragen.« Sie verdrehte die Augen. »Jedenfalls hat er mir verraten, wer das auf dem Bild ist.«

»Dieser Mistkerl.«

»Luigi?«

»Der auch.« Bruno blickte noch immer zum Haus hinüber. »Nein, Spartaco. Von wegen unsichtbar. Der Sohn des Conte Amarante muss nur seinen Ausweis zücken, dann kommt er überall rein. In jede Nachtbar, jedes Hinterzimmer.«

»Wie war das mit dem ›sportlichen Wettbewerb‹? Nimm's ihm nicht übel.« Ihr Grinsen erstarb, als sie Brunos Gesichtsausdruck bemerkte. »Und du musst mir was versprechen. Erzähl erst mal keinem der anderen davon.«

Bruno sah sie verständnislos an. »Warum das nicht, zum Teufel?«

»Tu's einfach für mich, okay?«

»Herrgott, ja.« Er blickte durch die Frontscheibe auf die Straße und schüttelte den Kopf. »Aber ich versteh's nicht. Wieso treibt sich ein Junge aus einer der reichsten Familien Roms inkognito mit der Kamera auf der Via Veneto herum? Er könnte einfach mit seinem Ferrari vorfahren, sich durch alle Bars saufen und eine Menge Frauen abschleppen.«

»Er macht eben gern Fotos.« Erstaunt bemerkte Anna im Seitenspiegel den Ausdruck von Zufriedenheit auf ihrem Gesicht. Fast hätte sie sich selbst nicht erkannt.

»Und das soll alles sein?«, fragte Bruno. »Ich lebe fürs Fotografieren, aber wenn ich seine Möglichkeiten hätte ...« Sein Blick auf die Straße verklärte sich. Vielleicht sah er dort statt des Brunnens einen Orangenbaum.

»Nein«, sagte Anna, »ich glaube, da ist noch was.« Genau genommen wusste sie es sogar. Spartaco hatte es ihr selbst erzählt.

Bruno startete den Motor und lenkte den Fiat zurück zu seiner Wohnung an der Via Portuense. Während der Fahrt verlas ein Radiosprecher die Nachrichten, doch Anna hing ihren eigenen Gedanken nach, und auch Bruno sagte kaum ein Wort.

Auf dem Parkplatz stieg er aus und wollte sich auf den Weg zu seinem Apartmentkomplex machen, aber Anna blieb stehen. Sie konnte jetzt nicht stundenlang in der Wohnung sitzen und auf den Abend warten, um dann mit Bruno und den anderen wieder auf Fotojagd zu gehen.

Rom tat ihr gut. Und sie war nicht hergekommen, um die Tage am Küchentisch ihres Onkels zu verbringen. Sie stand vor einer

Aufgabe, die möglicherweise unlösbar war. Vielleicht brauchte sie aber auch nur den richtigen Verbündeten, um Antworten auf ihre Fragen zu finden. Einen Unsichtbaren.

Sie leistete einiges an Überzeugungsarbeit, bis Bruno einwilligte, ihr die Vespa zu leihen. Am liebsten hätte er sie begleitet. Anna mochte ihren Onkel, aber sie musste ihn nicht rund um die Uhr an ihrer Seite haben.

Zu ihrer Überraschung war sie nervös, als sie den Motorroller eine Stunde später vor einem fünfstöckigen Wohnhaus in Trastevere abstellte. Sie prüfte noch einmal die Adresse und klingelte. Während sie wartete, verfehlte ein Fußball nur knapp ihren Kopf. Sie warf einen beunruhigten Blick auf Brunos Vespa, die hinter ihr in der Nachmittagssonne glänzte, aber der Ball kullerte vorbei. Ein kleiner Junge erreichte den Fußball, stoppte ihn und schoss ihn seinem Freund auf der anderen Seite der Straße zu. Hinter einem geöffneten Fenster übte jemand mit der E-Gitarre. Über ein paar schiefe Töne hinweg konnte Anna das Hallen von Schritten im Treppenhaus hören. Dann öffnete Spartaco die Tür und trat zu ihr ins Freie.

Er sah bleich und angespannt aus, und er verschwendete keine Zeit mit einer Begrüßung. »Wie hast du mich gefunden?«

Anna zuckte die Achseln. »War nicht schwer. Jeder der anderen hätte das genauso hinbekommen, es hat nur keiner versucht. Bruno kennt jemanden beim Grundbuchamt. Auf deinen Namen sind fünf Häuser eingetragen, und das hier ... Na ja, war schon klar, dass ich dich hier finde.«

Sie deutete an der Fassade empor auf die Banner, die hoch oben zwischen den Fenstern gespannt waren. Die rote Farbe auf weißem Tuch wirkte vor der brüchigen Außenwand wie Blut, das durch eine Bandage sickerte. Ein Schriftzug forderte den Rückzug der Amerikaner aus Vietnam, ein anderer rief das Proletariat zum Widerstand auf.

Anna hatte bereits ein anderes der fünf Häuser überprüft. Es lag nicht weit vom Palazzo seiner Stiefmutter. Eine gute Adresse, aber ein reines Bürogebäude. Als Nächstes hatte sie sich die Immobilie in Trastevere vorgenommen.

Trastevere war eines der ältesten, verwinkeltsten Viertel Roms. Vom Zentrum aus hatte man die Wahl zwischen mehreren Brücken, um über den Tiber hierherzugelangen. Zwei davon waren antik – die eine führte vom ehemaligen jüdischen Getto über die Isola Tiberina. Die andere hatte einst der Kaiser Caligula erbauen lassen. Ganz in der Nähe der Stelle, an der sie das Viertel erreichte, befand sich das Mietshaus, vor dem Anna jetzt mit Spartaco stand. Der Klingelknopf mit der schlichten Aufschrift *Stefano* gehörte zur Dachwohnung.

»Hast du's den anderen gesagt?« Seine Schultern waren angespannt, die Arme verschränkt. Der dunkle Glanz in seinen Augen wirkte fiebrig.

»Nur Bruno weiß Bescheid. Sonst keiner.«

Spartaco gab ein verärgertes Schnaufen von sich. »Er wird das nicht für sich behalten. Er hat Fotos von mir, wie ich mich mit Schauspielern prügele. Damit kann er eine Stange Geld verdienen.«

»Erst mal hält er still. Er hat's mir versprochen.« Anna legte so viel Zuversicht in ihre Stimme, wie sie aufbringen konnte. Das Misstrauen in seinem Blick konnte sie dennoch nicht zerstreuen.

»Warum hast du mich gesucht?«

Auf der anderen Straßenseite prallte der Ball gegen einen Pfeiler, und die Jungen jubelten euphorisch. Hinter einem der Fenster verhedderten sich die Finger des E-Gitarristen im Solo.

»Komm, gehen wir ein Stück.« Anna schlenderte ihm voraus den Bürgersteig hinunter. Erst dachte sie, Spartaco würde sich weigern, aber nach ein paar Sekunden setzte er sich in Bewegung und holte sie ein.

»Du hast deine Bilder an diesen Marino vom *Espresso* verkauft«, sagte sie.

»So läuft das in diesem Geschäft. Falls du sauer bist –«

»Ich will dir was vorschlagen.« Anna konnte spüren, wie er sich neben ihr anspannte.

»Wird das so was wie Erpressung?«

»Kann schon sein.« Sie lächelte, während sie die Straße überquerten und die Rufe der Kinder leiser wurden.

Eine Weile sagte Spartaco nichts. Er starrte mit verkniffenem Gesicht auf seine Füße und schien alle Möglichkeiten abzuwägen. Dann seufzte er und suchte ihren Blick. »Was willst du?«

»Dass du mich mitnimmst.«

Unvermittelt blieb er stehen. »Was?«

Anna wappnete sich. Jetzt kam der schwierige Teil. »Du hast überall Zutritt, oder? In den Bars, den Nachtlokalen, den Restaurants der besseren Gesellschaft …«

Spartaco schüttelte heftig den Kopf. »Nicht, wenn denen klar wird, dass ich da drinnen monatelang heimlich Fotos gemacht hab.«

»Niemand wird das erfahren«, sagte sie. »Und du wirst ja keine neuen mehr machen. Die mache nämlich ab sofort ich.« Sie blockte seinen nächsten Einwand mit einer Geste ab. »Dir geht's nicht ums Geld. Davon hast du genug. Du bist auf so was wie 'ner Mission. Du willst den Leuten da draußen zeigen, wie es bei den Kapitalistenschweinen wirklich zugeht. Die Dekadenz, die Maskeraden, die Oberflächlichkeit … all das Getue um Macht und Geilheit.«

Spartaco senkte seinen Blick und seine Stimme. »Im Grunde bin ich einer von denen.«

»Und trotzdem verabscheust du das Pack. Weil sie alles verkörpern, was du für falsch hältst an der Gesellschaft.«

Er atmete tief durch und schüttelte erneut den Kopf. Langsamer jetzt, und müde. »So einfach ist das nicht.«

Annas Zeigefinger stach durch die Luft und deutete anklagend zurück zur Fassade. »Und das Banner da am Haus? Dein Gerede von der Revolution der Massen?«

Da schwieg er wieder. Vielleicht hatte sie sich in ihm getäuscht. Am Ende war er womöglich nur ein verzogener Junge, der eine rebellische Phase durchlebte. »Hat es mit deiner Stiefmutter zu tun? Oder deinem Vater?«

Gereizt hob er das Kinn. »Meine Stiefmutter geht mir am Arsch vorbei.«

Sie sahen einander fest in die Augen, und Anna war nicht sicher, wer von ihnen gerade wütender wurde. Einen Moment lang erwog sie, zurück zum Haus zu gehen und auf der Vespa zu verschwinden. Aber dann hätte sie nichts erreicht, außer Spartaco bloßzustellen. Es konnte ihr egal sein, ob er ein echter Rebell war oder nicht. Phase hin oder her, wichtig war nur, dass er ihr bei einer Sache half.

»Pass auf«, sagte sie. »Du nimmst mich mit in die Nachtclubs und stellst mich als deine Verlobte vor. Oder Freundin. Oder dein Betthäschen, mir egal. Hauptsache, ich komm da rein und kann Bilder machen. Am Ende geht's dir doch gar nicht darum, ob *dein* Name in der Zeitung steht oder meiner.«

»Und um was geht es dir dabei?«

»Vielleicht will ich ja einfach nur die erste Frau sein, die sich auf der Via Veneto einen Namen als Fotografin macht.«

Spartaco lachte freudlos auf. »Das kannst du deinem Onkel erzählen, aber nicht mir.«

»Sagen wir, ich ... hab meine Gründe.«

Insgeheim überraschte es sie, wie leicht er sie durchschaut hatte. Wenn sie wirklich tun wollte, weswegen sie in Rom war, dann würde sie vorsichtiger sein müssen. Die anderen sollten sie für ein harmloses, junges Ding halten. Und bis gerade eben hatte sie geglaubt, dass sie ihre Sache gar nicht mal schlecht machte.

»Was ist nun?«, fragte sie.

Er kniff die Augen zusammen, während er überlegte, und blickte an der fernen Fassade hinauf, als zählte er die Stockwerke. »Im Haus weiß keiner, dass es mir gehört. Oder wer ich wirklich bin. Ich will, dass das so bleibt.«

»Versprochen.«

»Und Bruno?«

»Den überlass mir.« Sie hatte einen ersten kleinen Sieg errungen. Jetzt war sie auf dem richtigen Weg.

Spartaco sah sie zweifelnd an, und da wurde ihr erstmals wirklich bewusst, worum sie ihn bat. »Wenn wir auffliegen –«

»Werden wir nicht.«

Er drehte sich wieder zum Haus um, so als sorgte er sich, seine Nachbarn könnten Anna ansehen, dass sie nicht hier sein sollte. Aber bis auf die Kinder mit ihrem Fußball blieb die Straße leer.

Spartaco beobachtete die drei einen Augenblick lang, dann wandte er sich erneut ihr zu.

»Wenn wir drinnen sind, ganz egal wo, dann hörst du auf mich. Wenn ich sage, wir gehen, dann gehst du mit. Wenn ich sage, jetzt keine Fotos, dann machst du keine. Die Tarnung ist immer wichtiger als das Bild. Okay?«

»Ehrenwort.« Das Adrenalin schien in ihren Ohren zu rauschen. Von jetzt an würden ihr alle Türen offen stehen.

»Bist du prüde?«

»Was?« Verwundert sah sie ihn an. »Nein. Eher nicht … glaub ich.«

»Christlich?«

»Garantiert nicht.«

»Gut.« Spartaco richtete sich auf und grinste. »Wie wär's mit einer Schwarzen Messe?«

14

Durch die Fenster im Treppenhaus konnte er Anna auf Brunos Vespa davonfahren sehen. Spartaco stieg die Stufen hinauf, vorbei an Giulios Tür, durch die verzerrte Gitarrenklänge drangen, bis nach oben ins Dachgeschoss.

Er bewohnte dort zwei enge Räume. Der kleinere war sein Schlafzimmer, der andere ein Wohnzimmer mit Kochnische. Eine Abstellkammer hatte er zur Dunkelkammer ausgebaut. Die übrigen Etagen des Hauses mit ihren geräumigen Altbauzimmern waren für eine Handvoll Lire an Kommunen und studentische Wohngemeinschaften vermietet.

Er schloss die Tür hinter sich und ging zum Telefon neben dem Sofa. Er blieb stehen, während er die Wählscheibe drehte.

Eine junge Frauenstimme meldete sich. »Hallo?«

Er unterdrückte ein Seufzen und bemühte sich um einen freundlichen Tonfall. »Ciao, Lia. Hier ist Stefano. Kann ich mit Halinka sprechen?«

»Stefano ...« Sie wiederholte seinen Namen laut und gedehnt. Eine Pause entstand, in der nur das leise Knistern aus der Leitung zu hören war. »Halinka, sie ... Also, Halinka ist nicht da.«

Er schloss die Augen, öffnete sie wieder und zwang sich zur Ruhe. Es gelang nicht. »Wenn ich jetzt vor eurer Tür stehen würde, wäre sie dann auch nicht da?«

»Willst du behaupten, dass ich lüge?«

»Sag ihr, dass ich sie sehen muss.«

»Ich glaub nicht, dass sie *dich* sehen muss.«

»Sag's ihr einfach, okay? Danke, Lia. Mach's gut.« Spartaco legte auf, bevor sie widersprechen konnte. Er hasste es, wenn Lia ans Telefon ging. Sie hatte von Anfang an keinen Hehl aus ihrer Abneigung ihm gegenüber gemacht.

Das Telefon klingelte schrill.

Spartaco riss den Hörer reflexhaft von der Gabel. »Halinka?«

Aber die Stimme am anderen Ende war älter und kühler als jene, auf die Spartaco gehofft hatte. »Ciao, Stefano. Hier ist deine Mutter.«

»Oh, du bist's ...« Es war ihm egal, dass sie seine Enttäuschung hören konnte. »Mach das nicht immer. Du bist nicht meine Mutter.«

»Wenn du wütend bist, legst du wenigstens nicht gleich auf.«

»Was willst du, Silvia?«

Zwei, drei Sekunden verstrichen. Die Antwort kam ihr merklich schwer über die Lippen. »Ich brauche deine Hilfe.«

»*Meine* Hilfe?« An einem anderen Tag hätten ihre Worte ihn mit einer gewissen Genugtuung erfüllt, Schadenfreude sogar. Aber nicht heute. Anna, Lia und jetzt auch noch Silvia.

»Ich kann das gerade wirklich keinen der Angestellten machen lassen«, sagte sie. »Hast du noch einen Schlüssel für den Mercedes?«

»Was ist damit?«

»Er parkt in der Innenstadt. Kannst du ihn da abholen und herbringen?«

»Warum macht Sandro das nicht?«

»Sandro hat uns überstürzt verlassen.«

»Sollte es dir nicht zu denken geben, dass du jetzt auch noch Papas Chauffeur aus dem Haus geekelt hast?«, fragte er.

»Kannst du das *bitte* machen? Ohne Führerschein kann ich ihn nicht selbst holen.« Sie klang immer ungeduldiger. Es war offensichtlich, dass keiner von ihnen erpicht darauf war, dieses Gespräch in die Länge zu ziehen.

»Wo steht er?«, fragte Spartaco.

»In der Via Margutta.«

»Bei deinem Freund?«

»Du könntest gleich die kleine Malerin besuchen, die du so magst. Diese Polin.«

»Halinka und ich sind nicht mehr –«

»Schon gut.« Für gewöhnlich interessierte sie sich nicht für sein Leben. Ihm war das nur recht. »Bring mir den Wagen, ja? Ich wäre dir wirklich dankbar. Ciao, Stefano.« Die Verbindung wurde unterbrochen.

»Miststück«, sagte Spartaco und legte auf.

* * *

Als Silvia den Hörer auf die Gabel legte, erfasste der Lichtstrahl eines halbrunden Fensters ihre Hand und wärmte ihr die Finger, die schon vor dem Gespräch kalt und klamm gewesen waren. Ihr Blick folgte dem Sonnenlicht, das sich über den Innenhof hinweg einen Weg in den Salon bahnte. Die Fenster mit all ihren unterschiedlichen Formen wurden von der Dienerschaft nach einem peniblen Plan geputzt, doch das Glas war alt und wurde von Jahr zu Jahr trüber.

Im Palazzo Amarante gab es etliche Salons. Silvia hatte sich nicht für diesen entschieden, weil ihr die gemalten Stechpalmen an den Wänden oder die roten Samtsessel so gefielen. Dieser Salon hatte die größte Fensterfront zum Innenhof.

Ihre linke Hand ruhte noch auf dem Telefonhörer, während sie nach draußen ins dichte Blätterdach des Walnussbaums blickte.

»Verzeihen Sie bitte, Contessa.« Matteo stand in der Tür. Der Kammerdiener hatte gewartet, bis sie ihr Gespräch beendet hatte. »Der Baron De Luna ist da.«

Für einen Herzschlag wurde ihr schwarz vor Augen, und sie atmete tief und sehr betont durch. »Genau der hat mir gerade gefehlt.«

»Soll ich ihn bitten, wieder zu gehen?«

»Nein, nein. Er kann reinkommen.«

»Wie Sie wünschen.«

»Danke, Matteo.«

Sie stand vom Samtpolster auf und strich ihr Kleid glatt, während vor dem Salon bereits zackige Schritte durch den Marmorgang hallten.

Ein Mann betrat den Raum, so grau, als wäre er aus einem der verstaubten Wandgemälde im Hinterhaus getreten. Baron Rosario De Luna hatte während des Faschismus unter Mussolini verschiedene Ämter innegehabt. Die einen munkelten, er habe mit dem Verkauf von Werken aus geplünderten italienischen Museen an Hitlers Kunstbanausen zu tun gehabt; die anderen sagten, er habe die meiste Zeit in tiefen Kellern verbracht und dort die technischen Feinheiten der Gefangenenbefragung optimiert.

Die Contessa wusste nicht alles über seine Vergangenheit, aber mehr als die meisten.

»Silvia. Du siehst bezaubernd aus.« Beim Klang seiner Stimme schien sich der Raum zu verdunkeln. Die Haltung, mit der er den Salon betrat, war die eines Hausherrn.

Als 1945, kurz nach Mussolinis Sturz, der Leichnam des Diktators kopfüber von einer Tankstelle in Mailand gebaumelt hatte und von einer zornigen Menge verstümmelt worden war, war Rosario De Luna für eine Weile verschwunden – um später als erfolgreicher Geschäftsführer eines Auktionshauses wiederaufzutauchen. Den Umgang mit dem Hammer habe er schon früher bestens beherrscht, hatten manche gespottet. Zudem führte der Baron die Etruskische Front an, eine Vereinigung von Altfaschisten, die nicht einmal den höflichen Anschein einer demokratischen Gesinnung zur Schau trug.

Der verstorbene Ehemann der Contessa war einer seiner ältesten Freunde gewesen – und sein Vorgänger auf dem Posten des Vorsitzenden.

»Wir waren heute nicht verabredet«, sagte sie kühl.

Wie erwartet blieb De Luna davon unbeeindruckt. Er stellte sich hinter einem der Sessel auf, platzierte die Hände auf der Rückenlehne und schien sich um Empathie zu bemühen. »Ich fürchte, ich bringe unangenehme Neuigkeiten. Um es kurz zu machen: Ich weiß nicht, wie lange ich dich noch vor den anderen schützen kann.«

Silvias Miene blieb gelassen. Sie hatte schon vor langer Zeit gelernt, dass Gefühlsausbrüche sie nicht weiterbrachten. Sie zeigte nur jene ihrer Regungen, die ihr weiterhalfen, und versteckte alle anderen.

Erst recht, wenn es Verunsicherung war.

Erst recht, wenn sie Rosario De Luna gegenüberstand.

15

Palladino zog die Tür der Telefonzelle hinter sich zu. Auf dem Kasten mit der Wählscheibe hatte jemand seinen Kaugummi abgelegt. Ein anderer hatte eine Zigarette darauf ausgedrückt.

Die Kabine stand direkt vor der weißen Zuckerbäckerfassade des Grand Hotels *Excelsior,* genau gegenüber vom *Café de Paris.*

Palladino warf ein paar Münzen ein. Die Nummer, die er wählte, war eine der wenigen, die er seit Langem auswendig kannte. Wie immer dauerte es eine Ewigkeit, bis am anderen Ende abgehoben wurde.

»Ja?«

»Ich bin's.«

»Alles erledigt, wie abgesprochen?«

»Die Leinwand ist wieder weiß.«

»Gut gemacht. Wie immer.«

»Hör zu, ich brauch 'ne Information.«

Am anderen Ende stockte es kurz. »Ich bin nicht die Auskunft. Ich vermittle nur.«

Palladinos Tonfall senkte sich gefährlich. »Ich hab dich in all den Jahren nie um einen einzigen Scheißgefallen gebeten.«

»Dann fang heute nicht damit an.«

Palladino wechselte den Hörer in die andere Hand und drehte sich mit dem Rücken zur Tür. »Von wem kam der Auftrag?«

Einen Moment lang schien es ihm, als hätte er zu wenige Münzen eingeworfen und die Gesprächszeit bereits überschritten. Dann drang die Stimme abermals aus dem Hörer, diesmal viel schärfer.

»Hast du eigentlich den Verstand verloren?«

»Es ist wichtig.«

»Ist irgendwas schiefgegangen?«

»Nein, alles in Ordnung«, sagte Palladino. »Ich sag doch, die Leinwand ist weiß.«

»Ich hör dich Sachen sagen. Sachen über Aufträge. Aber ich versteh dich nicht.«

Palladino seufzte. »Richte ihm aus, ich will mit ihm sprechen. Ich will wissen, in was ich da hineingeraten bin.«

»Mach's gut, mein Freund.« Es knackte, als der andere auflegte.

Palladino ließ den Hörer mit so viel Wucht auf die Halterung knallen, dass er beinahe wieder heruntersprang.

Sie kannten sich schon lange. Freunde waren sie nicht und würden nie welche werden, aber sie waren Geschäftspartner, die einander respektierten. Palladino hatte auf ein Entgegenkommen gehofft, aber nicht ernsthaft damit gerechnet. Er verfluchte den Mann, mit dem er seine Zeit vergeudet hatte, und überquerte schlecht gelaunt die Straße.

Im *Café de Paris* war die Hälfte der Tische von Touristen belegt. Sie hofften, einen Blick auf Stars zu erhaschen und ein wenig von der verruchten Luft der Via Veneto zu atmen.

Der Kellner Enzo sah Palladino schon von Weitem kommen und trat ihm mit erhobener Augenbraue entgegen. »Verzeihen Sie, Signor Palladino, aber ich fürchte, Ihr Tisch ist besetzt.«

Palladino stutzte und sah zwischen zwei jungen Männern hindurch zu dem Platz, auf dem er für gewöhnlich am Morgen die Zeitungen studierte. Dort saß niemand.

»Nein«, sagte er, »ich glaub nicht.«

»Aber gerade war da noch ...« Enzo blickte sich verwirrt um. »Er muss schon gegangen sein.«

Palladino schritt an dem Tisch mit den beiden Touristen vorbei und umfasste die Rückenlehne seines angestammten Stuhls. »Seinen Kaffee hat er jedenfalls nicht getrunken.« Er betrachtete die Tasse, die dastand, als wäre sie für ihn bestimmt.

Der Kellner rümpfte die Nase. »Auch kein Geld dagelassen. Nur seinen Zylinder.«

Tatsächlich lag auf Palladinos Stammplatz ein altmodischer schwarzer Hut. Enzo streckte die Hand danach aus.

»Nein, warten Sie! Lassen Sie mich das machen.« Palladino räusperte sich. »Und vielleicht treten Sie besser ein paar Schritte zurück.«

»Mit Verlaub, Signor Palladino. Was erwarten Sie denn, was da –«

»Zurück. Bitte.« Mit ausgestrecktem Arm bedeutete Palladino ihm, auf Distanz zu gehen. Erst als der Kellner gehorchte, presste Palladino seine Handflächen gegen die Seiten des Zylinders und hob ihn mit einer schnellen Bewegung an.

Enzo lugte an seinem Rücken vorbei auf die Sitzfläche. »Da ist nichts drunter«, stellte er fest.

Ratlos drehte Palladino den Hut in den Händen. Er war mit glänzender Seide bespannt. Innen war kein Etikett oder Markenname eingenäht. »Wie hat der Kerl ausgesehen?«

»Er hätte Ihnen von der Telefonzelle aus eigentlich auffallen müssen. Schwarze Haare, sehr groß und sehr dünn. Eine Uniform wie ein Zirkusdirektor, würde ich sagen.«

»Hat er was gesagt?«

Enzo nickte beflissen. »Er hat sich vorgestellt. Er sagte, er sei der Fabelhafte Fratelli.«

»Klingt nach einem Bühnenzauberer. Einer, der Jungfrauen in Bikinis zersägt.«

»Wenn Sie das sagen.« Enzo nahm die volle Tasse Kaffee an sich. »Kennen Sie einen fabelhaften Signor Fratelli?«

Palladino schnaubte. »Komm ich Ihnen vor wie jemand, der *fabelhafte* Menschen kennt?«

Statt einer Antwort unterdrückte Enzo ein Räuspern.

»Er hat mich nicht erwähnt, oder?«

»Nein. Aber er hat zu Ihnen hinübergeblickt, während Sie telefoniert haben. Die ganze Zeit über.«

Argwohn regte sich in Palladino. Ein Zauberer, der ihn von seinem Stammplatz aus beobachtete. Als hätte er nicht schon Ärger genug am Hals.

Mit einer dezenten Geste bot Enzo an, ihm den Zylinder abzunehmen.

Palladino schüttelte den Kopf. »Danke, das Ding hier nehm ich mit. Falls er zurückkommt und danach fragt, sagen Sie ihm, ich hätte mich versehentlich draufgesetzt und … ach, was weiß ich, ich hätt's eben mitgenommen.«

Enzo hob verwundert die Augenbraue. »Sie glauben, er hat ihn für Sie zurückgelassen?«

»Wer weiß.« Palladino verabschiedete sich knapp, ging mit argwöhnischen Blicken zu seinem Citroën und stieg ein. Erschöpft lehnte er sich zurück und betrachtete den Zylinder ein weiteres Mal, jetzt sehr viel eingehender. Der Seidenbezug war makellos. Er schaute ins Innere des Hutes und schüttelte ihn, aber keine Nachricht, kein Hinweis fiel heraus. Wachsam drehte er ihn zum Fenster hin, schaltete die Lampe über dem Rückspiegel ein, veränderte den Blickwinkel – und entdeckte verblüfft, dass unten im Hut kein Boden war.

Nur eine tiefe, absolute Schwärze.

Er zog seinen Kugelschreiber aus dem Mantel, packte ihn mit Daumen und Zeigefinger am äußersten Ende und tastete damit vorsichtig in den Zylinder hinein. Die Spitze stieß auf Widerstand.

Rasch zog er den Stift wieder hervor. Er legte ihn beiseite und atmete tief durch. Ehe er zu lange darüber nachdenken konnte, schob er seine Hand in den Hut.

Sie griff ins Leere.

Erschrocken riss er sie zurück. Dann, zaghaft, versuchte er es erneut, steckte den Arm tiefer und tiefer in den Zylinder hinein, obwohl der von außen nicht höher als dreißig Zentimeter war. Bald waren sein Unterarm und der Ellenbogen darin verschwunden, und als er behutsam umhertastete, war da – nichts.

Palladino veränderte seine Sitzposition, versuchte es noch einmal. Seine freie Hand hielt den Zylinder fest umschlungen auf dem Schoß, als die Fingerspitzen der anderen etwas berührten.

Ohne nachzudenken, packte er zu.

Mit einem heftigen Ruck zerrte er etwas Zappelndes ans Tageslicht, und sogleich war der Wagen erfüllt von ohrenbetäubendem Kreischen.

16

Eine Stunde später löste Palladino seine Hand vom Lenkrad, um den Radiosender zu wechseln. Während die Landschaft draußen einsamer wurde, nahm auch die Auswahl an Sendern ab. Alle verbliebenen spielten italienische Schlager.

»Dann eben nicht …« Er schaltete das Radio aus.

Palladino lenkte seinen silbernen Citroën über eine Ebene aus Ackerland und trockenem Buschwerk. Hinter ihm blieb die graue Dunstglocke Roms am Horizont zurück, weit vor ihm erhoben sich die ersten Hügel der Abruzzen.

Alle paar Sekunden huschte sein Blick von der Fahrbahn zum Beifahrersitz. »Du bleibst schön sitzen. Wenn du dich von der Stelle rührst, schneid ich dir den Schwanz ab.«

Vor einer halben Stunde hatte Palladino die gigantischen Baustellen am Stadtrand hinter sich gelassen, ein gelbbraunes Ödland aus Schlammgruben und Beton, in dem eine unheilige Allianz aus kirchlichen und staatlichen Baukonzernen neue Wohnsilos für bettelarme Arbeiter aus dem Boden stampfte. Rücksichtslos und ohne Bebauungsplan entstanden im Niemandsland vor den Toren der Stadt gewaltige Gettos, deren Bewohner bereits vom Rest der Gesellschaft vergessen waren, ehe sie den ersten Fuß in die tristen Hochhaussiedlungen setzten.

»Mach nicht so 'n Gesicht. Keiner hat dich darum gebeten, einfach aus dem Nichts aufzutauchen.«

Der Zylinder des Fabelhaften Fratelli lag vor dem Sitz im Fußraum, mit der Öffnung nach unten, damit nicht noch etwas anderes daraus hervorkriechen konnte. Etwas aus der Schwärze im Inneren des vermaledeiten Huts. Etwas, das vielleicht größeren Appetit hatte.

Auf dem Beifahrersitz saß ein weißes Kaninchen mit schwarzen Ohren. Seine Nase zuckte und zitterte, während es auf das Bündel Unkraut blickte, das Palladino aus einem Blumenbeet vor dem *Café de Paris* gezupft hatte.

»Erzähl mir nicht, du hast da drinnen was Besseres bekommen.«

Er ließ den Zylinder des Zauberers während der gesamten Fahrt nicht aus den Augen. Halb hatte er erwartet, dass er sich nach den ersten Kilometern in Luft auflösen würde – zusammen mit dem Kaninchen und Palladinos verfluchtem Verstand.

Nun drehte er doch wieder am Rad des Radios und suchte weitere Sender. Jeder elende Gewinner des San-Remo-Festivals war ihm lieber als die zermürbende Stille. Doch statt Musik drang die Stimme eines Nachrichtensprechers aus dem Lautsprecher.

»… eine Auseinandersetzung zwischen amerikanischen und chinesischen Militärflugzeugen über dem Südchinesischen Meer nahe der Provinz Hainan. Offiziellen Angaben zufolge verloren beide Seiten je eine Maschine …«

Palladinos Finger schoss vor und würgte ihn mitten im Satz ab. Auf dem benachbarten Sender berichtete ein anderer Sprecher über Beweise für eine außerirdische Superzivilisation. Bevor Palladino erfuhr, was genau die Auswertung der Signale ergeben hatte, drehte er abermals weiter.

»… fand die erste große Demonstration gegen den Vietnam-Krieg in Washington statt. Nach Angaben der Veranstalter zogen 25000 Studenten und Kriegsgegner zum Weißen Haus. Dagegen sammelten Befürworter des Krieges an der Universität von Wisconsin 6000 Unterschriften für eine härtere Linie im Kampf gegen den Kommunismus in Nord-Vietnam und die …«

Palladino schaltete das Radio aus.

Je näher er seinem Ziel kam, desto nervöser wurde er. Draußen dämmerte es. Die Landstraße führte schnurgerade in die Berge. Zu beiden Seiten glitten Felder vorüber, dann und wann passierte er einsame Bauernhäuser. Viele waren nur noch Ruinen, deren einstige Bewohner nach Rom und weiter in den Norden aufgebrochen waren. Gelegentlich sah er vergilbte Werbetafeln, die Produkte anpriesen, von denen er zuletzt als Kind gehört hatte. Eine war abgebrannt, die verkohlten Pfähle sahen aus wie Überreste einer Hexenverbrennung.

Als er erneut zum Kaninchen sah, betrachtete er es ein wenig länger. Musterte das zarte Fell, die winzigen Pfoten und die bebenden Ohren.

»*Jedes* verflixte Kaninchen frisst Grünzeug! Warum du nicht?«

Er hätte sich die Antwort selbst geben können: weil das hier kein echtes Kaninchen war, sondern etwas, das er aus einem Zylinder gezogen hatte. Ein Ding, das sich ein schwarz-weißes Fell übergestreift hatte wie einen Mantel. Oder etwas – und das machte ihm noch größere Sorgen –, das nur in seiner Einbildung existierte. Dann war der Sitz neben ihm in Wirklichkeit leer, bis auf eine Handvoll Unkraut, und er selbst reif für die Irrenanstalt.

Aber Enzo hatte den Zylinder auch gesehen. Und diesen Fratelli.

Jetzt bedauerte er, dass er den Kellner nicht gebeten hatte, einen Blick auf das Kaninchen zu werfen. Aber es gab noch jemanden, dem er vertraute – mehr als irgendwem sonst auf der Welt.

Laura würde ihm die Wahrheit sagen. Auch vier Jahre nach ihrer Trennung war sie der einzige Mensch, der es gut mit ihm meinte. Was vielleicht das größte Problem zwischen ihnen war. Sie hatten versucht, einander loszulassen, und es doch nie so richtig hinbekommen. Den Schwarzen Peter schob er gern der Kirche zu, die durchgesetzt hatte, dass Scheidungen in Italien verboten blieben. Doch wenn er ehrlich zu sich war, war es in erster Linie seine Schuld.

Er lenkte den Citroën auf eine Seitenstraße aus Pflastersteinen und Schlaglöchern. Nervös beobachtete er das Kaninchen, sah die Panik in den runden, dunklen Augen und brachte es doch nicht über sich, die Hand auszustrecken und es festzuhalten. Stattdessen drosselte er die Geschwindigkeit auf Schritttempo und reduzierte die Erschütterungen auf ein Minimum.

Nach einem Kilometer kam ein einzelnes Haus in Sicht, der ehemalige Bauernhof seiner Eltern. Er hatte das bescheidene Anwesen geerbt und das Gebäude nach der Trennung Laura überlassen. Sie mochte das Leben hier draußen im Nirgendwo, den Blick auf die Abruzzen in der Ferne, sogar die verödeten Felder ringsum, das verwobene Buschwerk, den kleinen Wald hinter dem Haus. Ab und an fuhr sie zu Auftritten in die Stadt, spielte Cello in großen Sälen und kleinen Theatern, und kehrte dann wieder hierher zurück, in ihr Exil und in die Einsamkeit.

An guten Tagen sagte er sich, dass er sie trotz allem hier wegholen musste, weil das Alleinsein nicht gut für sie sein konnte. An allen anderen hatte er genug mit seinem eigenen verpfuschten Leben zu tun.

Steinchen spritzten gegen den Lack, als Palladino vor dem Haus aus Naturstein mit hölzernen Fensterläden vorfuhr und den Motor ausstellte. Noch ein Blick zum Kaninchen, dann stieg er aus und ließ die Wagentür zuschnappen.

Allein hier zu stehen, senkte seinen Blutdruck. Zu wissen, dass Laura nur ein paar Schritte entfernt im Haus war, gab ihm ein Gefühl von Sicherheit, das er im Alltag vermisste.

Aber seine Nähe hatte sie in Gefahr gebracht, und er hätte das früher erkennen müssen. Laura hatte in ihrer Jugend Fehler gemacht, zumindest war das *ihre* Überzeugung, und umso größer waren heute ihre Bemühungen, immer nur das Richtige zu tun. Er verdiente weder ihre Nachsicht noch ihre Fürsorglichkeit.

Das vertraute Quietschen der Klinke riss ihn aus seinen Gedanken. Grundgütiger. Sie hatte die Haustür himmelblau gestrichen. Gemalte Blumenranken schmückten den Rahmen, mit Blütenblättern so groß wie Fußbälle.

»Seit wann kommst du pünktlich?« Sie war der einzige Mensch, den er kannte, dessen Lächeln immer die Augen erreichte. Laura kam über den sandigen Platz auf ihn zu, in einer farbbekleckerten Latzhose. In ihrem langen Haar steckten Blätter oder Gott weiß was, das sich bei der Arbeit im Garten darin verfangen hatte.

»Die Straße war frei.«

In Wahrheit hatte er gar nicht schnell genug herkommen können. Während der Fahrt war ihm klar geworden, dass dies noch immer sein Rückzugsort vor der Welt war. Selbst dann, wenn er nur über die Möglichkeit nachdachte, hier rauszufahren, tat es ihm gut. Und wenn er dann hier war, wenn er sie vor sich sah, dann waren ihm drei ruhige Atemzüge vergönnt, bevor ihn die Angst überkam, dass er das alles ein zweites Mal kaputtmachen könnte, einzig durch seine Anwesenheit. Dass er sie mit dem Schlechten, das er tat, infizieren könnte wie mit einer Krankheit.

»Ciao, Gennaro.« Noch bevor sie ihn auf die Wangen küsste, umfing ihn ihr Duft. Nach Kräutern, die er nicht näher bestimmen konnte, und nach frisch gebackenem Brot.

»Ciao, Bella.«

Laura löste sich von ihm und wandte sich dem Wagen zu. »Zeig mal, wen du mitgebracht hast. Ich hab einen von den alten Käfigen aus der Scheune geholt und sauber gemacht.« In ihrer Stimme war eine Unbeschwertheit, die Palladinos Sorgen linderte. Bei dem Gedanken, das unheimliche Kaninchen könnte dauerhaft bei ihr einziehen, war ihm dennoch nicht wohl.

»Ich dachte eher, dass wir es hier irgendwo aussetzen.«

Sie schüttelte den Kopf, während sie durch das Fenster ins Wageninnere spähte. »So ein Kaninchen, wie Bühnenzauberer sie benutzen, würde hier draußen nicht lange überleben.«

Er seufzte. »Ich hätte wissen müssen, dass du das Vieh adoptierst, bevor du es auch nur gesehen hast.« Mit einem Ruck öffnete er die Beifahrertür.

Während sie ins Innere blickte, beobachtete er versonnen ihr Profil. Doch schon im nächsten Augenblick drehte sie sich zu ihm um. »Wo ist es denn?«

Er zog die Tür bis zum Anschlag auf und starrte auf den Sitz. Nur das Unkraut lag noch auf dem Bezug. »Gerade eben war's noch da.«

Laura lächelte. »Du hast ihm Löwenzahn hingelegt. Das ist süß.«

»Hör zu, es war wirklich da. Ich hab mir das nicht eingebildet, nicht auf der ganzen Fahrt von Rom hierher.«

Laura beugte sich gelassen in den Fußraum des Citroën. »Und aus dem Ding da ist es rausgekommen?« Ihre Stimme klang gedämpft und viel zu arglos.

»Aus dem Zylinder, genau.« Sein Mund fühlte sich trocken an. Ein Teil von ihm wollte sie aus dem Wagen ziehen, bevor sie den Hut berührte. Zugleich war ihm klar, wie sehr sie das gehasst hätte.

»Du liebe Güte«, sagte sie entzückt.

»Was?«

»Schau nur mal, wie niedlich es ist!«

Palladino stützte sich mit einer Hand auf dem Dach ab und blickte über ihren Kopf hinweg in den Fußraum.

Das Kaninchen war nicht verschwunden. Es war unter den Zylinder gekrochen und hatte sich dort versteckt.

Laura stellte den Hut auf den Beifahrersitz und hob das Kaninchen aus dem Wagen. Sie hielt es im Arm wie ein Neugeborenes. Der Anblick versetzte Palladino einen Stich. Er hatte sie schon einmal so gesehen, vor langer Zeit, mit einem anderen kleinen Bündel vor der Brust.

Er zwang sich zu einem mechanischen Nicken. »Wie ist es unter den Zylinder gekommen, ohne ihn umzuwerfen?«

Laura kraulte das Kaninchen hinter den zuckenden Ohren. »So was Putziges wie dich kann man doch nicht aussetzen.«

Vielleicht war es doch keine so gute Idee gewesen, es herzubringen. Aber er hatte gewusst, dass sie sich freuen würde. Und es fühlte sich an wie ein echtes Kaninchen, daran gab es gar keinen Zweifel.

Laura sah auf. »Der Käfig steht in der Küche. Bringen wir's rein.«

»Laura, warte mal.«

Sie legte den Kopf schief, und nun klang sie fast wie eine Lehrerin, die einen Schüler ermahnt. »Es ist nur ein Kaninchen, Gennaro.« Vermutlich war sie der einzige Mensch, dem er diesen Tonfall nicht übel nehmen konnte.

Durch die bemalte Tür trat sie ins hell erleuchtete Innere des Hauses, während draußen der Abend über die Ebene herankroch. Palladino ließ den Zylinder im Auto liegen und schloss sicherheitshalber die Türen ab. Dann folgte er ihrer schmalen Silhouette ins Licht.

Laura hatte auch die Küche frisch gestrichen – nicht zum ersten Mal. Die Wände leuchteten in einem freundlichen Gelbton. Alles andere aber war wie eh und je: der alte Ofen, die Anrichte aus dunklem, gekerbtem Holz, die Töpfe und Kellen, die von Haken an der Wand hingen. Und ein tragbarer Plattenspieler aus orangefarbenem Plastik. Sie hatte mehrere davon, in jedem Zimmer einen und jeder in einer anderen Farbe. Stapel aus Schallplatten waren über Regale im ganzen Haus verteilt. Schon vor Jahren hatte sie einmal gesagt, dass sie die Musik mehr bräuchte als ihn, und er hatte nie daran gezweifelt.

»Na komm, mein Kleiner, das hier ist jetzt deiner.« Lauras sanfte Hände hoben das Kaninchen in einen sperrigen Käfig, den sie neben einem der Fenster auf die Anrichte gestellt und mit trockenem Gras ausgelegt hatte. Die winzige Nase zuckte, und die dunklen Augen glänzten.

»Ich hab kein gutes Gefühl dabei«, sagte Palladino.

»Unsinn.« Laura hob eine kleine Kaffeetasse aus dem Küchenschrank. »Du hast ihm das Leben gerettet.«

»Ich hab es aus einem Hut gezogen … Keine Ahnung, ob es ihm da drinnen nicht besser ging.«

Laura füllte die Tasse an der Spüle mit Wasser. Als sie sich umdrehte, lächelte sie ihn an. »Nicht besser als hier.« Sie stellte dem Kaninchen den improvisierten Napf in den Käfig, doch es schenkte ihm keine Beachtung, blickte stattdessen nur sie beide an.

Palladino sah zu, wie sie sich die Hände an einem Geschirrtuch abtrocknete, um sich dann ihrem Plattenspieler zuzuwenden.

»Dieser Name, Fratelli«, begann er. »Irgendwas klingelt da bei mir. Aber es kommt mir vor, als wäre das eine Ewigkeit her. Sagt er dir was?«

Behutsam senkte Laura die Nadel auf die Platte. Ein Cellostück erklang aus dem einzigen Lautsprecher. »Sieh mal da drüben auf den Tisch. In den Karton.« Sie lächelte ihn auffordernd an.

Palladino trat an den Küchentisch. Der Pappkarton war staubig, als hätte sie ihn aus dem hintersten Winkel des Hauses gezerrt. An einer Ecke klebten Spinnweben.

»Ist der vom Dachboden? Da steht das ganze Zeug von meinen Eltern.«

»Auch deins.« Mit verschränkten Armen stellte sie sich neben ihn und blickte in den Karton.

Ganz oben lagen ein geschnitzter Spielzeugrevolver und ein Cowboyhut.

»Komm schon«, sagte Palladino, »was soll das?«

»Mach weiter.«

Beherzt langte er in den Karton. Den Revolver hatte er zuletzt als Kind gehalten, er hatte ihn größer und schwerer in Erinnerung gehabt. Der Cowboyhut zeigte Spuren von Schimmel.

Laura lächelte. »Als du mir am Telefon davon erzählt hast –«

»Da stand ich an einer Tankstelle. Ich war aufgeregt. Vielleicht ein bisschen durcheinander, und ich –«

Sie unterbrach ihn. »Der Fabelhafte Fratelli ... Ich hab ein paar Minuten gebraucht, bis mir wieder eingefallen ist, wo ich den Namen schon mal gelesen hatte.«

Fast widerwillig hob er ein Buch aus dem Karton und starrte auf das, was darunter zum Vorschein kam.

»Ich bin mal beim Umräumen drauf gestoßen«, sagte Laura. »Ist Jahre her, aber ich hab mich daran erinnert. Auch wegen des Fotos. Ich hab's wieder reingelegt.«

Am Boden des Kartons lag eine würfelförmige Schachtel, bunt bedruckt mit der Karikatur eines grotesk dünnen Mannes in Frack und Zylinder. In einer Hand hielt er einen kleinen Stab, aus dessen Ende Sterne sprühten. Weiße Tauben flatterten umher, und es regnete Spielkarten vom Himmel.

»Dein alter Zauberkasten«, sagte Laura. »Du musst als kleiner Junge damit gespielt haben.«

In goldenen Lettern stand auf der Schachtel: *Der Fabelhafte Fratelli – Zauberspaß für Jung und Alt – Karten- und Seiltricks, magische Utensilien, Fakirkunst und der bodenlose Zylinder.*

Er hob die Schachtel aus dem Karton, ließ sie auf den Tisch fallen und machte einen Schritt zurück. Plötzlich war ihm schwindelig, und das Atmen fiel ihm schwer.

Das Kaninchen in seinem Käfig beobachtete ihn mit seinen schwarzen Augen. Es schien zu pulsieren, als wollte es jeden Augenblick in einer Wolke aus Konfetti und weißer Watte explodieren.

»Das ist total verrückt«, murmelte Palladino. »Ich hab seit dreißig Jahren nicht mehr an dieses Zeug gedacht.«

Laura grinste. »Aber vielleicht hat das Zeug an *dich* gedacht.«

»Das ist nicht witzig.«

Sie öffnete die Schachtel und zog einen Zylinder aus Filz hervor, viel zu klein für den Kopf eines Erwachsenen. Darin befand sich ein doppelter Boden aus dünnem Sperrholz, der mit ausgeleiertem Verschluss nach unten klappte, als sie ihn umdrehte. Ein paar goldene Würfel fielen auf den Tisch.

»Und noch das hier ...« Sie zog ein sepiafarbenes Foto aus der Schachtel und reichte es Palladino. Darauf war ein Junge zu sehen, vielleicht sieben Jahre alt, der in einer Hand den Filzzylinder hielt – und in der anderen ein Kaninchen aus Stoff. Weiß, mit schwarzen Ohren.

»Ich ... ich erinnere mich daran. Das war Weihnachten. Irgendwann in den Zwanzigern. Ich hatte mir den Zauberkasten gewünscht, aber es waren nur ein paar bunte Tücher dabei, die man aus dem Hut zaubern konnte. Deshalb hat meine Mutter mir das Kaninchen genäht.«

»Also warst du selbst der Fabelhafte Fratelli«, sagte Laura.

»Nein.« Er rang um Worte. »Der war ...« Er brach ab und hatte unvermittelt das dringende Bedürfnis, sich zu setzen. Sein Arm ruderte unbeholfen durch die Luft, bis er den nächsten Küchenstuhl zu fassen bekam. Er zog ihn heran und ließ sich darauf nieder.

Der Schwindel wurde stärker, und sein Puls galoppierte, als hätte er den ganzen Weg von Rom hierher im Sprint zurückgelegt. Dazu spürte er Lauras Blick auf sich. Ihre Sorge, die er nicht verdiente.

»Du bekommst mir jetzt keinen Herzinfarkt, oder?«

»Ich war nicht gut genug, um der Fabelhafte Fratelli zu sein«, sagte er. »Fratelli war der beste Magier der Welt – das stand in der Anleitung. Also hab ich mir abends im Bett vorgestellt, dass er mich besuchen kommt. Ich hatte diese Holzkiste mit Krempel, und ich dachte, da würde er raussteigen. Dass nachts der Deckel hochklappt und der Fabelhafte Fratelli rausklettert, um mir alle seine magischen Tricks beizubringen.«

»Das klingt eher gruselig.«

»Er ist ja nie aufgetaucht. Ich hab's mir nur gewünscht. Mehr als alles andere, ein paar Wochen lang, vielleicht auch ein paar Monate. Dann hatte ich Geburtstag, bekam irgendein neues Spielzeug, und der ganze Kram hier landete auf dem Dachboden. Wie's halt so ist mit Kindersachen.«

Er stemmte sich hoch und trat erneut an den Karton. Darin lag nur noch ein weiteres Spielzeug, platt gedrückt in all den Jahren. Mit bebenden Fingern griff er hinein und zog das alte Stoffkaninchen hervor. Die Berührung elektrisierte ihn. Er wirbelte auf der Stelle herum und sah zum Käfig.

»Laura!«

Sie folgte seinem Blick und verharrte in der Bewegung. »Oh.«

Das Tier war verschwunden.

Draußen mussten schwarze Wolken aufgezogen sein, denn es war auf einen Schlag stockdunkel geworden, so als hätten sie sich stundenlang mit Fratellis Vermächtnis beschäftigt. Keiner von ihnen sagte ein Wort, als Palladino vom Tisch abrückte und Laura den Kopf neigte, um zum Himmel zu spähen.

Vor dem Fenster bewegte sich jemand – und verschwand in der Finsternis.

Laura schrie erschrocken auf und stieß im Zurückweichen fast gegen den Käfig.

Palladino rannte zur Küchentür. Das Adrenalin verdrängte sein Schwindelgefühl. »Du bleibst hier!«

»Wer war das?«

Er wusste nicht, wen sie gesehen hatten. Es war nur der Schemen eines schmalen Gesichts gewesen, bleich wie der Tod, umgeben von Schwärze. »Den hol ich mir.«

»Und dann erschießt du ihn mit deiner Spielzeugpistole?«

Er zog seine Waffe unter dem Mantel hervor. »Nein, mit der hier.« Bevor er ins Freie stürmte, sah er noch, wie sich der Zweifel auf ihrem Gesicht in tiefe Besorgnis verwandelte.

Es war tatsächlich fast Nacht geworden. Auf dem Schotterplatz stand nur sein Wagen, ein Scherenschnitt vor der dunklen Einöde. Palladino hörte ein Rascheln und fuhr herum.

Hinter dem Haus erhob sich die schwarze Masse des kleinen Waldstücks. Als er horchte, entfernten sich Laute im Unterholz. Er rannte los.

Einen Moment später kam er am Küchenfenster vorbei. Aus dem Augenwinkel sah er Laura hinter dem Glas. Sie blickte ihn an, ohne ihn wirklich zu sehen. In einer Hand hielt sie ein großes Messer.

»Bleib hier. Ich krieg den Scheißkerl!« Er hielt nicht an, um sicherzugehen, ob sie ihn durch das Glas gehört hatte.

Stattdessen brach er Sekunden später durchs Unterholz. Zweige verfingen sich in seiner Kleidung. Seine glatten Sohlen rutschten mehrfach von Wurzeln und anderem Geäst ab, während er sich tiefer in den Wald vorarbeitete.

Da seine rechte Hand die Waffe hielt, blieb ihm nur die linke, um das gröbste Astwerk aus dem Weg zu schieben. Obwohl der andere eine Schneise ins Unterholz gerissen hatte, peitschten widerspenstige Zweige in Palladinos Gesicht.

Mit einem Aufschrei stolperte er über eine Wurzel und fing sich im letzten Moment mit der freien Hand ab. Fluchend rappelte er sich auf und rannte weiter.

Bald fand er weniger abgeknickte Äste, weniger Löcher im Dickicht. Die Spur verlief sich, und irgendwann wurde das Unterholz so dicht, dass es kein Durchkommen mehr gab. Palladino blieb stehen und horchte in die Finsternis. Nichts als Zikaden und Windböen, die in den Baumkronen raunten.

Wütend hob er die Waffe und zielte in den Wald. »Komm noch mal her, und ich knall dich ab! Hörst du? Ich mach dich kalt!«

Zwei Schüsse hallten durchs Dunkel und verstummten. Um ihn herum zirpten die Zikaden, als wäre nichts gewesen. Palladino glaubte nicht, dass er den Unbekannten getroffen hatte. Einen Moment lang stand er noch da und lauschte, dann machte er sich auf den Rückweg.

Es überraschte ihn nicht, dass Laura ihn – trotz seiner Warnung, in der Küche zu bleiben – vor dem Haus erwartete. Sie hielt das Messer noch in der Hand. Im Licht, das durch das Fenster ins Freie fiel, blitzte die Klinge auf.

»Er sah aus wie ein Gespenst«, sagte sie leise, aber nicht ängstlich.

»Das war irgendein Dreckskerl, den sie aus Rom geschickt haben. Denen geht's nicht um dich. Die wollen mir drohen.«

»Du hast nie damit aufgehört, anderen Ärger zu machen, oder?«

»Ich –«

Laura unterbrach ihn. »Das war nicht das erste Mal. Heute Morgen waren auch schon zwei Männer hier.«

»Was?«

»Sie haben nur nach dem Weg gefragt. Sie sahen nicht aus wie Einbrecher, aber sie haben sich alles ganz genau angeschaut. Das Haus, die Umgebung …« Im Licht aus dem Küchenfenster sah es fast aus, als würden ihre Augen glühen.

»Und das erzählst du mir erst jetzt?«

»Sie waren sehr freundlich. Und sehr … kultiviert.«

»Ach, verdammt, Laura …« Er presste sich eine Hand in die schmerzende Seite und machte Anstalten, sie zurück ins Haus zu begleiten.

Aber Laura blieb stehen und blickte an ihm vorbei zu den Ausläufern des Waldes. Ihre Stimme klang so matt, dass er sie kaum verstand. »Sie hatten so schöne Hände.«

17

Die drei hohen Apartmenthäuser, die man in Rom seit den Fünfzigerjahren das Amerikanische Getto nannte, standen auf dem höchsten Hügel des noblen Vigna-Clara-Viertels. Die teuersten Wohnungen und Penthäuser blickten nach Norden über ein idyllisches Tal voller Wiesen und alter Bäume. Die Apartments an der Südseite hingegen hatten eine Aussicht auf den riesigen Swimmingpool und die Tennisplätze des ummauerten Geländes, an klaren Tagen sogar über das historische Zentrum hinweg zur Kuppel des Petersdoms.

In diesen Häusern wohnten viele der internationalen Schauspieler, die es aus den unterschiedlichsten Gründen nach Rom verschlagen hatte. In Wohnungen voller Marmorböden und kostspieliger Möbel genossen sie ihr Dasein im luxuriösen Exil, gaben sich einander und ihren Drogenexzessen hin und klagten bei ihren Agenten über schlechte Rollen und die ungedeckten Schecks der italienischen Produzenten. Alles in allem führten sie ein Leben, das mehr mit der Dekadenz des antiken Rom zu tun hatte – oder der amerikanischen Vorstellung davon – als mit der Gegenwart draußen auf den Straßen.

Palladino bog von der kleinen Piazza vor dem Apartmentkomplex in die Auffahrt und hielt vor der Sicherheitsschranke. Durch die Scheibe sah er den grauhaarigen Wächter im Torhaus mühsam auf die Beine kommen und über den Platz auf seinen Wagen zuhumpeln.

»Guten Morgen, Signor Palladino.«

»Morgen, Giuseppe. Was macht das Bein?«

»An trockenen Tagen keine Beschwerden. Aber Sie wissen ja, wie das mit alten Kriegswunden ist.«

Palladino steckte ihm durchs offene Autofenster den üblichen Geldschein zu. »Grüßen Sie mir Ihre Frau Gemahlin.«

»Und Ihnen einen schönen Tag, Signore.« Giuseppe ließ das

Geld diskret in seiner Jackentasche verschwinden, bevor er sich daranmachte, die Schranke hochzukurbeln.

Palladino fuhr an. Sein freundliches Gesicht verschwand, sobald der Schrankenwächter außer Sicht war. Noch hatte er seinen Zorn unter Kontrolle, besser als an manch anderen Tagen, aber er war nicht sicher, wie lange er die Maskerade aufrechterhalten konnte.

Sie hatten ihn bedroht. Sie hatten *Laura* bedroht. Sie waren nicht einen Schritt, sondern einen beschissenen Hundertmeterlauf zu weit gegangen.

Viel zu schnell fuhr er die schmale Straße hinauf und parkte im Schatten der hohen Wohnblöcke. Durch die geschlossenen Autotüren konnte er Frauenstimmen am Swimmingpool und Schläge auf den Tennisplätzen hören. Vor dem Aussteigen entsicherte er die Pistole in seiner Manteltasche, dann machte er sich auf die Suche nach dem Hausmeister.

Er brauchte keine zehn Minuten, da fand er Lamberto im Keller des zweiten Apartmentgebäudes.

Anders als auf den oberen Etagen war die Deckenbeleuchtung hier unten unangenehm grell. Irgendwo flatterte etwas in einem Ventilator, und gelegentlich gluckerten und rauschten die Rohre.

Palladino durchquerte den Kellerraum und blieb vor dem breiten Aufzugsschacht stehen. Die Tür stand offen und war mit einem Keil gesichert. Eine rote Lampe zeigte an, dass der Lift nicht in Betrieb war. Aus dem aufgeschraubten Metallfeld mit der Ruftaste hing an Kabeln ein kleines Gerät – eine technische Sicherung, damit die Kabine sich nicht in Bewegung setzte.

Lamberto stand am Fuß des Schachts zwischen Kabelsträngen und überprüfte einen Schaltkasten an der gegenüberliegenden Wand. Er trug einen Blaumann mit dem Schriftzug der Wohnungsgesellschaft; dahinter steckte ein Geflecht aus Scheinfirmen des Ascolese-Clans.

»Täusch ich mich, oder ist das sehr gefährlich?«, fragte Palladino.

»Herrgott!« Lamberto zuckte so heftig zusammen, dass er beim Herumfahren fast ein Kabel von der Wand zog. Schlagartig verfinsterte sich seine Miene. »Hast du sie noch alle, hier aufzutauchen?«

»Mach dir nicht ins Hemd. Ich bin ständig hier. Für die Hälfte der Mieter hab ich schon gearbeitet, und die andere Hälfte hab ich beim Ehebruch erwischt.«

»Ist es nicht schön, wenn man sein Geld auf anständige Weise verdient?« Lamberto presste die Lippen zu einer schmalen Linie zusammen.

»Am Arsch, Lamberto!« Zornig trat er bis an die Kante vor. »Du hast mir gar keine andere Wahl gelassen, als herzukommen. Am Telefon warst du nicht besonders kooperativ.«

Der Hausmeister setzte sich langsam in Bewegung. Der Boden des Aufzugschachts lag einen guten Meter unter dem Niveau der Schwelle, Lamberto würde heraufklettern müssen. Er blickte Palladino ins Gesicht, als suchte er nach Hinweisen, die ihm helfen würden, die Situation einzuschätzen. Aber Palladino hatte das helle Neonlicht im Rücken.

Lamberto legte eine Hand an die Kante, nur ein paar Zentimeter von Palladinos Schuhspitze entfernt. »Geh schon zur Seite.«

Palladino zog seine Waffe, und für einen Augenblick spürte er die alte Euphorie des Partisanen. Zumindest war es das, was er sich einredete. In Wahrheit hatte er sich bei den Partisanen die meiste Zeit über fast in die Hose gemacht aus Angst davor, dass Mussolinis Soldaten sie in ihren Verstecken aufspüren würden. Damals war er fast noch ein Junge gewesen. An manchen Tagen kam es ihm vor, als läge das alles kaum zwei Jahre zurück, geschweige denn über zwanzig.

Lamberto zog die Hand weg und wich zwei Schritte zurück. »Du solltest dir wirklich gut überlegen, ob du mit dem Ding vor mir rumfuchteln willst.«

Palladino beugte sich vor und spähte nach oben. »Im Moment bin ich noch ganz fasziniert von dem Gedanken, dir den Scheißaufzug auf den Schädel fallen zu lassen.«

Er streckte die Hand nach der baumelnden Sicherung an der Ruftaste aus. So einfach konnte es nicht sein, aber ihm gefiel die Geste. Und notfalls konnte er Lamberto immer noch ins Herz schießen.

Der Hausmeister deutete nach oben in den Schacht und senkte seine Stimme zu einem Flüstern. »Das sind zehn Stockwerke. Und in jedem einzelnen kann man wahrscheinlich gerade hören, was wir hier unten reden. Hättest du die beschissene Güte, etwas leiser zu sprechen?«

Palladino tat ihm den Gefallen, zielte aber weiterhin auf ihn. »Du hast jemandem erzählt, dass ich dich nach dem Auftraggeber gefragt habe. Wem?«

»Heilige Muttergottes, was ist in dich gefahren, Gennaro?« Lamberto gestikulierte aufgeregt. »Diskretion ist in diesem Geschäft keine Frage der Kulanz. Sie lässt Leute wie dich und mich überleben.«

»Um *mein* Leben würde ich mir an deiner Stelle gerade keine Sorgen machen.«

Lamberto kam näher, bis er mit dem Bauch vor der Kante des Kellerbodens stand. Er würde nie und nimmer schnell genug von dort unten heraufklettern, ehe Palladino reagieren konnte.

Lamberto wusste das. »Wenn du abdrückst, hört das durch den Schacht das ganze Haus. Was glaubst du, wie lange es dauert, bis deine alten Kollegen von der Polizei da sind?«

»Wem hast du Bescheid gesagt? Und von wem kam der Auftrag?«

»Du wirst nie wieder einen bekommen. Weil du morgen tot bist, wenn mir was zustößt. Es sei denn, wir beenden das hier ohne größeren Ärger und ich vergesse dich einfach.«

Mit einem Ruck riss Palladino die Sicherung aus dem Tastenfeld neben der Tür.

Hoch oben im Schacht erklang ein lautes Klacken, aber die Kabine im Dunkeln stand weiterhin still.

»Wirklich sehr beeindruckend.« Lamberto gab sich Mühe, gelassen zu klingen, aber Palladino hörte die Nervosität in jeder Silbe.

Er deutete mit der Pistole auf den Schaltkasten, an dem der Hausmeister noch vor ein paar Minuten herumgewerkelt hatte. »Was passiert wohl, wenn ich zusätzlich ein paar Kugeln da reinschieße? Wie gut ist das Ding wirklich gesichert?«

Auf Lambertos Stirn stand Schweiß, was vermutlich bedeutete, dass er selbst nicht die geringste Ahnung hatte, wie gut die Sicherungen funktionierten.

»Wahrscheinlich kannst du dich flach auf den Boden fallen lassen, dann passiert dir nichts«, sagte Palladino. »Aber so ein Aufzug macht eine Menge Lärm. Genug, dass ein Schuss dabei untergehen könnte.«

»Zum Teufel, was ist in dich gefahren? Wir arbeiten seit Jahren gut zusammen. Warum drehst du mit einem Mal durch?«

»Als wir telefoniert haben, da dachte ich, ich kann dir vertrauen. Aber jetzt haben sie meine Frau bedroht. Und ich frag mich, ob du damit zu tun hast.«

»Einen Scheiß hab ich!«

»Sie waren bei ihr. Sie wissen, wo sie wohnt.« Und vielleicht haben sie mir ein Kaninchen geschickt, dachte er. Aber das verschwieg er lieber. Lamberto hielt ihn wahrscheinlich auch so schon für geisteskrank. »Irgendwer glaubt, dass ich zum Risiko geworden bin. Irgendwer sichert sich ab, damit ich auf keinen Fall den Mund aufmache. Und ich frage mich, ob der nächste Schritt nicht der sein wird, mich auf die altmodische Art zum Schweigen zu bringen.«

Lamberto klang verunsichert, als er antwortete: »Wenn das so ist, dann kann ich nichts dafür.«

»Aber du sitzt im selben Boot. Wenn sie glauben, dass ich Mist baue, werden sie das auch dir anlasten. Und dann taucht vielleicht beim nächsten Mal jemand hier auf, der mehr Ahnung von Aufzügen und Sicherungen hat als ich.«

Lambertos Blick huschte von Palladinos Gesicht zu der Waffe, die noch immer auf seine Brust zielte. »Hör zu. Falls es wirklich jemand auf dich abgesehen hat, dann läuft der Auftrag dazu nicht über mich. Ich bin der Kontaktmann zwischen Kerlen wie dir und der Chefetage, ich sollte also davon wissen.«

»Wenn du es nicht weißt, wer dann?«

»Die Auftraggeber wenden sich an den Boss. Der Boss gibt mir Bescheid. Und ich sage dir, was zu tun ist. So läuft das seit Jahr und Tag.«

»Der Boss. Also hängt Ascolese selbst mit drin?«

Lamberto lachte ungläubig. »Du bist größenwahnsinnig, Gennaro! Männer wie die, von denen du da sprichst, wissen nicht mal, dass du existierst – oder ich. Das Ganze ist wie dieses Haus. Sie sitzen oben auf dem Dach in der Sonne und wir hier unten im dunklen Keller. Dazwischen gibt es eine Menge Etagen mit Mittelsmännern.«

Palladino ging in die Hocke und stieß ihm die Mündung der Waffe gegen die Stirn. Lamberto zuckte, wich aber nicht zurück.

»Sie hätten Laura nicht in diese Sache hineinziehen dürfen«, sagte der Hausmeister. »Aber ich weiß nicht, wer das war. Darauf geb ich dir mein Wort.«

»Wie kannst du da so sicher sein?«

Unter der Mündung des Laufs pulsierte eine Ader auf Lambertos Stirn. »Weil ich keiner Menschenseele von deinem Scheißanruf erzählt hab! Wenn wir einander nicht mehr vertrauen können, kommen wir genau in Situationen wie diese hier.«

»Und das soll ich dir glauben?«

»Was, wenn diese Contessa Amarante erfahren hätte, dass du Fausto getötet hast? Sie war der einzige Mensch, der ein Interesse an dem Maler hatte. Die ganze Inszenierung, die da bestellt wurde, das Kreuz und so weiter, das war eine Warnung an sie. Wenn du wirklich mehr über den Auftraggeber wissen willst, solltest du die Contessa fragen, wem was daran liegen könnte, ihr zu drohen.«

Palladino bewegte sich nicht, er starrte Lamberto nur an. Natürlich hatte er daran gedacht – und die Möglichkeit wieder verworfen, nachdem er die Contessa in ihrem Palazzo besucht hatte. Aber vielleicht war sie schlauer als er. Vielleicht hatte sie ihn an der Nase herumgeführt, so wie den alten Conte, der ihr sein Vermögen vererbt hatte.

»Wäre ich du«, sagte Lamberto, »dann würde ich bei ihr anfangen, bevor ich meinen Freunden in den Arsch trete. Du kannst dich nicht durch alle Etagen der Organisation schießen. Selbst die, die den Auftraggeber kennen, würden dir niemals seinen Namen geben.«

Palladino zögerte, dann senkte er die Waffe. Vielleicht war er zu impulsiv gewesen, zu zornig, um klar zu denken. Es wäre nicht das erste Mal.

Lamberto atmete auf, trat einen Schritt zurück und massierte sich mit zwei Fingern die Druckstelle auf der Stirn. Dann blickte er wieder hinauf in den Schacht, geradewegs ins Dunkel.

»Weißt du, was das verdammte Problem ist?«, fragte er schließlich. »Am Ende fahren wir alle in den Aufzügen immer nur nach unten.«

18

»Es kann nicht mehr weit sein. Halinka meinte, irgendwo hier ist die Einfahrt.«

Die Straßen waren leer, und so störte sich niemand daran, dass Spartaco fast Schritttempo fuhr.

»Sieht aus, als wären wir schon aus der Stadt raus.« Anna blickte sich vom Beifahrersitz aus um. Zu beiden Seiten gab es kaum noch Lichter.

»Das täuscht. Wenn die Mauern und Bäume nicht wären, könntest du irgendwo dahinten den Vatikan sehen.«

Es war schon seit Stunden dunkel gewesen, als Spartaco Anna abgeholt und den Mercedes nach Westen gesteuert hatte, hinaus aus dem Gassengewirr von Trastevere. Sie hatte sich einen bissigen Kommentar nicht verkneifen können, als sie zu ihm in die Luxuskarosse gestiegen war. Er hatte ihr versichert, dass der Wagen seiner Stiefmutter gehöre, und ihm schien wenig daran zu liegen, über sie auch nur ein weiteres Wort zu verlieren.

Sie folgten der Via Aurelia Antica, einer von Roms ältesten und ruhigsten Straßen. Die Lichtkegel der Scheinwerfer glitten auf beiden Seiten über hohe, hellbraune Mauern, bewachsen mit Efeu und Moos. Darüber rauschten gespreizte Baumkronen vorbei, blitzartig aus der Finsternis gerissen wie erstarrte Unwetterwolken.

»Wer ist diese Halinka? Deine Freundin?«

»Wir waren mal zusammen. Irgendwie.« Auf sein Seufzen folgte eine Pause. »Aber ich schätze, Halinka ist mit niemandem wirklich zusammen. Oder mit allen. Sie ist ... speziell.«

»Aha.«

»Sie ist Malerin und wohnt mit einer Freundin in einem Atelier am Ende der Via Margutta. Aber mit ihren Bildern verdient sie kaum was, deshalb ... na ja, sie hat –«

»Sugar Daddys?« Anna hob die linke Ferse, um sicherzugehen, dass sie nicht auf den Saum ihres Abendkleides trat. Der Stoff fühlte sich glatt und kühl an. Womöglich gehörte seiner Stiefmutter nicht nur der Wagen, sondern auch das Kleid, das er für sie besorgt hatte.

»Kunstmäzene, nennt Halinka das«, sagte er. »Sie kaufen ihr Bilder ab, führen sie zum Essen aus und laden sie übers Wochenende auf irgendwelche Jachten ein.«

»Verstehe.«

»Dann bist du klüger als ich. Ich versteh's nämlich nicht.«

Sie schwiegen, während der Mercedes sanft um eine Kurve bog.

Nach einer Weile sagte Anna: »Der Name Halinka klingt nicht italienisch.«

»Ich weiß nicht mal, ob das ihr richtiger Name ist. Sie sagt, sie kommt aus Polen, aber sie hat nicht die Spur eines Akzents.« Spartaco lehnte sich auf dem Sitz vor, als das Scheinwerferlicht ein Schild am Straßenrand erfasste. Er drosselte die Geschwindigkeit und lenkte den Wagen in eine Einfahrt, die durch ein offenes Tor führte.

»Wenn jemand fragt, du bist meine Cousine aus Turin.«

»Die werden trotzdem glauben, dass wir miteinander ins Bett gehen.«

»Natürlich. Und sie werden das sehr verrucht und interessant finden.« Er warf ihr einen Seitenblick zu. »Bist du immer noch sicher, dass du da reinwillst? Dort Fotos zu machen, ist gefährlich.«

»Dann sorg dafür, dass mich keiner verdächtigt. Ich wette, der berüchtigte Spartaco weiß, wie man das hinbekommt.«

Der Mercedes folgte einem Kiesweg durch einen dunklen Park bis zum Vorplatz einer prachtvollen Villa. Fast zwei Dutzend Autos standen zu beiden Seiten eines Springbrunnens. Spartaco parkte den Wagen ganz am Ende einer Reihe.

Das Anwesen war ein beeindruckendes Gemäuer mit gotischen Bögen und Säulengängen. Zwei spitze Türme erhoben sich über den Dächern und wurden vom Garten aus in gelbes Scheinwerferlicht getaucht.

»Wer wohnt hier?«, fragte Anna.

»Niemand. Die Villa wird nur zu solchen Anlässen genutzt. Einladungen erhält man mündlich und anonym.«

»Und woher weiß Halinka davon?«

»Sie wird dort sein.«

Spartaco stieg aus und trat ums Auto, um ihr die Tür zu öffnen. Anna, die genug damit zu tun hatte, sich nicht in dem bodenlangen Abendkleid zu verheddern, ließ sich von ihm zum Portal führen wie zum Traualtar. In seinem schwarzen Smoking sah er ein wenig verloren aus. Dem Anlass angemessen, hatte er sich sogar das struppige Haar gekämmt.

Hohe Steinstufen führten unter einen Säulengang. Die schwere, beschlagene Tür wurde von innen geöffnet, kaum dass sie bis auf wenige Schritte herangekommen waren.

Ein livrierter Diener ließ sie ein. Die Löwenmaske, die sein Gesicht verbarg, gab Anna das Gefühl, an einer Statue vorüberzugehen.

Spartaco blieb vor einem schlichten Stehpult stehen. »Conte Stefano Amarante. Vaya Nundu Orobas.«

Ein zweiter Diener, der als Maske eine goldene Mondsichel trug, blickte hinter seinem Stehpult in eine Liste, nickte stumm und deutete einen beeindruckenden Gewölbegang hinunter.

»Danke«, sagte Spartaco.

Als sie losgingen, hakte Anna sich bei ihm unter. Das Klackern ihrer Absätze hallte von den Wänden wider, in ihrem Rücken fiel das schwere Portal zu. »Ich dachte, mein Name ist Lidia De Santis«, flüsterte sie.

Als Spartaco ihr antwortete, glaubte sie, trotz der Anspannung eine Spur von Belustigung zu hören. »Das war nicht dein Name, das war die Losung. Vaya, Nundu und Orobas sind Namen aus der Dämonologie.« Er sagte das mit einem Ernst, als ginge es um die Auflistung historischer Monarchen. »Mach jetzt alles genauso wie ich.«

In einer Nische hingen schwarze Roben mit Kapuzen. Spartaco reichte ihr eine und streifte dann selbst eine über. Der Stoff war weich und roch nach Waschmittel. Anna kam er dennoch vor wie eine Rüstung, auch weil er schwerer war, als sie vermutet hatte. Das Gewicht drückte auf ihre Schultern, so als sollte ihr damit bewusst gemacht werden, dass es ab jetzt kein Davonlaufen mehr gab. Falls das hier schiefging und sie aufflogen, hatte sie ihre einzige Chance vertan. Ihre Aufgabe hier in Rom, ihr ganzer geheimer Plan wäre vorbei, noch ehe sie den ersten Schritt gemacht hatte.

Die Säume ihrer Roben reichten bis zum Boden. Spartaco spähte zurück zum Portal, wo die Diener reglos auf die nächsten Gäste warteten. Dann drehte er sich zu ihr um.

»Hol die Handtasche niemals unter dem Stoff hervor«, flüsterte er. »Wenn du Fotos machen willst, öffne die Robe einen Spalt. Aber sehr, sehr vorsichtig.«

»Was heißt, *wenn* ich Fotos machen will?«

Er lächelte. »Niemand wird sie dir abkaufen. Man würde die Redaktion sofort schließen. Außerdem gibt es Abkommen zwischen den Blättern und gewissen Persönlichkeiten. Bruno hätte es dir erklären können.«

Anna hatte ihrem Onkel nicht erzählt, was sie vorhatte. »Warum, zum Teufel, sind wir dann hier?«

»Du wolltest Dinge sehen, die andere nicht zu sehen bekommen.«

Er griff in das Regal neben den Roben, in dem Dutzende Masken aufgereiht waren wie Porträts in einem Jahrbuch. Die meisten waren weiß oder golden und glänzten wie Porzellan. Manche waren stilisierten Tieren nachempfunden, andere sahen aus wie die Steinfratzen, die aus schattigen Winkeln unter der Decke auf sie herabstarrten.

»Setz eine von denen auf. Wenn wir im Allerunheiligsten sind, darfst du sie nicht mehr absetzen, egal, was geschieht.«

Diesmal konnte sie nicht anders, als verstohlen zu grinsen. »Im Aller*un*heiligsten?«

»Die Regeln sind ganz einfach. Alles wird ins Gegenteil verkehrt. Die Begriffe, die Riten, die guten Sitten …«

»Kindergarten«, sagte sie abfällig.

»Nein.« Spartaco legte ihr die Hände auf die Schultern und sah sie ernst an. »Das nun wirklich auf gar keinen Fall. Diese Sache hier ist ernster, als du dir vorstellen kannst. Bitte vergiss das nicht, wenn wir da drinnen sind.«

Anna nickte, bevor sie einen Schritt zurücktrat. Sie wandte sich dem Regal zu und griff nach der erstbesten Maske. Sie war aus lackiertem Pappmaschee und hatte die Form eines stilisierten Fuchsgesichtes. Als Anna sie aufsetzte, war sie wider Erwarten dankbar, ihre Nervosität kaschieren zu können.

Spartaco wählte eine Maske, die einem Raubvogel nachempfunden war. Anna prägte sich die Konturen ein, damit sie ihn wiedererkannte, falls sie ihn aus dem Blick verlor.

Ihre Sicht war an den Rändern eingeschränkt, als sie ihm zum Ende des Gangs und um eine Ecke folgte. An die Hitze und das Dröhnen ihres Atems unter der Maske würde sie sich erst gewöhnen müssen. Wahrscheinlich noch an einiges mehr.

Vor ihnen öffneten zwei weitere maskierte Diener eine Doppeltür. Dahinter lag ein Saal im diffusen Licht mehrerer Feuerbecken. Mit zwei Fingern hielt Anna die Kapuze fest, hob den Blick zur Decke und erkannte, dass es sich um eine weitläufige Kapelle handelte.

Die Mitte des Raumes war leer, aber rechts und links erhob sich deckenhohes Chorgestühl, bedeckt mit Schnitzereien. Das Holz war so dunkel, dass die Gestalten, die in zwei langen Reihen knieten wie Mönche beim Gebet, in ihren schwarzen Roben kaum zu sehen waren. Nur die hellen Gesichtsmasken hoben sich von der Düsternis ab. Alle blickten reglos in den Raum hinein, als musterten sie einander über die Leere hinweg.

Anna gab sich Mühe, so leise wie möglich aufzutreten. Sie heftete ihren Blick auf Spartacos Rücken und hatte erst wenige Schritte getan, als hinter den Masken ein vielstimmiges Flüstern erklang. Sie erschrak und hoffte sofort, dass niemand das Zucken unter der Robe bemerkt hatte.

Von den Rängen zu beiden Seiten erklang ein düsterer Kanon. »Willkommen«, flüsterten die gesichtslosen Männer und Frauen. »Willkommen im Gehörnten Haus.«

Sie wiederholten die Worte in einem monotonen Singsang, wieder und wieder, und Anna kam es vor, als bohrten sich die Blicke aller in die Sehschlitze ihrer Maske. Am liebsten hätte sie sich ihr zweites Gesicht fester auf die Haut gepresst. Hatte Spartaco das Band an ihrem Hinterkopf auch doppelt verknotet?

Er ging voran zum Ende des rechten Chorstuhls und rückte bis zu den übrigen Maskierten auf. Stumm kniete Anna sich neben ihn auf die harte Holzbank, während sich das Portal abermals öffnete und zwei weitere Paare eintraten.

»Willkommen«, intonierte die Menge, »willkommen im Gehörnten Haus.«

Ein Schauder überlief sie, als sie hörte, wie Spartaco in den Chor mit einfiel. Seine Schuhspitze stieß an ihren Knöchel. Sie verstand den Hinweis. Widerwillig sprach auch sie die Worte als düsteren Gruß für die Nächsten, die durch die Tür traten.

Die verhüllten Neuankömmlinge setzten sich neben Anna auf die Chorbank. Die Gestalt neben ihr war dem Parfüm nach eine Frau, aber unter all dem schwarzen Stoff konnte sie keine Konturen erkennen. Sie trug eine weiße Maske mit langem Schnabel, gebogen und spitz wie ein Säbel.

Rechts von Anna, am Ende des Saals, befand sich auf einer Erhebung der ehemalige Altar. Es gab keine kirchlichen Insignien, nur schwarze Vorhänge und ein Tuch über dem Steinblock.

Hinter den Stoffbahnen traten zwei Gestalten hervor, in den gleichen schwarzen Roben, aber mit Masken wie aus poliertem Silber. Zwischen ihnen tauchte eine dritte vermummte Person auf. Als sie ihre Robe fallen ließ, kam eine junge Frau zum Vorschein. Sie trug nur eine weiße Eulenmaske. Mit grazilen Bewegungen streckte sie sich auf dem Altar aus und rührte sich nicht mehr.

»Das ist sie«, flüsterte Spartaco unter seiner Kapuze.

»Halinka?« Die Maske dämpfte Annas Stimme, sodass sie sich selbst kaum hörte.

Spartacos Robe bewegte sich fast unmerklich, als er nickte.

Sie richtete ihre Aufmerksamkeit wieder auf den Altar. Eine weitere Frau trat zwischen den Vorhängen hervor. Auch sie war nackt, trug nicht mal eine Maske. Ihre Haut war dunkel, das schwarze

Schamhaar gelockt. Ihre Augen lagen tief im Schatten, und doch hatte Anna das erschreckende Gefühl, dass sie ihr durch die Maske ins Gesicht sah.

Barbelo.

In der Stille erklangen von irgendwoher dumpfe Trommelschläge. Die Tänzerin aus dem Nachtlokal stieg die Stufen vor dem Altar herab und wiegte sich im gleichförmigen Takt der Trommeln. Im Zentrum des Saales – genau zwischen den beiden Chorbänken – verfiel sie in ekstatische Bewegungen. Es war dieselbe Art von exotischem Tanz wie im Club, nur dass er hier noch archaischer, noch wahnhafter wirkte, mit Figuren, für die ein menschlicher Körper nicht geschaffen schien.

Die beiden maskierten Hohepriester gaben den Zuschauern wortlos einen Wink. Sogleich lösten sich die Gäste von den Chorbänken und bildeten einen weiten Kreis um die Tänzerin.

Anna nutzte die Ablenkung, um sich mit Spartaco in die zweite Reihe des Zirkels zurückzuziehen.

»Wer sind die alle?«, flüsterte sie.

Spartacos Vogelmaske starrte stur geradeaus. »Adelige, Politiker, Film- und Geschäftsleute. Die bessere Gesellschaft.«

»Aber kennen die sich nicht untereinander?«

»Deshalb die Masken. Sie werden auch dann nicht abgesetzt, wenn die Orgie beginnt.«

Niemand konnte sehen, wie blass sie wurde. »Die Orgie?«

»Was glaubst du, um was es hier geht?«

Anna spürte, wie sich ihr Magen zusammenzog und ihr Herzschlag beschleunigte. Und sie verstand. Sie hatte Spartaco herausgefordert, und nun zahlte er es ihr heim.

»Vorher verschwinden wir, oder?«

»Du wolltest doch an Orte, zu denen nur Auserwählte Zugang haben. Das hier ist so einer.«

Sie presste die Lippen hinter ihrer Maske zusammen und erwiderte nichts. Ihr Blick wurde unwillkürlich von Barbelo angezogen, als ginge von ihr eine Art hypnotischer Magnetismus aus. Etwas Ähnliches hatte sie schon in dem Nachtlokal bemerkt. Die Gestalten oben am Altar verschwammen und wurden eins mit dem dunklen Hintergrund.

Anna nahm es kaum wahr, sie sah nur die Tänzerin. Ihre Hände bebten, als sie unter ihrer Robe nach der versteckten Kamera griff. Beim Versuch, eine Lücke zu erwischen, verlagerte sie ihr Gewicht nach links. Sie betätigte den Auslöser, machte sich aber keine Hoffnungen, dass auf den Fotos irgendetwas anderes zu sehen sein würde als die schwarzen Rücken der Männer und Frauen vor ihr. Vielleicht ein paar verwischte Schemen.

Die Kamera verbarg sie sorgfältig unter dem weiten Überwurf, ehe sie ihren Blick wieder auf die Bühne richtete. »Wer ist sie?«

»Barbelo.« Die anschwellenden Trommelklänge schluckten beinahe Spartacos Stimme. »Manche behaupten, die Geliebte von Carmine Ascolese, einem der mächtigsten Mafiabosse Roms. Man sieht sie nie zusammen, aber die Gerüchte reißen nicht ab.«

»Ist er auch hier?«

»Sicher.«

Der Rhythmus der Trommeln war jetzt so schnell, dass die Luft in der Kapelle zu vibrieren schien. Vor ihnen tanzte Barbelo wie ein Derwisch, zu schnell, zu zuckend und verdreht. Dann, auf einen Schlag, verstummten die Trommeln. Barbelo riss die Arme auseinander, und eine Rauchsäule schoss um sie aus dem Boden empor.

Die Maskierten stießen begeisterte Laute aus, während der Rauch wie mit weißen Armen nach den Mitgliedern des Zirkels tastete.

Eine Woge der Panik erfasste Anna, und sie wandte den Kopf, um sicherzugehen, dass Spartaco noch neben ihr stand. Seine Vogelmaske verschwand für einen Augenblick im Weiß, dann klärte sich ihre Sicht, und er war wieder da.

Mit dem Dunst hatte sich auch Barbelo in Luft aufgelöst. Der Kreis der Zuschauer war noch immer geschlossen, die schweren Granitplatten des Bodens unversehrt. Auf welchem Weg auch immer die Tänzerin verschwunden war, die Illusion war perfekt.

Alle wandten sich jetzt zur Bühne um, wo einer der Hohepriester einen düsteren Gesang anstimmte. Auf Annas Unterarmen stellten sich die Härchen auf.

Hinter der nackten Frau auf dem Altar trat der zweite Mann heran. Seine silberne Maske ließ ihn noch unmenschlicher erscheinen als die Weißgesichtigen rundum. Beidhändig und mit theatralischer Geste hob er einen dreieckigen Opferdolch. Die Klinge war zu breit, um im Griff zu verschwinden; sie würden also einen anderen Trick anwenden.

Anna bewegte sich langsam zur Seite und schob die Finger zwischen die Falten ihrer Robe, um die Kamera auszulösen. Spartaco folgte ihr. Sie fürchtete, dass er sie aufhalten wollte, doch er stand nur neben ihr, schützte sie mit seinem Körper vor Blicken und sah wie gebannt zum Altar hinüber.

Die Litanei erreichte ihren Höhepunkt, als der Hohepriester den Dolch nach unten stieß. Die Wucht ließ Halinkas Leib erbeben. Er riss die Klinge zurück nach oben und damit auch ihren Oberkörper, so als löse sich das Messer nur widerwillig aus ihrer Brust. Blut spritzte in die Höhe, gerade genug, dass es nicht nach billiger Effekthascherei aussah. Mechanisch drückte Annas Finger den Auslöser der Kamera.

Der Dolch stieß ein zweites Mal nach unten, dann ein drittes. Der Hohepriester geriet in Raserei, während er sein Opfer wieder und wieder durchbohrte. Ein Bein des Mädchens rutschte von der Wucht der Einstiche vom Altar und hing pendelnd herab. Ihr Kopf drehte sich zur Seite und starrte das Publikum aus aufgerissenen Augen an. Aus ihrem Mund quoll Blut und lief über die Kante des Steinblocks.

»Wie machen die das?«, raunte sie Spartaco zu.

»Während alle auf die Tänzerin gestarrt haben, haben sie Halinka gegen eine Puppe ausgetauscht.«

Anna sah die dunkle Pfütze, die sich am Fuß des Altars bildete. Das nackte Bein hatte aufgehört zu schwingen.

»Sie sieht nicht aus wie eine Puppe.«

»Natürlich nicht.«

Die Stimmung in der Kapelle hatte sich verändert. Es schien, als hätte jemand den uralten Steinboden sanft unter Strom gesetzt. Mit jedem Dolchstoß, jedem Zucken des nackten Körpers steigerte sich die Erregung des Publikums.

Während Anna die Kamera wieder in der Robe versteckte, verschwanden die ersten Gäste in einem Durchgang hinter dem Chorgestühl. Als Spartaco ihr bedeutete, ihnen zu folgen, war sie froh, sich von dem Gemetzel abwenden zu können.

Die Männer und Frauen vor ihnen ließen schon im Gehen ihre Gewänder fallen und nestelten an ihrer Abendgarderobe. In einem Nebenraum – einem Saal mit prunkvollen Wandteppichen – war eine weite Kissenlandschaft vorbereitet worden. Schwarze Seide glänzte im gedimmten Licht. Es dauerte nicht lange, da wanden sich dort die ersten Männer und Frauen, nackt bis auf ihre Masken, die wie angegossen an ihren Gesichtern hafteten.

»Reicht dir das?« In Spartacos Augen sah sie nichts als die Verachtung für diese Menschen.

»Ja, lass uns abhauen.«

Er wandte sich von den Nackten ab, die immer zahlreicher auf die Kissen sanken. »Falls jemand versucht, uns aufzuhalten, geh einfach weiter. Lass dich auf kein Gespräch ein.«

Er führte sie durch eine weitere offene Tür auf einen Gang, vorbei an zwei maskierten Männern in schwarzen Anzügen. Beide trugen Schulterholster unter ihren Jacketts. Stumm wandten sie ihre weißen Tiermasken um, als Anna und Spartaco an ihnen vorübergingen. Anna wartete mit angehaltenem Atem auf einen Zuruf von hinten, auf den Befehl, sofort stehen zu bleiben. Falls die Männer sie abtasteten, falls sie die Kamera entdeckten, würde es mit einer Entschuldigung nicht getan sein. Dann konnte sie ebenso gut die nächste Maschine nach London nehmen und in ihr altes, zerstörtes Leben zurückkehren. Schlagartig wurde ihr bewusst, dass in diesen Sekunden alles, was sie sich vorgenommen hatte, auf dem Spiel stand.

»Nicht umdrehen. Immer weitergehen.« Spartacos Stimme drang jetzt so leise an ihre Ohren, dass Anna sie sich auch hätte einbilden können.

Vorbei an Feuerbecken und Ritterrüstungen gingen sie den Korridor hinunter, bogen um eine Ecke und gelangten schließlich in die Eingangshalle. Die beiden Diener, die sie eingelassen hatten, standen hinter dem Pult und hoben auf einen Ruck die Köpfe, als seien sie erst in diesem Augenblick wieder zum Leben erwacht.

»Meine Begleitung fühlt sich nicht gut«, sagte Spartaco. Er musste nicht einmal lügen. Unter der Maske stand Anna der Schweiß auf der Stirn.

Einer der Männer ging zum Portal und öffnete es. Kühle Nachtluft wehte herein. Anna wollte an dem Diener vorbei ins Freie treten, doch der hielt sie zurück.

»Moment noch.«

»Was –« Sie blickte in die erstarrte Löwenfratze. Ihre Hand legte sich über den Verschluss ihrer Tasche, und ihr wurde kalt.

»Die Maske«, sagte der Diener. »Und die Robe.«

»Oh, natürlich.« Hastig lösten Annas zitternde Finger das Band am Hinterkopf. Sie schlüpfte aus der Robe und drehte die Tasche dabei aus dem Sichtfeld der Diener.

Spartaco drückte dem Mann mit dem Löwengesicht die schwarzen Stoffbündel und ihre Masken in die Arme.

Der Diener blickte ihnen nach, als sie hinausgingen, zwischen den Säulen hindurch und über den Vorplatz zum Wagen.

19

Anna zwang sich zu ruhigen Schritten über den Kies. Sie presste ihre Tasche an den Oberkörper, sodass die Diener nicht mehr als den Lederriemen über ihrer Schulter sehen konnten. Ein Teil von ihr rechnete damit, noch einmal zurückgerufen zu werden, aber dann schlug das schwere Portal zu.

Spartaco hielt ihr die Beifahrertür auf und umrundete den Wagen bis zur Fahrerseite. Anna stieg ein und zog die Tür zu. Auch ohne abzuschließen, beruhigte sie das ein wenig.

Doch als sie erneut zum Haus sah, wich ihre Erleichterung einem neuen Anflug von Schrecken. Silhouetten standen hinter den beleuchteten Fenstern, als hätte sich die gesamte Gesellschaft dort versammelt, um ihnen nachzublicken. Sie hatte sich noch nie im Leben so angestarrt gefühlt, nicht einmal am Grab ihrer Mutter. Aber dann schienen sich die Schemen zusammenzuziehen und wurden zu den Ästen der riesigen Bäume, deren Kronen sich von allen Seiten über den Platz wölbten.

Als Spartaco die Tür öffnete und einstieg, drehte Anna sich wieder nach vorn. Der Motor erwachte, und mit ihm die Scheinwerfer. Er sagte kein Wort, während er den Mercedes vom Vorplatz lenkte.

Sie wusste nicht, ob sie wütender auf ihn oder auf sich selbst war. Der Anblick der nackten Männer und Frauen hätte sie an einem anderen Ort wahrscheinlich kaum schockiert. Doch hier, in Verbindung mit Barbelos hypnotischem Tanz und dem inszenierten Opfermord, verzerrten sich die Bilder ihrer Erinnerung zu einer Albtraumvision: Tiermenschen fielen übereinander her, angewachsene Masken verschmolzen mit bloßem Fleisch.

»Tut mir leid, wenn das zu viel war«, sagte Spartaco. »Ehrlich.«

Dass er aufrichtig klang, minderte nicht ihre Wut. Doch was hatte sie ihm vorzuwerfen? Dass er ihren Wunsch erfüllt hatte? Dass sie ihm keine andere Wahl gelassen hatte, als sich auf ihre Erpressung einzulassen? Sie hatte bekommen, wonach sie verlangt hatte. Einen Blick hinter den Schleier. Einen Vorgeschmack auf das, was in Rom hinter den historischen Fassaden und antiken Mauern vor sich ging.

»Schon gut«, sagte sie. »Ich schätze, ich hab genau das gewollt.«
»Trotzdem war's ein Fehler.«

Ihre Finger lösten sich von der versteckten Kamera, und die feuchten Handflächen umfassten ihre Knie. In der Ferne konnte sie schon wieder die Lichter der umliegenden Viertel erahnen.

Sie war nicht sicher, ob der Gedanke, der in ihrem Kopf Form annahm, eine gute Idee war. Aber wenn sie vorankommen wollte, erschien ihr eines nun unumgänglich. »Können wir noch wohin fahren? Ich will dir was zeigen.«

Sie wusste nicht einmal, in welcher Himmelsrichtung der Ort lag. Sie nannte Spartaco einen Straßennamen und eine Nummer und bemerkte den Blick, den er ihr zuwarf, konnte ihn aber nicht deuten.

Er fand die Adresse, ohne sich zu verfahren. Natürlich, dachte sie, er war ein Paparazzo und kannte vermutlich jeden Winkel des Zentrums.

Er hielt auf eine Parklücke zu. »Warum hier?«
»Halt erst mal an.«

Er parkte den Mercedes und stellte den Motor ab. Links von ihnen lag der Tiber tief in seinem ummauerten Flussbett, rechts erhoben sich alte Fassaden im gelben Schein der Straßenlaternen. Bäume standen auf beiden Seiten der Straße und streckten ihren Schatten über die Häuser. Schmiedeeiserne Balkone und hohe Fenster blickten durch die Zweige auf den dunklen Fluss, es gab Hofeinfahrten mit Gittertoren und reich verzierte Portale.

Anna sah das Haus heute zum ersten Mal. Unter den Fensterbrettern hatte der Regen schmuddelige Schlieren auf der hellen Fassade hinterlassen.

Sie hatte erwartet, dass der Anblick etwas bei ihr bewirken würde. Übelkeit, Wut oder Tränen. Aber alles, was sie fühlte, war eine leichte Beklemmung. Das Gebäude wirkte nicht bedrohlich, nur traurig, und von der Straße aus fiel es ihr schwer, sich das Blut im Teppich der zweiten Etage vorzustellen.

»Das mit dem Messingschild neben dem Eingang«, sagte sie.

»Okay.«

»Im zweiten Stock ist eine Pension.« Acht Zimmer, keine Balkone. Sie kannte sogar den Grundriss auswendig.

Sie betrachtete den Schriftzug auf der Tafel. *Pension Ilaria.* Sie hatte sich die Lettern verschnörkelter vorgestellt, doch es waren nur schlichte, gedrungene Buchstaben, als wäre selbst das Schild darauf aus, die Geheimnisse hinter der Fassade zu wahren. Sie suchte nach einem ganz bestimmten Fenster, obwohl Läden aus dunklen Holzlamellen die Sicht ins Haus versperrten.

»Von der Sorte gibt es Dutzende in Rom.« Spartaco neigte stirnrunzelnd den Kopf, um durch die Windschutzscheibe an der Front hinaufzusehen.

Sie lehnte sich auf ihrem Sitz zurück. »In der hier ist jemand ermordet worden.«

»Ermordet?« Er fuhr zu ihr herum. »Du meinst –«

»Hat Bruno dir und den anderen erzählt, was mit meiner Mutter passiert ist?«

»Er hat gesagt, dass dein Vater … dass er sie umgebracht hat. Brunos jüngerer Bruder.« Spartacos Blick huschte zwischen ihr und dem Haus hin und her. »Aber ich dachte, das war in London.«

»Nein, das war hier. In Zimmer sieben.«

»Das hab ich nicht gewusst … Tut mir leid.«

Die meisten Menschen reagierten wie er. Mit Unsicherheit, zwischen Mitgefühl und dem zwanghaften Versuch, die richtigen Worte zu finden.

»Ich erzähl dir das nicht, weil ich dein Mitleid will.« Sie würde das jetzt durchziehen, auch wenn sie nicht sicher war, dass es das Richtige war. »Ich möchte nur, dass du verstehst, warum ich dich … warum ich will, dass du mich zu diesen Partys und Empfängen mitnimmst. Nicht zu irgendwelchen schwarzen Messen, sondern dorthin, wo ich den Leuten in die Augen sehen kann. Willst du die ganze Geschichte hören?«

Er nickte. Jetzt sah er sie an, und obwohl Anna sie beide hierhergelotst hatte, um ihm alles zu erzählen, hätte sie in diesem Moment auch ein Kopfschütteln akzeptiert. Sie hatte die Worte oft gedacht und häufig ausgesprochen, aber noch nie in Rom, noch nie an dem Ort, den ihre Mutter als letzten betreten hatte.

Reiß dich zusammen, dachte sie. Nichts änderte etwas daran, dass es geschehen war. Und sie war nicht nach Italien gereist, um ihre Seele mit Wein und Sonne zu heilen. Das Einzige, was ihr helfen konnte, war die Wahrheit.

»Vor zwei Jahren ist meine Mutter aus London nach Rom abgehauen«, begann sie. »Möglicherweise hatte sie eine Affäre. Offenbar hat sie mit niemandem darüber gesprochen, auch ihre Freundinnen wussten von nichts. Eines Tages war sie einfach fort. Dad und ich sind fast irregeworden vor Sorge, bis schließlich eine Postkarte kam, adressiert nur an mich. Darauf stand, dass sie in Rom ist und dass es ihr leidtut, aber sie wird nicht mehr zurück nach London kommen. Ich kann sie besuchen, wenn ich will, aber erst in ein paar Wochen, wenn sie einiges geregelt hat. Dann würde sie mir alles erzählen.«

»Und dein Vater?«

»Für ihn war da nur ein PS: ›Entschuldige, Tigano.‹ Sonst nichts.«

Spartaco verzog das Gesicht und schwieg.

»Er hat es nicht verstanden«, fuhr sie fort. »Natürlich nicht, wie auch. Ein paar Tage später hat er sich ins Auto gesetzt und ist mit der Fähre rüber nach Frankreich und von dort aus nach Rom. Er hat einen Brief für mich dagelassen. Dass er in einer Woche zurück ist, egal, wie die Sache ausgeht. Er wollte wenigstens noch einmal mit ihr sprechen und versuchen, sie zu überreden, zu uns zurückzukommen. Er wüsste ja, wie stur sie sein konnte, aber nach all den Jahren … Na ja, du kannst dir denken, was in ihm vorgegangen ist. Für seine Verhältnisse klang das ziemlich emotional, aber in Anbetracht der Umstände irgendwie auch ganz vernünftig.«

Als Spartaco diesmal zu den Fenstern hinaufschaute, war seine Miene starr. »Und dann haben sie sich hier getroffen?«

»Sieht so aus. Auf der Postkarte an mich stand noch, dass sie nicht verraten kann, warum sie nach Rom gegangen ist. Aber es ging wohl um ›jemanden Bekanntes‹, dem sie ein Jahr zuvor in London begegnet ist.«

»Hier in Rom könnten das Tausende sein«, sagte er. »Adel, Finanzen, Filmgeschäft, Politik, sogar jemand aus der Kirche. Diese Stadt ist verseucht mit Geheimnissen.«

»Später, als vor Gericht versucht wurde, alles zu rekonstruieren, kam heraus, dass die Pension Ilaria einen gewissen Ruf hatte. Dass dies einer der Orte war, an denen sich Leute aus der besseren Gesellschaft mit ihren Geliebten treffen.«

»War?«, hakte er nach.

»Die Pension ist seitdem geschlossen.«

Die Ermittlungen hatten zu viel Dreck aufgewirbelt. All diejenigen, die Geheimnisse wahren wollten, taten das nun anderswo. Spartaco hatte recht: Es gab Dutzende solcher Pensionen in Rom. Aber der Teppich mit den Blutflecken lag vielleicht noch immer in Zimmer sieben.

»Dad ist nach Rom gefahren, und die beiden müssen sich noch am selben Tag begegnet sein. Die Polizei sagt, dass er sie hier in der Pension aufgespürt hat, so als hätte er genau gewusst, wo er nach ihr suchen musste. Ich frag mich, woher er das gewusst haben soll, und bisher konnte mir noch keiner eine Antwort darauf geben.«

»Auch nicht dein Vater?«

Annas Finger spielten mit den Verschlüssen der Tasche auf ihrem Schoß. Eine Beklemmung, die nichts mit dem Haus zu tun hatte, schnürte ihr fast die Luft ab. »Er erinnert sich an nichts. Nur an die Ankunft in Rom, behauptet er. Das Nächste, was er weiß, ist, dass er in einer Zelle saß. Sie haben ihn unten am Fluss gefunden, völlig verwirrt, und ihr Blut war an seinen Sachen. Und in der Pension hat ihn niemand gesehen, weil –«

»Weil es keine Rezeption gab«, unterbrach Spartaco sie leise. »Die Schlüssel wurden in einem Fach am Eingang deponiert. Gebucht wurde telefonisch.«

Misstrauisch wandte sie sich zu ihm um. »Woher weißt du das?«

»Als mein Vater noch gelebt hat«, sagte er, »da hab ich ziemlich schnell mitbekommen, dass meine Stiefmutter ihn betrügt. Ich bin ihr zwei, drei Mal bis hierher gefolgt ... Ich weiß, was das für eine Pension war.« Eine neue Facette seiner kaputten Familie als Ausgleich für Annas Geschichte. Er hob die Schultern und ließ sie wieder nach unten sacken.

Ein Obdachloser zog einen Handkarren über den Bürgersteig, vorbei an dem Messingschild, und kurz meinte Anna, dass er im schwefelgelben Schein der Laternen zu ihr herübersah und viel zu breit grinste. Vielleicht nur der Schmutz auf seinen Zügen. Sie blinzelte kurz und sah dann zu, wie der Mann seines Weges ging.

»Sie ist mit zehn Messerstichen getötet worden. Vor Gericht haben sie meinem Vater nicht geglaubt, dass er sich an nichts erinnern kann. Ein Gutachter hat die Möglichkeit einer dissoziativen Amnesie eingeräumt, aber geholfen hat das nichts.«

»Und du?«, fragte er. »Glaubst du ihm?«

»Ich hab keine Ahnung, was ich glauben soll. Aber ich bin nach Rom gekommen, um die Wahrheit herauszufinden. Wegen wem war meine Mutter hier? Wer hat sie hier einquartiert und sich mit ihr getroffen? Was ist in dieser letzten Nacht wirklich passiert?«

»Deshalb willst du in all die Lokale und auf die Partys? Um denjenigen zu finden?«

»Klingt das sehr verrückt?«

»Nein.« Trotzdem war da Skepsis in seinem Blick. »Hast du irgendeinen Anhaltspunkt? Irgendwas, wo du ansetzen kannst?«

»Überhaupt nichts. Die Polizei hat nie rausgefunden, wer das Zimmer gemietet hat. Merkwürdig, oder?«

Spartaco gab ein ersticktes Lachen von sich. »Merkwürdig ist das nur, wenn man die Maßstäbe anderer Städte anlegt. Hier in Rom kann man sich Schweigen erkaufen wie die Zeitung am Kiosk. Und wenn sie hier wirklich irgendwen Berühmtes getroffen hat, dann ist eh alles möglich. Von irgendeinem Schauspieler bis hin zum Polizeipräsidenten.«

»Sie hat geschrieben, dass sie ihm zum ersten Mal in London begegnet ist. Wenn das stimmt, muss er vor zwei Jahren in England gewesen sein.«

»Mehr nicht? Keine anderen Hinweise? Irgendwas?«

»Nein ...« Anna holte tief Luft. »Hör zu, tut mir leid, dass ich dich mit alldem vollquatsche. Das hat nichts mit dir zu tun. Ich wollte nur, dass du weißt, warum ich das gemacht hab. Dich erpresst, meine ich. Das war keine Spielerei oder so was. Es geht mir um meine Eltern.«

»Weiß Bruno davon?«

»Nein. Er würde das nicht verstehen. Er hat mit meinem Vater gebrochen. Bruno hat nie wirklich verwunden, dass sein Bruder ein Mörder sein soll.«

Lichter näherten sich über dem Fluss. Ein Hubschrauber folgte dem Verlauf des Stroms, flog an ihnen vorüber und ließ einen Scheinwerfer über die Oberfläche geistern.

Spartacos Blick folgte ihm, bis er kaum noch auszumachen war. »Sie suchen wieder jemanden im Wasser. Das tun sie ständig.«

»Noch mehr Geheimnisse.«

Der Lärm der Rotoren verschmolz mit den Geräuschen der nächtlichen Großstadt zu einer sonoren Kulisse. Anna spürte die Müdigkeit in ihren Gliedern, das Pochen ihres kleinen Zehs in den ungewohnten Schuhen und ein Brennen im Augenwinkel. Sie hatte keine Ahnung, wie spät es war.

»Wenn du willst«, sagte er leise, »dann helf ich dir.«

Sie richtete sich auf. »Du musst dich nicht dazu verpflichtet fühlen. Nur weil das traurige, fremde Mädchen seine herzzerreißende Geschichte erzählt und –«

»Anna. Halt den Mund.« Als er den Kopf drehte, konnte sie im Schein der Laternen den Ernst in seinen Augen sehen. »Ich helf dir, weil ich das will.«

»Das hier ist nicht dein Klassenkampf, Stefano.«

»Spartaco«, korrigierte er sie. »Und alles ist Teil des Klassenkampfs.«

»Spartaco«, sagte sie. »Also nieder mit dem Imperator, hm?«

Ihre Finger hatten aufgehört, an der Tasche zu nesteln. Sie lächelte, und er lächelte zurück.

»Nieder mit allen Imperatoren.«

20

Das Geld klimperte, als es durch den Schlitz ins Innere des Münztelefons fiel. Palladino lehnte sich gegen die Rückwand der Zelle und wartete atemlos mit dem Freizeichen am Ohr.

»Tierheim Appia Antica. Hier spricht Donatella.« Im Hintergrund hörte er mehrere Hunde bellen.

»Ciao«, sagte er. »Ich möchte Ugo sprechen. Ugo Petranica.«

»Ugo putzt gerade die Katzenkäfige. Keiner macht das so gründlich wie er.«

»Ja, er ist ein ganz wundervoller Mensch. Holen Sie ihn mir bitte ans Telefon?«

Donatellas Höflichkeit kühlte merklich ab. »Warten Sie.« Sie entfernte sich mit schweren Schritten

Palladino klemmte sich den Hörer zwischen Schulter und Ohr und lauschte dem Gebell am anderen Ende, während er mit einer Hand nach der Zigarettenschachtel angelte und mit der anderen die Tür der Telefonzelle einen Spalt weit aufdrückte. Er behielt den Citroën im Auge, während der Lärm an seinem Ohr wieder in den Hintergrund rückte.

»Hallo?« Ugo klang misstrauisch.

»Ich bin's. Gennaro.«

Ugo gab ein tiefes Schnaufen von sich. »Herrgott noch mal! Ich bekomm immer 'nen halben Herzinfarkt, wenn hier wer anruft. Meiner Mutter geht's nicht gut und –«

»Ich brauch deine Hilfe.«

»Schon wieder?«

»Dann hast du was gut bei mir.«

Ugos Lachen vibrierte im Hörer. »Ich hab schon 'ne Menge gut bei dir.«

»Ja, ich weiß«, sagte Palladino. »Also, was ist? Wirst du mir helfen?«

Ugo schwieg. Für einige Sekunden hörte Palladino nur seinen Atem und ein Scharren wie von Krallen aus dem Hintergrund.

»Ugo.« Er machte keinen Hehl mehr aus seiner Verzweiflung. »*Hilfst* du mir?«

* * *

Der Wind trieb Palladino Sand ins Gesicht und riss an seinem Mantel. Gelbbrauner Staub setzte sich in die Nähte seiner Lederschuhe, und es würde ihn einige Mühe kosten, sie wieder sauber zu bürsten, wenn er in die Stadt zurückkehrte. Falls er in die Stadt zurückkehrte.

»Das hier ist hoffentlich wichtig, Gennaro.« Ugos Blick war voller Argwohn, und er konnte es ihm kaum verdenken. »Ich hab alles stehen und liegen lassen, um herzukommen. Die Tiere mögen es nicht, wenn man sie vernachlässigt.«

»Ich bin dir wirklich dankbar, okay? Aber jemand sollte dabei sein, wenn ich das hier tue. Und du bist der Einzige, dem ich traue.«

Ugo brummte etwas Unverständliches in seinen Bart und schüttelte wiederholt den Kopf. »Du solltest überhaupt keinem trauen. Nicht bei dem, was wir so tun.«

Palladino und Ugo standen auf einer Baustelle am Stadtrand, einer gigantischen Einöde aus getrocknetem Schlamm und den Betongerippen stillgelegter Rohbauten. Das hier würde irgendwann eine der scheußlichen Hochhaussiedlungen werden, die rund um Rom aus dem Boden schossen, doch vorerst waren die Arbeiten gestoppt worden. Probleme mit dem Grundwasser, hatte in der Zeitung gestanden. Offenbar hatte es jemand versäumt, rechtzeitig die nötigen Bestechungsgelder zu zahlen.

Es war Mittag, die Sonne stand hoch am Himmel und ließ die Umgebung wie eine Wüste erscheinen, unter der vorzeitliche Ruinen zum Vorschein gekommen waren. Weit und breit war kein Mensch zu sehen, nur von Westen drang der Lärm der Autobahn herüber.

Ugo drehte sich fast andächtig auf der Stelle und besah das Gelände. »Wird mal schön hier, wenn alles fertig ist.«

Palladino blickte ihn zweifelnd an und hatte keine Ahnung, ob er das ernst meinte. Der Mann, der tagsüber im Tierheim Käfige putzte und nachts die Leichen des Ascolese-Clans verschwinden ließ, war annähernd zwei Meter groß und mindestens hundertzwanzig Kilo schwer. Auf den ersten Blick wirkte er behäbig, aber im Krieg hatte Palladino ihn kämpfen sehen, und so wusste er, dass der Eindruck täuschte. Auch Ugo war älter geworden, seine Augen blickten noch trauriger als früher. Aber er war nach wie vor jemand, mit dem man sich nicht leichtfertig anlegte. Seine dichten Locken und sein Vollbart waren rabenschwarz wie die eines Jüngeren, und unter dem karierten Hemd wölbten sich nicht nur sein Bauch, sondern auch beachtliche Muskeln.

»Wenn die Häuser fertig sind, kann man von oben aus die Berge sehen«, sagte Ugo.

»Ja, ganz wunderbar.« Mit langen Schritten umrundete Palladino seinen Wagen bis zum Heck. »Also, pass auf, ich werde jetzt gleich den Kofferraum öffnen.«

Palladinos Citroën stand im Schatten einer Betonwand, auf die jemand die Namen linker Parteien gepinselt hatte: PCI, PSI und Partito Radicale. Die Buchstaben der faschistischen MSI hatten einmal darunter gestanden, ihre Reste waren noch zu erkennen. Alles wie im wirklichen Leben, dachte Palladino.

Ugos weißer Lieferwagen stand ein paar Meter entfernt. Die Beschriftung der Klempnerfirma, die er bei seinen Säuberungsarbeiten für Ascolese anbrachte, hatte er entfernt und das falsche Nummernschild durch das richtige ersetzt. Am Spiegel hing eine kleine Stoffkatze. Ugo liebte Katzen, wohl auch weil seine alte Mutter so vernarrt in sie war. In seinen Händen hielt er das Sturmgewehr, das er sonst in einem Fach unter der Ladefläche aufbewahrte. »Verrätst du mir jetzt, wer in deinem Kofferraum steckt? Und warum er nicht gefesselt und geknebelt ist, wie sich das gehört?«

»Als ich ihn zugemacht hab, war niemand drin«, sagte Palladino. »Nur ein alter Zylinder. Aber jetzt sind da Geräusche. Geh näher ran, dann kannst du es hören.«

Ugo sah ihn an wie einen Mann, der den Verstand verloren hatte.

Palladino rechnete es ihm hoch an, dass er trotz allem schwieg und abwartete.

Jemand oder etwas bewegte sich im Kofferraum.

Im ersten Augenblick hatte Palladino geglaubt, dass bei all seinem Glück nun auch noch der Wagen auseinanderfiele. Er war auf halbem Weg zwischen seinem Elternhaus und der Stadt gewesen, als er begriffen hatte, dass die Geräusche nicht aus dem Motor drangen.

»Okay.« Ugo schulterte sein Gewehr. »Bringen wir's hinter uns.«

»Geh drei Schritte zurück.« Palladino trat seitlich vor das Heck und streckte den Arm nach dem Griff aus. »Falls da irgendwas ist, das Ärger macht –«

»Ich weiß, wie so was geht. Keine Sorge.«

Palladinos Hand schloss sich um den Griff. »Drei – zwei – eins!« Er drückte den Knopf und riss die Metallklappe auf.

Eine Flut weißer Tauben schoss aus dem Kofferraum, ein nicht enden wollender Strom aus flatternden Schwingen und kreischenden Schnäbeln. Palladino taumelte beiseite und ging in Deckung, während Ugo als Fels in der Brandung stehen blieb, das nutzlose Gewehr in Händen, und mit großen Augen in das weiße Gewimmel starrte. Einen Moment lang war er zwischen den Vögeln fast unsichtbar.

»Nun steh doch nicht einfach rum!«, rief Palladino.

Es mussten Hunderte sein, die wie eine Explosion aus Federn und Krallen aus dem Wagen quollen, an Ugo vorüberströmten und hinauf in den Himmel flogen. Dort wurden sie zu einem riesigen Schwarm, der sich nach und nach auf den Stahlträgern und Betonplattformen der Bauruine niederließ.

Der Wagen spie noch weitere Tiere aus, aber entgegen Palladinos Befürchtungen, dass der Strom niemals versiegen würde, konnte er Sekunden später die dunkle Verkleidung zwischen den weißen Leibern ausmachen. Bald hüpften nur noch ein paar Nachzügler heraus, dann war Ruhe.

»Dein Kofferraum ist jedenfalls größer, als man denkt.« Mit der flachen Hand wischte Ugo sich zwei Federn von der Brust.

»Das sind keine normalen Tauben. Und sie waren noch nicht da, als ich den Kofferraum zugemacht hab.«

Ugo drehte sich zu ihm um und blickte ihn finster an. »Wenn du mir einen Bären aufbinden willst, dann –«

»Glaubst du, deswegen hab ich dich herkommen lassen? Um dich zu verarschen?«

Die letzten Tauben suchten sich Plätze in der Umgebung. Innerhalb weniger Augenblicke befand sich keine mehr in der Luft. Sie alle saßen hoch über dem Erdboden auf Simsen und Trägern und blickten reglos auf die beiden Männer herab.

»Tauben hält man nicht in einem Auto.«

»Ich hab die Scheißviecher da nicht reingesetzt!« Es kostete Palladino all seine Beherrschung, Ugo nicht bei den Schultern zu packen und zu schütteln. Gemessen an seiner Größe und Körpermasse, hätte das vermutlich auch nicht den gewünschten Effekt gehabt.

Ugo kratzte sich in seinem dichten Bart. »Warum fliegen die nicht weg?«

Palladinos Blick wanderte über die Reihen der Vögel. Er konnte nicht einmal schätzen, wie viele da saßen. Sie alle waren schneeweiß, alle makellos. Er spürte die Blicke aus ihren kleinen schwarzen Augen wie einen eisigen Luftzug, der unter seine Kleidung fuhr.

»Ist das *dein* Hut?«, fragte Ugo, als er wieder in den Kofferraum schaute.

Der Zylinder des Fabelhaften Fratelli lag auf der Seite, die Öffnung zeigte in ihre Richtung. In seinem Inneren war nichts als Finsternis.

Palladino warf einen kurzen Blick zu Ugo, um herauszufinden, ob er es auch sah. Aber Ugos Miene war unergründlich, also wandte er sich wieder dem Kofferraum zu. Die Tauben hatten keine Spur von Vogelkot zurückgelassen, nur ihr Geruch hing noch in der Luft.

Er deutete auf den Zylinder. »Ich weiß, wie das klingt – aber da sind sie rausgekommen.«

»Aus dem *Hut?*«

»Zylinder. Er hat mal einem Zauberer gehört.«

»Einem Zauberer.« Ugos Gesicht verdüsterte sich wieder. Er

schulterte das Gewehr und sah sich nach seinem Wagen um. »Hör mal, Gennaro, du hältst mich wahrscheinlich nicht für besonders helle, aber an Zauberer glauben nur Idioten und Kinder.«

»Ein *Bühnen*zauberer. Ich kann dir das jetzt nicht alles erklären.« Er bezweifelte, dass die Geschichte vom weißen Kaninchen Ugo überzeugt hätte. Also blieb ihm nur eine andere Möglichkeit.

Er beugte sich vor und zwang sich, den Zylinder aus dem Wagen zu heben. Vorsichtig hielt er ihn an der Krempe fest, drehte ihn um und schüttelte ihn. Nichts fiel heraus.

Ugo winkte ab. »Ist mir auch egal. Wenn das dann alles war, fahr ich wieder.«

Er wirkte weniger wütend als enttäuscht. Vielleicht hätte Palladino ihn vorwarnen müssen. Nur bezweifelte er, dass Ugo dann den ganzen Weg von der Via Appia hier heraus auf sich genommen hätte. So was hätten sie nicht auf einem Parkplatz in der Innenstadt erledigen können.

»Warte noch«, sagte er. »Um die Viecher ging's mir doch gar nicht.«

»Wer kommt denn noch aus deinem Zauberhut? Kerle mit Uzis?«

»Ich werd jetzt da reingreifen. Und ich will, dass du dabei auf mich aufpasst.«

»Gott im Himmel.« Ugo gab sich keine Mühe, seinen Unmut zu verbergen. Zumindest aber machte er keine Anstalten mehr, davonzufahren.

»Die Tauben haben wir uns jedenfalls nicht eingebildet, oder?« Palladino sah ihn eindringlich an. »Tu's einfach.«

Ugos Haltung veränderte sich. Er hob das Gewehr und legte auf den Zylinder an, den Palladino noch immer so wie weit möglich von sich streckte. Ein breites Grinsen teilte seinen Bart. »Falls er dir die Hand abbeißt.«

»Bereit?« Palladino machte es nichts aus, dass Ugo ihn lächerlich fand, solange er reagierte, wenn es brenzlig wurde.

»Falls er sich an deinem Arm hochfrisst, schieß ich ihn in Stücke.«

»Falls er das tut, *ziehst* du erst mal dran, okay?«

Ugo strahlte. »Was immer du willst, mein Freund.«

Im Krieg, als Polizist und danach hatte Palladino etliche gefährliche Situationen überstanden. Aber wer hätte gedacht, dass der Blick in eine Gewehrmündung ihm einmal weniger Sorgen bereiten würde als ein alter Hut.

Die Tauben starrten von den Bauruinen auf sie herab, und jede Einzelne schien nur darauf zu warten, dass am Boden ein Unglück geschah.

»Hast du *Die Vögel* gesehen?«, fragte Ugo. »Lief im Kino.«

»Konzentrier dich, okay?«

»Aye, aye.«

Palladino holte tief Luft, dann schob er seine Hand in den Zylinder – vorsichtshalber die linke. Erneut stieß sie auf keinen Widerstand. Sein Herz raste, als er die Finger vorsichtig spreizte und begann, in der Leere umherzutasten.

Ugo sah mit aufgerissenen Augen zu, wie Palladinos halber Arm in dem Zylinder verschwand. »Wie machst du das?«

Schweiß rann Palladino in die Augen. Jeden Moment rechnete er damit, dass etwas ihn packte und in den verdammten Zylinder zog. Vor seinem inneren Auge sah er einen schwarzen Abgrund, in den er bis in alle Ewigkeit stürzte.

Er schob den Hut noch höher am Arm hinauf, bis kurz unter die Schulter. Ugo kniff die Augen zusammen, als könnte er so besser erkennen, was vor sich ging.

»Wenn ich schreie, reißt du mir das Ding vom Arm«, sagte Palladino und fand, dass seine Stimme zu schrill klang.

Ugo nickte nur und starrte wie gebannt auf den Zylinder. Im Hintergrund wippten die Köpfe der Tauben auf und ab.

Palladino verrenkte sich fast den Hals, damit die Krempe ihm nicht ans Kinn stieß. Hand und Ellenbogen hingen im Nichts. Das genügte wohl als Beweis.

Als er sich den Zylinder gerade wieder abstreifen wollte, berührte seine Fingerspitze eine scharfe Kante und zuckte zurück. Im ersten Moment befürchtete er, es wäre eine Messerklinge. Doch als er erneut danach tastete, erwies sie sich als weich und nachgiebig.

Vorsichtig griff er mit Daumen und Zeigefinger zu und zog den Arm dann langsam zurück.

Eine Spielkarte.

Von beiden Seiten sah sie aus wie eine gewöhnliche Karte aus einem beliebigen Deck. Palladino warf den Zylinder zurück in den Kofferraum. Er drehte sein Handgelenk und bewegte prüfend die Fingerglieder – alle unversehrt. Stirnrunzelnd blickte er wieder auf die Karte.

»Lass mal sehen.« Ugo senkte das Gewehr und trat hinter ihn. »Welche ist es?«

Palladino schlug mit rechts den Kofferraum zu und sperrte den Hut darin ein. Keine einzige Taube schreckte hoch.

Dann zeigte er Ugo die Karte.

»Eine schwarze«, sagte er. »Die Pikdame.«

21

Marino griff mit einer Hand nach der Klinke und ließ die Tür vorsichtig einrasten.

»Wenn euch jemand fragt«, sagte er mit gedämpfter Stimme, »dann behauptet ihr, ihr recherchiert im Auftrag der Redaktion.«

»Machen wir«, sagte Anna mit einem Lächeln. »Danke, Signor Marino.«

Der Archivraum der Wochenzeitschrift *L'Espresso* war ein langer Schlauch, in dem es intensiv nach vergilbtem Papier roch. In mehreren Regalreihen standen Bücher, vor allem Nachschlagewerke, dazu die erschienenen Hefte, außerdem viele Jahrgänge anderer Magazine und Zeitungen. In hohen Metallschränken wurde altes Bildmaterial aufbewahrt. Der größte Teil der Sammlung war jedoch auf Mikrofilmen abgespeichert, die nach einem komplizierten System abgelegt waren. Marino hatte sich eine halbe Stunde Zeit genommen, um das Material zusammenzustellen, das sie benötigten.

Er deutete auf einen Apparat, der im hinteren Teil des Raums stand. »Das Lesegerät für den Mikrofilm hat manchmal 'ne Macke. Leicht an der rechten Seite dagegen schlagen. Leicht, hört ihr? Auf keinen Fall fest. Und wenn ihr was trinken wollt, dann nicht im Archiv, sondern draußen auf dem Gang.«

»Alles klar«, sagte Spartaco, »danke.«

»Und die nächsten fünf Fotos bekomm ich umsonst und exklusiv.«

»Auf jeden Fall exklusiv.«

»Und umsonst.«

»Jaja. Versprochen.«

Marino nickte knapp. Er verschwand durch die Tür und zog sie zu. Aus dem Nebenraum drang das leise Tippen mehrerer Schreibmaschinen zu ihnen herüber, ansonsten war es still im Archiv.

Anna beugte sich über die flachen Blechdosen, die Marino ihnen auf den Tisch gestellt hatte. Jede war in krakeliger Handschrift mit einem Datum versehen. »Okay. Wir suchen wen, der vor zwei Jahren nach Rom gereist ist, zwischen März und Juni '63.«

»Und wenn derjenige doch nicht so berühmt war, dass die Zeitungen drüber geschrieben haben?«

»Dann hab ich es wenigstens versucht.« Sie griff nach dem Mikrofilm vom 1. März 1963, öffnete die Dose und legte ihn in das Lesegerät ein. Auf dem Bildschirm erschien die erste Titelseite. Spartaco zog sich einen Stuhl heran.

Sie arbeiteten sich Dose für Dose vor. Wenn der Bildschirm zu flackern begann, schlug Anna mit der flachen Hand gegen die Seite, bis alles wieder lesbar war.

Im März hatten sich die Skandale im Filmgeschäft nur so überschlagen. Da waren Artikel über einen Regisseur, der in seinem Film die Kirche beleidigt hatte und dafür zu einer Gefängnisstrafe verurteilt worden war. Zudem fand Anna einen kurzen Bericht über Sophia Loren und Carlo Ponti, deren Verhandlung wegen Bigamie eröffnet worden war. Auf den meisten Seiten nahmen die Fotos mehr Platz ein als der Text.

Ihr Finger drückte alle paar Sekunden auf den Knopf, der das nächste Bild vor die Linse springen ließ. Ihre Augen brannten, und ein penetranter Kopfschmerz hatte sich hinter ihrer Stirn eingenistet.

Eine Stunde lang überflogen sie erfolglos die Gesellschaftsseiten der großen Tageszeitungen, danach die Fotomagazine. Anna glaubte schon, dass sie so nicht weiterkommen würden, als sie schließlich auf ein Bild stießen, das zwei Männer auf der Gangway eines Flugzeugs zeigte. Es war am 21. Juni 1963 auf dem Flughafen Ciampino aufgenommen worden.

Der eine Mann war blond und hatte ein strahlendes Lächeln. Er winkte routiniert in die Kamera, vermutlich ein Schauspieler.

»Das Gesicht kenn ich«, sagte sie, erinnerte sich aber nicht an den Namen. Möglich, dass sie nur an einem Kinoplakat vorbeigelaufen war, von dem er herabgeblickt hatte.

»Paul Campbell«, sagte Spartaco. »Er war in England eine ziemlich große Nummer. Dann hat er sich zwei Flops geleistet und ist hier in Rom gestrandet. Er hat zwei, drei von diesen James-Bond-Nachzüglern gedreht, jetzt besetzen sie ihn meist in Western als den blauäugigen Bösewicht.«

Annas Blick fixierte den zweiten Mann auf der Gangway. Er war Italiener – auf jeden Fall Südländer –, schlank und mit schattigen Augen. Unter dem Bild stand: *Der preisgekrönte Regisseur Romolo Villanova*. Offenbar hatte er den Star seines neuen Films persönlich aus London nach Rom begleitet. Angeblich, damit kein anderer den heiß umworbenen Campbell unter Vertrag nehmen konnte.

»Vielleicht haben wir vorher was übersehen«, sagte Anna.

Spartaco stöhnte auf. »Also noch mal das Ganze?«

»Ich will nur sichergehen.«

Tatsächlich fand sie eine winzige Meldung darüber, dass Romolo Villanova Anfang Juni 1963 nach London aufgebrochen war, um dort seinen Hauptdarsteller zu verpflichten. Außerdem entdeckte sie weitere Artikel, in denen es um Villanovas neuen Film ging, ein düsteres Drama um den Konflikt zweier Familien auf einer der Äolischen Vulkaninseln. Nicht gerade der Stoff, für den die Massen ins Kino strömten.

»Hast du den gesehen?«, fragte sie.

»Ich bin gar nicht sicher, ob sie den jemals gedreht haben. Campbell ist eigentlich eher bekannt für leichte Kost.«

»Ist er noch in Rom?«

»Er hat 'ne Wohnung im Amerikanischen Getto. Außerdem taucht er abends regelmäßig auf der Via Veneto auf. Allerdings hab ich ihn und Villanova noch nie zusammen gesehen.«

Anna rieb sich die Augen und wandte sich vom Bildschirm ab. »Jedenfalls waren beide vor zwei Jahren in London. Und später vermutlich auch in Rom, als meine Mutter starb.«

Sie bemerkte die steile Falte, die zwischen Spartacos Brauen entstand. »Du glaubst wirklich, einer von denen war das?«

»Ich hab doch keine Ahnung …« Sie stieß ein Seufzen aus. »Eigentlich weiß ich gar nichts.« Ihr Blick streifte die Dosen auf dem Tisch und glitt dann zu den Regalen. Irgendwo in diesem Raum waren auch Artikel zum Mord in der Pension Ilaria archiviert.

Spartaco blieb skeptisch. »Da könnten noch hundert andere Männer aus Rom in London gewesen sein, die nicht in der Zeitung stehen.«

»Jemand Bekanntes, hat Mum geschrieben. Und auf die beiden trifft das zu.«

Sein Finger senkte sich auf den Knopf. »Sehen wir uns zumindest noch den Rest an.«

Anna beobachtete ihn verstohlen, wie er konzentriert die Artikel nach bekannten Namen durchsuchte. Es war nett von ihm, dass er sie mit so viel Elan unterstützte. Erst recht, wenn man bedachte, dass sie ihn erpresst hatte. Doch in diesem Moment juckte es sie in den Fingern, den Mikrofilm wieder einzupacken und der neuen Spur zu folgen.

»Ach, du Scheiße«, entfuhr es ihm.

»Was?«

Er war auf einen kurzen Artikel aus demselben Monat gestoßen. Darin ging es um die Eröffnung einer Ausstellung in der Tate Gallery. Werke von William Blake waren dort gezeigt worden, einige hatte man zum ersten Mal der Öffentlichkeit präsentiert. Die Ausstellung war von verschiedenen Institutionen aus dem In- und Ausland unterstützt worden, und jede hatte Vertreter nach London entsandt.

Unter all den Gruppen, die sich an der Blake-Ausstellung beteiligt hatten, war auch eine aus Rom: die *Amarante-Stiftung zur Förderung von Kunst und Kultur*.

»Hast du das gewusst?«, fragte sie.

»Nein. Natürlich nicht.«

Auf dem Bild zum Text stach eine Person hervor. Ihr Haar war lang, ihre elegante Gestalt ganz in Schwarz gekleidet. Anna war ihr erst einmal begegnet, im offenen Portal an der Piazza Mincio.

Die Contessa Silvia Amarante.

Spartacos Stiefmutter.

22

Während der ganzen Fahrt stadteinwärts hatte Palladino im Rückspiegel das Wageninnere beobachtet und damit gerechnet, dass nach dem Kaninchen und den Tauben etwas weniger Harmloses aus dem Hut kriechen würde. Doch im Kofferraum war es still geblieben.

Hinter der Wohnungstür streifte er die Schuhe ab und warf seine Jacke auf einen Haken. Mit wenigen Schritten war er am Telefon und wählte.

»Hallo?«, sagte Lauras Stimme.

»Ich bin's. Alles in Ordnung bei dir?«

»Keine unheimlichen Kaninchen weit und breit. Und auch nicht die Männer mit den schönen Händen.« Sie klang gut gelaunt. Falls sie sich wegen des Besuchers am Fenster Sorgen machte, war nichts davon zu hören.

»Nimm das nicht so leicht.«

»Es bringt doch nichts, wenn ich mich verrückt mache.«

»Du hättest mit nach Rom kommen sollen. Es macht mich wahnsinnig, dass du da draußen ganz allein bist.«

»Ich kann schon auf mich aufpassen. Die alte Flinte von deinem Vater steht geladen neben mir.«

»Tut sie nicht. Du hasst Waffen.«

Ohne sie zu sehen, wusste er genau, auf welche Art sie gerade lächelte. Er hatte sich in dieses schelmische Lächeln verliebt – und manchmal hatte es ihn zur Weißglut getrieben.

»Du machst dir zu viele Sorgen«, sagte sie.

»Herrgott, Laura, wenn das wirklich Leute von Ascolese waren –«

»Dann bin ich sicherer, wenn ich hier bin und du in Rom. Du sagst doch, die wollen eigentlich was von dir.«

»Ich weiß nicht, was sie wollen. Ich weiß nicht mal, wer dahintersteckt.«

»Aber du wirst es rausfinden«, sagte sie mit dieser Zuversicht, die ihm selbst so oft fehlte.

Er atmete tief durch. »Ich werd es rausfinden.«

Ein Augenblick verstrich, und als Laura wieder sprach, klang sie distanzierter. »Ich will damit nichts zu tun haben, Gennaro. Nie wieder.«

»Aber –«

»Pass auf dich auf, ja?« Sie wartete seine Antwort nicht ab und legte auf.

23

Spartaco spürte seinen rasenden Puls am Hals, als er durch das Treppenhaus nach oben stieg. Er hätte sich selbst belogen, wenn er das einzig auf die vielen Stufen geschoben hätte.

Vor einer unscheinbaren Tür im vierten Stock blieb er stehen. Das Schrillen der Klingel drang bis in den Hausflur.

»Wer ist da?«

»Dein Vermieter.«

Einen Moment lang dachte er, sie würde ihm nicht öffnen. Aber dann hörte er, wie sie die Tür von innen entriegelte und ein Stück weit aufzog.

»Kommst du, um mir zu kündigen?« Sie trug ein weites gelbes Hemd, das bis auf die nackten Oberschenkel reichte, und geringelte Kniestrümpfe. Strähnen ihres honigfarbenen Haars steckten im Kragen, den Rest hatte sie im Nacken zu einem Knoten gebunden. Auf ihrer Wange prangte ein grüner Farbklecks wie ein Schönheitsfleck.

»Hallo, Halinka.«

»Du siehst müde aus.«

»Darf ich reinkommen?«

Die Hand, mit der sie die Tür offen hielt, versteifte sich. »Ich weiß nicht, ob das so gut –«

»Dauert nicht lange.«

»Okay.« Halinka ließ ihn in die Wohnung, drückte die Tür aber nicht hinter ihm ins Schloss. Als er an ihr vorbeiging, atmete er ihren Geruch ein, diese ganz besondere Mischung aus dem Duft ihrer Haut und den Ölfarben der Gemälde. Es hatte Zeiten gegeben, da hatte er an kaum etwas anderes denken können.

Die Staffelei stand am Fenster, eine Reihe offener Farbdosen auf dem Brett darunter. Halinka hatte gerade erst mit der Grundierung begonnen. Die grüne Farbe, die sie mit einem groben Pinsel aufgetragen hatte, glänzte noch.

Spartacos Blick wanderte vom unfertigen Bild auf der Staffelei zu dem vollendeten an der Wand. Er hatte ihr erlaubt, auch den Boden zu bemalen, aber bisher hatte sie sich mit den abstrakten, bauchigen Formen und bunten Sprenkeln hinter dem Esstisch zufriedengegeben. Eine Blumenwiese, hatte sie mal erklärt. Vielleicht dort, wo sie herkam.

»Also, was willst du?«

Er räusperte sich und drehte sich zu ihr um. »Ich war dort – bei Ascoleses schwarzer Messe. Danke für den Tipp.«

»Hatte ich denn eine Wahl?« Sie legte den Kopf schief und zog die Lippen schmal.

»Natürlich«, sagte er. »Du weißt genau, dass ich dich hier nicht rauswerfe.«

»Lia liegt mir deshalb ständig in den Ohren. Dass wir uns was anderes suchen müssen. Weil du als Vermieter und ich … weil es eben ist, wie es ist. Nicht mehr wie früher.«

»Lia kann mich nicht ausstehen. Sie mag überhaupt niemanden, der dich ihr wegnehmen könnte. Ich glaube, deshalb hat sie heute auch angerufen.«

Die Überraschung ließ ihre Augen noch größer erscheinen. »Sie hat dich angerufen?«

»Sie ist nicht hier, oder?«

»Nein. Was hat sie gewollt?«

»Ich sollte ihr versprechen, dass sie auch ohne dich weiter hier wohnen kann. In Wahrheit wollte sie mir wohl nur stecken, dass du weggehst. Damit ich hier auftauche und versuche, dich umzustimmen.«

»Sie kann so ein Biest sein.« Halinka warf Lias Zimmertür einen bösen Blick zu. Dann zuckte sie die Achseln. »Sie wird damit klarkommen müssen.«

»Wo willst du hin?«

In ihrem Rücken war die Eingangstür noch immer nur angelehnt, und er erkannte am Zucken in ihren Fingerspitzen, dass sie dem Drang, sie wieder ganz zu öffnen und ihn rauszuwerfen, nachgeben wollte.

»Weg«, sagte sie. »Mit Freunden.«

»Deinen *Mäzenen*?« Das Wort kam ihm kaum über die Lippen.

»Sag das nicht so abfällig. Außerdem geht dich das nichts mehr an.«

»Mit diesen Zwillingen? Den Martino-Brüdern?«

»Sie sind nett. Sie interessieren sich für Kunst. Und sie sind –«

»Großzügig?«

»Reich«, sagte Halinka. »Na und? Das bist du auch.«

Spartaco verzog das Gesicht. »Ich lass es nicht so raushängen.«

»Sie führen auch keinen Klassenkampf, nur weil sie Probleme mit ihrem Vater hatten.«

»Mein Vater war Faschist! Er hätte den Boden geküsst, über den Mussolini gegangen ist. Und er hat verdammt gut daran verdient.«

Sie brachte ihn mal wieder in Rage, und zugleich war ihm klar, dass er mindestens so viel Schuld daran trug wie sie. Ohnehin war Schuld ein Wort, über das er viel zu viel nachdachte. Über die Mitschuld seines Vaters an den Verbrechen des Diktators, über den Opportunismus seiner Mutter – und über die Frage, wie viel von alldem in ihm steckte und wie er es unterdrücken konnte.

»Trotzdem kannst du nicht verlangen, dass jeder so denkt wie du«, erwiderte sie. »Wir sind eine andere Generation, andere Menschen. Ich hab nichts mit alldem zu tun und du auch nicht. Und bevor du begriffen hast, wer dein Vater wirklich war, hast du ihn mal gerngehabt, oder?«

Spartaco sah sie an und schwieg. Natürlich waren sie anders als ihre Eltern, aber das verhinderte nicht, dass sie die gleichen Fehler begehen mochten. Es gab so vieles, das sie besser machen mussten. Es ging ihm nicht um Sühne, sondern schlichtweg darum, eine Wiederholung der Geschichte zu verhindern. Um die Bereitschaft, dagegen anzukämpfen, mit dem Geld seiner Familie und aus eigener Kraft. Halinka hatte das nie verstanden, und daran würde sich auch heute nichts ändern.

»Wo willst du mit den Martinos hin?«

Halinka strich sich Haarsträhnen hinters Ohr. »Sie haben eine Villa auf Capri. Das Licht dort soll fantastisch sein zum Malen.«

»Und wie lange bleibst du?«

»Mal sehen. Ein paar Wochen, wenn sie mich lassen. Vielleicht finde ich da auch irgendwas anderes und muss gar nicht mehr weg.«

»Capri ist teuer.«

»Ich verkaufe Bilder.« Sie reckte das Kinn und sah ihm fest in die Augen. Eine Herausforderung, dabei wussten sie beide, dass das Unsinn war. Was sie den Martino-Zwillingen verkaufte, war etwas vollkommen anderes.

Die Stille zwischen ihnen dehnte sich. Halinkas Blick wanderte zur Wohnungstür, dann auf den Boden. »Hör mal, ich hab noch zu tun …«

»Mach das nicht. Mit ihnen gehen, mein ich.«

Sie schüttelte heftig den Kopf, und die Strähnen wanden sich hinter ihrem Ohr hervor. Mit ausgestrecktem Arm deutete sie auf das begonnene Gemälde in seinem Rücken. »Das ist es, was ich tue. Ich male. Ich liebe. Ich genieße das Leben. Du solltest das auch tun, statt immer nur in allem nach dem Bösen zu suchen.«

»Elio und Bernardo Martino sind keine guten Menschen.«

»Das bin ich auch nicht. Nicht nach deinen Standards. Denen kann ohnehin niemand gerecht werden.«

»Das ist doch Blödsinn.«

Sie ging nicht darauf ein. Mit einem Ruck zog sie die Tür auf und stellte sich mit dem Rücken gegen die Wand. »Geh jetzt, bitte. Führ du dein Leben. Ich führe meins.«

Er überlegte kurz, was er erwidern könnte, aber er wusste, dass es vergeblich wäre. Je heftiger er versuchte, sie zu überzeugen, desto vehementer würde sie ihn von sich stoßen.

»Du hast so was nicht nötig«, sagte er.

Sie schloss kurz die Augen, und als sie sie wieder öffnete, schien ihre Wut verraucht. »Überlass das mir, okay?«, bat sie sanft. »Und jetzt leb wohl, Spartaco.«

24

Anna hätte Brunos Apparat im Wohnzimmer für ihren Anruf benutzen können, aber mit ihm im Nebenzimmer würde sie nicht frei sprechen können. Auch ohne ihn fühlte sie sich befangen genug.

Auf der anderen Seite des Blocks fand sie eine freie Telefonzelle. Im Inneren roch es nach Urin und Zigarettenrauch. Sie klemmte den Hörer zwischen Ohr und Schulter, während eine Hand das lose Kleingeld und die andere einen abgewetzten Zettel aus der Manteltasche beförderte.

Wahllos warf sie ein paar Münzen ein, die durchrutschten und in die Ablage klimperten. »Ach, shit, nun komm schon …«

Sie grapschte nach den Münzen und drückte sie erneut durch den Schlitz. Diesmal behielt der Apparat sie bei sich. Sie wählte und nahm den Hörer in die Hand. Er fühlte sich klebrig an, aber das vergaß sie, als gleich nach dem ersten Freizeichen abgehoben wurde.

»Anna?«

»Hallo, Dad.«

»Ich bin so froh.« Er hörte sich heiser an. Und traurig.

»Alles in Ordnung?«

»Ja … ja, alles okay. Sie haben die Bestimmungen geändert. Ich muss jetzt neben dem Telefon auf den Anruf warten, und wenn er nicht kommt, dann muss ich zurück in die Zelle, und dann hätte ich erst nächste Woche wieder –« Er brach ab. »Egal, nun bist du ja da.«

»Sie haben gesagt, ich muss auf die Minute pünktlich anrufen. Sonst verfällt dein Anspruch auf das Gespräch. Und ich dachte schon, die Telefonzelle ist kaputt.«

»Wie geht's dir? Hast du einen Job gefunden?«

Anna hielt inne, als das schlechte Gewissen sie traf. Sie hatte ihrem Vater nicht erzählt, dass sie nach Rom reisen würde. Er glaubte, dass sie nach wie vor in London war und sich darum bemühte, ihr Studium zu finanzieren.

»Ja«, sagte sie tonlos. »Ich mach jetzt Fotos.«

»Das wolltest du doch immer.« Jetzt klang es, als lächelte er.

»Ich bin auch ganz froh, dass das geklappt hat. Aber was ist mit dir? Darfst du jetzt in die Werkstatt?«

»Lass uns nicht von mir reden, ja?«

»Du bist noch immer der wichtigste Mensch in meinem Leben«, sagte sie mit Nachdruck.

»Ich bin jemand, der sich nicht an die Dinge erinnern kann, die er getan hat. Ich hab's nicht verdient, dass du dir Gedanken um mich machst.«

Ob er wollte oder nicht: Sie war in Rom, um die Wahrheit herauszufinden – ganz gleich, wohin sie das führen würde. Glaubte sie an seine Schuld? Nein. Aber sie konnte auch nicht ausschließen, dass sie sich täuschte. Dass ein Teil von ihr ihn in Schutz nahm, weil sie gar nicht anders konnte. Er war ihr Vater. Ihre Gefühle für ihn schwankten von Tag zu Tag. Mal gab es Misstrauen und Argwohn, dann wieder tiefe Verzweiflung und die Überzeugung, dass er unschuldig sein musste. Ein ständiges Auf und Ab, das sie in London fast in den Wahnsinn getrieben hatte.

»Du solltest so nicht über dich reden«, sagte sie.

»Alle anderen reden so über mich. Aber was soll's. Erzähl mir lieber, was du so machst.«

Sie merkte ihm an, dass er sich um einen lebhaften Tonfall bemühte, auch wenn das gründlich misslang. Sein Alltag im Gefängnis war eine triste Tortur. Für ihn gab es keine Ablenkung von dem schrecklichen Gedankenkarussell, das auch sie selbst plagte. Abgesehen von ihren Telefonaten, vielleicht.

Also erzählte sie. Und belog ihn. Das war schlimm. Und vielleicht belog sie sogar sich selbst, weil sie sich vorgaukelte, dass sie auf dem besten Wege war, die Dinge zu ändern. Tatsächlich hatte sie bislang nur die Namen von zwei Männern, die mit größter Wahrscheinlichkeit nichts mit alledem zu tun hatten. Sie hatte einen Onkel, der nicht einen Moment an der Schuld seines Bruders zweifelte und sich zu viele Sorgen um sie machte. Und sie hatte einen neuen Verbündeten, von dem sie nicht wusste, warum er ihr half.

Außerdem hatte sie eine schwarze Messe besucht. Immerhin etwas.

All das hätte sie erzählen können. Stattdessen sprach sie von Dingen, die während ihrer letzten Wochen in London passiert waren, Belanglosigkeiten, die er kommentierte, als seien sie wichtiges Weltgeschehen. Er gab sich Mühe. Sie sich auch. Und doch blieb die Kluft, die Valerias Tod zwischen ihnen aufgerissen hatte.

Er hatte den Mord nie abgestritten, nur immer wieder betont, dass er sich an nichts erinnern konnte. Hätte er einmal gesagt »Ich war es nicht«, hätte das vieles leichter gemacht. So blieb die Ungewissheit fast greifbar. Es hatte Indizien gegeben, aber keinen einzigen Beweis. Dem Richter hatte das genügt. Für Anna war es zu wenig.

»Ich hab von dir und diesem Hund geträumt«, sagte er.

»Welchem Hund?«

»Diesem Stoffhund. Ich hab ihn dir mal mitgebracht, da warst du vier oder fünf. Du hast ihn ständig mit dir rumgetragen.«

»Stimmt. So ein schwarzer. Mit gelben Augen.«

»Niemand sonst durfte ihn halten. Du hast ihm einen Namen gegeben, aber ich kann mich nicht daran erinnern. Den ganzen Morgen hab ich mir den Kopf zermartert.«

»Weiß ich auch nicht mehr.«

Seltsamerweise fühlte sie sich bei diesen Worten schuldiger als bei ihren Schwindeleien zuvor. Sie hatte den Namen ihres Stofftiers vergessen. Das wog schwerer, als den eigenen Vater zu belügen. Es war ein Vertrauensbruch, der in eine Zeit zurückreichte, als es in ihrem Leben nichts als Unschuld gegeben hatte.

»Du hast ihn verloren, damals. Irgendwo liegen gelassen.«

»Auf dem Pier in Bournemouth«, sagte sie.

»Drei Tage lang hast du nur geweint. In dem Traum hast du ihn wiedergefunden. Nein, deine Mutter hat ihn gefunden und an einer Leine zu dir geführt. Er war gewachsen, aber ich wusste genau, dass es derselbe Hund war.«

Es war das erste Mal seit Monaten, dass er ihre Mutter erwähnte. Ein unangenehmer Signalton erklang in der Leitung. Sofort suchte Anna in ihren Taschen nach Münzen. »Warte, ich muss mehr Geld einwerfen ...«

»Lass nur. Die sagen mir hier gerade, dass wir Schluss machen müssen.«

War das die Wahrheit? Seine Stimme klang, als kämpfte er mit den Tränen. Nach dem Tod ihrer Mutter hatte sie ihn so oft weinen gehört, dass es für ein ganzes Leben reichte.

»Ist wirklich alles in Ordnung?«, fragte sie.

»Mach's gut, Anna.«

»Ja ... Du auch, Dad.«

»Ich hab dich lieb.«

Dann legte er auf, um sie nicht in die Lage zu bringen, dasselbe sagen zu müssen. Vielleicht wusste er doch, wann sie ihn belog. Und vielleicht fürchtete er, genau das erneut aus ihrer Stimme herauszuhören.

»Ich dich auch, Dad.« Sie ließ die Münze zurück in ihre Tasche gleiten.

25

Die Contessa Silvia Amarante stand am Fenster ihres Salons und blickte auf den Walnussbaum im Innenhof. Wahrscheinlich war dies der älteste Baum in ganz Rom. Als er vor zweitausend Jahren auf dem Grab des Kaisers Nero gepflanzt worden war, war er nicht größer gewesen als ihr Unterarm. Jetzt füllte er den Innenhof des Palazzo aus, und es gab Tage, da schien er mit seiner Präsenz das gesamte Coppedè-Viertel zu beherrschen. Magie steckte in diesem Baum. Sie hatte ihn die Jahrtausende überdauern lassen, und womöglich war es dieselbe Macht, die auch anderen diese Gunst gewährte.

Als es fest an der Tür klopfte, drehte Silvia sich nicht um. »Herein.«

Sie hörte, wie der Hausdiener den Salon betrat. »An der Tür ist jemand mit einem Paket. Er sagt, er dürfe es Ihnen nur persönlich übergeben. Es kommt von Dottore Ascolese.«

»Er soll reinkommen.« Ihr Blick verweilte im Blätterdach des Baumes, aber tatsächlich sah sie ihn gar nicht mehr.

Die Schritte auf dem Gang waren so schwer, dass sie sich einbildete, die Vibration des Parketts zu spüren. Sie wandte sich erst um, als sie innehielten.

Ein Riese von einem Mann war im Türrahmen erschienen. Sie musterte ihn flüchtig, dann fiel ihr Blick auf die Schachtel in seinen Händen.

»Sie bringen die Urne?«

»Guten Tag, Contessa«, sagte der Mann mit bäriger Stimme. »Ja, deshalb bin ich hier.«

»Treten Sie ein.« Sie deutete mit einem Wink zum Tisch am Kamin. »Sie können die Schachtel dort abstellen.«

Der Mann setzte sich in Bewegung. Gemessen an der Schwere seines Körpers, setzte er den Karton bemerkenswert sanft auf der Tischplatte ab.

»Können Sie die Urne bitte rausnehmen?«

Unter seinen dichten Augenbrauen warf er ihr einen überraschten Blick zu. »Ja, natürlich.«

Mit einer Hand hielt er die Schachtel fest, während die andere unter großer Sorgfalt die Urne ans Tageslicht hob. Er platzierte sie so vorsichtig wie zuvor den Karton. »Sie ist sehr schlicht. Man hat mir gesagt, dass das Ihr Wunsch war.«

Silvia durchquerte den Salon und trat an den Tisch. Der Mann stand jetzt neben ihr und roch ein wenig nach Tier; das irritierte sie kurz. Behutsam fuhr sie mit dem Finger über den Deckel der Urne. »Er hätte es so gewollt. Nicht früher, aber jetzt schon.«

Kunst müsse gesehen, gehört und gefühlt werden, hatte er oft gesagt. Applaus und Zuspruch waren ihm einmal wichtiger gewesen als alles andere. Und das Volk hatte ihn geachtet, anders als der Adel. Einst war er seiner Zeit voraus gewesen, aber zuletzt hatte er sich zurückgezogen und seine Werke allein aus seinen Erinnerungen geschaffen.

»Soll ich den Karton wieder mitnehmen?«

»Was?« Einen Moment lang verwirrte sie, dass der Mann noch da war. »Oh ... nein. Matteo, der Hausdiener, wird das entsorgen.«

»Gut. Dann würde ich jetzt wieder –«

»Waren Sie das?«, fragte sie, bevor er sich ganz umgedreht hatte. Er erstarrte. »Bitte?«

»Sind Sie derjenige, der ihn aus der Wohnung gebracht hat? Haben Sie ihn zum Krematorium gefahren?«

»Ja. Das war wohl ich.«

Sie zog die Hand von der Urne zurück. »Ich möchte Ihnen danken. Dafür, dass Sie mir die Gelegenheit geben, Abschied zu nehmen.«

»Das ... hab ich gern gemacht, Contessa.« Sein Blick glitt zur Tür des Salons, die noch immer offen stand, dann zurück zu ihr.

»Ebenso gut hätten Sie ihn auf andere Weise verschwinden lassen können«, sagte sie. »Mir ist klar, dass man in solchen Fällen nicht zimperlich sein darf. Aber ich weiß das zu schätzen. Bitte richten Sie das auch Signor Ascolese aus.«

»Den kenn ich gar nicht. Meine Aufträge bekomme ich von anderen.«

»Verzeihen Sie. Natürlich. Das war dumm von mir.« Sie schenkte ihm ein Lächeln. »Dann nehmen Sie einfach meinen Dank an. Das hier bedeutet mir sehr viel.«

»Sehr gerne, Contessa.« Der Mann stand unschlüssig mitten im Salon. Dann wandte er sich wieder der Tür zu. »Wenn Sie nichts dagegen haben, dann würd ich jetzt gehen.«

»Selbstverständlich. Matteo wird Sie hinausbegleiten. Leben Sie wohl.«

»Schönen Tag noch, Signora Contessa. Auf Wiedersehen.«

Silvia rührte sich nicht von der Stelle, bis er den Salon verlassen und die Tür geschlossen hatte. Erst nachdem seine Schritte auf dem Gang verklungen waren, setzte sie sich in einen Sessel, weit vorn auf die Kante, faltete die Hände im Schoß und sah die Urne eingehend an. Ein ovales Tongefäß mit grobporiger Oberfläche, als wäre es schon vor sehr langer Zeit gefertigt worden.

So also würden sie alle irgendwann enden.

Von der Urne blickte sie hinüber zum Fenster und dem mächtigen Geäst von Neros Nussbaum. Eine weiße Taube saß auf einem Zweig und sah zu ihr herein.

Silvia schlug die Augen nieder.

Zweitausend Jahre – nur noch eine Handvoll Staub.

* * *

Ungeduldig trommelte Palladino mit den Fingerkuppen aufs Lenkrad. Auf seinem Schoß stand ein schuhkartongroßer Funkempfänger mit ausgefahrenen Antennen. Die Spielkarte mit der Pikdame klemmte am Armaturenbrett.

Er hatte die Eingangstür fest im Blick, als sie von innen geöffnet wurde. Ugo trat ins Freie und kam über die Piazza Mincio direkt auf den Citroën zu, der am Beginn einer Seitenstraße parkte. Er riss die Tür auf und ließ sich schwer auf den Beifahrersitz fallen.

»Gerade rechtzeitig«, sagte Palladino. »Vor einer Minute ist 'ne

Riesenlimousine in die Einfahrt rein. Ich hab den Typen nur von Weitem gesehen, aber er hatte einen eigenen Schlüssel für das Tor. Älter, graue Haare, schwarzer Anzug.«

»Hab ihn gesehen. Er kam durch die Hintertür rein, als sie mich zum Ausgang gebracht haben. Der Diener hat ihn als Baron begrüßt.«

»Wie ist es sonst gelaufen?«

»Sie trauert.«

Palladino sah die Karte an. Die Frau in Schwarz mit dem schönen, starren Gesicht. »Ganz sicher?«

Ugo brummte zustimmend und sah zum Haus hinüber. »Irgendwas an ihr ist unheimlich. Aber ich glaub schon, dass es ihr um diesen Fausto leidtut.«

Palladino richtete seine Aufmerksamkeit auf den Kasten auf seinem Schoß und legte den Kippschalter um. Das Gerät begann zu summen. Er drehte an mehreren Rädchen und drückte verschiedene Knöpfe – jedoch nur mit dem Ergebnis, dass das Summen zu einem Rauschen anschwoll und mit jedem Kanalwechsel in seiner Intensität variierte.

»Und du hast die Wanze auch eingeschaltet?«

Ugo ignorierte seine Skepsis. »Eingeschaltet und unter den doppelten Boden der Urne gelegt. Ich hab ein paar winzige Öffnungen gebohrt. Irgendwas müsste das Mikrofon eigentlich aufschnappen.«

»Wäre besser, du hättest sie irgendwo im Raum versteckt.« Palladino drehte das Rädchen bis zum Anschlag und begann dann langsam, Millimeter für Millimeter, durch die Frequenzen zu schalten.

»Und wie hätte ich das anstellen sollen? War doch klar, dass die mich nicht auf einen Kaffee einlädt! Ich hab ihren verdammten Liebhaber zersägt!«

»Oder was auch immer er für sie war.« Palladinos Finger erstarrte am Rädchen, als sich das Rauschen veränderte. Der Empfänger übertrug Gesprächsfetzen, die sich kaum vom Hintergrund abhoben.

»Mir gefällt das nicht.« Ugo schaute jetzt nicht mehr zum Haus hinüber, sondern blickte sich auf der Straße um. »Wenn der Boss davon Wind bekommt, werden die mich –«

»Still. Hör zu.« Es war Palladino gelungen, das Signal zu verstärken. Konzentriert betrachtete er die Spielkarte, während er den Stimmen über das Knistern hinweg lauschte.

»*Du kommst zu früh. Wir waren für heute Abend verabredet*«, sagte die Frauenstimme.

Die Stimme des Mannes, der ihr antwortete, konnte Palladino nicht zuordnen. Sie war lauter, wahrscheinlich stand er direkt neben der Urne. »*Es klang, als wäre es wichtig. Ich wollte nicht warten.*«

»*Wir wissen beide, worauf du nicht warten wolltest.*«

»*Was ist denn los?*«

»*Die Dinge laufen aus dem Ruder.*« Das Klackern ihrer Absätze schepperte unerwartet intensiv aus dem Kasten. Palladino musste die Laustärke regulieren, weil auch sie sich der Urne näherte. Erst wieder Knistern, dann etwas, das Stoffrascheln sein mochte. Wahrscheinlich saß die Contessa jetzt neben der Urne.

»*Das mit Fausto hätte nicht passieren dürfen*«, sagte sie. »*Die Zusammenkunft steht kurz bevor. Dann werden die anderen wissen wollen, wann die Opferung stattfindet.*«

»*Ich hab das in die Wege geleitet*«, sagte der Gast. »*So was geht nicht von heute auf morgen.*«

»*Sie werden wissen wollen, warum das so lange dauert.*«

»*Willst du eine Stichflamme oder ein Fanal?*«, fragte er. »*Es muss etwas Großes geschehen, etwas, das nachwirkt. Und ich sorge dafür.*«

»*Du verschwendest zu viel Zeit mit deiner albernen Politik von gestern, obwohl es doch um etwas viel Wichtigeres geht. Für uns alle.*«

»*Einer von uns muss wohl oder übel Realist bleiben, Silvia. Es gibt keinen Thron mehr. Keinen Imperator über das Römische Reich. Wir müssen die modernen Strukturen nutzen. Und Politik ist eine ihrer Grundfesten.*«

Aus dem Augenwinkel sah Palladino, dass Ugo verwirrt die Stirn in Falten gelegt hatte.

»*Manchmal glaube ich, du verlierst den wahren Kampf aus den Augen*«, sagte die Contessa. »*Du hast selbst einmal auf diesem Thron gesessen, so wie ich und die anderen. Hast du vergessen, wie sich das angefühlt hat? Glaubst du wirklich, ein Sitz im Parlament ist dasselbe?«*

»*Jeder kämpft auf seine Weise um die Macht, Silvia*«, erwiderte der Mann kalt. »*Ich tue es durch die Etruskische Front. Du mit Schwänzen im Mund. So war das schon immer.*«

»Amen«, sagte Ugo. »Kennst du den Kerl?«

Palladino nickte. Die Stimme hatte er nie zuvor gehört, aber es hatte genug andere Hinweise gegeben. Die Anrede des Dieners. Die Etruskische Front. »Rosario De Luna«, sagte er. »*Baron* De Luna.«

Ugo zuckte seine gewaltigen Schultern. »Nie gehört.«

»Er leitet die Etruskische Front.«

»Ist das was mit Politik?«

»Herrgott, Ugo.« Palladino schüttelte fassungslos den Kopf, aber Ugo zog nur die Nase hoch und blickte zum Palazzo.

* * *

Silvia hasste es, mit welcher Selbstverständlichkeit Rosario De Luna sich durch ihren Salon bewegte. Seine Ledersohlen knirschten auf ihrem Holzboden, als er den Raum von einer Seite zur anderen durchmaß. Ein Außenstehender hätte annehmen können, dass sie der Gast im Palazzo Amarante war, nicht er.

Rosario De Luna war kein großer Mann. Trotzdem hatte er den Dreh raus, auf alles und jeden herabzusehen. Auf den Salon, die antiken Kunstwerke, die tönerne Urne – vor allem aber auf Silvia. Seit er sich als politischer Führer aufspielte, war es noch schlimmer geworden.

Die Etruskische Front war die einflussreichste unter den Vereinigungen von Faschisten, die sich seit dem Sturz Mussolinis vor zwanzig Jahren nicht geschlagen geben wollten. 1945, auf der Konferenz von Jalta, hatte Stalin darauf bestanden, dass das besiegte Italien zum Teil des Schutzwalls rund um die Sowjetunion wurde – so wie Polen, die Tschechoslowakei und die anderen Ostblockstaaten. Die USA und Großbritannien hatten das abgelehnt und so dafür gesorgt, dass Italien ein freies Land blieb. Heute jedoch, zwei Jahrzehnte später, wollte der italienische Ministerpräsident Aldo Moro seine Mitte-Links-Regierung für die Kommunistische Partei öffnen, um so seine Macht zu festigen. Die erzkonservativen Mussolini-Anhänger kämpften mit allen Mitteln dagegen – und, so munkelte man, auch mit Unterstützung der CIA, die alles daransetzte, dass Italien nicht unter russischen Einfluss geriet.

Baron Rosario De Luna war demnach nicht einfach nur ein ewiggestriger Auktionshausbesitzer, sondern jemand mit Verbindungen zu den internationalen Drahtziehern im Krieg gegen den Kommunismus.

»Du solltest mir dankbar sein«, sagte er. »Ohne mich wärst du längst nicht mehr hier. Die Front verzeiht nicht, wenn einer der Ihren ermordet wird.«

»Du weißt, dass ich meinen Mann nicht umgebracht habe. Er ist im Schlaf gestorben.«

De Luna kam auf sie zu. Sein Mund deutete ein Lächeln an, aber sein Blick blieb eisig. »Darf ich mich zu dir setzen?«

»Als würde ein Nein dich davon abhalten.«

Er nahm neben ihr Platz. »Ich hab für dich gebürgt, meine Liebe. Mein Ruf steht auf dem Spiel, vielleicht sogar weit mehr. Die Mitglieder der Front sind überzeugt, dass du deinen Mann vergiftet hast, um an das Erbe ranzukommen. Erst warst du seine Geliebte, dann seine viel zu junge Ehefrau. Und nun seine steinreiche Witwe, nach der sich halb Rom die Finger leckt. Ich riskiere viel für dich. Und trotzdem scheinst du das immer wieder zu vergessen.«

Sie streckte die Hand aus und fuhr mit den Fingerspitzen um den Sockel der Urne. »Haben deine Freunde von der Front Fausto ermorden lassen?«

»Ausgeschlossen ist es nicht. Und sie sind nicht meine Freunde – wir teilen nur dieselben Ziele.«

»Vielleicht hast ja du meinen Mann auf dem Gewissen. Ich habe nur sein Geld geerbt, du sein politisches Vermächtnis.«

»Dein Mann und ich waren Freunde!«, entgegnete er scharf. »Jeder weiß das.«

Sein Tonfall beeindruckte sie nicht. »Er hat die Etruskische Front aufgebaut. Und dann ist sie ausgerechnet dir in den Schoß gefallen.«

»Er hat gewollt, dass ich sein Nachfolger werde. Er hat mich geschätzt. Dich hat er nur gefickt.«

Gelangweilt winkte sie ab. »Kein Grund, ordinär zu werden – du bekommst auch so, was du willst.«

De Lunas Lächeln kehrte zurück. »Vielleicht mag ich es einfach, so mit dir zu reden.«

»Willst du nur davon reden?«

Seine rechte Hand packte ihren Oberschenkel. »Du könntest auch Spaß daran haben«, sagte er. »Du musst es nicht einfach nur hinter dich bringen.«

»Aber das genügt dir doch schon.« Sie hob das Kinn und drehte ihr Gesicht weg von ihm. »Nicht neben der Urne. Gehen wir ins Schlafzimmer.«

Die Finger auf ihrem Oberschenkel griffen fester zu. »Fausto ist jetzt schon der zweite Mann, der in deinem Bett lag und es nicht überlebt hat.«

»In meinen Betten sind *Hunderte* gestorben. Hast du etwa Angst vor mir?« Sie wartete seine Antwort nicht ab. Geschmeidig erhob sie sich vom Polster und ging zur Tür. »Vielleicht bin ich deine Hure. Aber ich werde mich nicht wie eine auf dem Boden vögeln lassen.«

»Also machst du jetzt die Regeln?«

»Als ob dir das missfallen würde.« Während sie sich umdrehte und die Tür öffnete, hörte sie, wie er aufstand und ihr folgte.

* * *

Nun drang nur noch leises Rauschen aus dem Funkempfänger. Mit dem dumpfen Zuschlagen einer Tür waren die Stimmen und Schritte verstummt.

Ugo gab ein Brummen von sich. »Ich sag doch, sie ist unheimlich.«

»Wie hat sie das gemeint: In ihren Betten sind Hunderte gestorben?«

Der Beifahrersitz quietschte, als Ugo sein Gewicht verlagerte. »Vielleicht 'ne Metapher.«

»Hattest du den Eindruck, dass die beiden in Metaphern sprechen?« Palladino schüttelte den Kopf. »Und was war das mit dieser Opferung? Wen hat sie mit *die anderen* gemeint?«

»Die Faschisten?«

»Um die Etruskische Front ging es erst später«, sagte Palladino. »Ich glaube, sie meinte eine zweite Gruppe. Sie hat was von einer Zusammenkunft erwähnt. Und davon, dass sie alle mal auf einem Thron gesessen haben.«

»'ne Menge dummes Zeug, wenn du mich fragst.« Ugo griff mit seiner Pranke herüber und schaltete den Empfänger ab. »Wenn sie die Urne vergräbt, dann ist auch die Wanze weg.«

Palladino nahm die Karte mit der Pikdame vom Armaturenbrett und legte sie mit dem Gesicht nach unten in die Ablage. Dann startete er den Wagen. »Hoffen wir also, dass sie den guten Fausto noch eine Weile um sich haben will.«

26

Spartaco parkte den Mercedes vor dem Palazzo Amarante, gerade als die Limousine des Barons davonfuhr. Er wusste schon seit einer Weile vom Verhältnis seiner Stiefmutter mit De Luna, und er war nicht so naiv, die Beziehung der beiden für Liebe zu halten. Beide schienen ihm nicht der Typ dafür. Vielmehr war er überzeugt, dass der Baron Silvia in der Hand hatte, und er hielt es keineswegs für undenkbar, dass der Tod seines Vaters dabei eine Rolle spielte.

Eilig betrat er das Gebäude, lief die Stufen der Freitreppe hinauf und betrat Silvias Salon im ersten Stock. Sie war nicht da. Spartaco hatte sich hier nie wohlgefühlt. Die überladenen Tapeten und die roten Samtmöbel erinnerten ihn an alles, was er hinter sich lassen wollte. Das ganze Haus stieß ihn ab, und der Salon war das Herz des Anwesens.

Er klopfte auch an ihrem Büro und an der Schlafzimmertür, doch im Inneren rührte sich nichts.

Schließlich fand er sie im prunkvollen Schwimmbad in den Kellern. Lavendelduft waberte unter den Gewölbedecken, konnte aber den starken Chlorgeruch nicht überdecken. Das Gemisch kratzte in seinem Rachen.

»Stefano.« Seine Stiefmutter zog ihre Bahnen in der Mitte des Pools. Unter ihr am Grund schimmerte ein Mosaik in Gold und Blau. Im Zusammenspiel mit dem Deckenlicht warf es schillernde Reflexe auf ihre nackte Haut.

Er machte nicht mal den Versuch, Geduld für sie und ihre Spielchen aufzubringen. »Würde es dir viel ausmachen, was anzuziehen?«

Der Keller der Villa hatte eine eigenartige Akustik. Seine Schritte, jedes Wort, alles hallte hart von den Wänden wider. Selbst das sanfte Plätschern des Wassers klang hier unten unwirklich.

Seine Stiefmutter lächelte schwach, während sie in langen Zügen zum Ausstieg schwamm. Als sie sich aus dem Wasser zog, bildete sich eine glitzernde Pfütze um ihre nackten Füße auf dem Marmorboden. »Reichst du mir bitte das Handtuch?«

Spartaco grub die Finger in den Frotteestoff, hob das Handtuch von einer der Liegen und warf es ihr zu. Sie reagierte nicht auf seine Schroffheit, fing es mit einer eleganten Bewegung auf und begann, sich abzutrocknen.

Die Lichtquellen an Decke und Wänden warfen fließende Schatten auf ihre Haut. Nur ein paar dunkle Stellen an Schlüsselbein und Oberarm bewegten sich nicht.

»Sind das blaue Flecken?«, fragte er.

»Ich bin ausgerutscht.« Sie wickelte sich das Handtuch um die Körpermitte und steckte eine Ecke oberhalb ihrer Brüste fest.

»Vielleicht solltest du vorsichtiger sein bei der Wahl deiner Liebhaber«, sagte Spartaco.

Sie betrachtete ihn amüsiert. »Bist du hier, weil du dir Sorgen um mich machst?«

»Ich wollte nur Bescheid sagen, dass ich den Mercedes für eine Weile behalten werde.«

»Begibst du dich durch all den Benzinverbrauch nicht in die Abhängigkeit kapitalistischer Großmächte?«

Es war eine ihrer Einladungen zu einem Streit um nichts und wieder nichts, er kannte das zur Genüge. Am Ende kosteten die Diskussionen nur Energie und Nerven, und er fragte sich, warum sie es darauf anlegte. Für gewöhnlich war sie froh, wenn sie ihren lästigen Stiefsohn nicht sehen musste, und sie war viel zu beherrscht, um die Streitereien ohne Berechnung zu provozieren. Glaubte sie, dass sie ihn dadurch endgültig loswürde? Dass er gekränkt aus ihrem Leben im Luxus verschwände, das sie sich so teuer erkauft hatte?

Es war wie eine stille Übereinkunft zwischen ihnen. Sie mied ihn, und er mied sie, wo es nur möglich war. Aber er war auch nicht wirklich wegen des Wagens hergekommen. »Ich wollte dich noch was fragen. Was ist eigentlich aus der Kunststiftung geworden, die Papa gegründet hat?«

Er bemerkte die Irritation auf ihrem Gesicht. Was immer sie erwartet hatte, das war es nicht. »Die Stiftung? Sie ruht. Seit seinem Tod muss ich mich um zu viele andere Dinge kümmern. Falls du Interesse daran hast, nur zu.«

»Nein, nein. Mir geht's um was anderes.«

Sie ließ sich in einem Liegestuhl neben dem Schwimmbecken nieder. Ihre langen Beine waren so ebenmäßig wie die Marmorsäulen, auf denen die Gewölbe ruhten. Auf Spartaco machte die unterirdische Halle mit ihren prachtvollen Fresken stets den Eindruck einer Kirche, deren Boden aufgerissen und geflutet worden war. Eines Tages würden die Überreste vergessener Heiliger aus der Tiefe aufsteigen und auf dem Wasser treiben wie Baumrinden.

»Hat die Stiftung mal einen Film von Romolo Villanova finanziert?«

Silvia verschränkte die Arme hinter dem Kopf. Ihre schmalen Handgelenke ruhten locker auf dem oberen Ende der Liege. »Als hätte Villanova Geld aus irgendwelchen Stiftungen nötig.«

»Dann war es ein Zufall, dass du und er vor zwei Jahren gleichzeitig in London wart?«

»Herrgott, was willst du mir jetzt wieder unterstellen?«

»Ist nicht so weit hergeholt, oder? De Luna hat sich gerade durch die Hintertür rausgeschlichen, als ich ankam. Ich vermute mal, er war nicht hier, um mit dir Wasserball zu spielen.«

»Stefano, mein teurer, angenommener Sohn – das geht dich nichts an.«

»Papa ist tot, und du kannst tun und lassen, was du willst. Aber vor zwei Jahren hat er noch gelebt, und da warst du zusammen mit Villanova in London.«

Sie richtete sich auf und kümmerte sich nicht darum, dass das Handtuch von ihren Brüsten rutschte. »Ich hab keine Ahnung, wovon du sprichst. Ich war in London zur Eröffnung einer Ausstellung. Das war alles.«

»Wie lange warst du dort?«

»Geplant war nur eine Nacht. Dann gab es Schwierigkeiten am Flughafen, und so wurden zwei daraus. Die Stiftung hatte damals ein Büro in Mayfair, ich hab die meiste Zeit dort verbracht. Möchtest du die Namen der Angestellten haben, damit du mir ein bisschen hinterherschnüffeln kannst?«

»Hast du dort eine Frau namens Valeria Savarese getroffen?«

Ihr Blick blieb kühl und unnahbar. »Wer soll das sein?«

Spartaco hatte gehofft, sie zu überrumpeln. Aber vielleicht war es an der Zeit, sich einzugestehen, dass sie ihm in einigen Dingen weit überlegen war.

»Schon gut«, sagte er und bewegte sich rückwärts zum Ausgang. »Vergiss es.« Als er sich umdrehte, rief er über die Schulter: »Hab noch einen schönen Tag. Für dich hat er ja schon prächtig angefangen.«

Obwohl sie nichts erwiderte, ihm nicht einmal nachsah, saß ihm das Gefühl ihrer Verachtung im Nacken, und er streifte es erst ab, als er durch das Portal trat, hinaus auf die Piazza Mincio.

27

In Brunos Dunkelkammer an der Via Portuense betrachtete Anna die Fotos, die sie zum Trocknen aufgehängt hatte. Sie hatte die Artikel aus dem Archiv, so gut es ging, vom Bildschirm abfotografiert. Mit zusammengekniffenen Augen und ein wenig Mühe konnte sie das meiste entziffern.

Hinter ihr war ihr Onkel damit beschäftigt, eigene Bilder ins Chemikalienbad zu tauchen. Anna hatte den Eindruck, dass der Geruch bei jedem Entwicklungsprozess von der Dunkelkammer aus durch die ganze Wohnung kroch und mittlerweile sogar in ihrer Bettwäsche hing.

Bruno hob ein Bild aus der Schale und ließ es geduldig abtropfen. »Wir haben gestern Abend auf dich gewartet.«

Daher wehte der Wind. Er war beim Frühstück ungewöhnlich schweigsam gewesen.

»Tut mir leid«, sagte sie.

»Du hättest wenigstens Bescheid sagen können.«

»Ich war mit Spartaco unterwegs.« Sie sah zu, wie er das Foto vorsichtig durch das Wasserbad zog.

»Läuft da was zwischen euch?« Hinter seinem Plauderton verbarg sich etwas, das sie stutzig machte. Mehr als reine Neugier.

»Nein«, sagte sie, und dann, als sie seinen Seitenblick bemerkte, noch einmal mit Nachdruck: »Liebe Güte, nein!«

Betont lässig hob er die Schultern und sah nur das Foto im Wasserbad an. »Du bist erwachsen, du musst selbst wissen, was du tust. Und ich hab dich auch nicht überredet, mit uns loszuziehen. Aber wenn du einmal zusagst, dann solltest du auch da sein. Wir haben fast eine Stunde rumgesessen. In der Zeit hätten ein paar Bilder abfallen können, und Bilder –«

»Sind bares Geld.« Anna nickte. »Ich weiß. Hör zu, ich hab mich entschuldigt. Mir tut's wirklich leid.«

Die Fotozange fiel mit einem Klirren auf den Rand der Schale, und Wasser spritzte auf den Tisch. Bruno wirbelte zu ihr herum. Das rote Licht stellte die Kanten in seinem schmalen Gesicht heraus, und für einen Augenblick kam er Anna fast fremd vor.

»Spartaco ist kein Umgang für dich.«

Sie stieß ein verwundertes Lachen aus, nicht sicher, ob er das ernst meinte. »Was?«

»Er hat Geheimnisse.«

»Die hat jeder. Du auch.«

»Ich will nur nicht, dass dir was zustößt. Diese Stadt ist gefährlich. Eine Menge Menschen hier sind gefährlich.«

»Ich bin nicht Mum«, sagte Anna. »Ich treffe mich nicht mit Kerlen in irgendwelchen Absteigen.«

»Red nicht so über sie!« Vielleicht war es nur das Rot der Dunkelkammer, das ihn so über alle Maßen wütend aussehen ließ.

Sie hielt seinem Blick stand und verschränkte die Arme vor der Brust. »Du warst im Gericht dabei. Du hast gehört, was das für eine Pension war. *Warum* Mum dort war.«

»Hör auf damit!« Mit einem Schritt war er bei ihr und packte sie an den Schultern. Eine Affekthandlung, und er ließ sie sofort wieder los, als hätte er sich die Finger verbrannt.

Annas Körper aber reagierte von ganz allein. Sie wich zurück, fuhr herum und glitt am Vorhang vorbei. Ihr Herzschlag stolperte in ihrer Brust, doch sie gab sich Mühe, sachlich zu bleiben. »Morgen Abend komme ich wieder mit euch. Aber erst mal muss ich noch was anderes erledigen.«

Unbeholfen streckte Bruno eine Hand nach ihr aus und blickte ihr verdattert nach. »Anna, entschuldige bitte, ich –«

Sie ließ ihn stehen, trat durch die Tür und warf sie hinter sich zu. Bevor sie die Wohnung verließ, griff sie sich ihre Tasche und den Mantel von der Garderobe. An den Schultern spürte sie noch immer, wo Brunos Finger sie festgehalten hatten.

28

Der Mercedes rauschte in der anbrechenden Dunkelheit aus der Stadt. Sie hatten die Schnellstraße nach Süden verlassen und folgten einer Allee aus Zypressen. Im Dämmerlicht glitten hinter den Bäumen die Lichter einzelner Gehöfte vorüber.

»Verrätst du mir jetzt, wo wir hinfahren?« Spartaco hatte schon früher gefragt. Einmal am Telefon, dann erneut, als er sie an der Via Portuense aufgesammelt hatte. Diesmal gab Anna nach. Spätestens, wenn sie ihr Ziel erreichten, würde er es ohnehin erfahren. Und sie hatte jetzt keine Angst mehr, dass er sie für verrückt erklären und einfach umkehren würde.

»Zu meiner Großmutter«, sagte sie. »Und bevor du fragst, ich hab keine Ahnung, ob das eine gute Idee ist. Meine Mutter und sie hatten kein tolles Verhältnis. Als Kind war ich zwei oder drei Mal mit meinen Eltern in Rom, und wir haben sie nie besucht. Immer nur Bruno. Sie ist auch nicht zur Beerdigung gekommen. Ich hab sie angerufen, aber sie hat einfach aufgelegt.«

Er warf ihr einen kurzen Seitenblick zu. »*Bevor* du ihr gesagt hast, dass deine Mutter tot ist?«

»Danach.« Ohne es zu bemerken, hatte Anna die Ecke der Straßenkarte auf ihrem Schoß zerknüllt. Während sie nach dem Haus ihrer Großmutter Ausschau hielt, versuchte sie unbeholfen, das Papier zu glätten.

Es war ihr damals schwer genug gefallen, den Hörer abzunehmen und die Nummer der alten Frau zu wählen. Sie hatte mit vielem gerechnet. Dass ihre eigene Stimme versagen oder die Alte weinen würde. Dass sie ihr furchtbare Fragen stellen würde. Dass Anna selbst in Tränen ausbräche.

Doch darauf, dass ihre Großmutter einfach auflegen könnte, war sie nicht gefasst gewesen.

»Einen Moment lang hat sie geschwiegen, ich konnte hören, wie sie atmet. Und dann, ohne ein Wort, war die Verbindung unterbrochen.«

Er runzelte die Stirn. »Hast du's noch mal versucht?«

»Ein paar Mal. Sie ist nicht mehr rangegangen.«

Sie bemerkte sein Zögern, kurz trafen sich ihre Blicke. Dann sah Spartaco wieder auf die Straße. »Hast du mal dran gedacht –«

»Dass ihr was passiert ist? Wegen der schlechten Nachricht? Ja, natürlich. Ich hab mit Bruno geredet, und der ist zu ihr rausgefahren. Sie hat ihn nicht ins Haus gelassen, aber er hat sie gesehen.«

Er schüttelte leicht den Kopf, doch seine Stimme verriet, dass er lächelte. »Du kommst aus einer seltsamen Familie, Anna Savarese.«

»Sagt der Richtige.«

»Ja, komisch, dass wir nicht noch verkorkster sind.«

In der Ferne konnte sie auf der linken Straßenseite ein einzelnes Haus inmitten der weiten Felder ausmachen. Sie prüfte es noch einmal auf ihrer Karte und war nicht ganz sicher, bis sie ein verblichenes Namensschild entdeckte: Dies war der Ort, an dem ihre Mutter aufgewachsen war.

Spartaco bremste den Mercedes ab und parkte am Straßenrand.

Selbst im Halbdunkel war zu erkennen, wie heruntergekommen das kleine Bauernhaus war. Der Verputz hatte sich an vielen Stellen gelöst, der ehemalige Gemüsegarten war von Unkraut überwuchert. Mächtige Pinien breiteten ihre Kronen über Stallungen und einen verfallenen Schuppen.

»Wie lange wohnt sie hier schon allein?«, fragte Spartaco mit gesenkter Stimme.

»Fast dreißig Jahre. Soweit ich weiß, lebt sie von der Pacht für die Felder.«

Anna stellte sich auf die abgewetzte Fußmatte, streckte zögernd die Hand nach dem rostigen Türklopfer aus und schlug ihn zweimal gegen das Holz. Sie vergaß fast zu atmen, während sie auf Geräusche hinter der Tür lauschte. Nichts geschah.

»Versuch's noch mal.«

Sie klopfte erneut. Vielleicht hörte ihre Großmutter schlecht, vielleicht war sie nicht zu Hause.

»Ich weiß nicht mal, ob ich sie Oma oder Großmutter nennen soll.« Sie trat einen Schritt zurück und rief: »Hallo? Ich bin's, Anna.«

Spartaco lächelte schwach. »Sie hat bestimmt eine Flinte.«

Im ersten Stock wurde ein Fenster geöffnet. Anna machte noch ein paar Schritte rückwärts und erkannte vor dem Licht im Zimmer eine schmale Silhouette.

»Wer seid ihr?« Die Stimme war spröde und kühl.

»Anna. Deine Enkelin. Und ein Freund von mir.«

Spartaco trat neben sie und legte den Kopf in den Nacken. »Stefano Amarante. Guten Abend, Signora.«

»Anna ist kurz weggefahren und wird gleich wieder hier sein«, sagte die alte Frau. »Wenn sie euch Bettler sieht, ruft sie die Polizei. Und dann landet ihr im Gefängnis.«

Im ersten Moment wusste Anna darauf nichts zu erwidern. Entweder hatte ihre Großmutter sie missverstanden, oder das Alter und die Einsamkeit hatten sie verwirrt. Vielleicht beides.

»Nein, *ich* bin Anna … Valerias Tochter. Ich hab dich angerufen, nachdem es passiert ist.«

Ihre Großmutter rührte sich nicht. Nur die Vorhänge wehten leicht vom Wind, der über die Felder strich. »Was wollt ihr?«

»Dürfen wir reinkommen?«

Keine Antwort.

Anna setzte gerade an, die Frage zu wiederholen, als das Fenster zugeschlagen wurde.

Sie wechselte einen langen Blick mit Spartaco, während auf einer Treppe im Inneren Schritte erklangen. Kurz darauf wurde die Tür einen Spaltbreit geöffnet. Schatten lagen auf den verhärmten Zügen.

»Du siehst aus wie sie«, sagte ihre Großmutter, und es klang wie ein Vorwurf.

»Das sagen viele.«

Die alte Frau öffnete die Tür ein Stück weiter. Sie beäugte Annas Gesicht wie ein Gemälde, das sie für eine Fälschung hielt.

Anna hatte nie ein Foto ihrer Großmutter gesehen, aber hin und wieder hatte sie sich gefragt, ob Valeria und sie selbst wohl Ähnlichkeit mit ihr besaßen. Falls dem so war, hatte die Verbitterung alle Übereinstimmungen während der letzten Jahrzehnte ausradiert.

»Wieso tauchst du plötzlich hier auf?«

»Lässt du uns rein?«

Sie ignorierte Annas Frage und wandte sich an Spartaco. »Und was wollen Sie? Amarante, haben Sie gesagt? Es gab mal einen Conte Massimo Amarante.«

Er zögerte, und seine Miene verdüsterte sich. Anna bemerkte seinen zuckenden Kehlkopf, aber er klang höflich, als er antwortete: »Das war mein Vater.«

Sie fragte sich, ob er nicht besser gelogen hätte, statt seine Verwandtschaft zu einem prominenten Faschisten einzugestehen. Doch die alte Frau trat beiseite und ließ sie ein.

Sie trug ein schlichtes schwarzes Kleid und grobe Schuhe. Das weiße Haar hatte sie zu einem langen Zopf gebunden. Im Schein der Flurbeleuchtung sah sie älter aus als Mitte siebzig. Sie bewegte sich gebeugt durch einen engen Korridor. An seinem Ende stand eine gewaltige Uhr aus Holz und Messing.

Sie führte die beiden in eine altmodische Küche. Durch die geschlossenen Fensterläden drang keine Helligkeit herein. Die einzige Lichtquelle war eine trübe Lampe unter der niedrigen Decke. Über der Anrichte baumelten einige Pfannen, Töpfe und ein Sieb.

»Setzt euch dahin.« Annas Großmutter deutete auf eine spartanische Holzbank neben dem Tisch.

Spartaco rückte bis zur Wand durch, Anna rutschte neben ihn. Sie saßen da wie zwei Kinder, denen bald Suppe serviert würde. Doch Annas Großmutter machte keine Anstalten, ihnen etwas anzubieten.

»Lebst du jetzt in Italien?«, fragte die alte Frau.

»Für eine Weile. Ich wohne bei Bruno ... Onkel Bruno.«

Ihre Großmutter verzog den Mund. Vielleicht erinnerte sie sich an Brunos kurzen Besuch. »Deine Mutter hat mir mal Bilder von dir geschickt. Da warst du drei oder vier. Und dann hat sie mir eines gezeigt, als sie hier war. Du warst schon groß und hattest seltsame Sachen an.«

Anna lehnte sich über den Tisch. »Mum war bei dir? Wann war das?«

»Kurz bevor dein Vater sie umgebracht hat.« Sie sagte das ohne jede Regung, ihr Gesicht blieb wie aus Stein gemeißelt. Erneut wandte sie sich an Spartaco, den sie interessanter zu finden schien als ihre Enkelin. »Und Sie, junger Mann, sind dem Duce nie selbst begegnet, oder?«

»Nein«, sagte Spartaco. Anna hoffte inständig, dass er sich zurückhalten würde. Auf keinen Fall wollte sie ihre Großmutter mit einer seiner Tiraden gegen Mussolini verärgern. Doch er blieb gefasst und fügte hinzu: »Dafür bin ich zu jung.«

Zum ersten Mal seit ihrer Begegnung taute die Stimme der alten Frau ein wenig auf. »Er hat die wahre Größe unseres Landes erkannt.« Ein Anflug von Wärme, die leise Spur eines Lächelns auf ihrem Gesicht.

Anna unterdrückte ein Frösteln. »Mum hat nicht erwähnt, dass sie dich besuchen wollte.«

»Besuchen? Sie hat sogar hier gewohnt.«

»Es hieß doch, dass sie in dieser Pension übernachtet hat.«

»Ich hab in der Zeitung darüber gelesen. Was immer sie in dieser Pension getrieben hat, geschlafen hat sie da bestimmt nicht. Sie war jede Nacht hier und wollte auch an diesem Tag wieder zurückkommen.«

Anna wagte nicht, einen Blick mit Spartaco zu wechseln, weil sie fürchtete, dass jede noch so kleine Bewegung den Redefluss der alten Frau unterbrechen könnte. Darum nickte sie nur.

Ihre Großmutter fuhr fort: »Wenn ich gewusst hätte, was sie in Rom treibt ... dass sie noch immer demselben Lebenswandel nachgeht ... ich hätte sie nicht ins Haus gelassen. Aber ich dachte, sie hätte sich geändert.« Zornig starrte sie die Wand an, als wäre die für Valerias Entscheidungen verantwortlich. Schließlich seufzte sie. »Gehen wir ins Wohnzimmer. Ich friere überall im Haus, aber da am wenigsten.«

Die Treppe war schief, verzogen wie das ganze Haus. Eine Stufe ächzte wie ein krankes Tier, als Anna und Spartaco der alten Frau nach oben folgten.

Oben erwartete sie ein kurzer Flur mit zwei gegenüberliegenden

Zimmern. Am Ende des Korridors stand eine dritte Tür offen, aus ihr drang der Geruch eines Kohleofens.

Im Wohnzimmer bedeutete die alte Frau den beiden, sich auf das Sofa unter einen gekreuzigten Christus aus angelaufenem Messing zu setzen. In einer dunklen Ecke befand sich eine Kommode, auf der mehrere Fotografien in silbernen Rahmen standen. Anna konnte die Gesichter im Schatten kaum erkennen, entdeckte aber auf einem Bild ein junges Mädchen mit Zöpfen.

Spartaco hatte es ebenfalls entdeckt. »Sie hat wirklich ausgesehen wie du.«

Ihre Großmutter stimmte ihm zu. »Du bist Valeria wie aus dem Gesicht geschnitten. Ich hoffe, die Ähnlichkeit ist nur äußerlich.«

Annas Fingernägel gruben sich tief in den speckigen Bezug des Sofas. »Egal, was du über sie denkst: Ich hab Mum sehr lieb gehabt.«

»Das hab ich auch«, sagte die alte Frau emotionslos. »Wie könnte es auch anders sein? Aber wie sie ihr Leben gelebt hat, das war …« Sie brach ab, hob den Blick zum Gekreuzigten über ihren Köpfen und presste die Lippen aufeinander.

»Weil sie nach London gegangen ist?«, fragte Anna.

Ihre Großmutter machte eine wegwerfende Handbewegung. »Du bist nicht die Erste, die solche Fragen stellt. Als sie tot war, da war ein Mann hier. Er hat gesagt, er wäre ein Reporter.«

»Ein Fotograf?«, fragte Spartaco.

»Nein, so ein Schreiber. Gleich am nächsten Tag, die Polizei war gerade weg, da ist er hier aufgetaucht und sagte, dass er sie sprechen wollte. Er wusste noch gar nicht, was mit ihr passiert war. Jedenfalls hat er so getan. Ich hab's ihm dann gesagt, damit er verschwindet. Er hat trotzdem weiter Fragen gestellt. Ob sie mich besucht und von früher gesprochen hat. Ob sie gleich wieder nach England wollte. Und ob sie vielleicht was liegen gelassen hat.«

»Dann wusste er, dass sie bei dir gewohnt hat?«

»Ich glaube, er wollte nur rausfinden, ob sie überhaupt mal hier war. Ich hab Nein gesagt. Dass ich sie seit der Sache damals nicht mehr gesehen habe.«

»Falls er es doch wusste«, sagte Spartaco, »müsste er sie gut gekannt haben, oder? Davon kann doch nur sie selbst ihm erzählt haben.«

»Was meinst du mit ›der Sache damals‹?«, bohrte Anna nach.

Ihre Großmutter wandte sich ab, trat ans Fenster und sah hinaus in die Finsternis. Anna versuchte, in der Spiegelung einen Blick auf ihr Gesicht zu erhaschen, doch es war zu dunkel, um Details auszumachen.

Sie glaubte schon, dass sie eine Frage zu viel gestellt hatte, und fürchtete, die alte Frau würde nun endgültig schweigen.

»Valeria hat dir natürlich nie davon erzählt«, sagte ihre Großmutter nachdenklich. »Darauf sollte ich Rücksicht nehmen.«

»Hat es mit mir zu tun gehabt? Oder mit Dad?«

»Das spielt heute keine Rolle mehr.« Als ihre Großmutter sich wieder zu ihnen umwandte, erschien ihr Gesicht noch eingefallener. Zugleich sah sie sehr entschlossen aus.

»Ich hab den Reporter davongejagt. Wenigstens war er höflich genug, danach nicht wieder aufzutauchen. Aber da war noch ein anderer, viele Jahre vorher – gleich nachdem Valeria mit deinem Vater fortgegangen ist. Er wollte wissen, wo sie hin ist, aber ich konnte ihm darauf keine Antwort geben, nicht mal, wenn ich gewollt hätte. Sie hatte mir ja nichts gesagt. Erst viel später hat sie angerufen und mir erzählt, wo ihr lebt.«

Offenbar hatte ihre Mutter ein Faible dafür gehabt, plötzlich aus dem Leben anderer Menschen zu verschwinden. Vor einem Jahr hatte sie es wieder getan – ebenfalls ohne Ankündigung, ohne neue Adresse.

»Was war das für ein Mann?«, fragte Spartaco. »Ich meine, der vor zwanzig Jahren. Auch ein Reporter?«

»Nein. Er kam von der Klinik, wo alles … wo deine Mutter gearbeitet hat.«

In London war ihre Mutter Krankenpflegerin gewesen, deshalb war es keine Überraschung, dass sie diesem Beruf bereits in Rom nachgegangen war. Doch gesprochen hatte sie nie über diese Zeit, und Anna hatte das nie hinterfragt. Jetzt bereute sie es zutiefst.

»Sie wollten noch mal mit ihr reden, hat er gesagt. Das war ein fein aussehender Herr – aber er hatte schlechte Manieren. Er wollte mir nicht glauben und kam noch zwei Mal wieder. Aber ich wusste ja wirklich nichts, und beim dritten Mal hab ich ihm gedroht, dass ich ihn über den Haufen schieße, falls er noch mal hier auftaucht. Danach war dann Ruhe.«

»Worüber wollte er mit ihr sprechen?«

»Wenn Valeria es dir nicht gesagt hat, steht mir das auch nicht zu.«

Anna spürte, wie die Wut in ihr hochkochte. »Meine Mutter ist tot!«

»Und wie jeder hat sie das Recht, manche Dinge mit ins Grab zu nehmen.« Annas Großmutter verschränkte die dürren Arme vor der Brust. Die Sehnen traten unter ihrer papierdünnen Haut hervor. Auf ihrer Stirn waren die steilen Brauen erstarrt, aber in ihren Augen sah Anna eine wachsende Entschlossenheit.

Das Haus knarrte, und von unten drang das laute Ticken der Standuhr ins Wohnzimmer. Anna ignorierte Spartacos warnende Blicke und setzte zu einer Erwiderung an, als er ihr zuvorkam.

»Valeria war bestimmt dankbar, dass sie hier bei Ihnen wohnen durfte. Ich meine, obwohl sie damals einfach verschwunden war. Es ist schön, wenn Menschen sich versöhnen.«

»Im Ernst jetzt?«, fragte Anna leise.

Die alte Frau drehte sich wieder halb dem Fenster zu. »Ihr geht jetzt besser. Besuch regt mich nur auf.«

»Du wirkst gar nicht aufgeregt.«

»Anna, vielleicht –«, begann Spartaco.

»Es war schön, dich zu sehen, mein Kind«, fiel Annas Großmutter ihm ins Wort. »Und auch Sie, Signor Amarante. Conte Amarante, sollte ich sagen.«

Anna stand auf. Mit einem Mal kam ihr dieses Haus noch düsterer und beengter vor. Es dauerte einen Moment, ehe ihr bewusst wurde, dass es nicht das Haus war, das ihr die Luft abschnürte. Es war der Blick der alten Frau. Der Blick ihrer Großmutter.

Sie stürmte aus dem Zimmer. Als sie den Flur durchquerte, hörte sie Spartaco hinter sich hereilen. Auf dem Treppenabsatz hielt sie kurz inne. »Bemüh dich nicht, Großmutter. Wir finden den Weg allein.«

»Auf Wiedersehen, Signora«, sagte Spartaco höflich. »Danke, dass Sie mit uns gesprochen haben.«

»Ich hoffe wirklich, sie ist nicht wie ihre Mutter«, sagte die Alte ruhig. »Das hoffe ich so sehr.«

Spartaco holte Anna erst im Freien ein. Wortlos gingen sie zum Auto, und Anna ließ sich erschöpft auf den Beifahrersitz fallen.

»Das lief ja eher mittelgut«, sagte Spartaco, als er einstieg. Er sah über die Schulter, um einen Blick durch die Heckscheibe zum Haus zu werfen.

»Ich musste da raus«, sagte Anna mit belegter Stimme.

Spartaco nickte. »Sie steht noch immer oben am Fenster und schaut her.«

»Dann fahr los. An der Abfahrt war doch eine Raststätte. Da können wir was essen.«

Er wandte sich nach vorn und zog den Schlüssel aus der Hosentasche. »Lieber was Vernünftiges in Rom.« Er startete den Wagen und fuhr an.

»Ich will nicht nach Rom. Wir müssen noch ein paar Stunden totschlagen.« Im Rückspiegel sah Anna zu, wie das Haus ihrer Großmutter kleiner wurde. »Da war keine Alarmanlage. Nicht mal ein Wachhund. Wenn sie schläft, seh ich mir das Zimmer meiner Mutter an.«

»Das Zimmer deiner Mutter?«

»Sie ist hier gewesen. Und sie hat irgendwas zurückgelassen. Hast du ihr das nicht angesehen, als sie über diesen Reporter gesprochen hat?«

»Vielleicht. Ich weiß nicht.«

Anna verdrehte die Augen. »Ist man ein echter Einbrecher, wenn man ins Haus seiner Großmutter einbricht?«

»Du hast es ja gerade gesagt. Man bricht ein.« Im Rückspiegel war das Haus eins mit der braunen Ebene geworden. Nur ein paar Bäume und eine lange Reihe aus Telefonmasten unterbrachen die Monotonie der Landschaft.

»Da ist zu vieles, über das sie nicht sprechen wollte«, sagte Anna. »Was ist damals passiert, als meine Mutter Hals über Kopf mit meinem Vater nach London abgehauen ist? Warum hat jemand aus dieser Klinik nach ihr gesucht? Und was wollte zwanzig Jahre später dieser Reporter von ihr – falls er wirklich Reporter war.«

Sie schaute zu Spartaco hinüber, doch er blickte stumm auf die Straße.

»Tut mir leid, wirklich«, sagte sie. »Aber ich muss das tun. Für sie und für mich. Und für meinen Vater.« Sie lehnte ihren Kopf gegen den Sitz und schloss die Augen.

29

Die nächtliche Stille beunruhigte Anna. Auf der Straße war ihnen kein einziger Wagen begegnet, und obwohl sie wusste, dass das auf dem Land nichts Ungewöhnliches war, war ihr die Einsamkeit unheimlich. Die letzte Laterne war die an der Raststätte gewesen.

Sie hatten ein gutes Stück vom Hof entfernt geparkt, damit die Scheinwerfer des Mercedes sie nicht verrieten. Ein Windzug ließ die Balken der Scheune ächzen, die Hühner waren verstummt. Sonst waren da nur ihre Atemzüge und das Schnarren der Zikaden.

Während sie im Schutz des Schuppens kauerten und das Haupthaus beobachteten, blieb das Fenster im ersten Stock dunkel.

»Lass uns zusammen da reingehen«, bat Spartaco. Der Wind pfiff durch das Loch im Dach und schluckte sein Flüstern fast völlig. Im Gegensatz zu Anna hatte er eine Menge Erfahrung damit, unerlaubt in fremde Gebäude einzusteigen.

»Nein.« Sie war ihm dankbar für das Angebot, aber den Rest wollte sie allein erledigen. »Schlimm genug, dass *ich* bei ihr einbreche. Und du hast doch gesehen, wie eng es da drinnen ist. Zu zweit machen wir viel zu viel Lärm.«

Ehe Spartaco widersprechen konnte, glitt Anna aus ihrem Versteck und huschte durch das hohe Unkraut auf das Bauernhaus zu. Ein trüber Halbmond beschien den rissigen Verputz; es sah aus, als wäre das Gebäude mit einem schwarzen Netz umsponnen. Das Haus war uralt, die morschen Fenster würden wahrscheinlich nicht mal starken Windböen standhalten.

Anna hielt sich nah an der Wand und presste die Hände auf eine eiskalte Scheibe. Als sie schon fürchtete, das Glas könnte einfach herausspringen, bewegte sich endlich der Rahmen. Unter leisem Quietschen gab das Fenster nach und ließ sich nach innen schieben.

Anna sah sich zu Spartaco um, konnte ihn aber in den Schatten des Schuppens nicht ausmachen. Sie machte ein Zeichen in seine Richtung, ohne zu wissen, ob es ihn erreichte. Dann kletterte sie leise ins Innere des Hauses.

Als ihre Augen sich an die Dunkelheit im Raum gewöhnt hatten, erkannte sie, dass sie sich in dem Zimmer gegenüber der Küche befand. Das Mondlicht war mit ihr hereingekrochen und stanzte Umrisse aus tiefschwarzen Wänden. An der Rückwand des Zimmers stand ein kleiner Altar mit einer Muttergottesfigur. Die Farben waren teilweise abgeblättert; es sah aus, als wäre ihr das halbe Gesicht abgezogen worden. Darunter war sie eine hölzerne, borkige Kreatur, die nur annähernd Ähnlichkeit mit einem Menschen hatte. Kreuze, ein Rosenkranz und eselsohrige Heiligenbildchen waren rund um die Figur drapiert. In der Mitte des Raumes stand eine einzelne Gebetsbank, andere Möbel gab es nicht.

Anna betrachtete das alles und fragte sich, ob ihre Mutter auch deshalb nach England gegangen war, um alldem zu entfliehen. Dann schlich sie zur Tür und öffnete sie vorsichtig.

Auch im Flur, an dessen Ende die Treppe in den ersten Stock führte, brannte kein Licht. Anna warf nur einen kurzen Blick in die verlassene Küche, dann schlich sie die Stufen hinauf. Vom Ticken der Standuhr bekam sie eine Gänsehaut. Es schien ihr, als würde es lauter, obwohl sie sich auf der Treppe nach oben davon entfernte.

Unter ihrem Fuß knarrte eine Stufe.

Anna erstarrte in der Bewegung und horchte nach oben. Nichts regte sich. Nach fünf bangen Sekunden wagte sie es, den Fuß langsam von der Stufe zu heben. Dann schlich sie weiter.

Im Obergeschoss stand der Durchgang zum dunklen Wohnzimmer am Ende des Flurs noch immer offen, die beiden Türen rechts und links des kurzen Ganges waren geschlossen. Hinter einer davon schlief ihre Großmutter hoffentlich tief und fest, der andere Raum war vermutlich das Zimmer ihrer Mutter gewesen. Einen Moment lang stand Anna ratlos am oberen Ende der Treppe, dann gab sie sich einen Ruck und hielt auf die linke Tür zu. Vorsichtig presste sie ein Ohr an das kühle Holz und horchte.

Nichts.

Sie wechselte zur gegenüberliegenden Tür. Dort war ebenso wenig zu hören.

Sie musste auf gut Glück eine der beiden öffnen und konnte nur hoffen, dass dahinter nicht die alte Frau aufrecht im Bett saß und sie mit diesem kalten, bösen Blick anstarrte.

Langsam, als würde sie eine Bombe entschärfen, drückte sie die Klinke nach unten. Abgestandene Luft drang ihr entgegen. Durch ein winziges Fenster fiel ein grauer Strahl Mondlicht herein, doch schien er den Rest des Zimmers nur dunkler zu machen. Ganz vage konnte sie in der Schwärze auf der anderen Seite ein Bett erkennen, aber nicht, ob jemand darin lag. Außerdem waren da ein Kleiderschrank und eine Kommode oder Kiste.

Erneut horchte sie, hörte aber niemanden atmen. Sie begann erbärmlich zu frieren, während sie sich in das Zimmer schob. Die Tür lehnte sie an und näherte sich auf Zehenspitzen dem Bett.

Durch den Lichtstrahl trat sie in die Finsternis dahinter. Allmählich konnte sie die Decke, dann das Kissen erkennen. Das Bett war leer.

Mit einem Aufatmen wandte sie sich dem Schrank zu. Ein hohes, dunkel lackiertes Ungetüm, das aussah, als würde es sie verschlucken, sobald sie eine der beiden Türen aufzog. Darum nahm sie sich erst die Kommode vor und öffnete behutsam die oberste Schublade.

Darin lag eine alte Bibel, nichts sonst. In der zweiten und dritten Schublade fand sie gestärkte Bettwäsche und Nachthemden. Beides verströmte einen muffigen Geruch.

Als sie die unterste Schublade aufzog, blickten ihr leblose Augen entgegen. Ihr Herzschlag stolperte. Sie wich einen Schritt zurück und spürte den Bettrahmen in der Kniekehle.

Eine alte Puppe mit wirr abstehendem schwarzem Haar starrte zu ihr herauf, daneben lagen ein Holzkreisel und ein paar andere Spielzeuge, die ihrer Mutter gehört haben mussten. Die Glasaugen bewegten sich, als sie die Schublade zuschob – nur eine Spiegelung des Mondlichts. Mit einem Frösteln wandte sie sich wieder dem Schrank zu.

Unter leisem Quietschen, das im Wind unterging, der um das Haus pfiff, öffnete Anna beide Türen gleichzeitig. Sie wollte sich gerade in die Dunkelheit vorbeugen und blind hineintasten, als draußen auf dem Flur ein scharfes Atmen erklang. Vielleicht ein Luftzug vom offenen Fenster im Erdgeschoss.

Sie rührte sich nicht, wagte nicht einmal zu atmen. Verkrampft horchte sie in die Finsternis.

Nur Stille.

Sie holte stumm Luft und schob ihre Hand in den Schrank. Spinnweben knisterten, als ihre Finger sie zerteilten. Sie hatte alte Kleidung erwartet, doch ihre Finger griffen ins Leere. Im Inneren schien der Schrank viel tiefer zu sein als von außen, und sie musste Schultern und Kopf hineinbeugen, ehe sie endlich gegen die Rückwand stieß. Langsam tastete sie daran erst zur Seite, schließlich nach oben.

Erschrocken trat sie einen Schritt zurück, als ihr Arm leere Kleiderbügel streifte. Sie klapperten sachte aneinander. Wieder verharrte sie stocksteif und hielt den Atem an. Vom Flur erklang kein weiterer Laut, aber sie war sich nicht sicher, ob dort draußen nicht doch jemand stand und auf sie wartete.

Es dauerte eine ganze Weile, ehe sie sich weit genug beruhigt hatte, um noch einmal in den Schrank zu greifen, diesmal in die Schatten am Boden.

Ihre Fingerspitzen streiften etwas Glattes, Festes. Da war etwas, das eine flache Ledertasche sein mochte. Sie nahm es heraus und trat damit in den Mondschein am Fenster.

Eine Schultasche aus verstaubtem Leder. Die Verschlüsse klickten sanft, als Anna sie aushakte und die Lasche zurückschlug. Im Inneren steckte ein Stapel Blätter, vor allem Zeitungsausschnitte, die jemand auf festeres Papier geklebt hatte. Dazu handschriftliche Notizen, ein paar Briefe und, ganz hinten, zwei schmale Tonbandspulen.

Falls der angebliche Reporter damals wirklich etwas gesucht hatte, das ihre Mutter im Haus deponiert hatte, dann war das womöglich diese Tasche gewesen. Anna schob die Schranktüren zu und klemmte sich ihre Beute unter den Arm. Das war Diebstahl, natürlich – aber sie war bereits eine Einbrecherin, da machte das keinen großen Unterschied mehr.

Leise bewegte sie sich zurück zum Ausgang und blickte durch den fingerbreiten Spalt in den Flur.

Die Tür auf der gegenüberliegenden Seite stand weit offen. Der Raum dahinter lag in völliger Dunkelheit.

Gehetzt spähte Anna von einer Seite des Gangs zur anderen. Kein Mensch zu sehen. Ob jemand dort drüben in der Dunkelheit stand und zu ihr herübersah, war nicht auszumachen. Quälend langsam und steif bewegte sie sich hinaus auf den Flur und wagte nicht, die Tür hinter sich zu schließen. Dabei ließ sie den anderen Raum nicht aus den Augen. Sie rechnete damit, dass ihre Großmutter jeden Moment aus der Schwärze heraus nach ihr greifen würde.

Die Tasche wog plötzlich ein Vielfaches. Anna presste sie sich vor die Brust. Alles in ihr schrie danach, dieses Haus zu verlassen und nie mehr zurückzukommen. Gleichzeitig hatte sie Angst, den leisesten Laut zu verursachen.

Schritt für Schritt arbeitete sie sich den Gang entlang und konnte nur daran denken, wie ungeschützt sie hier war. Keine Türen oder Möbel, hinter denen sie sich verstecken konnte, falls fremde Schritte auf den Dielen knarrten.

Sie hatte fast den Treppenabsatz erreicht, als sie hinter sich leises Schluchzen hörte. Sie wollte nicht stehen bleiben und tat es dennoch. Das Geräusch kam aus dem Wohnzimmer am anderen Ende des Flurs.

Sie schloss die Augen, atmete tief durch und drehte sich um. Dann schlich sie zurück.

In dem Zimmer war eine einzelne Kerze entzündet worden – auf der Kommode mit den gerahmten Fotografien. Davor kauerte ihre Großmutter mit dem Rücken zur Tür, tief vorgebeugt wie eine Büßerin. Sie trug ein graues Nachthemd, das weiße Haar hing ihr wirr über den Schultern. Es sah aus, als verneigte sie sich auf Knien vor den Bildern.

Der Anblick der wimmernden alten Frau erschreckte Anna –

und berührte sie zugleich. Sie presste sich die Tasche fester an den Körper, als könnte sie so den Lärm ihres Pulsschlags dämpfen.

Vorhin hatte sie das Foto ihrer Mutter auf der Kommode gesehen, und nun fragte sie sich, ob sie ihre Großmutter falsch eingeschätzt hatte. Die Trauer klang aufrichtig. Langsam löste Anna ihren Blick vom Rücken der Frau und sah hinauf zur Reihe der Porträts.

Das Foto ihrer Mutter stand ganz am Rand der Kommode, und es war eindeutig nicht das, vor dem ihre Großmutter kniete. Das größte Bild, genau in der Mitte, schien über allen anderen zu thronen. Es zeigte einen Mann in Uniform, mit strengem Blick und einer schwarzen Mütze, auf der vorn ein Adler aus Metall prangte. Benito Mussolini.

Ihre Großmutter streckte eine Hand nach dem Porträt des Faschistenführers aus. Mit zitternden Fingerspitzen strich sie über das Glas des Bilderrahmens, einmal quer über das graue Gesicht. Der Rahmen wackelte, die Stütze klappte zusammen, und das Bild rutschte über die Kante zu Boden.

»Nein!« Heulend und auf bloßen Knien rutschte die Alte über die Dielen, um das Bild hastig aufzuheben und auf Schäden zu untersuchen.

Anna glitt zurück in die Dunkelheit des Flurs, warf sich herum und eilte erst den Gang, dann die Stufen hinab. Das eingestaubte Haus, das Ticken der Uhr und die trauernde Frau vor dem Faschistenbild schnürten ihr die Luft ab. Sie musste hier raus.

Erneut knarrte die Treppenstufe, und von oben folgte ihr ein scharfer Ruf.

»Wer ist da?«

Anna stürmte durch den Korridor im Erdgeschoss und in das Zimmer mit dem Altar. Zuerst warf sie die Tasche aus dem Fenster, dann kletterte sie hinterher. Dass sie sich die Haut am Handballen abschürfte, bemerkte sie kaum.

Mit jagendem Atem rappelte sie sich im Unkraut auf und packte die Tasche. Als sie losrannte, blindlings hinaus in die Dunkelheit, hörte sie, wie über ihr ein Fenster aufgerissen wurde. Sie rechnete mit Schüssen aus einer Flinte und zog den Kopf ein.

»Anna? Bist du das?«

Sie biss sich auf die Lippe und rannte weiter. Mit etwas Glück würde sie die Alte nie wiedersehen.

Am Schuppen kam Spartaco ihr aus der Finsternis entgegen. Gemeinsam brachen sie durch das Unterholz, stürmten zum Wagen, sprangen hinein und rasten wortlos davon.

30

Spartaco fuhr viel zu schnell auf der schmalen, dunklen Landstraße. Auf Annas Schoß lag die alte Tasche. Nicht zum ersten Mal wischte sie nervös den Staub von dem fleckigen Leder.

»Ich glaub nicht, dass sie auf ihrem Besen hinter uns her ist«, sagte sie.

»Was?« Er runzelte die Stirn, hielt die Augen aber starr auf die Straße gerichtet.

»Du kannst den Fuß vom Gas nehmen.«

»Und wenn sie die Polizei gerufen hat? Die warten nur darauf, jemanden wie mich zu schnappen.«

»Jemanden wie dich?«

Ein Blick auf die Tachonadel. Augenscheinlich dachte er gar nicht daran, langsamer zu fahren.

»Kommunisten an den Pranger zu stellen, ist gerade ziemlich beliebt«, sagte er.

»Du bist kein Kommunist. Du tust nur so.«

»Was soll das denn heißen?« Er funkelte sie an, nur kurz, ehe er wieder nach vorn sah.

»Ist nicht so schwer zu durchschauen. Dir geht's um den Bruch mit deiner Familie, nicht um irgendwelche politischen Veränderungen.«

Ihr war, als würde die Geschwindigkeit noch höher. Spartaco umklammerte das Lenkrad mit steifen Armen, die Wut hatte alle Nervosität aus seinen Augen vertrieben. »Wieso glaubt eigentlich jeder, mich –«

»Vielleicht sind unsere Väter Verbrecher«, unterbrach sie ihn barsch. »Nur dass du deinen schon verurteilt hast, während ich noch versuche, rauszufinden, ob meiner unschuldig ist. Deshalb hilfst du mir doch, oder? Weil bei meinem zumindest noch Hoffnung besteht.«

»Ist das dein Ding? Leute analysieren?«

»Muss ich gar nicht. Das ist total offensichtlich.«

Ein harter Ruck ging durch den Wagen, als Spartaco abbremste. Er lenkte den Mercedes an den Straßenrand, und sie schlitterten ein paar Meter über den Schotter, ehe die Reifen stillstanden.

Er fuhr zu ihr herum. Die Wut und die Schatten ließen sein Gesicht hagerer und die Augen dunkler erscheinen. »Mein Vater gehörte zu Mussolinis engstem Kreis. Aber das Schlimmste ist, dass ich als Allerletzter begriffen habe, was für ein Ungeheuer er war.«

»Und *mein* Vater hat vielleicht meine Mutter umgebracht«, entgegnete sie. »Selbst wenn er es nicht war – seit einem Jahr sieht jeder in mir nur noch das Mädchen mit dem Killerdaddy. Glaubst du, das ist ein großer Unterschied?«

Er wich ihrem Blick aus, und sie schwiegen für einen Moment. Der Motor brummte geduldig, und der Blinker tickte leise vor sich hin.

»Es ist nicht nur mein Vater.« Spartacos Miene verlor an Härte, wenn auch nicht an Entschlossenheit. »Es ist diese ganze Drecksbande, die damals mit wehenden Fahnen zu Mussolini übergelaufen ist und so getan hat, als bliebe alles beim Alten. Die haben weiter ihre Feste gefeiert, ihren Wein gesoffen und Kaviar gefressen, während draußen ganz Europa in Flammen stand … Ich bin nicht wie die.«

»Natürlich nicht. Aber um das zu wissen, brauchst du keinen Karl Marx.« Anna glaubte, dass er sich nur selbst etwas beweisen wollte – und das damit verwechselte, der Welt etwas beweisen zu müssen. Aber wer war sie schon, ihm das vorzuhalten? Ging es ihr selbst denn wirklich darum, ihren Vater aus dem Gefängnis zu holen – oder suchte sie vielmehr nach dem Beweis dafür, dass er es *verdient* hatte, für immer dort drinnen zu bleiben? Vielleicht machten sie sich am Ende beide etwas vor.

Der Blinker verstummte, und Augenblicke später beschleunigte der Mercedes wieder auf der Landstraße. Bald würden sie in der Ferne die Lichter Roms sehen können.

Spartaco deutete auf die Tasche. »Was ist da drin?«

Ihre Finger machten sich an den Verschlüssen zu schaffen. Jetzt, da er nicht mehr fuhr wie ein Wahnsinniger, konnte sie es kaum erwarten, das Leder zurückzuschlagen. Sie zog die lose Papiersammlung hervor und legte sie flach auf der Tasche ab. »Ich glaube, das ist es, was der Mann damals gesucht hat. Nicht der von dieser Klinik vor zwanzig Jahren – der andere, der vor einem Jahr bei meiner Großmutter aufgetaucht ist.«

»Der Reporter?«

»Ja. Und ich weiß jetzt, wie er heißt.« Sie hob eine Visitenkarte auf, die aus dem Stapel gerutscht war, und las vor, was darauf stand: »*Tulio Gallo. Unabhängiger Journalist. Investigationen weltweit.* Keine Adresse, nur eine Telefonnummer.« Sie zögerte einen Augenblick. »Glaubst du, meine Mutter hat ihm die Tasche geklaut?«

»Dann läge das wohl in der Familie«, sagte er und deutete ein knappes Lächeln an.

Sie blätterte vorsichtig durch die Papiere. »Hier sind ein paar Zeitungsartikel, zwei oder drei hat dieser Gallo geschrieben. Und dann Durchschläge von Briefen an meine Mutter.« Sie fand den Absender in der oberen Ecke. »Die sind von der Klinik. *Clara-Wunderwald-Institut für Erkrankungen des Geistes und der Seele.* Du liebe Güte.«

»Clara Wunderwald klingt deutsch.«

»Die Adresse ist hier in Italien. In einem Ort namens Varelli. Sagt dir das was?«

»Es gibt ein Varelli in den Abruzzen. Ein gutes Stück östlich von Rom, oben in den Bergen.«

Anna überflog den ersten Brief. »*... bestätigen wir Ihnen hiermit Ihre Kündigung und verbleiben ...* Unterschrieben von einem Professor Doktor Giuliano Cresta. Offenbar war das der Direktor des Instituts.«

Sie steckte das Schreiben unter den Stapel und blätterte weiter, weniger sorgsam als noch vor einer Minute. Hastig überflog sie die Texte.

»Hier ist noch ein Brief, in dem er meine Mutter zum Stillschweigen über ›die Angelegenheit‹ auffordert und ihr sogar mit einer Klage droht, falls sie ›gegen die medizinische Diskretion unseres

Hauses‹ verstößt … Meine Mutter muss die Briefe in die Tasche gesteckt haben. Wahrscheinlich hat sie einfach alles darin gesammelt, was mit dieser Klinik zu tun hatte. In den Artikeln taucht das Institut auch auf.«

»Um was geht's denn da?«

Sie tat ihr Bestes, alle Ausschnitte zu sichten. Die Tasche, die bis auf die Tonbänder leer war, klemmte jetzt zwischen ihren Füßen. Sie sammelte die Briefe auf dem Armaturenbrett, die Zeitungsartikel sortierte sie auf ihrem Schoß nach Datum.

»Die sind alle aus dem Winter '44/'45. Es geht um irgendein psychisches Phänomen.«

»Da wurde in halb Europa noch gekämpft. Eine Menge Leute müssen damals psychische Probleme gehabt haben.«

»Ja, aber das hier ist was anderes. Offenbar tauchten kurz hintereinander eine ganze Reihe von Männern und Frauen auf, die alle die gleichen Symptome hatten.« Sie vertiefte sich in einen Artikel, der konkreter auf das Krankheitsbild einging. »Das ist seltsam.«

»Sag schon.«

»Klingt ein bisschen albern. Sie waren alle in verschiedenen Stadien der geistigen Verwirrung, steht hier. Anscheinend waren sie der Meinung, dass sie in Wahrheit … na ja, dass sie römische Kaiser sind.«

Spartaco schmunzelte. »So wie die Leute, die sich für Napoleon halten? Oder für Buddy Holly?«

»Warte.« Sie las den Artikel stumm für sich und fasste dann das Gröbste für Spartaco zusammen. »Es hat ein paar Wochen gedauert, bis man bemerkt hat, dass es mehrere fast identische Fälle gab. Mindestens ein Dutzend, steht in dem einen Artikel, vielleicht auch mehr. Die meisten Betroffenen waren zwischen zwanzig und dreißig Jahren alt, ein paar auch älter. Und sie alle haben in Rom gelebt, kamen aber aus unterschiedlichen Gesellschaftsschichten. Außerdem waren wohl bis zum Herbst '44 alle völlig normal, und sie kannten sich vorher nicht.«

»Vorher?«

»Bevor man sie alle in dieselbe Klinik in den Bergen gebracht hat. Hier steht kein Name, aber es wäre schon ein komischer Zufall, wenn das nicht –«

»Das Clara-Wunderwald-Institut in Varelli gewesen wäre.«

»Meine Mutter hat nie irgendwas davon erzählt. Jedenfalls mir nicht. Moment …« Sie blätterte im Stapel ganz nach hinten. »Der letzte Artikel – das ist der, in dem die Klinik erwähnt wird – ist vom September '45.« Sie wollte sich erschöpft zurücklehnen, als sie bemerkte, dass ein Artikel zwischen die Sitze gerutscht war. Sie zog ihn hervor und überflog ihn.

»Der hier ist von '47. Auch von diesem Tulio Gallo. Darin fragt er, was eigentlich aus den römischen Kaisern geworden ist, die nach Mussolinis Tod wie Pilze aus dem Boden geschossen sind und dann nie wieder erwähnt wurden. Offenbar hat er versucht, mit der Klinikleitung zu sprechen, aber keine Antwort bekommen. Der gesamte Komplex wurde abgeschottet wie ein Gefängnis, schreibt er hier. Alle Bitten um einen offiziellen Termin mit der Direktion wurden abgelehnt. Vielmehr drohte man mit rechtlichen Konsequenzen, sollte das Institut namentlich in der Presse erwähnt werden.«

»Hat wahrscheinlich eine Weile gedauert, bis alle begriffen haben, was es mit dieser neuen Pressefreiheit auf sich hat«, sagte Spartaco sarkastisch.

»Okay, fassen wir das mal zusammen. Mindestens zwölf Leute, vielleicht auch mehr, sind gleichzeitig durchgedreht und ein paar Wochen später alle in dieselbe Klinik gesteckt worden – offenbar die, in der meine Mutter als Pflegerin gearbeitet hat. Dort gab es dann einen Vorfall, der sie dazu gebracht hat, zu kündigen. Kurz danach ist sie zusammen mit meinem Vater aus Italien verschwunden, und zwar erst einmal spurlos. Vor irgendwem muss sie Angst gehabt haben. Vielleicht vor diesem Direktor …« Der Name hatte auf dem Kündigungsschreiben gestanden. Anna griff zu dem obersten Schreiben auf der Armatur. »Professor Giuliano Cresta.«

»Und darüber haben deine Eltern nie gesprochen?«

»Nicht, wenn ich dabei war.«

»Deine Großmutter weiß auf jeden Fall Bescheid.«

»Nach der Aktion gerade brauch ich sie wohl nicht mehr zu fragen.« Sie beugte sich vor und tastete nach der Tasche im Fußraum. »Was wohl auf den Tonbändern ist? Bruno hat ein Gerät, ich werd zu Hause mal reinhören.«

»Steht da irgendwo, wer die Patienten waren?«

»Nein.« Sie ließ die Tasche los und widmete sich wieder der Blättersammlung. »Doch, warte ... Hier steht was von einundzwanzigjährigen Brüdern. Zwillingen.«

»Sonst nichts?«, fragte er.

»Sie müssen zu den ersten Fällen gehört haben, über die berichtet wurde. Der Artikel ist nicht lang, und darin geht es nur um die beiden. Angeblich waren sie bis zum Oktober '44 unauffällig, dann verfielen sie ein paar Tage lang in Apathie, erwachten schließlich vollkommen desorientiert und stammelten etwas davon, dass sie der Kaiser Tiberius wären. Anscheinend war das der einzige Fall, in dem zwei Personen sich für denselben Kaiser hielten.« Anna zuckte die Achseln. »Vielleicht, weil sie Zwillinge sind.«

Seine Miene verfinsterte sich. »Und sie waren damals einundzwanzig?«

»Ja. Heute also einundvierzig oder zweiundvierzig. Falls sie noch leben.« Sie überflog die anderen Papiere. »Hier in dem Artikel tauchen sie noch mal kurz auf. *Die Brüder M.,* steht da.«

Abrupt trat Spartaco das Gaspedal wieder durch. »So eine Scheiße.«

Obwohl es Anna in den Sitz presste, griff sie nach vorn, um die Briefe auf dem Armaturenbrett festzuhalten. »Was ist denn?«

»Bei der schwarzen Messe ... diese beiden Priester am Altar. Das waren Elio und Bernardo Martino. Anfang vierzig. Und Zwillinge.«

»In einem Jahrgang kann es eine ganze Reihe Zwillinge mit M geben.«

»Halinka ist mit den beiden nach Capri gefahren.«

»Selbst wenn es dieselben wären – sie haben sich für römische Kaiser gehalten, nicht für Hitler.«

»Sie haben sich für Tiberius gehalten!«

»Und?« Sie packte den Stapel Briefe und drückte ihn mit der flachen Hand auf die Artikel.

Auf Spartacos Stirn trat eine Ader hervor, die Anna zuvor nie bemerkt hatte. »Tiberius war einer der grausamsten Kaiser überhaupt. Er und sein Nachfolger Caligula sind berühmt für all die Sauereien, die sie mit Sklavinnen und Sklaven angestellt haben. Orgien waren das Harmloseste. Sie haben Menschen zum Spaß gefoltert, verstümmelt und zerstückelt – nur weil sie das angemacht hat. Und als es in Rom zu viel Gerede darüber gab, haben sie es anderswo noch wilder getrieben. Nur zu diesem Zweck hat Tiberius sich einen Palast bauen lassen – auf seiner Lieblingsinsel.«

»Shit«, flüsterte Anna, als sie begriff.

»Ja.« Mit starren Gesichtszügen jagte er den Mercedes auf das ferne Lichtermeer zu. »Auf Capri.«

31

Vor der Küchentür zögerte Anna einen Moment. Sie hörte Bruno das Geschirr spülen, wahrscheinlich hatte er ihre Schritte gehört. Seit ihrem überstürzten Aufbruch gestern hatten sie nicht wieder miteinander gesprochen, und am liebsten hätte Anna die Begegnung mit ihm noch eine Weile aufgeschoben. Dummerweise aber trat sie ohne Brunos Hilfe auf der Stelle. Beherzt drückte sie die Tür auf.

Er drehte sich am Spülbecken zu ihr um, und sofort sah sie die Verunsicherung hinter seiner freundlichen Miene. »Guten Morgen.«

»Morgen, Bruno.«

»Ich kann dir 'nen Kaffee machen.«

»Ich mach schon.« Sie nahm den silbernen Kaffeekocher und schraubte den Sockel ab. »Und lass den Rest stehen, ich trockne dann ab.«

Sie füllte den unteren Kannenteil mit Wasser und das Sieb mit feinem Kaffeepulver, bevor sie alles zusammensteckte und die kleine Kanne auf den Gasherd stellte.

Verlegen wischte Bruno mit dem Geschirrtuch einen trockenen Teller ab. Er hatte das Küchenfenster geöffnet. Von draußen drangen die Geräusche der umliegenden Wohnblocks herein.

Das kleine Stück Himmel, das Anna vom Herd aus sehen konnte, wurde vom Kondensstreifen eines Flugzeugs geteilt. Möglich, dass das die Maschine war, in der Spartaco saß. Erst hatte er noch in der Nacht mit dem Auto die dreihundert Kilometer nach Neapel fahren wollen, doch Anna hatte ihm das ausreden können – er war viel zu müde gewesen für solch eine Strecke. Schließlich hatte er sie zu Hause abgesetzt und ihr versprochen, selbst noch ein paar Stunden zu schlafen. Statt des Autos hatte er am Morgen den ersten Flug nach Neapel nehmen und von dort mit der Fähre nach Capri übersetzen wollen. Ihr war unwohl dabei, aber er musste selbst wissen, was er tat.

Sie spürte, dass Bruno die Stille zwischen ihnen unangenehm war. Ihr ging es genauso.

»Bleibt es dabei, dass du heute Abend mitkommst?«, fragte er. »Wir könnten dich brauchen.«

Sie drehte sich nicht um. »Ich hab's doch versprochen.«

»Dann komm um zehn zum *Bricktop's*. Wird Spartaco auch da sein?«

»Eher nicht.«

»Du warst spät zu Hause. Ich bin wach geworden.«

»Tut mir leid.« Sie sagte es so dahin, aber er schien es zu akzeptieren.

Endlich stellte Bruno den Teller ab. Er klemmte das Geschirrtuch am Griff einer Schublade fest, räusperte sich und wartete, bis sie ihn ansah. »Hör mal, wegen gestern ... Ich wollte mich entschuldigen. Es steht mir nicht zu, dir Vorschriften zu machen. Das war dumm von mir.«

»Schon gut. Es ist schön, dass es jemanden gibt, der sich Sorgen um mich macht.«

Sein Gesicht hellte sich auf. Er wirkte größer, wenn er seine Schultern nicht so hängen ließ. »Ich bin froh, dass du das so siehst ... Ehrlich gesagt war ich noch wach, als du gekommen bist, weil ich mir Vorwürfe gemacht hab.«

»Alles in Ordnung, wirklich.« Sie schenkte ihm ein Lächeln und öffnete den Schrank mit den Tassen.

»Sag mal, du kennst doch Romolo Villanova, den Regisseur«, sagte sie beiläufig, während sie die erstbeste Tasse herausnahm. »Und einen Schauspieler namens Paul Campbell.«

»Sicher.« Bruno wirkte nicht unglücklich über den Themenwechsel. »Die waren beide Stammgäste an der Via Veneto. Villanova hat sich ziemlich zurückgezogen, aber Campbell taucht immer noch dort auf. Trinkt 'ne Menge, seit es mit der Karriere nicht mehr ganz so toll läuft.«

»Hast du zufällig Fotos von den beiden? Also, wie sie heute aussehen?«

»Klar, ich kann welche raussuchen.« Sichtlich erleichtert eilte er in die Dunkelkammer. Durch den Flur drang seine Stimme gedämpft zu ihr. »Warum interessieren die dich?«

»Ach, Spartaco hat eine Geschichte über die beiden erzählt. Ich bin nur neugierig.«

Sie wartete mit klopfendem Herzen auf weitere Nachfragen, aber Bruno gab sich damit zufrieden. Wenig später kehrte er zurück und legte zwei Porträts vor ihr auf den Küchentisch, gestochen scharf und mit Blick in die Kamera. Zum ersten Mal konnte sie Paul Campbell und Romolo Villanova direkt in die Augen sehen.

32

Palladino hatte den Citroën am Rand einer vierspurigen Ausfahrtsstraße geparkt. Auf der gegenüberliegenden Seite erhob sich die heruntergekommene Mauer eines Friedhofs, dunkelgrau vom aufgespritzten Schmutz.

Seit dem Morgengrauen hatte er die Luxuswohnung des Barons in der Via Giulia beschattet. Als De Luna das Haus verlassen hatte, war Palladino seiner Limousine bis hierher gefolgt. Nun stand sie unweit des Friedhofstors, sauber eingeparkt, trotz ihrer Größe. Der Baron war vor zwei Minuten ausgestiegen, hatte sich suchend umgeschaut und einen roten Aston Martin entdeckt, der achtlos zwei Parktaschen blockierte. Sichtlich zufrieden darüber, dass seine Verabredung bereits auf ihn wartete, hatte er den Friedhof betreten.

Palladino drückte seine Zigarette im Aschenbecher aus, verließ den Wagen und überquerte die Straße. Augenblicke später trat er durch den steinernen Torbogen.

Der Straßenlärm blieb jenseits der Friedhofsmauer zurück. Palladino wandte sich nach links und wählte einen schmaleren Pfad statt des Hauptweges. Eine alte Frau kam ihm entgegen, in einer Hand ein Gebetbuch. Frauen wie sie, dachte er, tragen ihr Leben lang Schwarz; seine eigene Mutter hatte es nicht anders gemacht. Sie hatte die beiden großen Kriege miterlebt und im zweiten ihren Mann verloren, Palladinos Vater. Schon zuvor hatte sie fast ausschließlich schwarze Kleider besessen und wäre danach erst recht nicht mehr auf den Gedanken gekommen, je wieder etwas anderes anzuziehen.

So unauffällig wie möglich schlenderte er an schlichten Grabsteinen mit verwitterten Namen entlang und entdeckte den Baron in einiger Entfernung am Ende einer Zypressenallee. Gerade bog er nach rechts und näherte sich jenem Bereich, in dem die prunkvollen Grüfte der reichen Familien beieinanderstanden. Palladino sah noch, wie De Luna einem anderen Mann zunickte, dann zogen sich beide in die Säulenalleen der marmornen Grabbauten zurück.

Palladino fluchte leise. Selbst aus der Entfernung hatte er den zweiten Mann erkannt: Carmine Ascolese, römischer Statthalter des sizilianischen Ascolese-Clans und einer der mächtigsten Männer der Cosa Nostra. Dunkelhaarig, mit grauen Strähnen, Mitte fünfzig, und gesegnet mit dem scheinheiligsten Lächeln Roms.

Erst vor ein paar Tagen hatte Enzo im *Café de Paris* erzählt, was der ehrenwerte Dottore Ascolese mit Männern anstellte, die ihm in die Quere kamen. Und wie kreativ er dabei sein konnte. Palladino wusste nur zu gut, dass das noch eine der freundlicheren Geschichten über den Mafiaboss gewesen war.

Palladino blieb dicht an einer hohen Engelsfigur. Der Versuch, von hier aus einen weiteren Blick auf die beiden Männer zu erhaschen, misslang.

Dafür entdeckte er im nächsten Moment zwei Kerle in Anzügen und Trenchcoats, die sich in der Nähe der Grüfte aufhielten und nicht einmal versuchten, wie gewöhnliche Friedhofsbesucher zu erscheinen – Ascoleses Leibwächter. Hinter den Bäumen und Grabsteinen mochten noch weitere sein.

Palladino hatte keine Chance, näher an De Luna und den Mafiaboss heranzukommen. Sein Puls stieg, und seine Instinkte rieten ihm zur Flucht. Er hatte gesehen, wen der Baron hier traf – das war fürs Erste genug.

Mit gesenktem Kopf bog er in einen anderen Seitenweg und blieb zwei Minuten in stiller Andacht vor einem beliebigen Grab stehen. Neben dem Namen war hinter Glas das ovale Foto eines jungen Mannes eingelassen; auch er hatte den Krieg nicht überlebt.

Ohne aufzublicken, suchte Palladino verstohlen nach dem kürzesten Rückweg zum Ausgang und behielt dabei die Leibwächter im Blick. Die Männer waren massiger als die protzigsten Grabfiguren, schienen ihn aber ebenso wenig zu beachten wie die trauernde Witwe, die ihm entgegengekommen war.

Und da war noch jemand.

Eine spindeldürre Gestalt in Schwarz ging langsam hinter einer Reihe von Zypressen entlang. Der Mann war groß, dunkelhaarig, mit einer scharfen Adlernase und kurzem, spitzem Kinnbart. Was auf den ersten Blick wie ein Anzug aussah, entpuppte sich als eine Art Uniform mit goldenen Knöpfen und Schulterquasten. Wie die des Zauberers auf der Schachtel, die Laura auf dem Dachboden gefunden hatte – nur ohne Hut.

Kein Wunder, der Zylinder des Fabelhaften Fratelli lag noch immer im Kofferraum.

Erschrocken taumelte Palladino einen Schritt zurück. Ein Fehler. Aus dem Augenwinkel bemerkte er, dass einer von Ascoleses Leibwächtern argwöhnisch herübersah. Die Erscheinung war wieder hinter einer Zypresse verschwunden und hätte jeden Moment auf der anderen Seite hervortreten müssen, blieb jedoch verschwunden.

Palladino drehte sich um, zog den Kopf zwischen die Schultern und machte sich auf den Weg zum Ausgang. Er ging zügig, rannte aber nicht los.

»Hey! Sie da!«

Unbeirrt setzte er seinen Weg fort. Noch einmal sah er zur Zypressenallee hinüber – und da war er wieder. Der Fabelhafte Fratelli. Leibhaftig. Oder doch nur ein Mann in Schwarz, der eine vage Ähnlichkeit mit der Figur auf dem Zauberkasten hatte? Schon verdeckte ihn der nächste Baum.

»Warten Sie!« Der Leibwächter folgte ihm, und Palladino war sicher, dass er das Entsichern einer Waffe gehört hatte.

Er ging schneller. Noch fünfzig Meter bis zum Friedhofstor. Auf der Straße würden Ascoleses Handlanger ihn vor all den Zeugen vermutlich laufen lassen, doch hier hinter der hohen Mauer sah die Sache anders aus.

»Bleiben Sie stehen!« Die Stimme des zweiten Mannes klang erschreckend nah.

Danke, Fratelli, dachte er bitter. Vielen, vielen Dank dafür.

Erneut blickte er zur Zypressenallee, doch die Erscheinung war fort. Er hörte die Ledersohlen der Männer hart auf die Pflastersteine knallen und rechnete jeden Moment mit einer Hand am Kragen und einer Waffenmündung im Rücken.

Nicht mehr weit bis zum Tor. Er konnte sein Auto auf der anderen Straßenseite sehen. Ohne langsamer zu werden, sah er über die Schulter zu seinen Verfolgern.

Etwas *schrie*.

Eine Sekunde lang glaubte er, dass er angeschossen worden war, dass durchtrennte Nerven oder ein zerfetztes Ohr ihm einen Streich spielten. Doch als kein Schmerz kam, blickte er starr nach vorn und hielt weiter auf den Ausgang zu.

Ein zweiter Schrei erklang, ebenso durchdringend und fremdartig wie der erste. Palladino wandte sich nicht um.

»Oben in den Bäumen!«, brüllte einer der Leibwächter.

»Wo?«, rief der andere.

Die Männer waren unmittelbar hinter ihm, aber irgendetwas weiter vorn hatte sie abgelenkt. Auch Palladino hatte die Bewegung in den Zweigen bemerkt. Eine dichte Baumreihe verlief an der Innenseite der Friedhofsmauer, und etwas fegte dort durchs Geäst und schüttelte die Zweige. Rasend schnell, fast nur ein Schatten, die Ahnung von etwas, das von Ast zu Ast jagte, sich von links dem Tor näherte. Bei diesem Tempo würde es vor Palladino dort sein.

Es gab keinen Schein mehr zu wahren. Er sprintete los, musste unbedingt die Straße erreichen, bevor die Männer ihn einholten oder das Ding da oben ihm den Weg versperrte.

Links vom Tor rieselten Blätter aus den Baumkronen. Gleich vor ihm waren der Ausgang und der Straßenlärm, aber es wurde knapp. Ascoleses Männer waren ihm dicht auf den Fersen.

Seine Lunge brannte, seine Muskeln spannten sich schmerzhaft. Jetzt war er unter dem Tor, und niemand hielt ihn auf. Er stolperte hinaus auf den Bürgersteig, warf im Laufen einen Blick nach hinten, sah die Männer nur wenige Schritte entfernt, beide mit gezogenen Waffen.

Etwas Dunkles schoss von der Seite auf die Leibwächter zu, traf sie wie eine Lawine und riss sie mit sich. Schreiend verschwanden sie hinter der Mauer.

Trotz seiner Panik dachte Palladino, wie seltsam es war, dass kein Schuss abgefeuert wurde. Dann rannte er schon auf die Straße, ungeachtet des dichten Verkehrs. Reifen quietschten, und wildes Hupen legte sich über das Kreischen der Kreatur und die Laute der beiden Männer im Todeskampf.

Augenblicke später erreichte er den Citroën, riss die Tür auf und sprang hinein.

Die Autoschlüssel rutschten ihm fast durch die Finger. »Komm schon, wo bist du …?« Er fand den richtigen und rammte ihn ins Zündschloss. Der Motor sprang an.

Palladino scherte aus und trat mit aller Kraft aufs Gaspedal.

33

Minutenlang fuhr er ziellos geradeaus. Er nahm mehreren Wagen die Vorfahrt und hätte um ein Haar ein Fahrrad zermalmt.

Nachdem sein Atem sich beruhigt hatte, bog er um ein paar Ecken in das Labyrinth der Seitenstraßen. Erst als er beim Blick in den Rückspiegel ganz sicher war, dass niemand ihm folgte, parkte er neben einer Telefonzelle und stieg aus.

Unter seinen Füßen schien der Boden zu schwanken. Er hielt sich an der Zellentür fest, dann am Apparat, und wählte die Nummer des Tierheims an der Appia Antica. Bis er endlich Ugos Stimme am anderen Ende hörte, hatte sein Kreislauf sich halbwegs stabilisiert.

Ohne Fratelli oder die Kreatur in den Bäumen zu erwähnen, kam er sofort zur Sache. »Was zum Teufel hat Ascolese mit De Luna zu schaffen?«

»Ich räum nur für ihn auf«, sagte Ugo. »Ich führ nicht seinen Terminkalender.«

»Komm schon, Ugo. Jeder mag dich. Die Leute erzählen dir Dinge. Irgendwas wirst du doch aufgeschnappt haben.«

»Kein Sterbenswort. Bis vor einer Minute wusste ich nicht mal, dass die beiden unter einer Decke stecken.«

»Die Etruskische Front und die Mafia. Für die Staatsanwaltschaft ist das doch zu schön, um wahr zu sein.«

Ugo lachte abfällig. »Ascolese hat genug Leute im Justizministerium. Er zahlt ihren Urlaub, bringt ihre Kinder durchs Studium, das ganze Programm. Und für den Fall, dass ihn doch mal einer beschatten lässt, trifft er seinen guten Freund De Luna nicht in irgendwelchen verwanzten Restaurants, sondern auf einem öffentlichen Friedhof. Er weiß genau, wie man so was macht.«

Palladinos Blick suchte hektisch die Straße ab. Niemand da, der ihm verdächtig vorkam. »Das heißt, der Auftrag, Fausto zu beseitigen, hätte von De Luna kommen können?« Das Schwindelgefühl hatte sich gelegt. Aber er ertappte sich dabei, wie er in die nächsten Baumkronen starrte und nach fallenden Blättern Ausschau hielt.

»Er hätte von *jedem* kommen können«, sagte Ugo ungeduldig. »Auch vom Baron.«

»Ich weiß nicht, wer mir mehr Sorgen macht – die Cosa Nostra oder De Lunas Etruskische Front.«

»Vernünftige Leute legen sich mit keiner von beiden an.«

Palladino atmete scharf aus. »Dazu ist es zu spät, fürchte ich.«

»Dann such in deinem Zylinder besser nach was anderem als Kaninchen und Spielkarten. Wie wär's mit 'ner Panzerfaust?«

»Ja, zum Schreien …« Palladino zwang sich zur Ruhe. »Kannst du dich für mich umhören?«

Ugo zögerte. Einen Augenblick lang dachte Palladino schon, er hätte aufgelegt. Als er endlich antwortete, sprach Ugo langsamer als zuvor. »Die haben deine Ex bedroht. Wie lange wird es dauern, bis sie bei meiner Mutter auftauchen?«

Diesmal platzte Palladino fast der Kragen. »Verdammt, du *kennst* Laura! Du warst schon mit auf ihren Konzerten. Du hast sie immer gerngehabt.«

»Ich hab auch meine Mama gern.«

Palladinos Finger schlossen sich fester um den Hörer. »Hör zu, es ist eine Sache, für Ascolese was zu erledigen. Aber wenn am Ende die Faschisten dahinterstecken, dann –«

»Dann hast du Skrupel?«

»Ich will es einfach wissen, okay? Ich versteh nicht, warum sie Laura überhaupt mit in die Sache hineinziehen. Ich hab den Auftrag erledigt und der Contessa weisgemacht, dass ihr Chauffeur dahintersteckt. Was also wollen die noch? Und warum sagen sie's mir nicht einfach?«

Es fauchte an Palladinos Ohr, als Ugo tief einatmete. »Und wenn Lauras Männer mit den schönen Händen gar nicht von Ascolese kamen? Und auch nicht von De Luna? Du bist schon vielen Leuten auf den Schlips getreten. Was ist mit den ganzen Amerikanern, die du für ihre Ehefrauen beschattet hast? Könnte einer von denen dir eins auswischen wollen? Schauspieler *haben* schöne Hände.«

»Einer von denen müsste sich große Mühe gegeben haben, um auf Laura zu stoßen.«

»Es gibt noch andere Privatdetektive in Rom. Die brauchen dafür zehn Minuten.«

Natürlich hatte Ugo recht. »Ich werd später noch mal zu ihr fahren und mit ihr reden«, sagte Palladino. »Aber vorher nehm ich mir die Vergangenheit des guten Barons vor. Mal sehen, wie weit die Verbindung zwischen ihm, der Contessa und Ascolese zurückreicht.«

»Ascolese und De Luna waren beide enge Freunde des Conte Amarante«, sagte Ugo.

»Aber jetzt lässt Ascolese den Freund der Contessa umbringen, und De Luna zwingt sie dazu, mit ihm ins Bett zu gehen. Zugleich plant sie mit ihm irgendeine Opferung und eine Zusammenkunft von Gott weiß wem, und De Luna trifft sich auf Friedhöfen mit Ascolese. Bei alldem geht es doch um mehr als eine einfache Geschäftsbeziehung. Das schreit förmlich nach irgendwas, das in der Vergangenheit vorgefallen ist.«

Ugos Lachen klang wie ein Brummen. »Und du wunderst dich, dass sie dir drohen?«

»Mit Gewalt kann ich solche Leute nicht von Laura fernhalten. Das schaff ich nur, wenn ich was gegen sie in der Hand hab.«

»Dann kümmer dich darum. Du bist der Detektiv.«

»Kann ich mich auf dich verlassen?«

»Nein«, sagte Ugo. »Aber wenigstens werd ich dir nicht in den Rücken fallen.«

Palladino tastete in seiner Manteltasche nach dem Päckchen Zigaretten und fischte eine heraus. »Das reicht mir schon. Ciao, Ugo.«

Er hängte auf und klemmte sich die Zigarette zwischen die Lippen. Bevor er die Kabine verließ, überprüfte er noch einmal die Straße. Und die Baumkronen.

34

Der Mann mit der Lücke zwischen den Schneidezähnen händigte Spartaco einen Schlüssel aus und deutete auf eine weiße Vespa. Der hatte sie für einen Tag gemietet, zu einem unverschämten Preis. Es galt, keine Zeit zu verlieren.

Die Überfahrt von Neapel nach Capri hatte nicht einmal eine Stunde gedauert. Schon am späten Vormittag hatte Spartaco die Insel erreicht und war an der Nordküste von Bord gegangen.

Einige Fischerkähne legten gerade wieder an. Sie teilten sich die Aufmerksamkeit der Touristen mit einem Paar in traditioneller Kleidung, das Folkloregesang mit Akkordeon und Tamburin darbot.

Spartaco startete die Vespa und raste in einer Abgaswolke los. Nur eine Handvoll Autos fuhren auf der Insel, viele der Einheimischen benutzten noch immer Esel und Pferdekarren. Die Touristen hatten viel Geld nach Capri gebracht, aber auch Lärm und schlechten Geschmack. Schon bald ließ Spartaco die Verkaufsstände mit Badenepp und Fischerkitsch hinter sich, dann auch die Villensiedlungen an den Hängen zum Meer. Über enge Serpentinen fuhr er nach Osten, hinauf in die Berge.

Hier hatte der Kaiser Tiberius die letzten Jahre seines Lebens verbracht und sich Lastern hingegeben, von denen im fernen Rom nur hinter vorgehaltener Hand geflüstert worden war. Jünglinge und Mädchen waren wie Schlachtvieh nach Capri verschifft worden, um von Tiberius missbraucht und ermordet zu werden. Und selbst wenn manches davon üble Nachrede sein mochte, bestand doch kaum ein Zweifel daran, dass die Geschichten einen wahren, blutdurchtränkten Kern besaßen.

Es roch nach Rosmarin und Thymian, die überall am Straßenrand wuchsen. Das letzte Straßenschild hatte Spartaco schon vor einer ganzen Weile passiert. Jetzt fuhr er durch vereinzelte Steineichenwäldchen und vorbei an Reihen von Reben. Auf dem kalkreichen Boden erstreckten sich Weinterrassen über die steilen Hänge bis hinab zum Meer.

Er drosselte die Geschwindigkeit, als er einen drahtigen Mann und seinen Esel am Pfadrand ausmachte. Der Bauer war der erste Mensch, dem Spartaco seit einer halben Stunde begegnete. »Entschuldigen Sie, Signore. Bin ich hier noch richtig auf dem Weg zur Casa Tranquilla?«

Der Mann nickte langsam und antwortete mit starkem Dialekt. »Stück weiter den Weg rauf, dann hinter dem großen Felsen nach rechts. Nach einem Kilometer oder so kommen Sie ans Tor.«

Spartaco bedankte sich und fuhr weiter.

Der weiße Karststein der Insel formte viele schroffe Gebilde zwischen den Pinien und Fichten, aber der riesige Felsklotz, den der Bauer gemeint haben musste, war nicht zu übersehen. Spartaco bog dahinter in einen schmalen Weg und sah bald von Weitem ein Eisentor in einer hohen Mauer.

Er hielt an, stellte den Motor aus und stieg ab. Zu Fuß näherte er sich abseits des Weges dem Wall aus Bruchstein. Er hatte seine Fototasche dabei, aber darin steckten nur ein Fernglas und ein paar andere Utensilien, die ihm bei ähnlichen Gelegenheiten nützlich gewesen waren. Keine Kamera.

Er war keiner dieser Paparazzi, die es auf Bilder der neuen Freundin irgendeines Stars abgesehen hatten. Ihm ging es darum, die Ausschweifungen der oberen Zehntausend zu dokumentieren, all die geschmacklichen Entgleisungen, Verschwendungsräusche, die krankhafte Eitelkeit. Er war überzeugt, dass nicht die einfachen Arbeiter Mussolini, Hitler und Franco den Weg geebnet hatten – ihre Stimmen waren nur das Symptom, nicht die Ursache der Krankheit. Vielmehr waren die Diktatoren durch die Gleichgültigkeit der herrschenden Klasse an die Macht gekommen. Solange die Rechte der Reichen nicht beschnitten, ihr Besitz nicht enteignet, ihr Champagner nicht rationiert wurde, scherten sie sich einen Dreck darum, wer das Sagen hatte. Denn in Wahrheit blieb es doch immer ihr Geld, das Italien regierte.

Er schnallte seine Fototasche ein wenig enger und grub die Fingerkuppen zwischen die Ritzen in der Mauer. Der Kalkstein zerkratzte ihm die Schuhspitzen und schmierte ihm weiße Schlieren auf die Hose, während er daran emporkletterte.

Er brauchte keine zwei Minuten, um die Mauer zu überwinden. Dahinter lag kein Garten, sondern sprödes Buschwerk – und er sah auch keine Villa. Stattdessen endete der Boden nach fünfzig Metern an einer scharfen Felskante. Jenseits davon, hundert Meter tiefer, erstreckte sich das Mittelmeer tiefblau bis zum italienischen Festland am Horizont.

Im Schutz mannshoher Macchia-Sträucher schlich er zum Rand der Klippe und blickte hinab. So nah am Abhang zerrte der Wind an seiner Kleidung. Die Möwen am Himmel kreisten über seinem Kopf wie Aasgeier.

In die Felswand unter ihm hatte jemand vor langer Zeit eine steile Treppe geschlagen. Die Stufen führten etwa dreißig Meter in die Tiefe, wo sich auf einer Klippe die Casa Tranquilla erhob, die Villa der Martino-Zwillinge. Spartaco blickte auf ein schneeweißes, langes Rechteck, dessen Flachdach als Sonnenterrasse diente. Ein paar Liegestühle standen verwaist an der Kante zur See.

Wo steckten sie? Er zog den Feldstecher hervor und ließ seinen Blick erst über die spiegelnden Fenster, dann noch einmal über das Terrassendach wandern. Neben den Liegestühlen stand eine leere Staffelei.

Halinka war hier. Irgendwo dort drinnen.

Der Wind drehte, und fernes Klavierspiel wehte an den Felsen herauf. Der Schauder, der Spartaco überkam, rührte nicht von der Böe her.

Elio und Bernardo Martino kannten die Bühne nicht nur als maskierte Hohepriester von Ascoleses Festivitäten – sie waren berühmte Konzertpianisten. Ihr Ruf als Musiker war tadellos, ihr Name weit über Italien hinaus bekannt. Oft spielten sie vierhändig und machten eine ziemliche Show daraus. Vor Jahren war Spartaco von seinem Vater und seiner Stiefmutter zu einem ihrer Auftritte mitgenommen worden. Silvia kannte die beiden von früher, wie sie sagte, und hatte Logenplätze organisiert. Selbst damals waren ihm die Brüder eitel und unnahbar erschienen, die Perfektion ihres Spiels fast unheimlich.

Zu hoffen, dass er zu einem Zeitpunkt einträfe, an dem die Martinos nicht zu Hause waren, wäre naiv gewesen. Sie waren nicht auf Capri, um die Insel zu erkunden. Sie verbargen sich hier vor der Öffentlichkeit.

Während er die Treppe zur Villa hinabstieg, war ihm bewusst, dass man ihn vom Haus aus sehen konnte. Es gab keinen anderen Weg dorthin, und er hatte die vage Hoffnung, dass die beiden derart in ihr Klavierspiel versunken waren, dass sie sein Näherkommen nicht bemerkten.

Es waren Dutzende Stufen, die im Zickzack an der Felswand hinab zu dem Plateau führten, auf dem die Casa Tranquilla errichtet worden war. Der Seewind drückte Spartaco immer wieder gegen das weiße Gestein, und einmal hätte er fast den Halt verloren. Er versuchte, das Klavierspiel auszublenden und sich nur auf die nächste Stufe zu konzentrieren.

Schließlich erreichte er den Fuß der Treppe. Von hier aus führte ein Weg aus Terrakottafliesen zwischen mannshohen Felsen zum Eingang der Villa. Avantgardistische Statuen flankierten die Haustür. Der Pfad ging weiter an der rechten Seite des Gebäudes entlang, wo sich vereinzelte Krüppelkiefern und Kakteen an die Kante des Abgrunds klammerten.

In der Villa schlugen vier Hände hart auf die Klaviatur. Der Wind trug das disharmonische Echo an Spartacos Ohren.

Hastig zog er sich zwischen die Felsen zurück. Zwei, drei Minuten wartete er darauf, dass die Haustür geöffnet und jemand ins Freie treten würde, doch als er nichts hörte und vorsichtig aus seinem Versteck hinüberblickte, war die Tür noch immer geschlossen.

»Sag mal, hast du sie noch alle?«

Plötzlich stand sie hinter ihm zwischen den weißen Felsen.

Ein weiterer Pfad führte dort nach wenigen Schritten um eine Biegung. Halinka trug nur ein knielanges T-Shirt voller Farbspritzer; auch ihre nackten Beine waren übersät damit. Der Ausschnitt war verrutscht und entblößte ihre linke Schulter. Sie stand barfuß auf den scharfen Steinen, und einen Moment lang sah es aus, als schwebte sie eine Handbreit darüber. Eine Illusion von Licht und Schatten.

»Was denkst du dir dabei, hier aufzutauchen? Das ist Hausfriedensbruch.«

Trotz ihrer Wut war Spartaco erleichtert, sie zu sehen. »Zeig mich halt an«, erwiderte er. »Hör zu, ich weiß, wie das aussieht, und ich hab mir lange überlegt, ob ich wirklich herkommen soll.«

Das war eine Lüge, und er konnte in ihren Augen sehen, dass sie ihn sofort durchschaute. Auf einmal kam er sich albern vor, und er vergaß schlagartig alles, was er sich zurechtgelegt hatte. »Du denkst, dass ich hier bin, weil ich eifersüchtig bin. Aber so ist das nicht.«

Sie verschränkte die Arme vor der Brust und sah ihn aus schmalen Augen an. »Wie ist es dann?«

»Die beiden da im Haus …« Er rang um Worte und wählte die falschen. »Sie sind gefährlich. Jedenfalls glaub ich das.«

»Gefährlich. Und weil du das *glaubst,* kommst du den ganzen Weg von Rom hierher?«

»Hätte ich vielleicht vorher anrufen sollen?«

Sie entdeckte das Fernglas in seiner Hand und schnaubte aufgebracht. »Verdammt, Spartaco! Wolltest du zwischen den Felsen hocken und zusehen, wie ich in der Sonne liege?«

»Diese Typen sind nicht, was sie zu sein scheinen.« Er war wütend. Auf sich selbst, weil er sich hatte überrumpeln lassen, aber auch auf sie, weil sie ihm nicht vertraute.

»Was dann?«, fragte sie. »Vampire? Außerirdische?«

Verrückte, wollte er am liebsten sagen. Irre, die sich für römische Kaiser halten. Aber sie hatte schon recht mit diesem Blick. Vielleicht war er selbst der einzige Verrückte auf diesem Felsen. Ganz sicher der Einzige, der sich zum Narren machte.

Er senkte die Stimme. »Haben sie dir je davon erzählt, dass sie vor zwanzig Jahren in einer Klinik waren?«

»In was für einer Klinik?«

»Einer Psychiatrie.«

»Und?« Sie zuckte die Achseln. »Das würde den meisten von uns ganz guttun.«

»Mir wär's auch scheißegal, wenn nicht ... wenn nicht irgendwas an dieser Sache seltsam wäre.« Er beugte sich um den Felsen und sah zur Haustür hinüber. Der Vorplatz war noch immer verlassen, niemand sonst war auf dem Weg hierher.

»Sie wissen, dass du hier bist«, sagte Halinka. »Sie stehen am Fenster und schauen herüber.«

»Und das findest du gar nicht unheimlich?«

Der tiefe Ton einer einzelnen Taste drang herüber, und Spartaco wandte sich vom Haus ab.

Halinka hob irritiert eine Augenbraue. »Du bist auf ihrem Grundstück. Du bist ein Paparazzo. Wenn sie nicht so auf ihre Privatsphäre bedacht wären, hätten sie längst die Polizei geholt. Ich hab gesagt, ich sorge dafür, dass du keine Fotos machst und abhaust.«

»Was genau passiert hier in dieser ... Privatsphäre?« Sein Blick verfing sich an einer Haarsträhne, die auf ihrer nackten Schulter lag. Leuchtend rote Farbe klebte daran.

»Sex«, sagte Halinka unbekümmert. »Jede Menge Sex. Und nach dem Sex male ich. Und davor auch. Hast du damit irgendein Problem?«

»Es hat keinen Sinn, dich darum zu bitten, mit mir zu kommen, oder?«

Ihre Miene wurde sanfter, und das machte es für ihn nur noch schlimmer. »Du musst jetzt gehen. Verstehst du: Ich *will* das hier! Das hier ist mein Leben. Geh du nach Rom und leb deins.«

Sekundenlang hielt er ihrem Blick stand und erinnerte sich genau daran, warum er ihr damals mit Haut und Haaren verfallen war. Dann trat er hinaus auf den Weg, sodass man ihn vom Haus aus deutlich sehen konnte. Neben der Tür war ein einzelnes großes Fenster, das in seine Richtung wies; dahinter war es dunkel. Inmitten der Schwärze aber schwebte ein heller Fleck – ein blasses Gesicht. Einer der Zwillinge musste am Klavier sitzen, der andere aber stand da und starrte Spartaco an.

Halinka trat neben ihn. »Geh jetzt bitte. Und komm auf keinen Fall wieder.«

Er warf ihr einen Blick von der Seite zu. Noch immer hielt er das Fernglas in der Hand. »Du denkst, ich bin besessen von dir.«

»Die beiden da sind es. Aber du? Du bist einfach ein lieber Junge, der sich Sorgen macht ... Nur ist lieb nicht das, was ich brauche.«

Er sah sie einen Moment länger an, dann wandte er sich um und ging zurück zur Treppe in der Felswand. »Ruf mich an, wenn du Hilfe brauchst.«

Sie schenkte ihm ein trauriges Lächeln. »Pass gut auf dich auf, Spartaco.«

Damit ging sie zurück zum Haus, trat ein und schwebte bald schwerelos neben dem bleichen Gesicht in der Finsternis.

35

Im Schneidersitz saß Anna auf ihrem Bett und griff tief in die alte Ledertasche. Obwohl sie allein in Brunos Wohnung war, hatte sie erst die Zimmertür und dann vorsichtshalber auch die Balkontür geschlossen. Bei Tageslicht sahen die Tonbänder noch unscheinbarer aus als kurz nach ihrem Raub im Auto. Sie steckten in einfachen Aluschachteln, eine hatte eine Delle. Beschriftet war keine von beiden.

Anna entschied sich für das Tonband in der eingedrückten Dose, hob es vorsichtig heraus und legte die Spule in das graue, kofferähnliche Gerät ein. Mit dem Finger auf der Taste zögerte sie.

Ihr Mund fühlte sich trocken an. Sie sagte sich, dass es nur Aufzeichnungen waren, nichts als zwanzig Jahre alte Stimmen. Zugleich kam es ihr vor, als weckte sie damit etwas auf, das jahrzehntelang geschlafen hatte. Vielleicht war es ein Fehler, trotzdem konnte sie nicht anders. Die Taste klickte, und die Spule begann sich zu drehen.

In ihrem Schlafzimmer erklang die blecherne Stimme eines Mannes.

»Ich bin Professor Giuliano Cresta. Ich habe jetzt die Tonbandaufnahme eingeschaltet. Sind Sie damit einverstanden, Tiberius?«

Pause, nur die Spule gab ein leises Summen von sich. Dann antwortete ein zweiter Mann. Er hörte sich jünger an als der erste, wahrscheinlich war er kaum älter als Anna. »Sie wollen alles aufzeichnen, was ich sage?«

»Ganz genau.«

»Besser als diese verlogenen Geschichtsschreiber«, sagte der Jüngere. In seinem Tonfall schwang gekränkter Stolz mit.

»Sind Sie der Meinung, dass man Lügen über Sie verbreitet hat?«

Der Patient lachte freudlos. »Sie sollten das besser wissen als ich.«

»Glauben Sie, dass Sie sich in der Zukunft befinden?«, fragte Professor Cresta.

»Ich weiß, dass das hier das Jahr 1944 ist. Ich weiß, dass mein Bruder und ich bisher ein anderes Leben geführt haben. Wir waren Musiker. Vielleicht sind wir das immer noch. Aber wir sind jetzt auch so viel mehr.«

Bruder. Das musste einer der Zwillinge M. sein, über die im Artikel geschrieben worden war. Sie dachte an die Messe und an den Dolch in dem nackten Körper. An die Masken, den Chor und all das Blut. Eine Show, sicher. Aber eine, die ihr Albträume beschert hatte. *Willkommen im Gehörnten Haus.*

Annas Hand griff an die Tastenzeile und spulte vor. Dabei fiel ihr das transparente Klebeband auf, das in unregelmäßigen Abständen quer über das Band verlief. Klebestellen. Sie nahm den Finger von der Vorspultaste und hörte weiter zu.

»Niemand will Sie hier einsperren, Tiberius«, sagte Professor Cresta ruhig und deutlich.

»Dann nehmen Sie mir die verdammte Zwangsjacke ab und schicken Sie meinen Bruder und mich nach Hause!« Die Stimme ähnelte der des ersten Patienten, trotzdem war Anna überzeugt, dass Cresta jetzt jemand anderem gegenübersaß. Einem Mann im gleichen Alter, aber sehr viel zorniger.

»Ihr Bruder Elio war kooperativer als Sie.«

»Er kann nicht von den Erinnerungen dieses Jungen lassen. Aber er weiß so gut wie ich, dass der keine Rolle mehr spielt.«

»Sie sind jetzt *beide* Tiberius. Ein und derselbe Kaiser in zwei verschiedenen Körpern.«

Der Mann schnaubte verächtlich. »Ich bezweifle, dass das so geplant war.«

»Von wem geplant?«

»Wer sind Sie, mir Fragen zu stellen?«

»Von wem geplant?«, fragte Cresta beharrlich.

Ein lautes Scheppern drang aus dem Lautsprecher. Der Patient musste vom Stuhl aufgesprungen sein und ihn umgerissen haben. »Sie werden dafür sterben! Sie alle hier werden sterben!«

Anna spulte vor. Ihr Puls raste. Das Alter passte, genau wie der Vorname. Elio. Erneut startete sie die Wiedergabe.

»Gut«, sagte Cresta, »Nero, also. Erinnern Sie sich, wann Sie in diesem anderen Körper erwacht sind?«

Nun saß er offenbar einem dritten Mann gegenüber. Dessen Stimme war rauer, wahrscheinlich war er älter als die beiden Brüder. »Am 21. Oktober 1944. Von einem Tag auf den anderen konnte ich fließend Latein sprechen. Ich verfüge über das gesamte Wissen desjenigen, der ich einmal war.«

»Das klingt sehr praktisch, wenn man nach zweitausend Jahren aufwacht, oder?«

»Man hat sich schon früher über mich lustig gemacht«, sagte der Patient. »Ich weiß, wie man damit umgeht.«

Cresta blieb gelassen. »Der antike Nero hat seine Feinde bei lebendigem Leib im Kolosseum verbrannt. Andere hat er in Tierfelle eingenäht und den Tigern vorgeworfen. Manche hat er gefesselt und in Honigwein getaucht – danach hat er sie mit seinen gezähmten Affen eingesperrt und zugesehen, wie sie den Wein abgeleckt haben. Zuletzt verfielen sie darüber in solche Raserei, dass sie die armen Menschen in Stücke gerissen haben.«

Während Cresta all das aufzählte, hörte Anna den Mann im Hintergrund lachen. Er widersprach nicht, blieb sogar ausgesprochen höflich. »Wie Sie schon sagten: Das waren meine Feinde. Sind *Sie* mein Feind, Professor?«

Anna stoppte das Tonband. Mit spitzen Fingern hob sie es zurück in seine Dose und drückte den Deckel zu. Hatte ihre Mutter selbst die Tonbänder aus der Klinik geschmuggelt, um sie dann diesem Journalisten zuzuspielen? Aber wie kamen sie dann Jahre später in ihren Kleiderschrank? Noch immer passte all das nicht zusammen, nicht mit ihrer Mutter im Zentrum. Doch der Gedanke, dass diese Aufnahmen in ihrer Brisanz mit ihrem Tod zu tun haben könnten, ging Anna nicht aus dem Kopf. Je mehr sie davon hörte, desto überzeugter war sie, dass sie kurz davorstand, den Schlüssel zu all den Ereignissen zu finden.

Brennende Leiber im Kolosseum, Menschen in Tierfellen. Das Lachen des Mannes, der sich für Nero hielt. Ein Teil von ihr wollte die Bänder zurück in die Tasche werfen und sie unterm Bett verstecken. Dann aber legte sie die zweite Spule ein und drückte auf Start.

»Ich musste das nachschlagen«, sagte Professor Cresta, »aber Messalina war selbst keine Kaiserin, oder? Sie waren die dritte Ehefrau Neros.«

Zum ersten Mal antwortete eine Frau. »Kaiserin genug, das kann ich Ihnen versichern.«

»Sie sind die Einzige seiner Ehefrauen, die ihn überlebt hat.«

»Ja. Und nun befindet er sich zusammen mit mir in dieser Anstalt. Das Leben spielt einem interessante Streiche.«

»Die männlichen Kaiser haben sich schwer damit getan, Vertrauen zu mir zu fassen. Es wäre schön, wenn wir beide uns offener unterhalten können.«

»Ich bin eine offene Frau, Professor. Offen für alles, das mich schneller hier rausbringt.«

»Würden Sie das näher erläutern?« Der Professor klang, als würde er sich Notizen machen.

»Die junge Dame, der dieser Körper gehört hat, war sehr belesen. Ich weiß, wie man mich damals hinter vorgehaltener Hand genannt hat.« Sie machte eine kleine Pause. »Sie wissen es auch.«

»Die Hure von Rom«, sagte Cresta.

»Die Hure von Rom«, bestätigte sie.

»Was würde Silvia dazu sagen, wenn man sie so nennt?«

Die Frau schien zu schmunzeln. »Ich würde jeden hinrichten lassen, der so etwas wagt. Aber Silvia … sie würde wohl nur mit den Schultern zucken.«

Anna stoppte das Tonband nach kaum einer Minute. In den ersten Sekunden war ihr die Stimme entfernt bekannt vorgekommen, aber sie hatte kein Gesicht dazu gehabt. Auch den Ort, die Situation, in der sie die Stimme gehört hatte, hatte sie nicht greifen können.

Doch nun war die Erinnerung auf einen Schlag da, so als hätte jemand das Licht eingeschaltet. Das Bild ihrer Begegnung stand ihr glasklar vor Augen.

Hastig verpackte sie die Aufnahmen und versteckte die Tasche tief im Kleiderschrank.

36

Am Abend, Stunden später, klingelte es. Anna wartete oben vor der Wohnung und lauschte Spartacos Schritten, während er die Treppen heraufstieg.

»Ich bin vom Flughafen aus gleich hergefahren. Ist Bruno nicht da?« Er war außer Atem, als er den Treppenabsatz erreichte und die Wohnung betrat. Sie konnte ihm ansehen, dass er seit ihrer Verabschiedung in der Nacht zuvor keine Minute geschlafen hatte.

»Nein, er ist in Cinecittà. Ich hab ihm versprochen, um zehn am *Bricktop's* zu sein. Aber ich wollte, dass du dir vorher was anhörst.«

Sie schloss die Wohnungstür und ging durch den kurzen Flur voraus ins Wohnzimmer. Auf dem Kaffeetisch stand das graue Tonbandgerät, die Rolle steckte bereits auf der Spule. Die zweite Aufnahme lag daneben, außerdem ein dickes Buch mit abgegriffenem Leineneinband.

»Hast du beide Bänder angehört?«, frage Spartaco.

»Ja. Das sind alles Gespräche zwischen diesem Professor Cresta und den Imperatoren.«

Er schmunzelte. »Nennen wir sie jetzt wirklich so?«

»Das waren sie doch, oder? Jedenfalls in ihren Köpfen.« Anna setzte sich aufs Sofa, schob das Buch aus dem Weg und zog die Dose über den Tisch zu sich heran. Sie öffnete den Deckel. Nachdenklich hob sie das Band heraus und hielt es so ins Licht der Deckenlampe, dass die schwarze Beschichtung schillerte. »Es muss noch viel mehr von diesen Bändern gegeben haben. Jemand hat sich die Mühe gemacht, Teile davon zusammenzuschneiden.« Sie deutete auf die Klebestellen, die sie am Vormittag entdeckt hatte. »Vielleicht war das dieser Reporter, Tulio Gallo.«

»Oder deine Mutter. Sie hat in der Klinik gearbeitet. Vielleicht hat sie ihm die Bänder zugespielt, oder eben Teile davon.«

Anna hatte den ganzen Tag lang über kaum etwas anderes nachgedacht als über die Aufnahmen. Und darüber, wie sie in Valerias altes Zimmer gelangt waren. Sie nahm es Spartaco nicht übel, dass er seine Vermutung aussprach, aber er hatte ihre Mutter nicht gekannt. Anna erinnerte sich, wie sie als kleines Kind in einem Spielzeugladen mit einer hölzernen Katzenfigur gespielt hatte. Etwas hatte sie abgelenkt, und ohne sich was dabei zu denken, hatte sie die Figur in die Jackentasche gesteckt. Als ihre Mutter das Spielzeug zu Hause entdeckt hatte, war sie den ganzen Weg mit dem Bus zurückgefahren, um es abzugeben. In Annas Kopf war ihre Mutter so weit von Diebstahl entfernt wie Bruno von einem Adelstitel. Doch selbst wenn Valeria eine Seite gehabt hätte, die sie vor Anna verborgen hatte, ging die Theorie einfach nicht auf.

»Und dann hat sie ihm die Bänder mitsamt der Tasche noch einmal geklaut?«, fragte sie zweifelnd.

»Die Tonbänder sind zwanzig Jahre alt. Vielleicht hat deine Mutter Gallo im letzten Jahr wiedergesehen und das ganze Zeug mitgehen lassen. Nach fast zwei Jahrzehnten hat sie ihre Meinung womöglich geändert. Oder jemand hat ihr gedroht und sie gezwungen, die Bänder zurückzuholen.«

»Du meinst, für denjenigen, der sie ermordet hat?«

»Vielleicht. Nur hatte sie die Tasche in der Pension ja nicht dabei.« Er seufzte und ließ sich neben ihr auf dem Sofa nieder. »Ich weiß auch nicht, wie das alles zusammenhängt. Als ich dich von Neapel aus angerufen hab ... Ich meine, als du mir davon erzählt hast ... Ich hab mir das alles im Flugzeug zig Mal durch den Kopf gehen lassen.«

Anna dachte an die Postkarte ihrer Mutter. Geschrieben von der Frau, die nachts wach geblieben war, bis sie Anna die Wohnungstür aufschließen und auf ihren Tanzschuhen durch den Flur staksen hörte. Dieselbe Frau, die sie vor einem Jahr wortlos verlassen hatte.

Annas Hände umschlossen noch immer das Tonband. Sie betrachtete die feinen Linien, an denen zwei Bänder zusammengefügt worden waren, und stellte sich die Finger ihrer Mutter daran vor.

»Möglich wär's«, sagte sie. »Irgendwas ist vor zwanzig Jahren in der Klinik passiert. Daraufhin hat meine Mutter die Bänder eingepackt, vielleicht als eine Art Absicherung, und ist von dort verschwunden. Vielleicht hat sie dann diesem Gallo die Bänder zugespielt, damit er alles an die Öffentlichkeit bringt. Und als das rauskam, musste sie aus Rom verschwinden. Deshalb ist der Professor damals bei meiner Großmutter aufgetaucht und hat nach ihr gesucht.« Sie legte das Band zurück in die Dose und schloss den Deckel. »Neunzehn Jahre später kehrt Mum nach Rom zurück, besucht Gallo, nimmt ihm den ganzen Kram wieder weg und deponiert ihn draußen im Haus meiner Großmutter. Dann fährt sie zurück in die Stadt ... und wird ermordet.«

»Von Gallo? Oder diesem Professor Cresta? Oder –«

»Oder sonst jemandem, der die Tasche haben wollte und wütend wurde, weil sie sie nicht dabeihatte. Mein Vater kam dazu und war der ideale Sündenbock.«

»Aber warum hat Gallo dann nur diese paar kurzen Artikel darüber geschrieben?«

»Weil er die echten Namen der Imperatoren nicht kannte«, sagte sie. »Sie stehen nirgends in den Unterlagen. Und keine Zeitung veröffentlicht so eine Geschichte ohne solide Fakten. Die Artikel lesen sich alle wie Gerüchte und Spekulationen. Womöglich sind die Imperatoren für Gallo wieder wichtig geworden. Und vielleicht wollte er nach all den Jahren noch mal mit meiner Mutter darüber sprechen, und sie hat die Gelegenheit genutzt und seine ganzen Beweise mitgenommen.«

»Um sich abzusichern?«, fragte Spartaco nachdenklich. »Weil sie mitbekommen hat, dass irgendwer nach ihr sucht? Damit wären Gallo und dieser Professsor Cresta die beiden Hauptverdächtigen.«

»Und die Imperatoren selbst.«

»Ja, natürlich! Sie haben das stärkste Motiv: Niemand soll erfahren, dass sie vor zwanzig Jahren in dieser Klinik waren. Vielleicht, weil sie heute angesehene Leute sind – zumindest einer oder ein paar von ihnen.« Er deutete auf das schwere Gerät auf dem Kaffeetisch. »Lass mal hören, was du da hast.«

»Ich hab schon zur richtigen Stelle vorgespult.« Anna beugte sich vor und drückte auf die Taste.

Die Stimme des ersten Zwillings, Elio, drang durch den Lautsprecher ins Wohnzimmer. »Ich weiß, dass mein Bruder und ich bisher ein anderes Leben geführt haben. Wir waren Musiker. Vielleicht sind wir das immer noch. Aber wir sind jetzt auch so viel mehr.«

Anna spulte vor und erwischte das Gespräch mit dem anderen Zwilling, der den Professor wutentbrannt aufforderte, ihm seine Zwangsjacke abzunehmen. Danach betätigte sie die Pausentaste, und es wurde still.

»Sind das die Martino-Zwillinge?«, fragte sie.

Er sah blass aus, aber nicht überrascht. »Ist ewig her, dass ich ihre Stimmen gehört hab. Aber Brüder und Musiker ... das passt.«

»Okay. Dann weiter.« Anna spulte erneut und drückte auf Start.

Sie fröstelte, als die Patientin auf dem Band sagte: »Ich bin eine offene Frau, Professor. Offen für alles, das mich schneller hier rausbringt.«

»Würden Sie das näher erläutern?«, bat Cresta.

»Die junge Dame, der dieser Körper gehört hat, war sehr belesen. Ich weiß, wie man mich damals hinter vorgehaltener Hand genannt hat. Sie wissen es auch.«

»Die Hure von Rom.«

»Die Hure von Rom.«

»Was würde Silvia dazu sagen, wenn man sie so nennt?«

»Ich würde jeden hinrichten lassen, der so etwas wagt. Aber Silvia ... sie würde wohl nur mit den Schultern zucken.«

Es klickte, und das Band stand still.

»Ist sie das?« Anna sah Spartaco forschend ins Gesicht.

Er hatte die Augen geschlossen und massierte sich die Lider mit den Daumen. Auf seinen Handrücken traten die Sehnen hervor, als übte er zu viel Druck aus.

»Spartaco, *ist* das deine Stiefmutter?«

Er ließ die Hände sinken. »Ja.«

»Hast du das gewusst?«

»Nein. Und ich glaub auch nicht, dass mein Vater davon gewusst hat.«

»Es wäre keine Schande, mal in Behandlung gewesen zu sein.«

»Natürlich nicht. Aber Silvia würde nie auch nur den Hauch einer Schwäche eingestehen.«

»Wie hat sie deinen Vater kennengelernt?«

»Erst viel später.« Er klang wie betäubt. »Vor sieben oder acht Jahren.«

»Und was hat sie vorher getrieben?«

»Angeblich war sie Stewardess. Aber das hab ich ihr schon damals nicht abgenommen.« Er ließ sich nach hinten sinken, bis die weiche Sofalehne ihn auffing. »Irgendwann hab ich rausgefunden, dass sie ein Callgirl war. Eines von diesen wirklich teuren.«

»Oh … okay.«

»Mein Vater hat sie ein paar Mal gebucht, und sie hat sich den reichen, alten Mann geangelt. Jetzt ist er tot und sie seine Erbin.«

Anna schwieg, während seine Worte nachwirkten.

»Die Hure von Rom …« Spartaco wiederholte den Titel voller Verachtung. »Weißt du irgendwas über sie?«

»Ich hab's nachgelesen. Ihr Name war Messalina.« Sie klopfte auf das dicke Buch neben dem Tonbandgerät. Am Vormittag war sie mit dem Bus zur Universitätsbibliothek gefahren. Knapp eine Stunde lang hatte sie sich in den Regalen der geschichtlichen Abteilung umgesehen. Über Tiberius und Nero hatte sie einiges gefunden, aber Messalinas Leben war weit weniger detailreich dokumentiert. Das einzige Buch, das ihr mehr als zwei Sätze widmete, gehörte zum Präsenzbestand. Anna hatte es unter ihrem Mantel nach draußen geschmuggelt.

»Allzu viel gibt's nicht über sie.« Sie klappte das Buch an einer markierten Seite auf und fasste den Text für ihn zusammen. »Geboren zwischen 30 und 40 nach Christus, gestorben im Jahr 69. Neros dritte und letzte Ehefrau. Als sie und der Kaiser sich begegnet sind, war sie noch mit einem anderen verheiratet. Nero hat ihren Mann gezwungen, Selbstmord zu begehen, damit sie frei war für ihn. Und er hat dafür gesorgt, dass sie vom Volk als Göttin verehrt wurde.« Sie hob den Blick vom Buch und sah Spartaco an, der reglos auf dem Sofa saß. »Es gab eine ganze Reihe römischer Kaiser, die sich selbst zu Göttern ernannt haben. Und was interessant ist: Das trifft auf jeden Einzelnen unserer Imperatoren zu.«

37

Anna hatte die Tonbänder in ihrem Schlafzimmer versteckt und das Buch gleich dazu. Mit dem Mercedes hatte Spartaco sie zur Via Veneto gebracht, wo sie mit Bruno und den anderen Paparazzi verabredet war. Spartaco würde sich ihnen heute nicht anschließen, er fuhr allein weiter zum Palazzo Amarante.

Es war bereits dunkel, als er den Mercedes durch die schmalen Straßen des Coppedè-Viertels lenkte. Von allen Seiten starrten Löwen, Spinnen und Fabelwesen auf ihn herab. Nie zuvor hatte er die verschachtelten Gebäude mit ihren Türmen, Säulenbalkonen und dem märchenhaften Fassadenschmuck als bedrohlich empfunden. Heute hatte er zum ersten Mal das Gefühl, dass hinter der Andersartigkeit dieser Bauten mehr steckte als der verschrobene Geschmack ihres Architekten.

Er fuhr nicht in die Einfahrt des Palazzo, hielt auch nicht wie sonst davor auf der Piazza Mincio, sondern parkte zwei Ecken weiter, wo man den Wagen vom Haus aus nicht sehen konnte. Im gelben Schein der Straßenlaternen ging er eilig hinüber zum Portal und öffnete es mit seinem Nachschlüssel.

Als er die Tür hinter sich schloss, wurde es unangenehm still. Er nahm zwei Stufen auf einmal, während er die breite Steintreppe hinaufeilte.

Der Palazzo war immer viel zu groß für die Amarantes gewesen, und seit Spartaco ausgezogen und sein Vater tot war, bewohnte die Contessa nur noch Räume im ersten Stock. Der Hausdiener und der Chauffeur hatten kleine Apartments unter dem Dach, mehrere Etagen entfernt, und die beiden Dienstmädchen verließen am Abend das Haus. Nun, da auch Sandro fort war, übernachteten nur noch zwei Personen hier – Silvia und der Diener Matteo. Alle übrigen Säle und Salons, Flure und Korridore blieben ungenutzt, schlummerten hinter geschlossenen Jalousien und eingetrübten Scheiben. Regelmäßig wurden sämtliche Zimmer gelüftet, aber kaum waren die Schritte der Hausmädchen verhallt, kroch der Modergeruch erneut aus den Fugen des Parketts und den Falten der schweren Samtvorhänge.

Im ersten Stock öffnete Spartaco die hohe Tür, hinter der die Räume seiner Stiefmutter lagen.

»Silvia?« Er ließ seinen Blick über die leeren Polstermöbel wandern und betrat den Salon. »Silvia, bist du da?«

Niemand antwortete. Er durchquerte den Raum und machte sich auf den Weg zum Schlafzimmer. »Silvia?« Er klopfte an. Erst sachte, dann lauter. Als niemand antwortete, öffnete er vorsichtig die Tür.

Das große Bett war leer, Gott sei Dank. Er zögerte kurz, dann trat er ein, schloss die Tür hinter sich und schaltete seine Taschenlampe ein. Auf die Deckenleuchten verzichtete er lieber, damit ihr Schein nicht unter den Türen hindurch auf den Hauptkorridor fiel oder von draußen entdeckt werden konnte.

Seine Stiefmutter hatte ein Arbeitszimmer gleich neben ihrem üppig ausstaffierten Schlafgemach. Auf dem Schreibtisch lagen zahlreiche Papierstapel. Hinter einer weiteren Tür gab es einen Raum für eine Sekretärin, die zwei oder drei Mal in der Woche vorbeikam, um Briefe ins Reine zu tippen und Akten abzulegen. Um diese Uhrzeit jedoch – halb zehn am Abend – war hier alles verlassen. Es roch nach Vergangenheit wie ein Vorgeschmack auf die Gespenster, die um Mitternacht den Standuhren und Kaminschächten des Palazzo entstiegen.

Spartaco nahm sich als Erstes einen Aktenschrank vor und machte sich dann an die Schubladen des Schreibtischs. Keine war abgeschlossen, und das enttäuschte ihn fast. Er war nicht sicher, wonach er suchte – nach irgendeinem Hinweis auf Silvias Vergangenheit, nach Zusammenhängen, nach Querverbindungen zu den anderen Patienten des Clara-Wunderwald-Instituts.

Ziellos blätterte er in verschiedenen Akten und Stapeln zusammengehefteter Papiere. Obenauf lag eine Rechnung über teuren Wein für irgendeine Veranstaltung, die sie organisierte.

Fündig wurde er, als er einen schmalen Wandschrank öffnete. Er war leer, was ihm angesichts des vollgestopften Aktenschranks und der Stapel auf dem Schreibtisch sonderbar vorkam.

Mit den flachen Händen strich er über die Innenseiten. Er hielt inne und lauschte in den Salon hinaus, bevor er gegen das Holz klopfte. Na also. Der Klassiker aller Geheimniskrämer – ein Hohlraum hinter der Rückwand.

Er brauchte nicht lange, bis er den Mechanismus am Boden entdeckte. Die Wand sprang auf wie die Tür einer Kuckucksuhr, zugleich ging dahinter ein Licht an. Womöglich gab es im Palazzo eine ganze Reihe solcher Geheimkammern. Wäre er hier von Kind an aufgewachsen, hätte er die meisten wahrscheinlich irgendwann entdeckt.

Ehe er eintrat, blickte er sich noch einmal um. Die Verbindungstür zum Schlafzimmer war angelehnt, genau wie er sie vorgefunden hatte, und alles war dunkel. Vor dem Fenster stand der gewaltige Nussbaum und füllte den engen Innenhof aus, als wäre er von oben mit Gewalt hineingerammt worden. Bei Sturm kratzten die Zweige an den Scheiben, doch jetzt regte sich nichts dort draußen. Auch das Fenster des angrenzenden Schlafzimmers wies zum Baum hinaus, und zum ersten Mal fragte Spartaco sich, warum Silvia unter all den Räumen im Haus ausgerechnet die düstersten für sich ausgewählt hatte.

Mit einem Stirnrunzeln wandte er sich wieder der Geheimtür zu und betrat die Kammer. Es gab keine Lampen, und so gewährte ihm einzig der Lichtkegel der Taschenlampe Einblick in den schmalen Raum.

In der Kammer standen weder Regale noch Schränke, nur Dutzende von Leinwänden, die in mehreren Stapeln am rissigen Verputz lehnten.

Er fasste das oberste Bild am Rahmen und drehte es um, um einen Blick darauf zu werfen. Das Porträt eines Mannes, den er nicht kannte. Unten in der Ecke war es mit Faustos Kürzel signiert.

Neugierig trat er vor den nächsten Stapel, und diesmal betrachtete er alle Bilder. Er hatte schon früher einige von Faustos Werken gesehen, aber die Motive waren nur selten so realistisch wie diese hier gewesen. Die Gemälde in der Kammer zeigten überwiegend Männer und nur wenige Frauen. Womöglich war es sogar immer dieselbe Frau – Silvia selbst, mal als Akt, doch meist bekleidet und in einer Pose, als bemerke sie gar nicht, dass sie gerade gemalt wurde. Die Männer auf den Bildern schlenderten in Zweier- und Dreiergruppen durch lange Gänge, saßen beim Essen, lasen Bücher, blickten nachdenklich aus vergitterten Fenstern.

Alle Leinwände waren signiert, dahinter stand jeweils eine Zahl zwischen 44 und 48. Das bestätigte Spartacos Vermutung, dass die Gemälde in der Klinik entstanden waren – demnach hatten Silvia und die anderen dort mindestens vier Jahre verbracht. Fausto selbst war einer der Patienten gewesen. Vielleicht hatte er die Leinwände später entsorgen wollen, und Silvia hatte sie hierher in Sicherheit gebracht.

Irgendwo schlug eine Tür.

Spartaco fuhr herum. Er verließ die Kammer und schloss die falsche Rückwand hinter sich, blieb aber im Schrank stehen und zog die Tür bis auf einen Spalt zu. Nebenan im Schlafzimmer ging das Licht an. Er hörte zwei Stimmen, beide kannte er nur zu gut.

»Zieh dich aus.« De Luna war ein Freund seines Vaters gewesen. Spartaco hatte ihn und seine Arroganz schon immer gehasst.

»Nur ich?«, fragte Silvia.

»Tu, was ich dir sage.«

Spartaco hatte kein Interesse an dem, was als Nächstes kommen würde. Er musste schleunigst aus diesem Schrank heraus und das Haus verlassen.

Stoff raschelte. Kleidung, die zu Boden glitt.

»Fast alle werden da sein«, sagte Silvia, während der kurze Reißverschluss einer Hose geöffnet wurde. »Das wird ein denkwürdiger Abend.«

»Sie werden erwarten, dass alles für die Opferung vorbereitet ist.«

»Dein Part, mein Lieber. Dein Part.« Ihre Stimme bekam einen belustigten Unterton. »Ach je, sieh an, du machst dir tatsächlich Sorgen …«

Das Klatschen einer Ohrfeige. Silvia atmete scharf ein. Vielleicht schlug De Luna sie nicht zum ersten Mal.

»Setz dich auf die Bettkante«, befahl er. »Und gib dir Mühe.«

Sie entgegnete nichts mehr.

Spartaco atmete tief durch. Behutsam drückte er der Tür auf und trat aus seinem Versteck.

38

Vor dem Fenster des Arbeitszimmers schien sich die Krone des Nussbaums herabzubeugen, als sähe sie Spartaco zu, während er lautlos die Rückwand des Wandschranks schloss.

Vor einigen Jahren war auf der anderen Seite der Piazza im Palazzo del Ragno der Kellerboden aufgebrochen, durchstoßen von einer knochenweißen Wurzel. Experten hatten herausgefunden, dass es sich um den Wurzelstrang eines Nussbaums handelte, obwohl es im Garten des Hauses keine Bäume gab. Seither stellte Spartaco sich vor, dass der Baum längst das ganze Viertel unterwandert hatte, durch die Keller in Kamine und Kabelschächte kroch und die Menschen durch Spalten in den Wänden beobachtete.

»Zieh das aus«, sagte seine Stiefmutter im Schlafzimmer.

»Du bist heute sehr zuvorkommend«, stellte De Luna fest.

»Ich bin erleichtert. Nach so vielen Jahren wird es endlich eine neue Zusammenkunft geben. Es wird Zeit, dass wir alle einander wieder in die Augen sehen.«

Silvia stieß einen überraschten Laut aus, als De Luna sie aufs Bett stieß.

»Du bist intrigant und verlogen«, sagte er. Es klang nicht wie ein Vorwurf, eher wie eine Tatsache, die ihm imponierte. »Du hast weder dieses Haus noch all das Geld verdient. Und trotzdem bin ich froh, dass du hier bist.«

Das Bett knirschte leise. Von Silvia hörte Spartaco nur ein Ächzen, als drücke De Luna ihr die Luft ab.

»Glaub nicht, dass du mich genauso benutzen kannst wie deinen Mann«, sagte er.

Spartaco bewegte sich vorsichtig durch das dunkle Arbeitszimmer. Es gab drei Türen – die angelehnte zum Schlafzimmer, die zum Raum der Sekretärin und eine dritte hinaus auf den Korridor. Er wollte so schnell wie möglich von hier verschwinden, aber etwas an den Worten des Barons, etwas am Ton dieses Gesprächs ließ ihn innehalten. Er wusste nicht, ob De Luna in den Tod seines Vaters verwickelt war – ganz sicher hatte der Baron dadurch eine Menge gewonnen –, und Spartaco überlegte, ob er jetzt wohl eine Antwort auf diese Fragen erhalten würde.

Widerstrebend drehte er sich um, ging leise hinüber zur Schlafzimmertür und versuchte, durch den Spalt etwas zu erkennen. Er sah zwei nackte Körper zwischen den weißen Laken und musste sich zwingen, den Blick nicht umgehend abzuwenden.

»Massimo war ein verliebter Narr«, sagte De Luna zwischen scharfen Atemstößen. »Ich bin das nicht.«

Silvia streckte den Rücken durch und vergrub die Arme unter ihren zahlreichen Kissen. Sie drehte den Kopf langsam zur Seite, die Ahnung eines Lächelns umspielte ihre Lippen. Spartaco stockte der Atem, als sie direkt in seine Richtung sah. Doch ihr Blick glitt über ihn hinweg.

Der amüsierte Zug um ihren Mund erstarrte. »Der Narr, der nicht erkennt, dass er einer ist, ist zweifellos der dümmere.«

Sie zog die Arme unter dem Kissen hervor. Ein Messer blitzte in ihrer Hand. Mit einer Kraft, die weder De Luna noch Spartaco ihr zugetraut hatten, schleuderte sie den Baron zur Seite und saß in Windeseile auf allen vieren über ihm, ein Knie in seinen Bauch gerammt, die Messerklinge an seinem Hals.

»Sieh dich nur an!« Ihre zweite Hand packte ihn grob am Kinn und drehte sein Gesicht gewaltsam dem antiken Spiegel zu. »Sieh dir an, was aus dir geworden ist! Alt und knochig und ganz besoffen von dem, was du für Macht hältst. Was ist es denn schon, über das du gebietest? Die Etruskische Front ist ein Haufen Starrköpfe, der nicht von der Vergangenheit lassen kann. Und ich dachte, du hättest begriffen, dass die Vergangenheit nichts mehr zählt.«

De Lunas Kopf war rot vor Zorn. An seinen Armen und Beinen traten die Muskeln hervor, als er versuchte, Silvia abzuwerfen, doch es gelang ihm nicht. Die Klinge lag über seinem Kehlkopf und drückte auf seine Luftröhre. »Wenn wir wieder herrschen wollen, brauchen wir Helfer!«, brachte er krächzend hervor.

»Und das sollen ausgerechnet diese Idioten sein? Ein paar Schwätzer und ihre Schlägertrupps? Massimo mag es nicht besser gewusst haben, aber du? Du hast Armeen geführt, du hast einen Kontinent beherrscht! Hast du das alles vergessen?« Sie verlagerte ihr Gewicht und presste ihm das Knie heftiger in den Leib.

De Lunas Lungen pumpten, er atmete viel zu schnell. »Du hast es ... doch selbst gesagt: Die Vergangenheit ist tot ... Wir müssen nehmen, was wir kriegen können.«

»Nein! Wir müssen nehmen, was uns gehört! Und Fausto gehörte mir. Du hast ihn mir genommen.«

De Lunas Augen quollen hervor. »Nein, ich –«

»Du hast den Auftrag erteilt, ihn zu töten«, sagte sie kalt. »Jemand hat ihm die Kehle durchgeschnitten. Mit einem Messer wie diesem hier.«

»Ich weiß nicht, wie du darauf –«

Die Klinge schnitt in sein Fleisch.

Durch den schmalen Türspalt sah Spartaco, wie Blut an De Lunas Hals herablief. Wahrscheinlich hätte er seine Stiefmutter aufhalten können, sie von hinten packen und von ihm herunterreißen können – aber er hatte weder Mitleid mit dem Baron, noch sorgte er sich um Silvia.

Der Mann begann, sich unter ihr aufzubäumen, doch sie drückte die Schneide nur noch tiefer. »Vielleicht glaubst du, ich hätte dasselbe mit Massimo getan, aber das ist ein Irrtum«, stieß sie hasserfüllt aus. »Ich hab ihm kein Haar gekrümmt, er ist einfach gestorben. Massimo hat immer getan, was ich wollte. Mein Leben war so viel bequemer, als er sich um das Vermögen gekümmert hat. Jetzt sitzen mir deine Freunde von der Etruskischen Front im Nacken, weil sie mich für seine Mörderin halten, ganz zu schweigen von seinem Sohn. Und du bist zu einem verdammten Schwächling geworden. Eine Weile lang hat es tatsächlich ausgesehen, als würde noch genug von deinem alten Ich in dir stecken. Aber ich hab mich getäuscht. Du bist nicht mehr, was du mal warst. Caligula ist so tot, wie alle glauben.«

De Luna wand sich unter ihr. Blutblasen platzten auf seinen

Lippen. Seine Stimme ertrank. »Du Scheißhure, du verdammte Scheiß-«

Spartaco stand wie erstarrt hinter der Tür, sah Silvia nackt und glänzend über dem Baron kauern, sah das Messer und immer mehr Blut, hörte, was sie sagte, und spürte zugleich, dass da noch immer eine letzte Schwelle war, bevor er es wirklich akzeptieren konnte. Sie und De Luna und wahrscheinlich einige andere waren niemals geheilt worden. Auch zwanzig Jahre später lebten sie noch immer in der Welt ihrer Wahnvorstellung.

In Wut und Blutrausch schrie Silvia auf, umschloss ihr Messer mit beiden Händen und schnitt durch Sehnen, Muskeln und Fleisch. »Die Zusammenkunft und die Opferung werden alles verändern! Ich brauch dich nicht mehr. Niemand braucht dich. Aber ich hoffe, dass du zurückkehrst und ich dich ein zweites Mal töten kann. Und dann noch einmal!«

Die Glieder des Barons strampelten in hilflosen Reflexen auf den Laken. Ein leises Pfeifen drang aus seiner Luftröhre, bevor das Blut sie gänzlich flutete. Silvia packte sein Haar und zwang ihn, ihr in die Augen zu sehen, während sie sich vorlehnte und mehr Gewicht auf die Schneide gab. Ein kratzendes Geräusch erklang, als die Klinge auf die Wirbelsäule traf. Der Baron gab keinen Laut mehr von sich, während Silvia in ihrem Zorn immer weiter sägte, bis sich das Messer in die nasse Matratze grub.

Schließlich verharrte sie über ihrem Opfer, ihr perfekter Körper bebte, all das Blut auf ihrer Haut vermischte sich mit ihrem Schweiß. Dann endlich ließ sie das Messer fallen und stieg langsam, fast graziös vom Bett. Spartaco überwand seine Lähmung und wich mehrere Schritte zurück. Seine Hände zitterten. Auf seiner Zunge lag ein saurer Geschmack.

Durch den Türspalt sah er nur noch ihren Schatten. Ihre Silhouette nahm den Hörer vom Telefon auf dem Mahagoninachttisch und drehte die Wählscheibe.

»Ich bin's«, sagte sie ruhig. »Hier muss aufgeräumt werden. Ich brauch jemanden, der sich mit so was auskennt. Sag ihm, es eilt.«

Während sie ihrem Gesprächspartner lauschte, neigte sie den

Kopf langsam von einer Schulter zur anderen. Eine Dehnübung wie nach dem Sport.

»Und noch was«, sagte sie. »De Luna ist raus aus der Sache. Ich übernehme das. Dein Auftrag bleibt derselbe. Und jetzt schick mir wen, der den Müll rausträgt.«

Spartaco huschte hinaus auf den Korridor und zog die Tür hinter sich zu. So leise er konnte, lief er den Gang hinunter, dann die große Treppe. Der Weg durch die Eingangshalle kam ihm endlos vor, ehe er schließlich ins Freie trat. Noch einmal hielt er inne, horchte auf Schritte, die ihm folgten, und fragte sich, ob Silvia wohl an einem der dunklen Fenster stand und hinab auf die Piazza blickte.

Er rannte zum Wagen, ohne sich umzusehen.

39

Vor Annas Augen flackerte das Blitzlichtgewitter. Den Finger am Auslöser, betrachtete sie die Diva in der tiefroten Robe durch ihren Sucher und wartete auf den richtigen Moment.

»Fiorenza!«, rief ein Mann hinter ihr. »Sieh her zu mir!«

Ob zufällig oder weil sie dem Paparazzo einen Gefallen tun wollte – die Frau drehte sich um, ihr Gesicht erstrahlte im Blitzlicht und zeigte ein makelloses Lächeln.

Auch Anna drückte ab. Um sie herum buhlten die Paparazzi weiter um die Aufmerksamkeit der Schauspielerin. Ihre Rufe legten sich über den schnellen Jazz, der aus dem Inneren des *Bricktop's* erklang.

»Das ist ein Lächeln!«

»Dein Kleid ist ein Traum!«

»Genau so! Wunderbar!«

»Du bist eine Göttin, Fiorenza!« Michele rückte der Frau so aufdringlich auf den Leib, dass er einmal sogar auf ihrem Kleidsaum stand. Sie blickte erhaben über ihn hinweg, warf sich das lange Haar in den Nacken und ließ sich Zeit, ehe sie durch die Clubtür schritt.

Ein Schrank von einem Mann schob sich vor den Eingang. »Das reicht jetzt! Verzieht euch!« Und direkt zu Michele: »Runter vom Teppich!«

Anna erhaschte über die Schulter des Türstehers einen letzten Blick auf die hochgesteckte Frisur der Diva.

»Wer war die?« Sie schloss zu Bruno und seinen Kollegen auf, die sich im Rudel aus der hellen Clubbeleuchtung zurückzogen.

»Fiorenza Casagrande«, sagte Bruno.

»Ist das ihr echter Name?«

»Natürlich nicht.« Michele lächelte sie kurz an, dann drehte er sich wieder der Straße zu, um ruhelos nach dem nächsten Filmstar Ausschau zu halten.

Neben Anna blickte Gianni noch immer versonnen zum roten Teppich hin. »Die große Casagrande. Sie hat vor zehn, elf Jahren einen Schönheitswettbewerb gewonnen, irgendwo auf Sizilien.«

»Haben sie das nicht alle?«, fragte Renato.

Saverio grinste. »Ich dachte, bei den Wettbewerben da unten geht's nur um Ziegen.«

»Hey, Saverio!« Michele ließ die Straße einen Moment lang aus den Augen, um seinem älteren Kollegen mit dem Zeigefinger zu drohen. »Red nicht so von oben herab über Leute aus dem Süden.«

Alle in der Gruppe wussten, dass Michele stolz auf seine Herkunft war. Er sprach viel und oft von seinem Heimatdorf in der Nähe von Matera, selbst Anna kannte schon die Namen seiner ganzen Verwandtschaft.

Saverio plusterte sich provokativ auf. »*Die* sind im Süden, *wir* im Norden. Die sind unten, wir sind oben. Wie anders soll ich denn über die reden, häh?«

Annas Aufmerksamkeit schweifte ab, als Michele wortreich parierte. Sie hatte ihre Kamera vorerst wieder eingepackt. Es war kein hochwertiges Gerät, für ihre Möglichkeiten aber keine schlechte Wahl. Sie hatte sich in London gut beraten lassen und lange darauf gespart.

Ihre zweite Kamera war besser, doch die war den heimlichen Fotos vorbehalten. Während Michele sich hinter ihr ereiferte und die anderen ihn belächelten, lauschte Anna der schrillen Trompete.

Das *Bricktop's* war ein kleiner, vor allem bei Amerikanern überaus beliebter Nachtclub an der Via Veneto, nur einen halben Block entfernt vom *Café de Paris* und dem Hotel *Excelsior*. Die Besitzerin, die dem Laden ihren Namen gegeben hatte, kam selbst aus den Staaten. Bricktop war eine schwarze Sängerin mit feuerrot gefärbtem Haar, der vom legendären Cole Porter das Lied *Miss Otis Regrets* auf den Leib geschrieben worden war – buchstäblich, behaupteten viele. Filmproduzenten buchten ihren Club gern für Premierenfeiern, und dann stieg Bricktop persönlich auf die Bühne und sang bis zur völligen Erschöpfung.

Anna beobachtete den Mann, der mit breitem Kreuz und finsterem Blick die Tür bewachte. In ihrem Rücken hatten sich die Stimmen wieder beruhigt.

»Der Türsteher hat mich mit euch gesehen«, sagte sie. »Der lässt mich nie und nimmer rein.«

»Dafür gibt's die Hintertür«, erwiderte Bruno. »Die nehmen all jene, die nicht fotografiert werden wollen.«

»Warum liegt ihr dann nicht dort auf der Lauer?«

Saverio schnalzte mit der Zunge. »Wer in Rom was auf sich hält, der will auch in die Zeitung. Die wichtigen Leute marschieren alle hier vorne auf. Die tun nur so, als würden sie sich zieren, aber in Wahrheit sind sie alle ganz scharf darauf, für uns Schau zu laufen.«

»Blitzlicht ist für die wie ein Magnet«, erklärte Michele. »Sogar die Kerle mit der falschen Frau im Arm können oft nicht anders.«

»Muss ich nicht verstehen, oder?« Sie seufzte, öffnete ihren Rucksack und zog die rote Handtasche hervor. Den Rucksack ließ sie zurück, als sie sich in ihrem knappen Rock und einem schwarzen Kurzmantel, den Bruno ihr besorgt hatte, zum Hintereingang aufmachte. Hier war es dunkler, die Musik gedämpfter.

Tatsächlich gab es an der Hintertür keine Paparazzi, und vor ihr warteten nur drei andere Männer und Frauen darauf, eingelassen zu werden. Ein Türsteher musterte sie, aber das machte sie kaum noch nervös. Großzügig winkte er sie durch ins Innere.

Dichte Schwaden Zigarettenrauch trieben durch den Nachtclub. Zwischen all den Menschen in Chiffon und Seide konnte Anna eine golden gestrichene Bar im hinteren Bereich ausmachen. Auf den Bänken mit roten Lederpolstern erkannte sie auf den ersten Blick ein Dutzend berühmter Schauspieler.

In der Enge war es schwierig, jemanden zu fotografieren – entweder war sie zu nah bei den Leuten, oder andere schoben sich dazwischen. Ruhig zu stehen, um den Film in der getarnten Kamera lange genug zu belichten, war nahezu unmöglich. Laufend wurde sie angerempelt oder geriet in einen Strom aus Männern und Frauen, dem sie zwangsläufig folgen musste. Das Chaos der Stimmen, die Musik und die schlechte Luft erinnerten sie an Nächte in London, die sie lieber vergessen wollte.

Sie tat ihr Bestes, trotzdem ein paar Bilder zu schießen. Sean Connery und Burt Lancaster waren da, Anouk Aimée und die Bardot. Einen lauten Mann in der Ecke hielt sie für Anthony Quinn, der Kleinere neben ihm war Kirk Douglas. Dazwischen tummelten sich etliche Starlets, als wären die Studios von Cinecittà wie ein Füllhorn über dem *Bricktop's* ausgeleert worden.

Sie hielt die Hand an der Tasche, während sie sich durch die Menge bewegte. Für die anderen Gäste musste es aussehen, als wollte sie vermeiden, dass jemand sich in ihrem Schultergurt verfing. Das Klicken wurde von Musik und Gesprächen geschluckt.

Niemand interessierte sich für sie. Hier gab es so viele makellose Gesichter, perfekte Körper und willige Blicke, dass sie unbehelligt bis zur erhöhten Theke am anderen Ende des Saals gelangte. Dort hielt sie einen Moment lang inne und versuchte, sich durch die treibenden Zigarettenschwaden Orientierung zu verschaffen. Mit dem Rücken lehnte sie an der goldenen Bar und ließ den Blick über die Menge schweifen.

Aus dem Augenwinkel bemerkte sie, dass jemand neben ihr sie ansah.

Der Mann hatte eines jener klassisch schönen Gesichter mit scharfen Wangenknochen und ausgeprägtem Kinn. Um die Augen war die Haut ein wenig heller, wahrscheinlich trug er oft eine Sonnenbrille. Anna schätzte ihn auf Mitte vierzig, glaubte aber, dass das schummrige Licht ihm einen Gefallen tat.

»Entschuldigen Sie«, bat er. »Ich wollte Sie nicht anstarren.«

»Jeder starrt hier jeden an, oder?« Im ersten Moment war sie nicht sicher, doch als er lächelte, erkannte sie sein Gesicht von den Fotos wieder, die Bruno ihr herausgesucht hatte.

Er deutete auf die größte Sitzbucht, direkt neben der Bühne mit dem Jazz-Ensemble. »Ich würde Sie auf einen Drink einladen, wenn der kleine Kerl im Smoking dahinten nicht ohnehin alles bezahlen würde. Haben Sie Signor De Laurentiis schon angemessen gehuldigt?«

»Dino De Laurentiis? Der Produzent?«

»Sein Name stand auf der Einladung.«

»Ich hab keine.«

»Immerhin sind Sie ehrlich.« Er lachte. »Paul Campbell. Ich hätte mich gleich vorstellen sollen.«

»Anna.«

Campbell hob sein Whiskyglas, um ihr zuzuprosten, und spielte ihr dabei ein unverfängliches Lächeln vor, das sie mühelos durchschaute. In seinen Augen war etwas, das seiner jovialen Fassade widersprach: eine Überraschung, fast ein Erschrecken, das er nicht überspielen konnte.

Um ihn gänzlich aus der Fassung zu bringen, versuchte sie es mit Aufrichtigkeit. »Ich erinnere Sie an jemanden.«

Er stellte sein Glas ab. »Wie kommen Sie darauf?«

»An meine Mutter.«

Für einen Moment leerten sich seine Züge. Er war Schauspieler, vielleicht tat er das absichtlich, statt sich noch einmal von ihr überrumpeln zu lassen. Campbell wandte sich an den Barkeeper. »Noch einen Doppelten. Heute ist der Tag gekommen, an dem hübsche, junge Damen jemanden in mir sehen, den sie geeigneter für ihre Mutter halten.«

Der Mann hinter der Bar füllte das Glas kommentarlos mit *J&B* und wanderte zum nächsten Gast.

Anna wartete, bis Campbell einen großen Schluck genommen hatte. »Valeria. Sie haben sie gekannt.«

»Sind Sie eine von denen, die auf der Suche nach ihrem Vater sind?«

»Waren Sie vor gut zwanzig Jahren schon mal in Rom?«

»Nein.«

»Dann kann ich Sie beruhigen.«

Er spreizte die Finger und ließ sein Glas zwischen ihnen auf der Theke kreisen. Dann glitt er vom Barhocker und lächelte. »Ich weiß, wofür Sie mich halten. Ich hätte Sie wirklich nicht anstarren sollen.«

»Warten Sie!« Anna machte einen Schritt zur Seite und vertrat ihm den Weg. »Sie kannten sie doch, oder?«

»Sie sehen aus wie sie.«

»Ich weiß.«

Campbell seufzte. Sein Blick wanderte über ihren Kopf hinweg Richtung Ausgang, und dann, fast widerstrebend, zurück zu ihrem Gesicht. »Was wollen Sie von mir, Anna?«

»Nur mit Ihnen reden. Irgendwo, wo es ruhiger ist.«

»Das ist ein Angebot, das Sie hier nicht vielen Männern machen sollten.«

»Wussten Sie, dass meine Mutter tot ist?«

Er zögerte kurz. »Ja. Und es tut mir leid.«

»Können wir reden?«

Campbell schien einen Moment mit sich zu kämpfen. Er streckte die Hand aus und tippte den Verschluss ihrer Tasche an. »Aber unterstehen Sie sich, die Kamera mitzubringen.«

Annas Finger verkrampften sich um den Tragegurt. »Die ist Ihnen aufgefallen?«

»Sie sind nicht so raffiniert, wie Sie glauben.«

Sie vergewisserte sich, dass niemand zufällig mitgehört hatte, aber um sie herum ging die Party weiter. Alle hier interessierten sich am meisten für sich selbst.

»Versprochen«, sagte Anna, »keine Kamera. Ich will nur mit Ihnen über meine Mutter sprechen.«

Auf den ersten Blick sah er aus wie ein Filmstar, gar keine Frage. Die Fältchen um seine Augen waren ein wenig zu tief, die Augen zu müde, das Lächeln zu abgenutzt – und doch hatte er noch immer diese Ausstrahlung, die jemanden wie ihn von Normalsterblichen unterschied.

»Kennen Sie die De-Paolis-Studios?«, fragte er.

»Die kann ich finden.«

»Folgen Sie einfach der Via Tiburtina vom Hauptbahnhof aus für zwei, drei Kilometer stadtauswärts, dann können Sie sie nicht verfehlen. De Paolis ist so was wie der schäbige Cousin von Cinecittà. Genau richtig für Leute wie mich. Können Sie morgen Nachmittag dort sein? Gegen fünf? Das ist immer die Zeit, wenn der Regisseur seinen cholerischen Anfall bekommt und ich ein wenig Luft schnappen gehe.«

»Ich werde da sein.«

»Der Pförtner heißt Mario. Wie auch sonst. Ich sag ihm, dass er Sie reinlassen soll.«

»Anna Savarese.«

»Ja, ich weiß.«

Damit wandte er sich ab und ließ sie stehen, verschwand mit seinem Whiskyglas in der Menge, als würde er selbst zu grauem Rauch.

40

Schotter spritzte unter den Reifen hervor, als Palladino den Citroën abrupt stoppte. Er sprang aus dem Wagen, war mit wenigen Schritten am Haus und hieb mit der Faust gegen Lauras Eingangstür.

»Laura?« Er wartete mit klopfendem Herzen. »Laura, bist du da?«

In der vergangenen Nacht hatte er kaum geschlafen. Den Nachmittag zuvor hatte er damit verbracht, die Vergangenheit des Barons De Luna zu durchleuchten. Während seiner Zeit als Polizist hatte Palladino sich nicht nur Feinde gemacht, und es gab noch immer ein paar ehemalige Kollegen, die bereit waren, sich von ihm auf ein paar Bier einladen zu lassen. Luca Benedetto war vor vielen Jahren mit ihm Streife gefahren; heute ermittelte er für die Anti-Mafia-Einheit der Staatsanwaltschaft gegen den Ascolese-Clan. Nicht viele Männer kannten sich so gut aus mit den Geschäften von Carmine Ascolese, und es hatte Palladino die halbe Nacht in einem verräucherten Beatschuppen in Trastevere gekostet, um Benedetto zum Sprechen zu bringen.

Tatsächlich kannte der sie alle: den toten Conte Amarante, seine Witwe Contessa Silvia Amarante, natürlich den Baron De Luna und seine Faschistenbande von der Etruskischen Front, außerdem ein Dutzend weitere Mitglieder der besseren Gesellschaft, die hinter verschlossenen Türen Geschäfte mit Ascolese machten.

Palladino gab das Klopfen auf und umrundete das Haus. Erst vor wenigen Tagen war er hier draußen einem Unbekannten nachgejagt. Durch das Fenster warf er einen Blick in die dunkle Küche. Kein Zeichen von Laura.

»Laura?«, rief er. »Wo steckst du?«

Es kam nicht selten vor, dass Seilschaften zwischen dem organisierten Verbrechen, der Hochfinanz und dem Adel bis zurück in die Kindheit reichten. Jugendfreunde verschafften einander als Erwachsene gut dotierte Posten und wasserdichte Alibis. Wie er nun wusste, hatten sich auch in diesem Fall einige der Beteiligten bereits früher kennengelernt. Allerdings, so hatte Benedetto ihm erklärt, war der Ort überaus ungewöhnlich – eine psychiatrische Klinik in den Bergen, nahe einem Dorf namens Varelli. Sowohl die Contessa Amarante wie auch Fausto, der Baron De Luna und einige andere prominente Köpfe waren dort zur selben Zeit in Behandlung gewesen.

Palladino erreichte die schmale Hintertür und hämmerte mit beiden Fäusten dagegen. Drinnen erklang kein Laut.

Ganze vier Jahre hatten sie alle in der Klinik verbracht, ehe man sie als geheilt entlassen hatte. Heutzutage müsse man schon einen ziemlichen Sprung in der Schüssel haben, um so lange weggesperrt zu werden, hatte Benedetto erklärt. Aber kurz nach dem Krieg sei das noch anders gewesen. Erst recht in einem so besonderen Institut wie diesem.

Dass weder Fausto noch die Contessa oder De Luna alle Tassen im Schrank hatten, war keine Überraschung. Aber dass es ganz offiziell attestiert worden war, hatte Palladino dann doch erstaunt.

Er lauschte noch einmal am rauen Holzblatt der Tür. Dann trat er zwei Schritte zurück, holte Schwung und warf sich mit der Schulter dagegen. Der stechende Schmerz zog bis in seine Brust und lähmte für einen Moment seinen Arm. Die Tür hatte um keinen Fingerbreit nachgegeben.

»Was machst du denn da?«

Er fuhr herum und sah Laura aus dem nahen Waldstück kommen. Sie trug ein geblümtes Kleid mit Strickjacke, der Henkel des geflochtenen Korbs lag über ihrem Unterarm. Sie sah aus, als wäre sie auf dem besten Wege, wütend zu werden, aber das war ihm im Augenblick egal.

»Gott sei Dank!«, entfuhr es ihm. »Alles in Ordnung?«

»Ich war Kräuter sammeln. Was hat die Tür dir getan?«

»Ich dachte, du ... Du hast nicht geantwortet, und da hab ich mir Sorgen gemacht.«

Sie kniff die Lippen zusammen, als läge ihr eine spitze Bemerkung auf der Zunge. Stattdessen fragte sie: »Tut die Schulter sehr weh?«

»Nein, kein bisschen.«

»Lass mal sehen.« Sie schloss die Tür auf und schob ihn ins Haus. In der Küche roch es nach frisch gebackenem Brot. Laura legte zwei Büschel Rosmarin ab und stellte den Korb auf den Boden. Dann platzierte sie Palladino auf einem Stuhl wie einen kleinen Jungen, der sich beim Spielen Schrammen geholt hatte.

»Zieh das Hemd aus.« Sie runzelte die Stirn, als sie das Muster wiedererkannte. »Gott, hab *ich* dir das noch geschenkt? Wie alt ist das Ding?«

»Ich mag's halt.« Er knöpfte sich das Hemd umständlich mit einer Hand auf und legte es über die Lehne. Seine Schulter war feuerrot und würde bald blau werden.

Laura warf einen kritischen Blick darauf, öffnete einen der Küchenschränke und wählte einen flachen Tiegel. Darin befand sich eine dieser Salben, die sie selbst zusammenmischte – er erinnerte sich nur zu gut an den Geruch. Behutsam rieb sie seine Schulter damit ein.

Während er ihr einiges von dem erzählte, was er herausgefunden hatte, spürte er, wie der Schmerz allmählich nachließ.

»Du glaubst also, die Männer mit den schönen Händen waren irgendwelche Schläger, die Ascolese mir auf den Hals gehetzt hat?«, fragte sie.

»Bei der Mafia beginnt es immer mit einer Warnung. Erst wenn die nichts bringt, wird es wirklich gefährlich.«

»Aber keiner hat dir gesagt, was sie überhaupt wollen, oder?«

»Nein, kein Wort.«

Sie sah ihn ernst an. »Und wenn es gar nicht um dich geht?«

»Wie meinst du das?«

»Es kommen doch mehrere Dinge zusammen.« Sie zählte sie an den Fingern ab. »Die Männer mit den schönen Händen. Der seltsame Zylinder, aus dem Kaninchen und Tauben und sonst was hüpfen. Dann die Gestalt draußen vor dem Fenster. Findest du wirklich, dass das nach Mafia klingt?«

»Ich weiß selbst, wie das –«

Sie unterbrach ihn: »Nehmen wir mal kurz an, die Männer hätten wirklich nur nach dem Weg gefragt. Dann blieben der Zylinder und jemand am Fenster. Ein Mann wie Carmine Ascolese schickt dir bestimmt keine komischen Hüte. Und wenn er einen von uns umbringen wollte, dann stünde jemand mit einer Waffe vor der Tür. Wer immer da draußen vor dir weggelaufen ist, war doch kein Mafiakiller.«

Er hätte ihr schildern können, was auf dem Friedhof geschehen war – das bestialische Kreischen in den Bäumen, der blitzschnelle Schatten, der die beiden Leibwächter fortgerissen hatte. Und er hätte erwähnen können, dass er glaubte, dasselbe Wesen vor Faustos Wohnungstür gehört zu haben. Aber dann hätte er ihr auch von dem Mord an dem Maler erzählen müssen.

»Du glaubst, Ascolese hat es gar nicht auf mich abgesehen?«, fragte er stattdessen. »Dass ich mir das nur einbilde?«

Sie hob die Schultern, und ihr Gesicht wurde weicher, die Stimme sanfter. »Vielleicht machst du dir einfach zu viele Sorgen.«

»Und der Zylinder?«

»Hat vielleicht nichts mit dem ganzen Rest zu tun.«

Er schob den Stuhl zurück und stand auf. »Womit dann? Ich glaub nicht an Gespenster, Laura!«

»Dein *Arm* ist in dem Ding verschwunden. Zweimal. Und was ist mit den Tieren? Dafür gibt es keine vernünftige Erklärung. Das einfach zu verdrängen, wird dir nicht weiterhelfen.«

Er schüttelte den Kopf. »Diese Männer, die bei dir waren ... das waren keine Leute, die sich verirrt hatten. Das riecht förmlich nach Ascolese. Und wenn sie nicht von ihm kamen, dann von jemandem, der für ihn arbeitet.«

Sie musterte ihn durchdringend. »Mit wie vielen von der Sorte hast du dich diesmal angelegt?«

»Ich wär heilfroh, wenn ich das wüsste.«

Sie wandte sich dem Tisch zu und zupfte an ihren Rosmarinzweigen. »Und was nun?«

»Eigentlich wollte ich dich nur bitten, nicht mehr allein hier draußen zu bleiben.«

»Ich muss ohnehin in die Stadt. Am Achtundzwanzigsten hab ich einen Auftritt mit dem Orchester. Eine von diesen Gedenkfeiern zum Ende des Faschismus.«

»Als ob mit Mussolini auch die Faschisten gestorben wären«, sagte Palladino abfällig.

»Ich weiß«, erwiderte sie gereizt, als wäre ihr selbst nicht wohl dabei. »Aber er ist nun mal zwanzig Jahre tot, und irgendwer hat beschlossen, das zu feiern. Ich geh für ein paar Nächte ins Hotel. Und nein, ich werd bestimmt nicht auf deinem Sofa schlafen.«

Tatsächlich war ihm das diesmal ganz recht. Er war überzeugt, dass ihr in seiner Nähe Gefahr drohte. Zugleich war er froh, dass sie unter Menschen sein würde. Das war keine Garantie für ihre Sicherheit, aber alles war besser als das Alleinsein hier draußen im Nirgendwo. »Kannst du sofort fahren?«

Sie blickte ihn aus großen Augen an. »Jetzt gleich? Mit dir?«

»Nein. Ich fahr von hier aus weiter rauf in die Berge. Es gibt da was, das ich mir ansehen will.«

»Du wirst dir nur noch mehr Ärger einhandeln«, sagte sie leise.

»Aus irgendeinem Grund hat das alles da oben begonnen.«

»Versprichst du mir, dass du vorsichtig bist? Ich hab keine Lust, eines Tages bei deiner Beerdigung zu stehen. Wir sind getrennt. Alle würden nur denken, ich wäre froh, dass es dich endlich erwischt hat.« Sie versuchte sich an einem sarkastischen Lächeln, aber es reichte kaum zu einer Andeutung.

»Außer dir wird keiner da sein.« Er verzog den Mund. »Ugo, vielleicht.«

»Das ist traurig.«

Palladino mied ihren Blick. »Und du solltest auch nicht hingehen.«

41

Als Spartaco den schwarzen Mercedes die einsame Bergstraße hinauflenkte, stand die Sonne fast im Zenit. Sie hatten das letzte Haus vor einer ganzen Weile passiert und waren außer ein paar Kühen und Ziegen niemandem begegnet. Die Idylle bildete einen harten Kontrast zu den Ahnungen in Annas Kopf.

»Hast du mal dran gedacht, die Polizei zu rufen?«, fragte sie. »Ich meine, so wie normale Leute?«

»In Silvias Zimmern ist alles voll mit meinen Fingerabdrücken.«

»Du glaubst, deine Stiefmutter hätte *dir* den Mord in die Schuhe geschoben?«

»Du kennst Silvia nicht. Als mein Vater gestorben ist, hat sie fast alles geerbt – und es gab nicht mal 'ne richtige Untersuchung. Sie ist vertraut mit jedem, der in dieser Stadt was zu sagen hat. Irgendeinen Weg hätte sie gefunden, um mir die Schuld zu geben. Der verbitterte Sohn, der seine Stiefmutter hasst und bei Nacht über sie und ihren neuen Geliebten herfällt … Dazu die politische Sache! Ich säße jetzt in U-Haft und wahrscheinlich bald für immer im Knast.«

Anna sah wieder nach vorn auf die gewundene Straße und schwieg. Noch vor ein paar Tagen hätte sie geglaubt, dass er sich zu wichtig nahm und den Einfluss der Contessa überschätzte. Heute wusste sie es besser. Sie lehnte den Kopf zurück und blickte hinaus auf die Berghänge, die nach der langen Fahrt durch die Ebene immer steiler wurden. Im letzten Sommer hatte es hier Waldbrände gegeben. Die schwarzen Baumstämme standen noch da wie Gedenksteine auf einem Weltkriegsschlachtfeld.

»Wie geht's dir jetzt?«, fragte sie.

»De Luna war ein Kotzbrocken, und Silvia hab ich schon vorher gehasst wie die Pest. Aber ich bekomm dieses Bild nicht aus dem Kopf: Sie mit dem Messer, all das Blut …«

»Kann ich verstehen. Ich war nicht dabei, als meine Mutter ermordet wurde, aber ich hab's mir so oft vorgestellt, dass das kaum noch einen Unterschied macht.«

»Wir werden rausfinden, wie das alles zusammenhängt.«

Sie faltete die Karte auf ihrem Schoß auseinander. »Irgendwas haben die Imperatoren vor. Und Ascolese hilft ihnen dabei. Du denkst doch auch, dass sie mit ihm telefoniert hat, oder?«

Er nickte, und Anna senkte ihren Blick auf die Karte. »Es kann nicht mehr allzu weit sein.« Mit dem Finger fuhr sie dem geschlängelten Straßenverlauf nach.

»Auf dem letzten Schild stand nichts von Varelli.«

»Ist bestimmt zu klein. Wir müssen weiter oben noch mal links abbiegen, dann sollte uns die Straße genau zur Klinik führen.«

Er warf ihr einen raschen Seitenblick zu. »Hast du's dir schon überlegt?«

»Hm?«

»Das mit Campbell. Willst du wirklich zu ihm ins Studio?«

»Ich glaub nicht, dass er Mum umgebracht hat. Aber er hat sie gekannt. Vielleicht war er zumindest einer der Gründe, warum sie nach Rom zurückgegangen ist.«

»Du musst aufpassen bei Leuten wie ihm«, sagte er. »Die verdienen ihr Geld damit, andere zu belügen.«

»Ganz im Gegensatz zu Paparazzi natürlich, die immer nur die reine Wahrheit verkaufen.« Ein Blick auf die Karte, dann sah sie wieder durch die Frontscheibe. »Da vorn ist die Abzweigung. Und, voilà, da ist ein Schild ...«

Der Lack auf dem Metall hatte während der Brände Blasen geschlagen; es sah aus, als wäre der Schriftzug *Varelli* mit der Beulenpest infiziert. Spartaco setzte den Blinker, obwohl weit und breit kein anderes Auto zu sehen war.

Zugleich begann es zu regnen.

Der Mercedes bog nach links auf eine einspurige Straße und glitt immer tiefer in eine apokalyptische Landschaft aus aschgrauem Fels, tiefschwarzem Schlamm und einem Meer aus verbrannten Bäumen.

42

Palladino schaltete das Autoradio aus. Der Bergwind heulte hier oben so laut um die Karosserie, dass er zuletzt das Programm übertönt hatte. Der Motor lief nicht mehr, und weil es nieselte und der Scheibenwischer stillstand, würde die Windschutzscheibe bald blind sein.

Das dreistöckige Klinikgebäude erhob sich als schwarzer Wall aus ausgeglühten Ziegelmauern auf der anderen Seite des Vorplatzes. Es war in Form eines Hufeisens angelegt worden. Vielleicht ein altes Jagdschloss aus dem 17. oder 18. Jahrhundert, angesichts der Zerstörung war das schwer zu sagen. Die Dächer waren verschwunden, verkohlte Balken stachen aus dem Obergeschoss in den grauen Himmel. Alle Fenster waren geborsten, das Portal stand weit offen.

Der verbrannte Bergwald unter dem grauen Wolkenhimmel verstärkte die drückende Atmosphäre. Der Gestank von Ruß und Asche hing auch nach fast einem Jahr noch über der Gegend. Der Ort Varelli lag jenseits des Berges, aber Palladino bezweifelte, dass dort noch jemand wohnte. Vermutlich waren auch die Häuser ein Raub der Flammen geworden.

Er stieg aus, schlug den Mantelkragen hoch und stapfte durch Regen und Matsch zur Ruine hinüber. Man hatte sich nicht einmal die Mühe gemacht, das Gelände durch Absperrungen zu sichern. Rom war zu weit entfernt, als dass die Banden gelangweilter Halbstarker aus den Trabantenstädten den Weg hierher gefunden hätten.

Langsam stieg er die Stufen hinauf und trat durch das zerstörte Portal. Schlagartig wurde der Regen abgeschnitten. Die Zwischendecken des Gebäudes waren größtenteils intakt geblieben.

Mitten in der Eingangshalle lagen die ausgeglühten Überreste eines Drehstuhls. Alle übrigen Möbel waren verschwunden, entweder verbrannt oder abtransportiert. Möglicherweise hatte jemand das Anwesen gekauft und mit dem Aufräumen begonnen, ehe ihm das Geld ausgegangen war. Nur eine Ruine mehr in einem Land, das übersät war mit stillgelegten Bauprojekten und verlassenen Adelssitzen.

Palladino zog seine Taschenlampe aus dem Mantel. Das Klicken des Schalters schickte ein Echo durch die Ruine. Der Gestank legte sich auf seine Atemwege und auf sein Gemüt. Je länger er den Lichtkegel durch das Erdgeschoss wandern ließ, desto enttäuschter war er. Dabei war er nicht einmal sicher, was er erwartet hatte. Gewiss keine randvollen Aktenschränke mit geheimen Patientendaten. Bisher sah er nichts als nackte Stützpfeiler und rußige Ziegelwände.

Er setzte seine Erkundung im ersten Stock fort und versuchte, sich auszumalen, wie es in den leeren Korridoren und Sälen vor zwanzig Jahren ausgesehen hatte. Benedetto hatte ihm erzählt, dass das Clara-Wunderwald-Institut um die Jahrhundertwende von einer Ärztin aus Wien gegründet worden war, um in der Bergluft der Abruzzen neue Heilmethoden anzuwenden.

»Sie ist mit irgendwelchem Kram aus Fernost angekommen, Meditation, Geistheilung, weiß der Himmel. Anfangs war das Ganze wohl eher so eine Art Luftkurort. Reiche Leute haben eine Menge Geld dafür bezahlt, sich einreden zu lassen, dass ihr Verstand dort kräftig durchgepustet wird. Im Laufe der Jahre wurde allerdings mehr und mehr so eine Art Luxusknast für unerwünschte Familienmitglieder daraus – den wunderlich gewordenen Patriarchen, die streitsüchtige Mutter, missratene Erben. Sie alle wurden dort abgeliefert und vergessen. Das Wunderwald-Institut bekam einen gewissen Ruf, und der wurde nicht besser mit der Machtergreifung der Faschisten. Mussolinis Leute krempelten den Laden um und ließen dort politische Gegner verschwinden. Das war in der Phase, bevor man sie einfach auf der Straße erschossen hat.«

Luca Benedetto war ein fleißiger Polizist gewesen, als er noch mit Palladino zusammengearbeitet hatte, und daran hatte sich in den vergangenen zwei Jahrzehnten nichts geändert. Während er erzählt hatte, was er wusste, hatten seine Augen dieses verbissene Leuchten bekommen, an das Palladino sich von früher erinnerte. Nicht einmal die Rauchschwaden des Beatclubs hatten das verschleiern können.

»Gleich nach dem Krieg hat das Institut sich noch mal neu erfunden: Mussolini-Anhänger, denen unter der neuen Regierung Verfolgung und lange Gefängnisstrafen drohten, die aber nicht aus Italien wegwollten, konnten dort Unterschlupf finden. Die neue Leitung des Instituts hat Unsummen damit verdient, diese Leute zu verstecken und ihnen ein Leben mit allen Annehmlichkeiten zu bieten.«

»Und wie sind De Luna und die anderen dort gelandet?«, hatte Palladino wissen wollen.

»Ich hab keine Ahnung. Ich weiß nur, dass sie alle mit Symptomen von Schizophrenie eingeliefert wurden. Gespaltene Persönlichkeiten. De Luna war Minister unter Mussolini und hat sich vermutlich gleich nach dem Tod des Duce dort versteckt. Er war wohl der Erste, der die Symptome hatte. Innerhalb der nächsten Wochen sind dann immer mehr ähnliche Fälle ins Institut gebracht worden, alle mit demselben Spleen: Sie hielten sich für wiedergeborene Kaiser aus dem alten Rom.«

»Für Kaiser.« Darauf hatte Palladino erst mal einen großen Schluck aus seinem Glas genommen.

»Jeder Einzelne von ihnen. Vier Jahre sind sie da oben auf dem Berg behandelt worden, dann hat man sie als geheilt entlassen.«

»Alle gleichzeitig?«

»Merkwürdig, oder? Die Behandlungen wurden abrupt beendet und für erfolgreich erklärt. Vielleicht wurde das intern in der Klinik entschieden, oder jemand von außen hat das veranlasst. Heute lässt sich das kaum noch rekonstruieren. Irgendwer hat später dafür gesorgt, dass die Vita jedes Patienten bereinigt wurde. Ich hab nur noch ein paar Durchschläge gefunden, und selbst die … na ja, das war nicht im Archiv der Staatsanwaltschaft. Dort sind sie ausgesprochen gründlich gewesen.« Benedetto hatte ein tiefes Seufzen ausgestoßen, weil das Probleme waren, mit denen er beim Kampf gegen die Mafia andauernd zu tun hatte. »In den ersten Jahren nach dem Krieg hat man eine Menge Westen reingewaschen. Es wäre ziemlich naiv, zu glauben, dass damals nur politische Karrieren aus den Akten getilgt worden sind. War man erst mal dabei, konnte man gleich auch alles andere verschwinden lassen, das irgendwem lästig war. Also haben sie einen Haufen schwerst Schizophrener bei Nacht und Nebel zurück nach Rom geschickt. Und es ist auffällig, dass die paar, die wir kennen, heute verdammt gut dastehen. Der Chef der Etruskischen Front, die Contessa Amarante, ein Kardinal, ein Bauunternehmer ...«

»Was ist mit Ascolese?«, hatte Palladino gefragt.

»Er macht mit den meisten von diesen Leuten Geschäfte, aber er tauchte nirgends in den Klinikunterlagen auf«, hatte Benedetto erklärt. »Was nichts heißen muss. Ich würde eine Menge dafür geben, wenn ich auch die anderen Namen hätte. Ich fürchte, da gäbe es ein paar böse Überraschungen.«

Irgendwo in den Tiefen der Ruine ertönte ein Kreischen und riss Palladino zurück in die Gegenwart. Er hörte Schritte auf dem schmutzigen Boden. Aber von wie vielen Menschen? Seine Taschenlampe zeigte ihm nichts als lose Kabel und nackte Wände.

Erneut erklang ein Laut, den er nicht zuordnen konnte. Diesmal eindeutig von vorn.

Sein Adrenalin trieb ihn vorwärts, tiefer ins Gebäude. Hektisch blickte er von links nach rechts und wieder zurück. Nichts.

Er erreichte das Ende der Halle, dort zweigten zwei Gänge ab.

»Hey!«

Palladino hatte etwas am Ende des Korridors gesehen, kaum mehr als ein Umriss. Fast so groß wie ein Mensch und von gedrungener Statur, rannte der Schemen auf allen vieren vor ihm davon, tiefer hinein in das Labyrinth der Ruine. Palladino zog seine Waffe aus dem Mantel und nahm die Verfolgung auf.

Die Kreatur war schnell. Er bekam sie kein zweites Mal zu sehen und musste sich ganz auf sein Gehör verlassen.

Das Wesen kletterte über umgestürzte Balken und schlitterte scharrend über Linoleumboden. An jeder Wegbiegung fand Palladino lange Spuren im Ruß. Aus einem schmalen Korridor hörte er ein Schleifen wie von Glas auf Fliesen.

Zuletzt stürmte er in einen Saal, der Ähnlichkeit mit einem ausgebrannten Theater hatte. Zwei Etagen hoch, mit einer Galerie, deren Geländer sich in der Hitze verbogen hatte und in den Raum herabhing wie eine Strickleiter. Die Bühne am anderen Ende des Saals war ein gemauerter Block, auf den von oben ein grauer Lichtstrahl fiel – dort klaffte ein Loch in der Decke zum nächsten Stockwerk und ließ Helligkeit einfallen.

Die Kreatur war stehen geblieben und schien auf ihn zu warten.

Palladino hielt die Waffe am ausgestreckten Arm, während er sich langsam vorwagte. Sein Atem rasselte in seiner Kehle.

»Was bist du für ein Ding?«

Das Wesen stand geduckt auf der Bühne und war hinter der Säule aus Tageslicht nur als gespenstischer Umriss zu erkennen. Auf dem Friedhof hatte Palladino gesehen, wie die Kreatur zwei bewaffnete Männer ausgeschaltet hatte, so als hätte sie ihn vor den beiden beschützen wollen. Vor Faustos Wohnung war sie ihm davongelaufen, und auch hier machte sie keine Anstalten, ihn anzugreifen.

»Was willst du von mir?«

Das Geschöpf gab Geräusche von sich, nicht wie der Schrei in der Halle, sondern ruhiger. Als wollte es ihm antworten.

Langsam wagte er sich weiter vor. »Wie zum Teufel bist du mir hier rauf gefolgt?

Noch während er die Frage aussprach, wurde ihm klar, wie unsinnig sie war. Die Kreatur war ihm nicht gefolgt – sie tauchte einfach auf. Sie war ebenso real oder irreal wie das Kaninchen im Zylinder und die –

Eine Flut weißer Tauben ergoss sich lautstark durch den breiten Lichtstrahl in den Saal, ein Strom aus gefiederten Leibern. Die Vögel fächerten auseinander, die Ersten setzten sich auf die Ränder der Galerie und die zerstörte Balustrade. Palladino riss den Arm hoch, um sich zu schützen, aber keines der Tiere attackierte ihn. Eine Weile herrschte in der Luft ein lautstarkes Tohuwabohu, dann hatten sich alle niedergelassen und blickten reglos mit ihren schwarzen Knopfaugen auf Palladino herab.

Hilflos starrte er zurück, legte den Kopf in den Nacken. »Ich weiß nicht, was ihr von mir wollt!« Sein Brüllen übertönte das hundertfache Gurren.

Er hätte gehen, den Saal einfach verlassen können, aber er wusste tief im Inneren, dass es damit nicht getan sein würde. Sie würden wieder erscheinen und wieder, und irgendwann würde er den Verstand verlieren, sobald er nur eine Taube auf der Straße oder eine schnelle Bewegung am Rand seines Blickfelds bemerkte.

Mit bedächtigen Schritten ging er weiter in den Raum hinein und beobachtete durch die Lichtsäule das Wesen, das geduckt dahinter kauerte und leicht auf und ab wippte.

»Warum ich?«, fragte er. »Wer hat entschieden, dass ich den verdammten Zylinder bekommen soll?«

»Das warst du selbst.«

Diesmal schrak Palladino nicht zusammen. Er hatte längst mit ihm gerechnet.

Eine zweite Gestalt trat von hinten auf die Bühne, groß und spindeldürr, gekleidet in denselben schwarzen Zirkusfrack wie im *Café de Paris* und auf dem Friedhof. Der Fabelhafte Fratelli blieb inmitten des Lichtstrahls stehen, verneigte sich mit pompöser Geste in Palladinos Richtung und zeigte ein Lächeln aus großen Zähnen, das auf groteske Weise dem der Karikatur auf dem Zauberkasten entsprach.

»Was zur Hölle –«

»Du bist ein Mörder, Gennaro Palladino.« Die Stimme klang schneidend. Palladino glaubte nicht, dass er sie sich als Kind so vorgestellt hatte. »Eine Bestie. Ein Tier, das andere Tiere tötet, um sich zu bereichern.«

»Du bist gar nicht hier. Dich hat's nie wirklich gegeben.«

»Es war nicht leicht, Verbindung zu dir aufzunehmen. Wir sprechen zu dir und zu anderen, aber die meisten hören uns nicht oder nur ein schwaches Echo unserer Worte.«

»Wer seid ihr?«

Der langgliedrige Zauberer lächelte noch breiter. »Wir sind das Chaos. Für dich bin ich sein Gesicht. Seine Stimme.«

Die geduckte Kreatur trat aus den Schatten neben den Fabelhaften Fratelli, schob die Brust heraus und riss die gewaltigen Kiefer zu einem Brüllen auf.

Es war ein Pavian – oder etwas, das aussah wie einer. Graues, struppiges Fell stand wild in alle Richtungen ab. Das schmale Gesicht mit den dunklen Augenschlitzen war eine bedrohliche Fratze, und die Fangzähne, die er bei seinem Schrei entblößte, so lang wie Palladinos Zeigefinger.

»Er ist nur ein Spielzeug«, sagte Fratelli gedehnt. »So wie der Zylinder und alles, was du daraus hervorziehst.«

»Ganz sicher nicht *mein* Spielzeug.«

»Nein. Einst hat er demjenigen gehört, den du getötet hast. Eine vage Erinnerung aus seiner Kindheit, die wir zu Fleisch werden ließen. So wie ich eine deiner Erinnerungen bin. Du hast ihm seinen Meister genommen, darum folgt er nun dir.«

Palladinos Blick schwenkte zwischen dem Zauberer und dem Pavian hin und her. Ihm blieb keine Wahl, als sich auf diesen Irrsinn einzulassen. Beunruhigt bemerkte er, dass es ihm immer leichter fiel.

»Wir benutzen Eindrücke aus eurer Kindheit, um zu euch vorzudringen«, sagte der Fabelhafte Fratelli. »Der Schild deiner Vernunft, der Wall dessen, was ihr Wirklichkeit nennt, ist zu stark, um ihn zu durchbrechen. Aber das war nicht immer so. Als ihr Kinder wart, habt ihr an Wunder geglaubt. Ihr habt sie überall gesehen, in eurem Spiel, in euren Träumen. Und diese Fähigkeit steckt noch immer in euch, wir müssen sie nur wecken. Ist der Wall erst einmal durchlässig, können wir euch erreichen. So wie jetzt.«

»Warum hier? Und wieso nicht schon früher?«

Fratelli neigte den Kopf zur Seite. Seine Gesichtshaut war papierdünn und bleich, der Schädel darunter so kantig wie aus Holz geschnitzt. Er schien seiner Stimme einen sanfteren Klang geben zu wollen, doch sie wurde dadurch nur kälter. »Du hattest deine Zweifel noch nicht aufgegeben. Erst an diesem Ort bist du endlich bereit, uns zuzuhören.«

»Ich will nichts mit euch zu schaffen haben!«, rief Palladino durch den Saal. »Mit euch und euren … Wundern!« Er zuckte, als der Pavian abermals ein Brüllen ausstieß.

Er konnte das Vieh jetzt riechen, das filzige Fell und den sauren Atem. Es fixierte ihn aus schmalen Augen, als wüsste es genau, dass Palladino seinen Meister getötet hatte.

»Du wirst dich an uns gewöhnen«, sagte der Fabelhafte Fratelli. Palladino wandte sich von dem Affen ab. »Was genau bist du?«

»Wir sind das Chaos«, sagte Fratelli noch einmal. »Wir sind –«

Seine Worte gingen im Flattern Hunderter Flügelpaare unter.

»Du bist nicht allein!«, rief er scharf.

»Ich *war* allein, als ich herkam«, entgegnete Palladino.

Der Fabelhafte Fratelli trat rückwärts aus der Lichtsäule. »Wir werden uns wiedersehen.« Er versank in der Dunkelheit, wurde eins mit den Schatten.

»Nein!«, rief Palladino wütend. »Sag mir, was ihr von mir wollt!«

Der Pavian kreischte auf und stürmte davon, bis sein Geschrei in der Ferne verhallte. Zuletzt flatterten die Tauben durch das Loch in der Decke und verschwanden. Nur ein paar Federn blieben zurück, und der strenge Geruch des Pavians.

Palladino wirbelte mit der Pistole in der Hand herum und blickte zum Eingang. »Wer ist da?«

Vielleicht verfolgten die Männer mit den schönen Händen nicht nur Laura. Vielleicht waren sie hier und hatten alles mit angesehen. Vielleicht beobachteten sie ihn noch immer, schweigend und reglos. Nach allem, was Palladino gerade erlebt hatte, machte der Gedanke ihn rasend.

Er hob die Waffe und schoss in die Decke. »Kommt raus!«

Weiter weg erklangen Schritte. Sie waren zu zweit, und sie rannten vor ihm davon.

»Halt! Bleibt stehen!«

Er stürmte los und nahm die Verfolgung auf.

43

Anna rannte. Die verbrannten Wände der Korridore rasten an ihr vorüber. »Hat er auf *uns* geschossen?«

»Wenn nicht, wird er's gleich tun.« Spartaco lief neben ihr und blickte sich immer wieder um.

Sie schlitterten um eine Ecke. Für ein paar Sekunden waren sie sicher vor den Kugeln ihres Verfolgers.

»Ich hab den schon mal irgendwo gesehen.«

Spartaco schien sie gar nicht zu hören. »Was war das gerade? Ich meine, all die Tauben … Und dieses Vieh – das war ein Affe, oder?«

»Sah aus wie ein Pavian.«

Die Schritte in ihrem Rücken wurden lauter und vom Echo der Ruine vervielfacht.

»Hier rein, schnell!« Spartaco kam zum Stehen und wollte sie in einen dunklen Verschlag unter einer Treppe schieben. Früher war das vielleicht mal eine Abstellkammer gewesen. Aber Anna sah darin nur eines: eine Falle.

»Nein.« Sie packte ihn am Ärmel und riss ihn mit sich. »Wir müssen vor ihm am Auto sein. Sonst kommen wir hier nicht mehr weg.«

Sie ließ ihn los, als er wortlos weiterrannte. Anna blieb mit der Schuhspitze an einem umgestürzten Balken hängen und fing sich gerade noch an der Wand ab.

Kurz darauf polterte es heftig in ihrem Rücken. Der Mann fluchte, während er sich offenbar bemühte, schnellstmöglich wieder auf die Beine zu kommen.

»Da vorn müsste die Treppe sein.«

»In der Eingangshalle ist alles offen. Da muss er nur von oben auf uns zielen.« Sie warf einen Blick zurück. Noch war der Gang leer.

Sie erreichten die Freitreppe und stürmten die Stufen hinunter, nahmen immer zwei auf einmal.

»Jetzt weiß ich's!« Anna erreichte das Erdgeschoss und stieß sich vom Geländer ab.

»Was?«

»Er war bei deiner Stiefmutter! Ich hab dich gesucht, und er kam gerade zur Tür raus.«

»Einer von Silvias Leuten?« Die Erkenntnis ließ Spartaco noch schneller laufen. Keuchend rannten sie durch die Eingangshalle zum Ausgang.

Anna rechnete jede Sekunde mit einem weiteren Schuss, fürchtete den Schmerz in ihrem Rücken. Sie lief durch das Portal, sprang drei Stufen hinunter und erreichte mit Spartaco den Vorplatz.

Nachdem sie bei ihrer Ankunft den Citroën entdeckt hatten, hatte Spartaco den Mercedes ein Stück seitlich, hinter der Ecke des Gebäudes geparkt. Zum Glück. Jetzt konnten sie sich eng an der Fassade halten und mussten nicht den weiten Platz überqueren.

Durch den Regen riskierte Anna einen Blick zurück. »Er ist nicht mehr hinter uns.«

»Hoffentlich hat er sich den Hals gebrochen.« Spartaco riss die Fahrertür auf und sprang in den Wagen.

Sie glitt auf den Beifahrersitz. »Fahr los!«

Eine Gestalt trat ins Freie.

»Er ist am Eingang!«

»Duck dich!«

Anna beugte sich vor. Ihre Beine zitterten unkontrolliert. Fast zwanzig Jahre in London, ohne dass man ihr auch nur die Handtasche gestohlen hatte. Kaum war sie in Rom, musste sie vor Schüssen fliehen. Vielleicht ein Zeichen, dass sie auf der richtigen Spur war. Oder sich gründlich verrannte.

Die Reifen drehten durch, fanden endlich Halt, und der Mercedes schoss über den Platz auf die Straße.

* * *

Der Motor röhrte laut in der leeren Landschaft, aber durch den Regen waren die Rücklichter bald nur noch zu erahnen.

Palladino stand unter dem Portal der Ruine und schob die Pistole in seine Manteltasche. Als er die beiden durch die Eingangshalle hatte davonlaufen sehen, hatte er das Mädchen wiedererkannt. Vor ein paar Tagen hatte sie sich bei der Contessa nach deren Stiefsohn erkundigt. War der Junge also Stefano Amarante?

Er konnte sich keinen Reim darauf machen. Eine Ruine wie die hier entdeckte man nicht zufällig. Die beiden mussten genau wie er danach gesucht haben.

Ganz sicher waren sie keine von Ascoleses Killern, und er glaubte auch nicht, dass die Contessa sie geschickt hatte. Aber was hatten sie hier verloren? Und wie viel hatten sie mit angesehen?

Das Echo des Pavianschreis geisterte ihm durch den Kopf, als sich am Rand des Vorplatzes eine weiße Taube auf einem der verbrannten Baumstümpfe niederließ. Vor dem Aschgrau der Berghänge schien sie beinahe zu glühen, und Palladino war sicher, dass sie ihn anstarrte. Er wich ihrem Blick aus. Er ließ sich nicht täuschen. Das da war keine Taube. In seinem Rücken presste sich die Kälte des Gemäuers gegen ihn und trieb ihn in den Regen hinaus.

Verwirrt machte er sich auf zum Auto. Er wagte nicht, sich zur Klinik umzuschauen, aus Furcht vor dem, was aus der Ruine zu ihm herabblicken mochte.

* * *

»Ich glaub, er verfolgt uns nicht«, sagte Anna, während sie über die Schulter durch die nasse Heckscheibe blickte.

»Bei all den Kurven sehen wir das erst, wenn er uns hinten drauf fährt.« Spartaco gab noch mehr Gas, obwohl sie die engen Serpentinen bereits so schnell hinunterrasten, dass die kleinste Unachtsamkeit sie aus der Kurve katapultieren würde. »Mit wem hat er da geredet?«

»Ich hab keine Ahnung«, sagte sie.

»Und was treibt er überhaupt hier?« Spartaco ließ die Straße vor sich nur aus den Augen, um Blicke in den Rückspiegel zu werfen. Er fuhr halsbrecherisch schnell, war aber nicht mehr so bleich wie noch vor wenigen Minuten. »Der Typ könnte irgendwas über die Imperatoren wissen. Vielleicht hat er Beweise gesucht.«

»Akten gibt's da jedenfalls keine mehr.«

»Ich geh jede Wette ein, dass das Feuer in der Klinik ausgebrochen ist und dann auf die Wälder übergegriffen hat. Da hat jemand sehr gründlich hinter sich aufgeräumt.«

Kurz vor der nächsten Biegung konnte Anna einen schmalen Pfad ausmachen, der von der Hauptstraße abzweigte. »Fahr da vorne rein. Wir warten hinter den Bäumen, bis er weg ist. Ich will den Kerl nicht im Nacken haben.«

Spartaco nickte, drosselte die Geschwindigkeit und lenkte den Mercedes in der engen Kurve auf den Waldweg. Die Stämme waren hier so verbrannt wie überall in der Gegend, aber sie standen dichter.

Hinter einer Biegung hielt Spartaco an. Zwischen verkohlten Bäumen konnten sie gerade noch die Mündung sehen. Tatsächlich dauerte es nur wenige Minuten, bis der Citroën auf der schmalen Bergstraße auftauchte. Er war kaum an der Abzweigung vorüber, als er unvermittelt bremste und in den schmalen Weg zurücksetzte.

»Mach den Motor aus!«

Spartaco drehte den Schlüssel. Es wurde still bis auf die Regentropfen, die das Wagendach trafen.

Der Citroën hatte angehalten. Die Fahrertür schwang auf. Der Mann stieg aus, blieb stehen und blickte zu ihnen herüber.

»Der weiß genau, dass wir hier sind«, flüsterte Anna.

»Kannst du die Pistole sehen?«

»Nein.« Der Mann stand nur da und schien sie zu beobachten. »Aber er hat die eine Hand in der Tasche.«

Spartaco drehte sich um und suchte etwas auf dem Rücksitz.

»Was machst du denn?« Sie wagte nicht, den fremden Mann aus den Augen zu lassen.

»Fotos.« Spartaco hielt sich eine Kamera mit langem Objektiv vors Auge, stellte scharf und löste viermal aus.

Der Mann verriet durch keine Regung, ob er den Mercedes in der Aschelandschaft wirklich sehen konnte oder nur vermutete, dass sie sich hinter den Stämmen versteckten.

Augenblicke später stieg er zurück ins Auto, startete den Motor und fuhr talwärts.

44

»Ugo. Besuch.« Donatella deutete auf Palladino, warf das blond gefärbte Haar in den Nacken und verschwand mit frostiger Miene wieder durch die Tür. Sie musste seine Stimme von ihrem Telefonat erkannt haben.

Ugo trat von einem Käfig zurück, in dem sich eine grau getigerte Katze gerade an seine Hand geschmiegt hatte. Zu seinen Füßen stand ein Plastiksack mit durchweichter Streu und Exkrementen. Zahlreiche Käfige säumten zu beiden Seiten die Wände.

Ugo vergewisserte sich, dass Donatella die Tür wirklich geschlossen hatte. »Hast du sie noch alle, hier aufzutauchen?«

»Ich hab meine Liebe für Haustiere entdeckt.«

Perplex sah Ugo ihn an. »Im Ernst jetzt?«

»Ja, vielleicht such ich mir 'ne Katze aus …« Palladino verdrehte die Augen. »Herrgott, Ugo! Nein, ich will keine Scheißkatze. Ich will wissen, ob du irgendwas rausgefunden hast. Kam der Fausto-Auftrag von De Luna?«

Ugo schloss die Gittertür und knotete das Ende des Plastiksacks zu.

»Komm.« Er schritt die Reihen der Käfige ab und öffnete eine Tür, die zu einem schlicht eingerichteten Büro führte.

Keiner der drei Stühle im Raum passte zum anderen. Der billige Tisch wirkte zerbrechlich neben Ugos Gestalt. Durch eine verbogene Lamelle der Jalousie fiel die Nachmittagssonne und zeichnete eine abstrakte Figur auf das Linoleum.

Ugo kam jeden Tag hierher und arbeitete für einen Hungerlohn. Er war ganz vernarrt in Tiere, und wenn er nicht gerade Leichen für Ascolese entsorgte, reinigte er mit Hingabe die Käfige und Zwinger.

»Hör mal«, sagte Ugo. »Ich red nur mit dir, weil wir zusammen im Krieg waren. Also bring mich nicht in Schwierigkeiten.«

»Ich könnte dir 'ne Menge erzählen über Schwierigkeiten.«

»Ist was passiert?«

»Ach, vergiss es.«

Ugo schob die buschigen Brauen zusammen. »Mit Laura alles in Ordnung?«

»Ja ... ja, sie kommt für ein paar Tage nach Rom. Sie wird nicht erlauben, dass ich auf sie aufpasse, aber besser, sie ist hier in der Stadt als da draußen ganz allein.«

»Anständig von dir, dass du dich noch um sie kümmerst. Ich meine, nach der Trennung und so ...«

Palladino seufzte. »War ein Fehler.«

»Hab ich dir damals schon gesagt.«

»Danke! Vielen Dank! Genau deshalb bin ich hier. Um mir jede Menge gute Ratschläge für mein Scheißleben zu holen.«

Ungerührt von Palladinos Launen, ging Ugo hinüber zum Fenster und begann, den Knick in der Lamelle behutsam mit den Fingern zu glätten. »Ratschlag Nummer eins: Halt dich fern von Ascolese. Die beiden Männer vom Friedhof sind tot, und ein anderer hat dich erkannt.«

»Die denken, *ich* war das?«

»Angeblich war's ein wildes Tier. Aber ein wildes Tier war keines da – nur du. Und jeder weiß, dass du nicht zimperlich bist.«

Palladino raufte sich das Haar. »Das ist vorbei. Laura hat nie genau gewusst, was ich tue, und das soll so bleiben. Ich will ihr das nicht eines Tages erklären müssen.«

»Ascolese wäre bestimmt ganz gerührt«, sagte Ugo.

»Was ist mit De Luna? Hast du nun irgendwas gehört?«

Ugo schwieg ein paar Sekunden, dann sagte er: »Du hattest recht. Der Auftrag, diesen Fausto zu erledigen, kam von ihm. Wenn du mich fragst, wollte er sich damit die hübsche Contessa gefügig machen.« Ugo ließ von der Jalousie ab. Sie sprang augenblicklich zurück in ihre verdrehte Form. »Solange sie geglaubt hat, dass die anderen von der Etruskischen Front hinter ihr her waren, hatte der gute Baron leichtes Spiel bei ihr. Du hast es ja gehört: Er tut angeblich sein Bestes, um sie zu beschützen, und sie geht dafür mit ihm ins Bett. Faustos Tod sollte sie daran erinnern, dass nur der Baron ihre Sicherheit garantieren kann. Vielleicht wurde sie zu widerspenstig.«

Palladino schnappte vor Wut nach Luft. »Ich hab den Kerl nur umgebracht, damit De Luna die Contessa vögeln kann?«

Ugo grinste. »Vielleicht kommst du mit Kuppelei davon, wenn sie dich schnappen.«

Palladino fluchte von Herzen und grub die Finger in das fleckige Polster einer Stuhllehne.

»Kommt noch besser«, sagte Ugo. »Die Contessa ist dahintergekommen und hat mit De Luna abgerechnet.«

»Du meinst –«

»Kaltgemacht hat sie ihn. Höchstpersönlich. Und wen haben sie wohl gerufen, um aufzuräumen?« Er machte ein Gesicht, das darauf schließen ließ, was für eine Sauerei er vorgefunden hatte.

»Dann bist du jetzt ihr neuer bester Freund?«, fragte Palladino.

»Nee. Die Frau gefällt mir nicht. Ich mein, wirklich gar nicht. Du hättest sehen sollen, wie sie ihn zugerichtet hat.«

»Die Pikdame …« Die Karte aus dem Zylinder lag noch immer in seinem Auto. Mit einem Mal hatte er das dringende Bedürfnis, sie loszuwerden.

»Ich an deiner Stelle würd mich von ihr fernhalten«, sagte Ugo.

Palladino aber dachte schon an etwas anders. »Wer steht am Ende in diesem ganzen Spiel mal wieder am besten da?« Die Antwort gab er sich selbst. »Dieser Drecksack Ascolese hat gleich dreifach kassiert. Erst nimmt er von De Luna den Job an, Fausto zu töten. Dann sorgt er im Auftrag der Contessa dafür, dass du die Leiche verschwinden lässt. Und jetzt verdient er sogar noch an De Lunas Tod.«

Ugo zuckte die Achseln. »Kluger Geschäftsmann.«

»Und du und ich, wir sind dämlich genug, für ihn die Drecksarbeit zu erledigen.«

»Wenigstens weiß ich, wo ich stehe.« Ugo trat am Schreibtisch vorbei und legte die Hand auf die Klinke. »Das solltest du auch. Ich will nicht, dass sie mich irgendwann anrufen, damit ich dich verschwinden lasse.«

45

In einer halben Stunde, wenn die Sonne weitergewandert war, würden die hohen Wohnblöcke ihre Schatten über die gelbe Außenmauer des Studiogeländes werfen.

Spartaco hatte gar nicht erst versucht, am Tor mit der Einlassschranke zu parken. Stattdessen hatte er den Mercedes in einer Seitenstraße abgestellt, so wie er es tat, wenn er zum Arbeiten herkam. Heute jedoch war er nur als Begleiter hier.

Anna hatte eine große Sonnenbrille aufgesetzt, und Spartaco fand, dass sie nun endgültig aussah wie jemand, der auf die andere Seite der Schranke gehörte.

»Wer baut ein Filmstudio mitten in ein Hochhausviertel?« Sie musste die Stimme heben, damit er sie über den regen Straßenverkehr hinweg verstand. Sie öffnete den Verschluss ihrer Umhängetasche. Die rote mit der getarnten Kamera hatte sie zu Hause gelassen.

»Als die De-Paolis-Studios gebaut worden sind, standen hier noch keine Hochhäuser«, sagte er. »Das war in den Dreißigern. Im Krieg sind große Teile zerstört worden, aber seit Ende der Vierziger wird hier wieder produziert. Und der Lärm spielt keine Rolle. In Italien werden alle Filme ohne Ton gedreht. Sogar die italienischen werden später komplett nachsynchronisiert. Oft sprechen die Schauspieler sich nicht mal selbst, weil sie schon wieder anderswo gebucht sind.«

Sie standen mit dem Rücken zur Straße und blickten auf den Eingang des Studiokomplexes. Der Stadtteil Tiburtina im Osten Roms wurde von anonymen Wohnblöcken beherrscht. In ihrer Mitte lag das quadratische Areal der De-Paolis-Studios mit mehreren dicht aneinandergedrängten Hallen, niedriger als die umliegenden Mietskasernen. Wie am Fließband entstanden hier zweitklassige Sandalenfilme und Western, Komödien und rührselige Dramen. Schauspieler wie Paul Campbell, die es nur selten in die nobleren

Studios von Cinecittà verschlug, spielten hier am einen Tag Revolverhelden und am nächsten Gladiatoren.

»Bist du sicher, dass du dich mit ihm treffen willst?«, fragte Spartaco. Bei seinem Versuch, Campbells Leben zu durchleuchten, war er nicht weit gekommen. Der Mann trank zu viel, ansonsten blieb er in der Öffentlichkeit seit zwei Jahren unauffällig.

»Unbedingt.« Selbst durch die getönten Gläser erkannte er, dass ihr Entschluss feststand.

»Wenn du nicht willst, dass ich mitgehe, dann lass mich dich wenigstens von draußen im Auge behalten.«

Sie blickte über den Rand der Sonnenbrille. »Und wie willst du das anstellen?«

»Ich bin Paparazzo. Ich hab meine Methoden. Gib mir nur fünf Minuten, bevor du da reingehst.«

Sie zuckte mit den Schultern. Fünf Minuten machten wohl keinen Unterschied, nachdem sie ein ganzes Jahr gewartet hatte. »Klar. Okay.«

»Versprochen?«

Anna nickte. Obwohl sie äußerlich entspannt und geduldig wirkte, merkte er ihr den Druck an, den sie sich selbst machte. Sie erhoffte sich viel von dieser Verabredung. Wahrscheinlich zu viel.

Er wandte sich ab und lief an der Studiomauer die Straße hinunter. Auf halbem Weg drehte er sich um und war froh, dass sie Wort hielt und noch immer vor der Schranke stand. »Fünf Minuten!«

Er erreichte das Ende des Studiokomplexes und überquerte eine Seitenstraße. Vor der Haustür eines Wohnblocks mit vergilbten Klingelschildern blieb er stehen und drückte den Knopf neben dem Namen *Musella*.

Es knackte in der Sprechanlage.

»Wer ist da?« Die Stimme klang, als würde sie durch mehrere Zeitzonen übermittelt, dabei stand die junge Frau nur neun Etagen über ihm.

»Feli? Ich bin's, Spartaco.«

Das Schloss summte und schnappte auf. Spartaco drückte fest

gegen die Tür – meistens klemmte sie, aber nicht heute – und rannte die Stufen hinauf.

Feli erwartete ihn mit verschränkten Armen im Türrahmen. Sie trug ein helles Kleid, das ihre schlanke Figur betonte, und Schuhe mit hohen Absätzen. Der Reif, der ihr blond gefärbtes und sorgfältig frisiertes Haar zurückschob, war farblich darauf abgestimmt.

»Du hättest wenigstens anrufen können.«

»Tut mir leid. Musste schnell gehen.«

»Ich geh gleich zu einem Vorsprechen.«

Er keuchte leicht nach all den Stufen. »Dauert nicht lange, wirklich nicht.«

»Die haben uns schon ewig einen Aufzug versprochen.« Feli schürzte die Lippen und trat einen Schritt zur Seite. »Mama schafft die neun Etagen kaum noch.«

Hin und wieder hatte er ihre Mutter kurz gesehen. Meistens hatte sie ihn von der Küchentür aus misstrauisch beäugt. Ihre geschwollenen Hände und Knöchel waren ihm aufgefallen und ein stolzer Zug um den Mund herum. Den hatte Feli von ihr geerbt.

»Ciao, Feli.« Er küsste sie auf beide Wangen. »Du siehst toll aus.«

»Jaja. Komm rein.«

Sie schloss die Wohnungstür hinter ihm. In den Zimmern hörte er ein halbes Dutzend Kinder nörgeln und streiten. Signora Musella rief sie von der Küche aus zur Ordnung, aber Felis jüngere Geschwister zankten sich ungerührt weiter.

»Wer ist es denn?« Der Geruch von Pastasoße drang mit der Stimme der Frau auf den Flur. Spartaco hörte, wie ein Holzlöffel in einem Topf rotierte.

»Nur Spartaco, Mama«, rief Feli.

»Hat er Geld dabei?«

»Hab ich, Signora Musella«, versicherte Spartaco ihr über den Lärm. »Ich freu mich auch, Sie zu sehen.« Tatsächlich bekam er gerade einmal den Zipfel ihres Kittels zu Gesicht.

»Er soll doch vorher anrufen.«

Feli winkte ihn hinter sich her den Flur hinunter und führte ihn in das kleine Schlafzimmer, das sie sich mit zwei kleineren Schwestern teilte. Feli Musella war neunzehn und arbeitete als Kellnerin und gelegentliche Statistin. Sie sprach von kaum etwas anderem als ihrem Traum, eines Tages selbst eine Hauptrolle in einem Studio wie dem unter ihrem Fenster zu spielen.

»Maria, raus hier!«

Das dunkel gelockte Mädchen, das auf einem der Betten lümmelte, streckte der älteren Schwester die Zunge heraus. »Ich will aber nicht.«

»Du wirst jetzt verschwinden.« Feli zerrte Maria vom Bett und schob sie aus dem Zimmer.

Die Jüngere quietschte trotzig. »Mama!«, rief sie. »Feli knutscht mit dem fremden Mann!«

»Ciao, Maria«, sagte Spartaco amüsiert.

Die Kleine grinste zurück. »Ciao, Spartaco.«

Feli schlug die Tür zu und schob eine goldene Strähne zurück hinter den Haarreifen. Ihre Wangen waren rosa, als sie sich umdrehte und die Augen über ihre Schwester verdrehte.

Spartaco lächelte ihr zu, dann schob er hastig die Gardinen zur Seite und riss das Fenster auf.

»Du hast gar kein Stativ dabei«, sagte Feli irritiert.

»Brauch ich heute nicht.«

Vom offenen Fenster im neunten Stock aus konnte Spartaco die gesamten De-Paolis-Studios überblicken. Für gewöhnlich kam er hierher, um die Stars während der Drehpausen zu fotografieren. Im Freien zwischen den Studiohallen fühlten sie sich unbeobachtet, und Spartaco war von Felis Fenster aus schon eine ganze Reihe guter Aufnahmen gelungen.

»Hast du noch dein Fernglas?«, fragte er.

»Ich hab was Besseres.« Sie hob etwas aus dem Kleiderschrank und präsentierte es ihm mit ausgestreckten Armen.

»Ein Teleskop?« Spartaco war überrascht, wie schwer es war. Es war kein modernes Gerät. Die angelaufenen Messingbeschläge und einige Schrammen ließen darauf schließen, dass es schon durch einige Hände gegangen war.

Feli strahlte stolz. »Von meiner letzten Gage gekauft. Ich schau mir jeden Abend die Sterne an, also die echten. Im Moment kann man einen Kometenschwarm sehen, genau vor der Milchstraße. Hast du gehört, dass ein Wissenschaftler was entdeckt hat, das er ein schwarzes Loch nennt? Da fallen ganze Planeten rein wie Billardkugeln. Irgendwann ist auch die Erde dran.«

Spartaco nickte gedankenverloren, während er das Teleskop am Fenster aufbaute. Er blickte hindurch und verschob das Okular, bis sich die Konturen schärften.

Während Feli fröhlich plapperte, schwenkte er das Teleskop auf den großen Innenhof des Studiogeländes. Mehrere Männer in Cowboykostümen saßen sich auf zwei Bänken gegenüber und rauchten. Bühnenarbeiter schoben griechische Statuen auf Sackkarren an ihnen vorüber.

Augenblicke später betrat Anna den Hof, schaute sich um und ging auf einen Mann zu, der etwas abseits Dartpfeile auf eine Scheibe warf.

* * *

»Mr Campbell?«

Er trug einen hellbraunen Mantel, der bis zum Boden reichte, darunter grob gewebte Kleidung und spitze Stiefel mit Sporen. Sein Haar war zerzaust und sein Gesicht mit rotbraunem Make-up bedeckt, das ihm im Scheinwerferlicht die wettergegerbte Erscheinung eines Revolverhelden verleihen sollte. In der Nachmittagssonne sah es eher albern aus.

»Ah, Signorina –«

»Anna.«

»Anna. Valerias Tochter. Sie sind pünktlich.« Falls er gehofft hatte, dass sie nicht auftauchen würde, ließ er es sich nicht anmerken.

Sie sah sich um. »Können wir hier reden, oder wollen Sie lieber –«

»Psst.« Er hob den Zeigefinger und horchte. »Hören Sie.«

Aus der Halle, an deren Außenwand die Dartscheibe befestigt war, drang gedämpft der Wutanfall eines Regisseurs. »Was für eine gottverdammte Scheiße ist das hier? Das soll ein Kloster sein? Wir sind im Wilden Westen, nicht im beschissenen Mittelalter! Schafft mir die Wasserspeier raus! Und diese Mönche da! Ich will Nonnen! Hübsche Nonnen! Mindestens zehn Nonnen! Sagt das dieser Drecksau von Produzent. Im Drehbuch steht *Nonnen*. Keine fetten Kerle mit Glatze. Junge, hübsche *Nonnen!*«

Campbell grinste. »Ich hab's Ihnen versprochen, oder?«

Anna warf anerkennend einen Blick auf ihre Armbanduhr. »Und es ist genau fünf Uhr.«

Nebenan wütete der Regisseur weiter. »Bringt mir Nonnen! Mit großen Titten! Von mir aus von der Straße!«

Zwei junge Assistenten stürmten aus der Halle. Der Blick des Bleicheren der beiden erfasste Anna, und sogleich stürzte er auf sie zu.

»Signorina!« Er musterte sie von oben bis unten. »Wären Sie gern mal 'ne Nonne?«

Campbell winkte ihn fort wie eine Schmeißfliege. »Nicht sie. Such woanders.«

Anna lächelte nervös. »Ich entsprech auch nicht ganz der Stellenbeschreibung.«

Der Bühnenarbeiter hob entschuldigend die Hände und lief fluchend in Richtung Studioausgang.

»Das hätte Ihr Durchbruch werden können«, sagte Campbell. »Geh'n wir rüber in die Ecke, da ist es ruhiger.«

Sie folgte ihm über den Innenhof. Ein paar Statisten unterbrachen ihre Gespräche und sahen ihnen nach. Campbell führte sie mit klimpernden Sporen in den Schatten am Ende des Platzes.

»Ein Irrenhaus. Aber man gewöhnt sich daran.« Er sah zu, wie zwei Bühnenarbeiter die Einzelteile einer antik anmutenden Gipsskulptur einsammelten, die gerade im Innenhof zerbrochen sein musste.

»Wie sind Sie meiner Mutter begegnet?«, fragte Anna.

»Sie kommen ja schnell zur Sache.«

»Deshalb bin ich hier.«

»In einem Krankenhaus in London. Sie hat mir Blut abgenommen. Ich hab sie zum Essen eingeladen.«

»Wann war das?«

»Vor gut zwei Jahren. Ein paar Wochen, bevor ich nach Rom abgereist bin.«

»Meine Mutter und Sie hatten eine Affäre«, sagte sie sachlich.

»Ich hab Valeria sehr gerngehabt.«

»Aber dann ist sie Ihnen nach Italien nachgereist, und da ist sie Ihnen lästig geworden.«

»Nein, natürlich nicht.« Campbell blickte sie ernst an. Er sah älter aus als bei ihrem letzten Treffen im schummerigen Licht des Jazzclubs. »Sie hat mich angerufen und meinte, dass sie dringend nach Rom kommen muss. Weil sie hier was zu erledigen hat. Sie hat gefragt, ob sie für ein paar Tage bei mir wohnen kann. Aber meine Freundin hätte dafür wohl kaum Verständnis gehabt. Trotzdem hab ich ihr vorgeschlagen, dass wir uns treffen.«

»In der Pension Ilaria.«

»In einer Bar in Trastevere. Aber sie ist da nie aufgetaucht.«

»Sie meinen ... Sie haben sie gar nicht mehr gesehen?«

Er schüttelte bedauernd den Kopf. »Nur ihr Bild in der Zeitung. Erst wusste ja keiner, wer die Tote in der Pension war.«

Ihr kam ein Gedanke. »Der anonyme Anrufer bei der Polizei, damals – das waren Sie?«

»Ja.«

Sie versuchte nicht einmal, die Skepsis in ihrer Stimme zu unterdrücken. »Meine Mutter hat mir von Rom aus eine Postkarte geschrieben. Und da war die Rede davon, dass sie wegen jemandem hier sei, der bekannt ist. Was auch immer das heißen mag.«

»Hören Sie, Anna. Ich hab Valeria gekannt. Und, ja, wir hatten eine Affäre. Aber das war schon vorbei, als ich aus London fortgegangen bin. Ganz sicher ist sie mir nicht ein Jahr später nachgereist, damit wir hier glücklich bis an unser Lebensende zusammenbleiben. Und diese Pension hab ich nie von innen gesehen.«

»Kannte sie hier noch jemanden? Aus der Filmbranche, meine ich.«

Campbell rümpfte die Nase. »Ich weiß nicht, ob kennen das richtige Wort ist. Aber in London ist sie mal Romolo Villanova begegnet. Notgedrungen, weil er plötzlich vor meiner Haustür stand.«

»Der Regisseur, mit dem Sie dann nach Rom gegangen sind.« Anna dachte an das Foto aus dem Archiv. An den kleineren Mann neben Campbell.

»Er wollte mich unbedingt für diese eine Rolle«, sagte er. »Ich stand damals ziemlich hoch im Kurs und dachte, es gehört zum guten Ton, sich ein wenig zu zieren. Kommt mir vor, als wäre das zehn Jahre her, nicht zwei …«

»Den Film mit Villanova haben Sie nie gemacht, oder?«

»Nein.« Er stieß ein leises, freudloses Lachen aus. »Als er damals geklingelt hat und Valeria bei mir war, war das eine ziemlich seltsame Situation. Sie ist totenbleich geworden. Als ich sie später danach gefragt hab, sagte sie, sie dachte erst, ihr Mann stünde vor der Tür.«

Wenn das Foto Villanovas Erscheinung einigermaßen gerecht wurde, musste Annas Mutter gelogen haben. Bis auf das dunkle Haar hatten ihr Vater und der Regisseur keinerlei Ähnlichkeit.

»Kannten meine Mutter und Villanova sich vielleicht schon vorher?«

»Kann ich mir schwer vorstellen. Villanova war zum ersten Mal in London, und Valeria war damals seit – wie vielen? – siebzehn, achtzehn Jahren nicht mehr in Rom. Zumindest hätte diese Begegnung also sehr lange zurückliegen müssen.« Er kickte ein Stück Putz, das von der Mauer gebröckelt war, mit der Stiefelspitze über den Innenhof und schien nach den richtigen Worten zu suchen. »Villanova ist ein … schwieriger Mensch, der sich mit sonderbaren Leuten umgibt. Ich glaube nicht, dass eine Krankenschwester aus London da reinpasst.«

»Sonst fällt Ihnen niemand ein?«

Er schüttelte langsam den Kopf. »Wie gesagt, wir hatten hier in Rom keinen Kontakt mehr.« Dann sah er auf und setzte diesen mitfühlenden Gesichtsausdruck auf, vor dem sie aus London geflohen war. »Es ist schrecklich, was Ihrer Mutter zugestoßen ist. Und es tut mir leid, dass Ihr Vater … Nun, das muss schwer zu ertragen sein.«

»Hat sie mit Ihnen über meinen Vater gesprochen?«

»Sie meinen …« Er stockte. »Ob sie Angst vor ihm hatte oder so was? Nein, kein Wort. Ich glaube, das mit mir … Valeria wusste genau, was das war. Es ist ein paar Wochen gut gegangen und dann eben nicht mehr. Ich weiß, dass mich das nicht im besten Licht dastehen lässt. Ich versuche nur, aufrichtig zu Ihnen zu sein, Anna.«

Die Enttäuschung zog ihr die Schultern nach unten. Sie wusste nicht genau, was sie sich von Campbell erhofft hatte, aber jetzt fühlte sich ihre heiße Spur aus dem Archiv nach einer Sackgasse an. »Okay. Danke, dass Sie mit mir gesprochen haben.«

Er lächelte ihr aufmunternd zu. »Wenn Sie diese Paparazzi-Sache mal überhaben, melden Sie sich. Vielleicht kann ich Ihnen bei der einen oder anderen Produktion einen Job als Standfotografin besorgen.«

»Warum sollten Sie das für mich tun?«, fragte sie misstrauischer als beabsichtigt.

»Ich hab Valeria gerngehabt. Und ich glaube nicht, dass ihr gefallen hätte, dass sich ihre Tochter nachts auf der Via Veneto rumtreibt.«

»Und dabei Männern wie Ihnen begegnet?«

»Oder Männern wie Romolo Villanova.« Sein Blick suchte den Innenhof nach unerwünschten Zuhörern ab. »Wenn Sie einen Rat wollen: Halten Sie sich von ihm fern.«

46

In der Wohnung im neunten Stock beobachtete Spartaco durch das Teleskop, wie Anna dem Schauspieler zum Abschied die Hand schüttelte und den Innenhof überquerte. Feli stand mit am Fenster, zwirbelte mit dem Zeigefinger ihr blondes Haar und versuchte, mit bloßem Auge zu erkennen, was dort unten vor sich ging.

»Ist das Paul Campbell?«

»Hm-hm.«

»Und das Mädchen?« Sie warf ihm einen schnellen Seitenblick zu und fragte betont unbekümmert: »Deine Freundin?«

»Ja ... Was? Nein! Nur jemand, den ich kenne.«

»So wie mich?«

»So ungefähr.«

Anna steuerte jetzt auf den Ausgang zu. Spartaco wollte sich gerade vom Teleskop lösen, als er bemerkte, dass Campbell mitten auf dem Weg zur Halle stehen blieb und sich umwandte.

Feli hatte derweil das Interesse am Geschehen im Innenhof verloren. Sie drehte sich mit dem Rücken zum Fenster und stützte die Hände an der Kante auf. »Du bist nicht mein Typ, weißt du das?«

Warum starrte Campbell Anna hinterher? Spartaco schwenkte das Teleskop zur Studiohalle, vor der ein Regieassistent die Arme bewegte wie ein Lotse auf dem Rollfeld.

»Leute wie ich«, sagte Feli, »also Schauspieler, wir müssen uns gut stellen mit Leuten wie dir. Fotografen und so.«

Campbell schien mit sich zu ringen, dann ging er ein paar Meter hinter Anna her. Spartaco wandte das Teleskop zu ihr – sie war fast am Tor – und wieder zurück zu Campbell. Der Schauspieler blieb abermals stehen, machte schließlich kehrt und ging zurück zur Halle. Der Regieassistent wischte sich den Schweiß von der Stirn.

Felis Mutter hatte die Küche verlassen und musste jetzt direkt vor der geschlossenen Tür stehen. »Hat er schon bezahlt? So 'ne Aussicht gibt's nicht umsonst.«

Ihre Tochter stieß sich hastig von der Fensterbank ab. »Ich kümmer mich darum, Mama!«

»Ich frag ja nur.«

Spartaco suchte noch einmal nach Anna, aber er konnte sie auf dem Gelände nicht mehr entdecken. »Okay, das genügt für heute.« Er zog sein Portemonnaie aus der Tasche und griff hinein. »Hier, das ist für euch.«

Mit ausgestrecktem Arm starrte Feli auf die Scheine, die er ihr in die Hand drückte. »Das ist zu viel.«

Er lächelte. »Nein, alles gut so.«

»Kommst du die Tage mal wieder vorbei?«

»Wenn was ansteht, klar.«

Felis Blick glitt vom Geld in ihrer Hand zu seinem Gesicht. »Du bist zu anständig für das, was du so machst«, sagte sie sanft.

»Und du viel zu gut für dieses Haifischbecken da unten. Pass gut auf dich auf, ja?«

Sie hob das Kinn. »Ich weiß genau, was ich will.«

»Da hast du uns anderen was voraus.« Er öffnete die Tür. »Ciao, Feli!«

Fast wäre er mit ihrer Mutter zusammengestoßen. Die trug denselben hellblauen Kittel und die ausgetretenen Schuhe, in denen er sie immer sah. Sie hatte in der Küche so lange über den Töpfen gestanden, dass ihr Gesicht gerötet war und die kurzen, losen Haare in der Stirn sich vor Feuchtigkeit gelockt hatten.

»Mama!«, rief Feli empört. »Hast du gelauscht?«

Felis Mutter ignorierte die Frage. »Hat er bezahlt? Der macht viel Geld mit seinen Fotos.«

»Er hat doch gar keine Fotos gemacht, Mama.«

»Was will er dann von dir?«

Bevor Feli antworten konnte, war Spartaco schon am Ausgang. »Ciao, Signora Musella!«

Rasch trat er ins Treppenhaus, zog die Wohnungstür zu und schnitt das Kindergeschrei hinter sich ab.

* * *

»Das war alles?«, fragte Spartaco. »Mehr hat er nicht gesagt?«

Im Rückspiegel wurden Tiburtinas Wohnblöcke kleiner, während der Mercedes inmitten einer Blechkolonne stadteinwärts fuhr.

»Er hat mich vor diesem Villanova gewarnt«, sagte Anna.

»Villanova ...« Spartaco überlegte kurz. »Saverio könnte mehr über ihn wissen.«

»Warum Saverio?«

»Er hat mal Standfotos bei einem seiner Filme gemacht. Hat er früher wohl öfter für alle möglichen Produktionen, aber dann wollten sie lieber jüngere Fotografen haben. Zumindest erzählt Saverio das so.«

Anna kannte Saverio – den Dienstältesten ihrer Paparazzigruppe – erst seit wenigen Tagen, und Spartaco war sicher, dass sie ihn falsch einschätzte. Das war keine Schande, denn die meisten gingen ihm auf den Leim. Saverio gab sich gern rüpelhaft und großmäulig, und kaum jemand durchschaute auf Anhieb die Selbstironie, die hinter vielen seiner Sprüche steckte.

»Saverio ist clever«, sagte Spartaco. »Und mit der Kamera macht ihm kaum einer was vor. Er und Bruno kennen sich schon seit der Schule, haben sie dir das erzählt?«

»Sie haben so was erwähnt, ja.«

»Bruno muss ziemlich neidisch gewesen sein, als Saverio all die guten Jobs bekam und er selbst weiter auf der Straße fotografieren musste.«

Aus dem Augenwinkel bemerkte er ihre Verwunderung. »Aber jetzt arbeitet Bruno doch auch immer wieder mal in Cinecittà«, sagte sie.

»Hat er das gesagt?«

»Du meinst, das stimmt nicht?«

»Ich sollte mich da lieber raushalten.« Er stoppte an einer Ampel und gab vor, sich auf den Straßenverkehr zu konzentrieren.

»Komm schon.«

Die Ampel schlug um, und Spartaco fuhr an. »Du hast das nicht von mir, okay? ... Bruno macht, na ja, er macht spezielle Fotos.«

Anna spitzte amüsiert die Lippen. »Nacktfotos und so was?«

»So was, ja. Paare. Dreier. Du weißt schon. Irgendwelche Leute buchen ihn dafür, er fährt hin und fotografiert sie. Wahrscheinlich fürs Familienalbum.«

Sie gab einen unbekümmerten Laut von sich. »Was soll's. Solange die Bezahlung anständig ist.«

Er sah zu ihr hinüber, ganz kurz nur. Annas Italienisch war tadellos, und sie fügte sich so unauffällig in die Veranstaltungen der gehobenen Gesellschaft ein, dass Spartaco manchmal vergaß, dass sie in London aufgewachsen war. Vermutlich waren die Leute dort bei Weitem nicht so scheinheilig wie hier in Rom, wo sich die schmutzigen Geheimnisse oft hinter denkmalgeschützten Portalen verbargen.

»Ich werd mal versuchen, mit Saverio über Villanova zu sprechen«, sagte Anna nach einer Weile.

»Und ich schau mich noch mal in Silvias Geheimkammer um.«

»Nach allem, was dort passiert ist?«

»Gerade deshalb. Wenn das auf Faustos Gemälden die Imperatoren sind, dann kann es nicht schaden, Porträts von ihnen zu haben.«

47

Anna verfolgte das Ticken des Sekundenzeigers auf ihrer Armbanduhr. Mit der Fotozange hob sie eines von Brunos Bildern aus der Chemikalie. Geduldig sah sie zu, wie die letzten Tropfen von der Oberfläche glitten, dann legte sie das Foto in die nächste Schale.

In Gedanken war sie das ganze Gespräch mit Paul Campbell noch einmal durchgegangen. Wie gut er als Schauspieler war, wusste sie nicht. Sie konnte sich nicht erinnern, ihn je in einem Film gesehen zu haben. Aber ihr Gefühl sagte ihr, dass er aufrichtig gewesen war, als er ihr von der Affäre mit ihrer Mutter erzählt hatte. Sie suchte in sich nach irgendeiner Regung bei dieser Erkenntnis, aber da waren weder Erschütterung noch Wut. Ihre Mutter lebte nicht mehr. Jetzt ging es einzig um das Schicksal ihres Vaters.

Bruno stand neben ihr und summte eine Melodie, die sie nicht kannte. Er schien sich zu freuen, wenn sie ihn bat, ihm in der Dunkelkammer helfen zu dürfen, obwohl es zu zweit so eng war, dass er ständig mit dem Ellenbogen gegen den Metallschrank stieß.

»Was ist da eigentlich drin?«, fragte sie.

»Das ist nur mein Archiv. Altes Zeug von früher.«

»Und warum das Vorhängeschloss?«

»Das war dabei. Also benutz ich es auch.« Er nahm die Melodie wieder auf, wahrscheinlich ein Schlager aus dem Radio. Sie hatte den Verdacht, dass er nur ihr gegenüber so tat, als hörte er die nicht gern.

Sie sah sich das Foto im Fixierbad genauer an. Es war perfekt. Die Wut auf dem Gesicht des Fotografierten, irgendein Produzent in Cinecittà, war in der Bewegung gestochen scharf festgehalten. Dagegen war die vorgestreckte Hand, die nach der Kamera griff, leicht verwischt, was der Szene noch größere Dynamik verlieh.

»Du musst mir irgendwann mal zeigen, wie du angefangen hast«, bat sie. »Vielleicht baut mich das auf.«

Bruno lächelte sie offen an. »Du hast gestern tolle Fotos gemacht. Die sind wirklich gut. *L'Espresso* hat eins gekauft, und den Rest nehmen die Magazine.«

»Sie sind zu dunkel und unscharf.«

Er winkte ab. »Unter den Bedingungen hätte das keiner von uns besser hinbekommen.«

Anna nahm das Foto aus dem Bad, ließ es abtropfen und zog es schließlich durch die Schale mit Wasser. Sie sah zu Bruno hinüber, und mit einem Mal tat es ihr leid, wie viele Geheimnisse sie vor ihm hatte.

»Ich hab Großmutter besucht«, sagte sie.

Das Summen verstummte, während sein Blick starr auf dem Bild im Vergrößerer haftete. »Ach ja?«

»Ich war neugierig.«

»Hat sie mit dir geredet?«

»Nur kurz. Dann hat sie mich rausgeworfen.«

Bruno gab ein abfälliges Schnauben von sich. »Das passt zu der alten Hexe. Entschuldige, ich sollte das nicht sagen. Aber sie ist keine nette Frau. Deine Mutter hat so gut wie nie von ihr gesprochen, und wenn doch, dann war's nichts Gutes. Hat mich eh gewundert, dass sie bei ihrer Rückkehr nach Rom dort gewohnt hat.«

Der Ausdruck auf seinem Gesicht wurde wieder weicher. Anna ergriff mit der Zange eine Ecke des Bildes und hängte es vorsichtig an die Leine. »Nach Mums Tod war ein Reporter bei Großmutter. Ein gewisser Tulio Gallo. Sagt dir der Name was?«

»Gallo?« Bruno klang überrascht. »Ja, den gab's mal. Er hat früher 'ne Menge große Geschichten gemacht und ist vielen Leuten auf die Füße getreten. Vor 'ner Weile ist er untergetaucht, heißt es. Ist wohl in irgendwelche politischen Mühlen geraten. Vielleicht liegt er auch mit einem Betonfuß im Tiber, wer weiß.«

»Warum sollte sich so jemand für den Mord an Mum interessieren?«

»Vielleicht gar nicht wegen ihr, sondern wegen des Ortes, an dem's passiert ist. Diese Pension Ilaria ... Da haben sich auch 'ne

Menge Politiker mit ihren Geliebten getroffen. Sogar Priester, erzählen sich die Leute.«

Anna drehte sich um. Sie war nicht sicher, was er da andeutete. »Meinst du, Gallo könnte was mit Mums Tod zu tun haben?«

Er hob abwehrend die Arme. »Nur weil er Fragen gestellt hat? Das ist es, was Reporter eben tun.«

»Aber sie hatte was, das ihm gehört hat. Ich glaube, sie hat's ihm geklaut.«

Brunos Lachen klang gezwungen. »Valeria? Was sollte sie ihm denn klauen?«

»Eine Tasche mit ein paar alten Artikeln.«

Er griff an ihr vorbei nach der Flasche mit dem Wasser, hob die Schale an und füllte sie auf. »Das vergiss mal lieber schnell wieder.« Unerwartet streng fügte er hinzu: »Wir wollen keinen Ärger.«

Anna versteifte sich. »Wie könnte ich irgendwas vergessen, das mit ihrem Tod zu tun hat?«

Bruno knallte die Fotoschale auf den Tisch. Wasser schwappte über. Die Pfütze breitete sich aus und drohte einen Bogen Fotopapier zu durchweichen, doch keiner von beiden achtete darauf. »Männer wie Gallo haben mächtige Feinde. Ich will nicht, dass du da in was reingerätst.«

»Und in was zum Beispiel?«

»In Geschichten, die größer sind als wir beide. Valeria hätte sich nie in dieser Pension rumtreiben dürfen.«

»Moment – du meinst, sie ist ›in was reingeraten‹?«

Brunos Gesicht wurde dunkel vor Zorn. »Das hab ich nicht gesagt. Herrgott, Anna, wann akzeptierst du's endlich? Tigano hat deine Mutter ermordet! Mein eigener Bruder hat das getan! Und es hilft weder ihr noch dir, noch sonst wem, wenn du dich weigerst, das zu glauben. Stattdessen wirbelst du nur Staub auf, und das ist in Rom keine gute Idee.«

Sie spürte, wie die Wut in ihr hochkochte und sogar ihre Traurigkeit verdrängte. »Du meinst, ich soll lieber so tun, als wäre alles in Ordnung – nur damit es keinen Ärger gibt?«

Er packte sie an den Schultern und stieß sie gegen den Tisch. Vor

Überraschung blieb Anna die Luft weg. Eine Glasflasche fiel herunter und zerschellte am Boden. Sofort stieg der Geruch der Chemikalie auf.

»Verdammt noch mal!« Seine Finger drückten schmerzhaft in ihre Muskulatur. Die Sehnen an seinem Hals traten vor.

»Du tust mir weh, Bruno«, sagte Anna mit erzwungener Ruhe.

»Du willst es nicht begreifen, oder? Dein Vater hat deine Mutter getötet. Sie war in diesem Haus, in dem sie nichts zu suchen hatte, und er hat sie dort gefunden und umgebracht!«

»Lass – mich – los!«

Aber Bruno drückte nur noch fester zu. »Das muss jetzt aufhören! Ich will nicht, dass du genauso endest wie Valeria und Gallo und viel zu viele andere, die hier in der Stadt die falschen Fragen gestellt haben. Hast du mich verstanden?« Die Fotoschalen klapperten, als er sie schüttelte.

»Du wirst mich jetzt loslassen!«

»Lass die Toten ruhen, Anna! Hörst du mich? Du darfst nicht –«

Anna trat ihm gegen das Knie, wand sich aus seinem Griff und stieß ihn mit aller Kraft von sich.

Überrascht stolperte Bruno rückwärts und prallte gegen den verschlossenen Metallschrank. Eines seiner Beine knickte ein, sein Gesicht verzerrte sich vor Schmerz, dann kehrte seine Wut umso heftiger zurück. Während er versuchte, wieder hochzukommen, stürmte Anna an ihm vorbei aus der Dunkelkammer.

»Anna! … Verdammt, Anna! Bleib gefälligst stehen!«

Sie dachte gar nicht daran, stürmte durch den Flur, erreichte die Wohnungstür und riss sie auf.

»Wag es ja nicht –« Brunos weitere Worte gingen im Knallen der Tür unter, als sie sie hinter sich zuwarf.

Während sie das Treppenhaus hinuntereilte, wurde sie sich ihrer schmerzenden Schultern bewusst. Ihr Herzschlag raste, und ihre Gedanken überschlugen sich. Was, wenn Bruno ihr folgte? Und wie kam sie jetzt an die Tasche und ihre Kamera heran?

Die abendliche Luft vor dem Haus war kühl und tat ihr gut. Erst jetzt bemerkte sie, dass sie am ganzen Körper schwitzte.

Eilig wandte sie sich nach links, hastete ziellos den Bürgersteig hinunter, atmete scharf ein und aus und versuchte dabei, einen klaren Gedanken zu fassen. Der Lärm der dicht befahrenen Straße machte es nicht leichter.

Sie war noch keine hundert Meter weit gekommen, als hinter ihr ein Auto langsamer wurde. Sie war zu wütend, um sich umzuschauen. Die schwarze Limousine rollte seitlich in ihr Blickfeld. Auf der Beifahrerseite wurde ein Fenster heruntergekurbelt.

»Anna!«, rief Spartaco. »Komm, steig ein!«

»Ich brauch gerade mal frische Luft.« Ein humorloses Lachen blieb auf halbem Weg in ihrer Kehle stecken. Ihre Zunge schmeckte bitter, und sie schaffte es einfach nicht, die Fäuste zu öffnen.

Mit einer Hand stieß Spartaco ihr die Beifahrertür auf. »Die Bilder in der Geheimkammer – Silvia hat sie alle mitgenommen!«

»Wohin mitgenommen?« Widerwillig wurde sie langsamer und blieb stehen.

»Ich bin nicht sicher. Matteo – der Diener – er schweigt natürlich wie ein Grab. Aber ich hab eines der Hausmädchen erreicht, und sie hat mir erzählt, dass eine Spedition heute mehrere Kisten abgeholt hat. Ich hab da angerufen, ein bisschen den Conte raushängen lassen und erfahren, dass sie nach Ostia gebracht worden sind.«

»Wieso nach Ostia?«

»Steigst du erst mal ein?«

Anna ließ sich auf den Beifahrersitz fallen, schloss die Tür und sperrte den Straßenlärm aus.

Spartaco fuhr nicht weiter, ließ den Motor aber laufen. Sein rechtes Bein wippte nervös auf und ab. Er sprach hastiger als sonst. »Wir haben da ein Haus – eine Villa am Strand. Mein Vater hat sie vor Jahren bauen lassen, als Kind war ich oft mit ihm dort. Aber Silvia hat es da von Anfang an gehasst. Ich dachte eigentlich, dass sie das Haus früher oder später verkaufen würde.«

»Da wird sie die Bilder wohl kaum aufhängen wollen.« Anna hatte keine Ahnung, was er da redete. Nicht zum ersten Mal hatte sie das Gefühl, dass ihr Zorn ihre Auffassungsgabe störte. Als stünde ihr ganzer Kopf in Brand.

»Nein«, sagte Spartaco. »Aber ich will hinfahren und mir das genauer ansehen.«

»Warum?«

»Auf ihrem Schreibtisch lag eine Rechnung. Sie hat Essen und Wein nach Ostia bestellt, für eine ganze Menge Leute.«

Und da endlich begriff sie. »Die Zusammenkunft!«

Sie ließ den Sicherheitsgurt einrasten. Spartaco setzte den Blinker und gab Gas.

48

Schon von Weitem sahen sie das Feuer.
Jemand hatte auf dem breiten Strand einen Scheiterhaufen errichtet, die Flammen tanzten mehrere Meter hoch. Schwärme aus Glutpunkten stiegen in den Nachthimmel und wurden vom scharfen Seewind landeinwärts getragen. Auf halbem Weg zur Villa verblassten sie und wurden eins mit der Dunkelheit.

Spartaco fuhr im Schritttempo, während sie sich dem Anwesen und dem Privatstrand näherten und Anna sich bemühte, herauszufinden, was am Feuer vor sich ging.

Im nächsten Moment verwehrte ihnen eine hohe Mauer parallel zur Straße den Blick auf den Strand. Viel hatte sie nicht erkennen können, nur die Schemen von mindestens einem Dutzend Menschen. Die Flammen ließen ihre Schatten auf dem Sand umherzucken und machten es unmöglich, sie zu zählen.

»Vielleicht ist genau das unsere Chance, um ins Haus reinzukommen«, sagte Spartaco. »Aber wir müssen uns beeilen. Die werden nicht ewig da draußen rumstehen.«

Die Villa der Amarantes lag einige Kilometer südlich von Ostia einsam inmitten eines Naturschutzgebietes. Nur jemand mit den Beziehungen des Conte war in der Lage, hier eine Baugenehmigung zu bekommen.

Das moderne Gebäude und der Strand befanden sich rechts von der Straße, links erstreckte sich eine endlose Landschaft aus Buschwerk und niedrigen Bäumen. Spartaco bog in einen schmalen Seitenweg ein und stellte den Wagen nach fünfzig Metern ab. Zu Fuß machten sie sich auf zum Haupteingang des Anwesens.

Neben dem großen Tor vor der Einfahrt der Villa war eine schmale Metalltür in die Ummauerung eingelassen. Spartaco zog einen Schlüsselbund aus der Hosentasche, öffnete behutsam die Tür und blickte durch den Spalt. »Bist du sicher, dass du mit da reinwillst?«

Anna funkelte ihn empört an. »Denkst du, ich bin zum Spaß mitten in der Nacht hier rausgefahren?«

Er lächelte, und sie betraten das Grundstück. Nahezu lautlos rastete die Tür hinter ihnen ein.

Auf einem Vorplatz standen mindestens zehn Nobelkarossen und Sportwagen, das Haus dahinter war hell erleuchtet: ein Quader aus Beton und Glas mit flachem Dach und symmetrischen Bogenfenstern. Die Architektur erinnerte Anna an die Gebäude des EUR-Viertels in Rom, das große Bauprojekt der Faschisten unter Mussolini. Ein größerer Kontrast zum verspielten Neo-Barock des Palazzo Amarante war kaum denkbar, und so war es kein Wunder, dass die Contessa die Strandvilla nicht mochte. Was sie augenscheinlich nicht davon abgehalten hatte, einen Haufen Leute hierher einzuladen.

Geduckt liefen sie über den Vorplatz, der von der beleuchteten Mauer in indirektes Licht getaucht wurde. Annas Blick huschte über die teuren Wagen, die sich aneinanderreihten wie auf einer Automesse.

»Glaubst du, die sind alle hier? Das da unten am Strand – das sind die Imperatoren?«

Er setzte zu einer Antwort an, horchte plötzlich auf und flüsterte: »Runter!«

Sie gingen zwischen den parkenden Autos in Deckung, als ein Mann um die linke Ecke des Hauses bog. Er trug eine Maschinenpistole an einem Riemen über der Schulter und blickte zum Tor. Vor der Haustür blieb er kurz stehen, steckte sich eine Zigarette an und schnippte das Streichholz fort. Dann setzte er seinen Weg fort und verschwand hinter der rechten Ecke des Hauses.

»An der Rückseite sind bestimmt noch mehr von denen«, wisperte Spartaco. »Wahrscheinlich sehen die sich alle das Feuer an.«

»Sind die Wächter Ascoleses Männer?«

»Falls ja, dann sind das keine normalen Wachleute, sondern Killer ... Komm, weiter!« In seinen Fingern glänzte wieder der Schlüsselbund. Er wandte sich zur Eingangstür und lief geduckt voraus. Kurz darauf klickte das Schloss.

Vorsichtig betraten sie eine hell erleuchtete Diele. Ein scharfer Luftzug schlug ihnen entgegen. Er wehte aus der breiten Verbindungstür zum Wohnzimmer, einem riesigen, in Weiß gehaltenen Raum mit Glasfront zum Strand. Eine Schiebetür zur Terrasse stand weit offen, die Luft roch nach Rauch.

Anna hielt Spartaco am Arm fest. »Da sind Leute auf der Terrasse.«

Er hielt inne. Wegen der hellen Beleuchtung des Wohnzimmers war kaum zu erkennen, was weiter draußen im Dunkeln geschah. Noch immer glühte Funkenflug am Himmel, davor erkannte Anna die dunklen Umrisse mehrerer Menschen. Sie standen an einem Geländer am Rand der Terrasse und blickten hinunter auf den Strand.

»Das sind die Wächter«, flüsterte Spartaco. »Wir müssen die Treppe da drüben rauf.«

Anna folgte seinem Blick. Eine moderne Holztreppe führte zu einer Empore unter der hohen Decke des Wohnzimmers. »Oben sitzen wir doch in der Falle.«

»Nur wenn sie uns bemerken.«

Er eilte voraus, und trotz ihrer Bedenken schlich sie hinter ihm die glatten Stufen hinauf. Oben angekommen, krochen sie auf allen vieren auf die Galerie. Hier stand ein Halbkreis aus kirschroten Ledersesseln, zwischen denen sie in Deckung gingen. Anna senkte das Gesicht so dicht über den hellen Teppich, dass sie das Mittel riechen konnte, mit dem die Fasern gereinigt worden waren. Nur wenn sie die Köpfe ein Stück anhoben, konnten sie in das verlassene Wohnzimmer blicken.

Anna konzentrierte sich auf die einzelnen Stimmen vor der Terrassentür, vermochte aber über das Knistern des Feuers und die nächtliche Brandung hinweg kein Wort zu verstehen, das die Wachleute miteinander wechselten. »Drei Männer, oder? Vier, falls der andere von vorne schon bei ihnen ist.«

Neben ihr reckte Spartaco den Hals. »Ich wünschte, wir hätten ein Fernglas.«

Von hier oben aus konnten sie durch die offene Glastür das Feuer am Strand sehen, davor die Umrisse weiterer Menschen. Wenigstens zehn, schätzte Anna, eher mehr. Falls das da draußen wirklich die Imperatoren waren, dann hatte die Contessa hier den Großteil der ehemaligen Patienten aus dem Institut zusammengerufen.

Erst jetzt fiel ihr auf, dass überall im Wohnzimmer halb leere Gläser und angebrochene Flaschen standen, auf Beistelltischen, Stühlen und neben zahlreichen Sesseln im ganzen Raum.

»Sie kommen zurück«, flüsterte Spartaco.

Die Wächter am Rand der Terrasse teilten sich auf und verschwanden nach links und rechts in der Finsternis. Der Pulk am Feuer hatte sich in Bewegung gesetzt und kam über den Strand auf das Haus zu.

»Wenn einer von denen zufällig hier raufschaut«, sagte Anna, »dann sehen die uns.«

Flach am Boden robbte Spartaco näher an das Geländer heran. »Ich muss wissen, ob ich ein paar von denen kenne.«

Anna zögerte einen Moment. Dann seufzte sie und kroch ebenfalls nach vorn. Mit wachsendem Unbehagen fragte sie sich, was genau dort draußen wohl brannte.

»Oh Scheiße«, flüsterte Spartaco.

Die ersten Menschen waren in den Lichtschein getreten, der vom Haus her über den Strand fiel. Die Contessa ging vorneweg, gefolgt von zwei Männern, die einander auf verblüffende Weise glichen. Anna wusste, wer sie waren, bevor Spartaco es aussprach.

»Das sind die Martino-Zwillinge.«

»Ich dachte, die sind auf Capri.«

»Jetzt nicht mehr.«

Anna versuchte, die Männer mit den beiden Hohepriestern der schwarzen Messe in Einklang zu bringen. Wieder geisterte das Wort *Opferung* durch ihre Gedanken, und das Bild von Halinka, nackt auf dem Altar. Da wusste sie, was Spartaco in diesem Augenblick durch den Kopf ging.

»Das ist sie nicht«, sagte sie entschieden. »Auf keinen Fall.«

Spartaco schnappte nach Luft, atmete mehr von dem Rauch ein und wurde kreidebleich. Erst fürchtete Anna, er müsste sich übergeben. Dann, er könnte aufspringen und versuchen, die beiden Martinos mit bloßen Fäusten anzugreifen. Sie streckte die Hand aus, um ihn – wenn nötig – mit aller Kraft zurück auf den Teppich zu drücken.

Im nächsten Moment bekam er sich wieder unter Kontrolle. Seine Stimme klang monoton, während eine Silhouette nach der anderen ins Licht trat. »Der fette Kerl da, das ist einer der reichsten Bauunternehmer der Stadt. Und der da drüben ist Staatsanwalt. Die zwei, die jetzt auf die Terrasse kommen, kenn ich nicht, aber der Nächste ... Das ist Kardinal Saponara.«

Anna versuchte, sich die Gesichter einzuprägen. Dabei fiel ihr auf, dass die Contessa überwiegend Männer eingeladen hatte.

Ein älterer Gast mit gebeugtem Rücken und weißem Haarkranz trat über die Schwelle.

»Der da war unser Hausarzt«, flüsterte Spartaco, »Doktor Bellofiore. Die halbe High Society von Rom ist bei ihm in Behandlung gewesen.« Er deutete auf eine Frau mit blond gefärbten Haaren, die hinter dem alten Mann durch die Terrassentür kam. »Und sie sitzt im Stadtrat. Aber angeblich geht sie vor allem mit dem Bürgermeister ins Bett.«

So ging es weiter, Spartaco schien über nahezu jeden von ihnen etwas zu wissen. Ein Berater des Innenministers, ein Theaterdirektor, eine angesehene Gesellschaftsdame, schließlich ein Filmproduzent. Neben ihm ging ein hagerer Mann mit schmalen Augen und scharfer Nase, den auch Anna auf Anhieb erkannte. »Das ist Villanova, oder? Romolo Villanova. Der Regisseur.«

Spartaco nickte.

Anna zog instinktiv den Kopf ein, als die letzten Gäste durch die Glastür ins Wohnzimmer traten. Jemand schob sie zu und sperrte das Rauschen der Brandung und das Fauchen des Feuers aus. Lediglich ihre halblauten Gespräche gingen weiter.

Anna sah jetzt nur noch wenige der Versammelten. Die anderen, darunter Villanova, die Martino-Zwillinge und die Contessa, befanden sich unterhalb der Galerie.

Der Klang von Metall, das sachte gegen eine dünne Glaswand

schlug, ließ die Gespräche verstummen. Unter der Empore setzte Spartacos Stiefmutter zu einer feierlichen Rede an.

»Meine lieben Freunde«, sagte die Contessa, »ich denke, wir haben gerade einen wichtigen Schritt getan. Dass nach all der Zeit so viele von euch den Weg hierher gefunden haben, bedeutet mir mehr, als ich in aller Kürze ausdrücken kann. Dass wir alte Verbindungen auffrischen und neue herstellen konnten, geht weit über das hinaus, was noch vor einigen Jahren möglich erschien. Ich glaube, wir alle haben mittlerweile verstanden, dass sich die Zeiten geändert haben. Einer allein wird auf Dauer nicht weit kommen. Wir müssen zusammenarbeiten, uns gegenseitig unterstützen, um uns zurückzuholen, was uns gebührt – jedem Einzelnen von uns.«

Einige Gäste nickten zustimmend, der alte Mann lächelte.

»Rom ist in Aufruhr, und es braucht uns, um wieder zu seiner alten Stärke zu finden«, fuhr die Contessa fort. »Es braucht unseren Willen und unsere Kraft. Wir alle haben es allein weit gebracht. Doch nun ist der Tag gekommen, an dem wir gemeinsam damit beginnen werden, die Ordnung wiederherzustellen. Denn Ordnung, meine Freunde, das ist es, was der Welt dort draußen fehlt. Und wir sind nicht allein. Tausende, Zehntausende, sogar Hunderttausende suchen im Chaos nach Führung. Andere haben es versucht und sind gescheitert. Wir hingegen werden siegreich sein. Wir haben Mächte auf unserer Seite, die uns wohlgesonnen sind. Und ich bin bereit, alles zu tun, damit sie uns gewogen bleiben.«

Die Gäste klatschten. Das faltige Gesicht des Arztes strahlte, während die Stadträtin eine reservierte Miene zur Schau trug und der Rednerin kaum mehr als höflichen Respekt zollte.

»Die Opferung ist ein erster Schritt«, rief die Contessa weihevoll. »Bald werden weitere nötig sein. Ich diene der Ordnung, und ich hoffe, ihr werdet das ebenfalls tun.«

Der Applaus schwoll an. All jene, die Anna von oben aus sehen konnte, prosteten einander zu. Mehrere Gespräche begannen, lauter als zuvor, aber diesmal hörte Anna nicht hin.

»Gab es im alten Rom Menschenopfer?«, fragte sie leise.

Spartaco blickte durch die Glastür zu den Flammen, die inzwischen nicht mehr ganz so hoch loderten. Seine Finger rieben ungeduldig über die Teppichfasern. »Ich muss zu diesem Feuer.«

»Du kannst da jetzt nicht runter!«

Er robbte lautlos ein Stück zurück und zeigte auf den Vorraum über der Diele. Es fühlte sich an, als wären Stunden vergangen, seit sie die Holztreppe heraufgeschlichen waren.

»Da gibt es eine Tür ins Freie, dahinter liegt eine Außentreppe. Sie führt auf die kleinere Terrasse an der Seite des Hauses.« Das Flüstern nahm seinen Worten nichts von ihrer Dringlichkeit.

»Und die Kerle mit den Maschinenpistolen?«

In seinen Augen stand eine Entschlossenheit, die gleichermaßen Wut und Sorge verriet. Es war absurd, anzunehmen, dass dort draußen am Strand ein Menschenopfer stattgefunden hatte – und gerade deshalb schien es sich mit einer perfiden Logik in den Irrsinn der vergangenen Tage einzufügen: Alle diese Männer und Frauen in hohen Positionen, die vier Jahre lang gemeinsam in einem dubiosen Institut eingesperrt gewesen waren; ihre Verbindung zu Annas Mutter und dem mysteriösen Professor Cresta; die ausgebrannte Ruine der Klinik und der Mann mit dem Pavian. Und dann natürlich De Lunas Tod, den Spartaco mit angesehen hatte – mehr als alles andere unterstrich der Mord die Tatsache, dass mit einem Mal alles möglich schien.

Statt ihr zu antworten, kroch Spartaco auf die Tür zu. Er robbte nicht mehr so flach über den Teppich wie zuvor. Die Ungeduld schien ihm die Zuversicht zu verleihen, dass seine Stiefmutter und ihre Gäste zu beschäftigt waren, um hier oben etwas wahrzunehmen.

Widerstrebend zog Anna sich hinter die Sessel zurück. Ihr Herz pumpte in einem schwindelerregenden Rhythmus, als sie Spartaco schließlich auf allen vieren folgte.

Unten in der Diele verabschiedete die Contessa gerade Villanova und die blonde Frau. Einmal schien die Stadträtin unvermittelt aufzublicken, und Anna hätte schwören können, dass sie ihr dabei in die Augen sah. Aber der Moment verging, und die Frau verließ mit Villanova das Haus. Die Martino-Zwillinge taten es ihnen mit verschlossenen Gesichtern gleich, ihr Abschied von der Contessa fiel merklich kühl aus.

Spartaco sah nichts von alldem, er hatte bereits die Tür zur Außentreppe erreicht. Anna schob sich geduckt hinterher und war erleichtert, als die Stimmen im Erdgeschoss zurückblieben.

Noch in der Hocke zog Spartaco die Klinke nach unten. Die Tür schwang nach außen auf. Von einem schmalen Austritt an der Seite des Hauses führte eine Gittertreppe an der Fassade hinab.

Er blickte sich zu Anna um und legte einen Finger an die Lippen. Sie hörte die Schritte im selben Moment.

Unter ihnen ging einer der Bewaffneten entlang. Als vor dem Haus eine Autotür zuschlug, blieb er stehen und schaute sich um. Die Maschinenpistole hing an seiner Seite, seine rechte Hand lag darauf.

Anna bemühte sich, leise zu atmen, während sie zuhörte, wie das Tor geöffnet und die Motoren nach und nach gestartet wurden.

»Alles in Ordnung?«, fragte ein Mann von der Terrassentür aus.

»Ja, alles ruhig.« Er stand direkt unter ihnen. »Ich dachte, ich hätte was gehört.«

Anna und Spartaco bewegten sich nicht. Falls der Mann nach oben blickte, musste er sie durch das Bodengitter unweigerlich entdecken.

Der Wächter verlagerte sein Gewicht langsam vom einen Bein auf das andere, streckte sich und setzte seinen Weg endlich fort. Erst als seine Schritte im Geraune der Wellen verklungen waren, tauschten Anna und Spartaco einen Blick und schlichen die Gitterstufen hinab auf die seitliche Terrasse.

Nicht alle Gäste waren aufgebrochen. Aus dem Haus drangen noch immer Stimmen. Spartaco wollte sofort über den Strand zum Feuer laufen, aber sie erwischte ihn gerade noch am Handgelenk.

»Hier, über das Geländer.« Sie formte die Worte mehr mit den Lippen, als dass sie sie aussprach, aber er verstand.

Sie kletterten von der Terrasse auf einen Streifen Sand, der an der Seite der Villa entlang zum Strand führte. Ein paar Schritte weiter wuchs hüfthohes Gestrüpp, zu dicht, um sich darin zu verstecken.

Der Sandpfad lag ein wenig tiefer als das Erdgeschoss des Hauses; wenn sie die Köpfe einzogen und sich nah an der Wand hielten, konnte man sie von oben aus nicht sehen.

Anna blieb dicht bei Spartaco. Über ihnen blockte die Terrasse jedwedes Licht vom Haus ab. Die unruhigen Schatten, die das Feuer auf den Sand warf, erzeugten die Illusion, der Strand würde sich unter ihren Füßen wellen.

Spartacos Schuh stieß gegen eine leere Dose. Das metallische Scheppern hallte durch die Nacht.

»Wer ist da?« Es klickte, schwer und mechanisch. So klang es wohl, wenn eine Waffe entsichert wurde.

Sie pressten sich eng an die Mauer unterhalb der Terrasse. Anna hielt den Atem an, an ihrer Schläfe pochte es im Rhythmus ihres Herzschlags. Sie fragte sich, wie sie es jemals unbemerkt über den offenen Strand bis zum Feuer schaffen sollten.

Plötzlich raschelte es ein Stück weiter in den Büschen. Zweige wurden auseinandergebogen, als sich jemand oder etwas durch das Geäst vom Haus fortbewegte.

Ein Hund bellte im Unterholz.

Anna fing Spartacos Blick auf und war sicher, dass ihr die gleiche Verwunderung ins Gesicht geschrieben stand wie ihm.

Über ihnen näherten sich stramme Schritte. »Hast du was gehört?«, fragte ein Mann. Er sprach einen Dialekt, den Anna für Sizilianisch hielt.

»Nur ein streunender Köter«, sagte der andere. Anna vernahm ein zweites Klicken, oder glaubte es zumindest. Als sie die Waffe gesichert wähnte, wagte sie erstmals wieder zu atmen.

»Ich dachte, du magst Hunde«, sagte der Sizilianer.

»Ich mag *meinen* Hund.« Es raschelte, Metall auf Stoff. Wahrscheinlich hatte er die Waffe geschultert. Dann entfernten sich die Schritte der beiden.

Anna drehte sich zu Spartaco um. Der ferne Flammenschein flackerte über sein blasses Gesicht und verzerrte seine Züge, doch die Entschlossenheit darauf war ungebrochen.

»Das war knapp«, sagte er leise.

Anna nickte nur und blickte hinüber zu den Büschen. Jetzt rührte sich dort nichts mehr. Woher war auf einmal der Hund gekommen? Nur irgendein Streuner? Ihr blieb keine Zeit, sich darüber Gedanken zu machen, denn Spartaco schlich bereits weiter. Der Geruch des Feuers war hier um ein Vielfaches intensiver als im Haus.

Sie erreichten das Ende der Terrasse. Vor ihnen lag eine weite Fläche aus Sand, rund hundert Meter bis zu den Flammen. Sie brannten längst nicht mehr so hoch wie vorhin, aber noch immer trieben Ascheflocken über den Strand. Das Meer war im Dunkel dahinter fast unsichtbar.

Wieder bellte der Hund. Diesmal weiter weg, wahrscheinlich vor dem Haus. Ein Mann brüllte auf und fluchte zum Steinerweichen. Der Hund knurrte bedrohlich, seine Krallen schabten über Stein, und Anna glaubte, Stoff reißen zu hören.

»Wir brauchen hier vorn mal Hilfe!« Das war die Stimme der Contessa. Sie klang weder besorgt noch panisch, höchstens tadelnd, weil die Wachmänner nicht allein klarkamen.

Jetzt donnerten Stiefelsohlen über die Terrasse.

Spartaco packte Anna am Handgelenk. »Okay, los!«

»Was ist das für ein Hund?«, fragte sie und wusste zugleich, dass jetzt nicht der richtige Zeitpunkt dafür war.

»Weiß ich nicht. Komm!«

Spartaco rannte los und zog sie hinter sich her. Ihre Schuhe sanken im Sand ein. Sie hatte unterschätzt, wie langsam sie hier vorankommen würden.

Vor dem Haus feuerte jemand in die Luft. Das Knurren und Reißen des Hundes verstummte. Anna lauschte erschrocken in die Stille und war erleichtert, als sie den Hund bald darauf bellen hörte, jetzt wieder weiter entfernt.

Zwei Pistolenschüsse peitschten durch die Nacht.

»Lauf!«

Und wieder rannte sie, wenn auch erst mit ganzer Kraft, als erneut das Bellen ertönte. Der Hund war den Wächtern entkommen.

Während sie über den Strand hasteten, blickte Anna nur ein einziges Mal über die Schulter zurück und sah die leere Terrasse und ein paar Menschen im hell erleuchteten Wohnzimmer. Alle hatten sich zur Haustür gewandt, um zu verfolgen, was vor der Villa geschah. Keiner schaute hinaus auf den Strand.

Anna sah wieder nach vorn. Trockene Hitze schlug ihr ins Gesicht. Sie umrundeten das Feuer zur Hälfte, bis die Flammen und der Rauch sich zwischen ihnen und dem Haus befanden; sie würden die beiden vor Blicken schützen, sobald das Spektakel um den Hund vorüber war.

Spartaco fiel im Sand auf die Knie und starrte das Feuer an. Anna hockte sich neben ihn und tastete nach seiner Hand. Trotz der Nähe zu den Flammen fühlte sie sich eiskalt an.

Sie wollte etwas sagen, aber sie hatte Sorge, ihre Stimme könnte sie im Stich lassen. Also starrte sie nur in die Flammen und betrachtete die verkohlten Fragmente, die darin schmorten und zerfielen.

Als auch Spartaco schwieg, sprach sie schließlich aus, was sie dachte: »Wenn hier ein Mensch verbrannt worden wäre, dann müsste man was davon sehen. Irgendwelche Überreste.«

Er nickte. »Das hier war was anderes.«

Ihr Blick verlor sich in der Glut und fand schließlich ein gerades Stück Holz. »Natürlich!«, flüsterte sie. »Das waren die Bilder! Sie haben die Gemälde verbrannt!«

Spartacos Augen verengten sich. »Aber warum?«

»Die anderen werden gewusst haben, dass dieser Fausto sie in der Klinik gemalt hat. Aber vielleicht hatten sie keine Ahnung, was aus den Bildern geworden war, und nun hat deine Stiefmutter sie hervorgezaubert und vor aller Augen zerstört. Als – ich weiß nicht – Zeichen ihres guten Willens oder so.«

Spartaco blickte in die Flammen, aber eigentlich schien er durch sie hindurchzusehen, hinüber zum Haus. »Silvia mag große Auftritte.«

»Sie wollte unbedingt, dass heute Abend hier ein Bündnis geschlossen wird. Dass sie alle bei irgendwas zusammenarbeiten. Offenbar war das früher nicht möglich, aber irgendwie hat sie es fertiggebracht, sie alle an einen Tisch zu bringen.«

Spartacos Augen leuchteten auf, als er begriff, was sie meinte. »Silvia hat sie erpresst. Sie hat die anderen hergelockt und ihnen dafür Faustos Porträts aus der Klinik versprochen, vielleicht der letzte Beweis, dass sie alle dort Patienten waren.«

»Aber wenn das hier gar nicht das Opfer war, von dem sie gesprochen hat –«

»Dann wird die wahre Opferung erst noch stattfinden.«

Obwohl das Feuer ihr fast die Haare versengte, lief es Anna bei dem Wort kalt den Rücken hinunter. Sie blinzelte und riss ihren Blick von den Flammen los.

Vor der Brandung, am äußersten Rand des Lichtscheins, bewegte sich eine Silhouette von ihnen fort. Ein Mensch lief nah am Meer entlang, wo das Wasser seine Spuren innerhalb kurzer Zeit verwischen würde.

»Spartaco!«

Er folgte ihrem Blick, gerade noch rechtzeitig, um die Gestalt zu entdecken. »Der läuft nicht zum Haus.«

»Was, wenn es der Typ aus der Klinik ist? Dann ist er bewaffnet.«

»Werden wir ja sehen.« Einen Moment später lief er im Schutz der Flammen Richtung Wasser, schlug einen Haken und rannte hinter dem Flüchtenden her. Anna vergewisserte sich mit einem Blick zum Haus, dass keiner Notiz von ihnen nahm, dann folgte sie den beiden.

Salzwasser drang ihr in die Schuhe. So nah an der Brandung sanken ihre dünnen Sohlen noch stärker ein. Feuchter Sand rieb an ihrer Haut.

Sie sah jetzt deutlich, dass es ein Mann war. Er stolperte, fiel auf ein Knie und rappelte sich rasch wieder auf. Der Abstand zwischen ihm und seinem Verfolger hatte sich auf dreißig Meter verkürzt, und es war absehbar, dass Spartaco ihn einholen würde. Dabei entfernten sie sich immer weiter von der Villa.

Plötzlich ging der Mann in die Hocke. Einen Moment später erkannte sie, warum: Da war ein Maschendrahtzaun, der bis ans Wasser reichte, aber ein Stück davon war nach oben gebogen. Hier endete der Privatstrand der Amarantes.

Noch immer wagten weder sie noch Spartaco, etwas zu rufen, aus Sorge, die Wächter an der Villa könnten sie hören. Auch dem Fremden musste das bewusst sein, denn er zwängte sich mit verbissenem Schweigen unter dem Zaun hindurch, sprang auf und rannte weiter – nun jedoch landeinwärts auf das dichte Buschwerk zu. Dort hatte er vielleicht eine Chance, sie abzuhängen.

Unter Ächzen zwängte sich erst Spartaco, dann Anna unter dem Zaun hindurch. Eine Haarsträhne verfing sich in den Maschen, aber sie riss sich einfach los, ohne Zeit zu verschwenden.

»Bleiben Sie stehen!« Spartaco rief nur halblaut. Er hatte den Unbekannten fast erreicht.

Der Mann dachte nicht daran, ihm zu gehorchen. Im nächsten Moment zerrte er ein Fahrrad aus dem Gebüsch. Der Boden war hier noch zu sandig, bis zur Straße würde er es schieben müssen.

Spartaco streckte die Hand aus und verfehlte den Kragen des Mannes. Mit einem Stöhnen warf er sich vor, prallte gegen den Rücken des Unbekannten und riss ihn mitsamt dem Fahrrad zu Boden.

Der Mann fluchte und strampelte, aber Spartaco packte seine Arme und presste sie fest in den Sand.

»Lassen Sie mich los!« Der Fremde spuckte Dreck aus und streckte den Rücken durch wie ein bockiges Kind.

»Nur, wenn Sie nicht abhauen«, sagte Spartaco.

»Ist ja gut.«

Spartaco gab seine Arme frei und ließ von dem Mann ab. Der drehte sich um, atmete sitzend mehrmals tief durch und wischte sich den feuchten Sand erst aus dem Gesicht, dann von der Kleidung.

Ohne Vorwarnung sprang er auf und rannte abermals los.

Diesmal war es Anna, die ihn einholte. Kurzerhand packte sie ihn an seinem dunklen Mantel, riss ihn daran herum und schleuderte ihn mit aller Kraft zu Boden. Im nächsten Moment hockte sie auf ihm, ein Knie auf seinem rechten Arm, während sie sich den linken mit beiden Händen vom Leib halten musste.

»Gehen Sie … runter von mir!«

»Sie haben doch gesehen, dass wir auch vom Haus weggelaufen sind! Wir gehören nicht zu denen.«

Der Mann stierte anklagend an ihr vorbei. »Der da ist Stefano Amarante!«

»Und wer sind Sie?«, fragte Spartaco.

»Herrgott, nun halten Sie endlich still!« Anna drückte seinen Arm zur Seite, sodass er weder ihr Gesicht noch ihre Haare zu fassen bekam.

Spartaco ließ ein Feuerzeug aufschnappen. Sein Schein erhellte das Gesicht des Mannes. Er war um die fünfzig, hatte einen grauen Bart, schütteres Haar und sah aus, als hätte er seit langer Zeit kaum geschlafen. Schwere Tränensäcke hingen unter seinen Augen, und selbst im scharfen Seewind gab es keinen Zweifel, dass er eine Dusche bitter nötig hatte.

»Tulio Gallo!«, entfuhr es Spartaco. Die Feuerzeugflamme erlosch, und er entfachte sie erneut.

»Du erkennst ihn?«, fragte Anna verblüfft.

»Ich hab im Archiv alte Bilder von ihm gefunden. Damals war er jünger … Aber das ist definitiv Gallo!«

Der Mann sagte nichts. Er presste die Zähne aufeinander, und sein Gesicht lief dunkel an, als er sich mit aller Anstrengung aufbäumte. Selbst im Schein des Feuerzeugs sah Anna die Panik in seinen Augen.

»Ich bin Anna Savarese. Sie haben meine Mutter gekannt.«

Schlagartig gab Gallo seinen Widerstand auf. Sie glaubte, in seinen Augen ein Wiedererkennen aufblitzen zu sehen.

»Savarese?«, fragte er mit rauer Stimme. »Valerias Tochter?«

»Ja. Und wir wissen, dass Sie den Imperatoren auf der Spur sind.«

Seine Augenlider flatterten nervös. »So nennt ihr sie? Imperatoren?«

»Haben Sie einen besseren Vorschlag?«, fragte Spartaco missmutig.

»Meine Mutter hat Ihnen damals die Tonbänder besorgt, stimmt's?«

Gallo seufzte. »Jetzt geh schon runter von mir. Wir sollten alle drei schleunigst von hier verschwinden.«

Anna zögerte noch einen Moment, dann ließ sie ihn los.

Spartaco steckte das Feuerzeug weg, behielt den Reporter aber auch im Dunkeln genau im Auge. »Wir haben ein Auto, ein Stück weiter die Straße runter.«

Gallo stand so ungelenk auf, als hätte er seit Stunden im Sand gelegen. Zum zweiten Mal klopfte er sich den Mantel ab. »Ich sag euch, wohin wir fahren können.«

»Und Ihr Fahrrad?«, fragte Anna.

»Ist eh nur geklaut.«

Sie wechselte einen Blick mit Spartaco. Es war nicht lange her, da hatte sie Tulio Gallo verdächtigt, in den Mord an ihrer Mutter verwickelt zu sein.

Sie blieb auf der Hut, während sie sich umwandte und ihm mit Spartaco durch die Büsche zur Straße folgte. Nur einmal noch blieb sie kurz stehen, horchte auf das Bellen in der Ferne und fragte sich, warum es ihr so bekannt vorkam.

49

Seit einer halben Stunde war Palladino der einzige Gast in der Bar. Es war spät – wie spät genau, wusste er nicht, und es spielte für ihn auch keine Rolle. Die Uhrzeit war nicht das Einzige, das an Bedeutung verloren hatte.

»Doppelter?«, fragte der Barkeeper hinter dem Tresen. Palladino kannte ihn von früher, vor ein paar Jahren hatte Renato ihm allabendlich die Gläser gefüllt.

»Unbedingt.« Palladino sah zu, wie der Whisky aus der Flasche lief. Er hob das Glas und leerte es in einem Zug.

Die Tage, in denen er jede freie Minute in dieser Bar verbracht hatte, waren längst vorbei. Das war nach der Trennung von Laura gewesen, als er das Gefühl gehabt hatte, er müsse die Welt um sich herum auf einen überschaubaren Raum zusammenschrumpfen lassen, damit er sein Leben nicht aus den Augen verlor. Alkohol hatte ihm dabei geholfen, bis er sich nach ein paar Monaten selbst aus der Gosse gezogen hatte. Seither war er nur noch ein- oder zweimal die Woche hergekommen und selten länger als zehn Minuten geblieben.

Hinter ihm schlug die Tür zu, als ein neuer Gast die Bar betrat. Der Luftzug brachte Bewegung in den kalten Zigarettenqualm.

Er hob die Hand, um den nächsten Whisky zu bestellen, aber Renato tat gerade auffallend beschäftigt. Hinter Palladino näherten sich schwere Schritte.

»Wenn du nicht willst, dass Ascoleses Leute dich finden, solltest du deine Gewohnheiten ändern.«

Er drehte sich um und schenkte dem Neuankömmling ein breites Lächeln. »Ugo, mein allerbester Freund!« Seine Zunge fühlte sich an wie aus Blei. Merkwürdig, dass ihm das nicht schon früher aufgefallen war. »Es ist so schön, wenn man mit dem eigenen Totengräber noch einen trinken kann.«

»Ich werd dich ganz bestimmt nicht begraben.« Ugos Miene verdüsterte sich, während er näher kam.

»Renato, ein Glas für Ugo.« Palladino winkte mit seinem eigenen. »Und mehr davon für mich!«

Ugo nahm es ihm aus den Fingern und knallte es auf den Tresen. »Hör mit der Sauferei auf! Das hier ist jetzt wichtig.«

Palladino lehnte sich vor und schlug einen – wie er fand – verschwörerischen Tonfall an. »Sind sie schon unterwegs hierher? Die sollen nur kommen. Ich hab mein treues Mördermesser dabei … Das hat schon eine Contessa in das Bett dieses Möchtegern-Mussolini befördert, da wird es auch mit allen anderen fertig.«

»Für Sie auch einen J&B?«, fragte Renato.

»Nein, nichts. Mein Freund redet Unsinn, geben Sie nichts drauf.«

Renato nickte. »Keine Sorge, das macht er schon den ganzen Abend.«

»Du fällst mir in den Rücken, Renato«, lallte Palladino. »Alle meine Freunde fallen mir in den Rücken …« Er streckte seinen Arm über den Tresen und tastete nach seinem Glas. Ein scharfer Schmerz raste seine Schulter herauf, als Ugo ihn unsanft packte und ihn erst vom Stuhl und dann quer durch die Bar zerrte.

Die klare Nachtluft traf ihn wie eine Ohrfeige. In Ugos Griff stolperte er über den Bürgersteig und stieß mehrfach mit der Schulter gegen die Hauswände. »Lass mich los! Was willst du überhaupt?«

»Du wolltest, dass ich mich umhöre. Ich hab mich umgehört.«

Im Laufen versuchte Palladino, sich umzudrehen. »Wir hätten die Flasche mitnehmen sollen.«

»Ich hab gerade mein Leben für dich riskiert!« Ugo schubste ihn in eine Gasse, in die das Licht der Laternen nicht vordrang. Er presste Palladino gegen die Wand und warf dabei immer wieder nervöse Blicke zur Straße hinüber. Gestalten in Mänteln und unter Hüten schlenderten vorüber, und selbst Palladino begriff allmählich, dass es Ugo ernst war.

»Herrje, nun lass mich schon los!«

»Erst wenn du mir zuhörst.«

»Ja … ja!«

Ugo lockerte langsam seinen Griff, ehe er Palladino vollends freigab. Der klopfte sich unbeholfen den Mantel ab. Mehr eine hilflose Geste als ein aufrichtiger Versuch, das Ding zu säubern.

Ugo stand dicht vor Palladino und schien mit einem Auge den Eingang der Gasse im Blick zu behalten. »Du wolltest wissen, was Ascolese mit De Luna zu tun hatte.«

Der Schleier, durch den Palladino seine Umgebung sah, wurde ein wenig lichter. Das mochte an der frischen Luft liegen, vielleicht aber auch daran, dass seine Sorgen ihn wieder eingeholt hatten. »Das war doch schon geklärt«, sagte er. »Er hat den großen Reibach gemacht, während wir Arschlöcher für ihn –«

»Das ist noch nicht alles.«

»De Luna ist tot.«

»Ja, aber es gibt Hintermänner.« Ugos Stimme war so tief, dass Palladino ihn kaum verstand, als er sie noch weiter senkte. »Ich bin nicht mal sicher, ob ich überhaupt darüber reden sollte.«

»Nun rück schon raus mit der Sprache.«

»Die planen was Großes. Einen Anschlag, den sie den Kommunisten in die Schuhe schieben wollen.«

Palladino wurde wacher. »Anschlag auf wen?«

»Ich bin nicht sicher.« Ugo verzog das Gesicht. »Einen, bei dem möglichst viele Leute draufgehen.«

»Also eine Bombe?«

»Wahrscheinlich.«

»Und der Auftrag kam von De Luna? Von der Etruskischen Front?«

»Keiner weiß was Genaues. Keiner außer Ascolese. Das lief alles über ihn persönlich.«

»Und das Ziel? Ein Regierungsgebäude? Ein Fußballstadion? Die Spanische Treppe? Nun lass dir doch nicht alles aus der Nase ziehen!«

»Weiß ich nicht.«

»Aber du ahnst doch irgendwas«, behauptete Palladino.

Ugo knurrte einen Fluch. »Ich zähl nur eins und eins zusammen. Und morgen ist doch diese Feier.«

»Welche Feier?«

»Von der du mir erzählt hast.« Wut blitzte in Ugos Augen auf, als Palladino noch immer nicht begriff. »Mussolinis Todestag. Tag der Befreiung, blablabla ...«

Die Wirkung seiner Worte entfaltete sich wie ein Gegengift, das den Alkohol vollends aus Palladinos Körper vertrieb. »Du meinst ... wo Laura auftreten wird?«

»Da wären jedenfalls eine Menge Menschen auf einem Haufen.«

»Natürlich! Die Kommunisten haben gerade erst dazu aufgerufen, nicht daran teilzunehmen, weil man das Ganze auch als Trauerfeier für den Duce missverstehen könnte. Wenn da was passiert, und die vorher ihre Leute davon abgehalten haben, hinzugehen –«

Ugo brummte grimmig. »Dann wird es ein Kinderspiel, ihnen später die Schuld daran zu geben.«

»Und Moro müsste seine Pläne aufgeben, sie in die Regierung aufzunehmen. Alles bliebe beim Alten, und die Faschisten könnten wieder mehr und mehr Ämter übernehmen.«

»Klingt logisch.«

Palladino hatte dennoch das beunruhigende Gefühl, etwas zu übersehen. »Ascolese zündet also eine Bombe im Auftrag der Etruskischen Front.«

»Falls die nicht auch nur reingelegt worden ist.«

»Wie meinst du das? Verdammt, Ugo, du weißt doch noch mehr!«

Ugo machte einen großen Schritt rückwärts und wandte sich der Gassenmündung zu. »Ich weiß überhaupt nichts. Ich hab mir nur was zusammengereimt aus Dingen, die ich aufgeschnappt hab. Mach daraus, was du willst.« Mit schweren Schritten machte er sich auf den Weg zur Straße. »Ciao, Gennaro.«

»Warte!« Palladino hastete hinter ihm her und bekam Ugos Ärmel zu fassen.

»Lass mich los!«

Über ihre alte Freundschaft und Ugos bedingungslose Liebe zu Tieren ließ sich leicht vergessen, wie gefährlich der Riese werden konnte. Palladino gab trotzdem nicht nach. »Wer steckt dahinter, wenn nicht die Etruskische Front?«

»Vor ein paar Tagen wusste ich nicht mal, was die Etruskische Front ist«, entgegnete Ugo wütend. »Aber ich hab gehört, worüber die Contessa und De Luna gesprochen haben. Über eine Zusammenkunft – und über Opfer.«

»Du meinst ... eine *zweite* Verschwörung hinter der ersten? Eine Art Geheimgesellschaft?« Palladino dachte kurz nach. »Möglich wär's. Die Contessa hat De Luna und die Etruskische Front als Fassade benutzt. Und während sich die Faschisten und Kommunisten gegenseitig zerfleischen, geht es in Wahrheit um was ganz anderes.«

»Mir egal. Ich halt mich da raus.« Ugo senkte vielsagend den Blick. »Und jetzt – mein Arm.«

»Du kannst doch nicht einfach zuschauen, wie –«

Ugo stieß ihn wütend von sich. Er traf Palladino so unvorbereitet, dass der aufschrie, noch bevor er auf das Pflaster prallte.

»Ich hab dich gewarnt – um Lauras willen«, sagte Ugo sehr leise und sehr ernst. »Hol sie da weg. Und dann vergiss die Sache, bis alles vorbei ist.«

Palladino sortierte sich auf dem Boden und setzte sich auf. »Ich weiß nicht mal, wo sie in Rom übernachtet. Scheiße!«

Ugo schüttelte wortlos den Kopf und ging. Er bog um die Ecke, und kurz darauf verhallten seine Schritte in der Nacht.

Fluchend kam Palladino auf die Beine und schleppte sich hinaus auf die Straße. Eine Kreuzung weiter fand er eine Telefonzelle. Die Scheibe ratterte, als er Lauras Nummer wählte.

Sein Handballen wippte nervös auf dem Kasten, mit der anderen Hand presste er sich den Hörer ans Ohr. Das Freizeichen tönte stoisch aus der grauen Plastikmuschel.

»Komm schon, Laura ...«

Nichts.

Frustriert schlug er den Hörer auf die Gabel und trat fluchend ins Freie. Drei Schritte weiter fiel ihm etwas ein. Er machte kehrt, riss die Tür wieder auf, kramte Münzen hervor und wählte eine andere Nummer.

»Hallo?«, fragte eine Stimme.

»Benedetto, hier ist –«

»Palladino?« Der Anti-Mafia-Ermittler klang müde und verstimmt. »Es ist mitten in der Nacht.«

»Gerade mal nach zwölf.« Zwei oder drei *Stunden* nach zwölf.

»Bist du betrunken?«, fragte Benedetto.

»Ach was, hör zu. Es geht um morgen ... um diese Mussolinifeier am Forum –«

»Dann ruf mich morgen früh im Büro an«, unterbrach ihn Benedetto.

»Da sind Leute ... eine Verschwörung ... und sie wollen –«

»Geh schlafen, Gennaro. Gute Nacht.«

Ein Klacken, dann das Besetztzeichen. Palladino ließ den Hörer fallen und rammte beim Verlassen der Kabine den Türrahmen.

In einem Fenster im Haus gegenüber ging das Licht an. Palladino schlug den Kragen seines Mantels hoch und machte sich auf den Weg.

50

»Da drüben, das ist mein Strandhaus«, sagte Gallo, nachdem er ausgestiegen war und die Tür zugeschlagen hatte. Zu Beginn der zehnminütigen Fahrt hatten Spartaco und Anna stillschweigend ihre Fenster heruntergekurbelt.

»Da wohnen Sie?«, fragte sie zweifelnd.

»Nicht gleich neidisch werden.« Er ging voraus und stapfte über das Gelände eines Motorbootverleihs wie durch seinen Garten.

Was er ein Strandhaus nannte, war nicht mehr als ein ehemaliger Geräteschuppen. Nach Ostia fuhren die Einwohner Roms, wenn sie auf dem schnellsten Weg ans Meer wollten – es lag nur eine knappe Stunde westlich –, und so waren hier in den letzten Jahren zahllose Hotels und Villen hochgezogen worden.

Gallo werkelte an dem Schloss herum, das den Eingang mit einer Kette sicherte. Beim Öffnen musste er die Tür anheben, damit das Holz nicht über den Sand schleifte.

»Du willst wirklich da reingehen?«, fragte Spartaco leise.

Anna folgte Gallo über die Schwelle. »Er hat meine Mutter gekannt.«

Der Motorbootverleih schien den Schuppen nicht mehr zu benutzen, trotzdem hing im Inneren der Gestank von Schmieröl und Benzin. Wahrscheinlich war das gut so, denn er überdeckte all die anderen Gerüche.

Es gab ein übervolles Bücherregal, einen Tisch mit Schreibmaschine und eine alte Matratze, auf der ein verdrehter Schlafsack lag. In einer Ecke türmten sich Aktenordner, in einer anderen leere Flaschen und Müll.

Gallo schloss die Tür und zog die Kette durch einen rostigen Ring am Türrahmen.

»Wie lange leben Sie hier schon?«, fragte Anna.

In den Holzwänden klafften Spalten, durch die der Seewind pfiff.

»Fast ein Jahr. Kurz nach der Sache mit deiner Mutter bin ich hier gelandet. Damals haben sie begonnen, nach mir zu suchen.«

»*Sie?*«, fragte Spartaco.

»Die Leute, die ihr Imperatoren nennt.« Während er sprach, sah Gallo nur Anna an. »Die Mutter deines Freundes hier und die anderen.«

»Sie ist nicht meine Mutter«, widersprach Spartaco.

Gallo lächelte. Sein linker Schneidezahn war dunkel angelaufen. »Natürlich nicht. Ich weiß eine Menge über deine Familie. Und über dich. Tagsüber Student, bei Nacht mit der Kamera der entrüstete Verteidiger des Proletariats.«

»Woher –«

»Ich bin Reporter. Als ich noch nicht untergetaucht war, war es kinderleicht, so was rauszufinden. Ich hatte Kontakt zu sämtlichen Redaktionen. Aber heute halte ich mich von alldem fern und arbeite nur noch an meinem Buch.«

Er deutete auf einen Papierstapel auf dem Tisch, augenscheinlich nur Durchschläge. Das Original musste er anderswo deponiert haben.

»Wieso trauen Sie uns?«, fragte Anna.

Gallos schmutziger Finger zeigte auf Spartaco. »Ihm traue ich nicht, politische Eiferer waren mir schon immer suspekt. Aber du gehörst nicht zu denen. Du gehörst nicht mal nach Rom. Auch deine Mutter wäre besser im Ausland geblieben.«

Unterwegs hatte sie ihm erzählt, dass sie seine Artikel gelesen und die Tonbänder angehört hatte. Er wirkte nicht allzu überrascht. Nicht einmal darüber, dass die Sachen die ganze Zeit über im Haus ihrer Großmutter gelegen hatten.

»Valeria hatte kein gutes Verhältnis zu ihrer Mutter«, sagte Gallo. »Aber wahrscheinlich war ihr Haus gerade deshalb das beste Versteck.«

»Wie gut haben Sie sie gekannt?«

»Wir waren keine Freunde, falls du das meinst. Ich wusste, was ihr zugestoßen war, und sie sah in mir eine Chance, das Ganze an die Öffentlichkeit zu bringen. Sie hat mir erzählt, dass ihre Mutter ihr keinen Rückhalt gegeben hat, und das hat Valeria ihr nie verziehen.« Er ging zum Regal hinüber, nahm drei Gläser aus einem der Fächer und stellte sie auf den Tisch. Dann entkorkte er eine halb volle Weinflasche. »Aber setzt euch erst mal.«

Er selbst ließ sich auf dem Holzstuhl nieder. Für Anna und Spartaco blieben ein verbogener Gartenstuhl, die Matratze oder der Boden, und nichts davon schien allzu verlockend. Sie blieben stehen.

»Was ist ihr denn zugestoßen?«, fragte Anna. »Sie hat nie ein Wort darüber verloren.«

Er schenkte sich ein und stellte die Flasche neben ihre Gläser. »Hört zu, ihr seid nicht hier, weil ich so ein Menschenfreund bin. Ich will diese Tonbänder zurückhaben. Auf ihnen basieren alle meine anderen Recherchen, und irgendwann werde ich die Originale als Beweismittel brauchen.«

Spartaco stieß ein Schnauben aus. »Weil Ihnen sonst kein Mensch die Geschichte von den Verrückten glauben wird, die in Rom die Macht an sich reißen wollen. Aber ein paar Tonbandaufnahmen werden das Ganze nicht glaubwürdiger machen.«

»Erstens: Das sind keine Verrückten.« Gallo nahm einen tiefen Schluck. »Zweitens: Sie haben schon mehr Macht, als du denkst. Ihr müsst mir unbedingt erzählen, wer heute alles in der Villa war.«

Darum also geht es ihm, dachte Anna. Gallo wollte wissen, was sie gesehen hatten, weil er selbst nie so nah an die Contessa und die anderen Imperatoren herankommen würde. Dazu noch die Tonbänder. Als Preis dafür würde er ihnen eine Menge Fragen beantworten müssen.

»Erst will ich wissen, was damals mit meiner Mutter passiert ist.«

»Sie ist in der Klinik vergewaltigt worden.«

Anna zog den Gartenstuhl zurück und setzte sich. Sie spürte Spartacos besorgten Blick auf sich, aber sie sah nur den Reporter, der an seinem klapprigen Tisch saß, ein Wasserglas mit billigem Rotwein in der Hand. Sein Gesicht unter dem ungepflegten Bart war frei von jedem Mitgefühl. Er lebte mit dieser Geschichte schon so viel länger als sie, vielleicht seit zwanzig Jahren.

»So was hatte ich befürchtet«, hörte sie sich sagen.

»Tut mir leid.« Von hinten legte Spartaco sanft eine Hand auf ihre Schulter. »Wir können einfach gehen, du musst dir das nicht anhören.«

Gallo schwenkte den Wein wie einen edlen Tropfen. »Valeria hat nie erfahren, wer es war. Einer der Patienten hat sie während des Nachtdienstes in einen dunklen Raum gezerrt, und da ist es passiert. Er hat sie gefesselt und danach auf dem Bauch liegen lassen. So haben sie am Morgen die Pfleger der Frühschicht gefunden.«

Für einen Moment brachte Anna keinen Ton heraus. Erst nach einer Weile zwang sie sich zum Sprechen, weil es besser war, Fragen zu stellen, als sich stumm den Bildern in ihrem Kopf auszuliefern. »Wann genau ist das passiert?«

»Im Januar '45.«

Ein Gefühl von Lähmung kroch an Annas Beinen herauf.

Gallo trank und stellte sein Glas ab. »Das muss nicht zwangsläufig bedeuten –«

»Ich bin im Oktober geboren«, sagte sie.

»Ja, ich weiß.«

»Neun Monate später.«

Spartaco ging neben ihr in die Hocke und ergriff ihre Hand. Sie spürte die Berührung und spürte sie doch nicht, so als wäre da keine Verbindung mehr zwischen ihrer Haut und ihrem Inneren, wo sich rasend schnell eine große, kalte Leere breitmachte.

»Valeria hat mir erzählt, dass sie möglicherweise kurz vorher schwanger geworden ist«, sagte Gallo.

»Sie hat es nicht genau gewusst?« Ihre Kehle schmerzte, und ihre Stimme klang heiser.

Gallo hob abwehrend die Hände. »Ich kann dir nur sagen, was sie mir gesagt hat. Sie hat überhaupt nur widerstrebend darüber gesprochen – und auch nur ein einziges Mal. Trotz der Vergewaltigung ist eine Abtreibung für sie nicht infrage gekommen. Tief im Herzen war sie wohl überzeugt, dass du die Tochter ihres Mannes bist.«

Anna sprang auf und stieß dabei fast den Stuhl um. »Scheiß auf ihr Herz! Und scheiß auf ihre Lügen! Sie hat nichts davon auch nur mit einem Wort erwähnt.« Die Wut auf ihre Mutter erlosch fast so schnell, wie sie aufgeflammt war. Ein Jahr lang hatte sie sich Gedanken darüber gemacht, ob der Mann, den sie für ihren Vater gehalten hatte, ein Mörder war oder nicht. Und nun ... was, wenn ihr *leiblicher* Vater ein Vergewaltiger war?

Gallo lehnte sich vor und füllte eines der Gläser bis zum Rand. Dann schob er es Anna hin. »Hättest du an ihrer Stelle darüber gesprochen?«

Anna nahm einen Schluck, aber sie schmeckte nichts. Ihre Zunge war wie taub.

Spartaco wandte sich wieder an Gallo. »Könnte sie später doch noch erfahren haben, wer es gewesen ist? Ich meine, das alles ist zwanzig Jahre her.«

»Als sie vor einem Jahr zurück nach Rom kam, hab ich sie getroffen. Da hat sie behauptet, nach wie vor keine Ahnung zu haben.«

»Aber wie ist das möglich?«, fragte Anna. »Die Polizei –«

»Die Polizei ist nie eingeschaltet worden. Die Station, auf der deine Mutter gearbeitet hat, war eine geschlossene, und dort waren einzig diese ganz speziellen Patienten untergebracht. Achtzehn Männer und Frauen. Eure ... Imperatoren. Die Klinikleitung wollte den Vorfall vertuschen, und sie war sehr gründlich. Er ist nie dokumentiert worden. Giuliano Cresta, der Direktor des Instituts, hat deiner Mutter einen hohen Betrag für ihr Schweigen gezahlt. Und dann hat er sie rausgeworfen.«

»Das hat sie mit sich machen lassen?« Mehr und mehr hatte Anna das Gefühl, ihre Mutter nie wirklich gekannt zu haben.

Gallo zog die Nase hoch. »Ja und nein. Sie hat das Geld genommen, um mit ihrem Mann und ihrem Kind in London neu anzufangen. Gleichzeitig hat sie mich kontaktiert, mir ihre Geschichte erzählt und die Tonbänder bei mir gelassen. Die Originale, wohlgemerkt. Sie wollte mit der ganzen Sache nichts mehr zu tun haben.«

»Und vor einem Jahr – neunzehn Jahre später – hat sie erneut Kontakt zu Ihnen aufgenommen? Warum nach so langer Zeit?«

»Sie hat mich reingelegt«, sagte Gallo. »Sie hat mir Informationen versprochen, die sie damals angeblich zurückgehalten hat. Ich hab sie in meine Wohnung eingeladen, und zum Dank hat sie mir K.-o.-Tropfen verabreicht. Als ich wach wurde, war sie weg – und mit ihr die Tonbänder und fast alle anderen Dokumente, die sie mir damals übergeben hat. Den Rest hat sie liegen gelassen. Offenbar wollte sie nicht meine ganze Arbeit zunichtemachen, sondern nur kein Teil mehr davon sein.«

Spartacos Blick suchte den Manuskriptstapel. »Sie arbeiten seit zwanzig Jahren an dieser Geschichte und haben in all der Zeit nichts mehr darüber veröffentlicht?«

»Anfangs schon. Ein paar kleinere Artikel über dubiose Zustände im Institut und dessen Geschichte unter Mussolini. Daraufhin hagelte es Unterlassungsklagen von Professor Cresta. Er hat wirklich alles getan, um mich in Misskredit zu bringen, und er war ziemlich erfolgreich damit. Die großen Zeitungen wollten bald nichts mehr mit mir zu tun haben. Cresta war immer bestens vernetzt. Er hat es vermieden, mir persönlich zu begegnen, aber glauben Sie mir, in meinem Leben war er so präsent, als wäre er zu meinem Schatten geworden.«

Ein Moment verging. Dann erhob Anna die Stimme. »Lebt er noch?«

»Wer weiß. Anfang der Fünfziger wurde das Institut geschlossen, und Cresta verschwand von der Bildfläche. Vielleicht ist er im Ausland.«

»Warum ist er untergetaucht?«, fragte Spartaco.

Gallo schenkte sich den Rest Wein ein. »Weil noch andere begonnen haben, Fragen zu stellen. In erster Linie zur Funktion der Klinik während des Krieges und in der Zeit danach. Unter Mussolini wurden dort politische Gegner eingesperrt und mundtot gemacht, und nach dem Krieg versteckten sich dort viele hochrangige Anhänger des Duce. Möglich, dass sie von der geschlossenen Station im Obergeschoss wussten, aber ich hab da meine Zweifel. Mit den Alt-Faschisten hat das Institut eine Menge Geld verdient. Aber die achtzehn besonderen Patienten waren Crestas ganz persönliches Steckenpferd.«

Anna setzte sich wieder. Der Stuhl fühlte sich kalt an, und auch der Wind, der durch die Bretterwand zog, ließ sie frösteln. »Meine Mutter bekam also Schweigegeld und ging schwanger nach London. Dort hat sie mich zur Welt gebracht und fast zwanzig Jahre lang so getan, als wäre nichts geschehen.«

»Mir hat sie bei unserem Wiedersehen gesagt, dass sie ihrem Mann nie von der Vergewaltigung erzählt hat«, sagte Gallo. »Sie hat sich irgendeine Geschichte ausgedacht, woher das Geld kam, und das war's.«

»Das ist doch alles Scheiße.« Anna atmete tief durch.

Neben ihr trat Spartaco einen halben Schritt näher an den Tisch. Er beugte sich über den Papierstapel und drehte sich dann zu Gallo um. »Sie haben nicht die Namen aller achtzehn Patienten?«

»Nur von elf«, sagte der Reporter. »Auch heute Abend waren sie nicht vollständig, am Feuer hab ich vierzehn gezählt. Und es könnte durchaus noch mehr geben, die nie in der Klinik waren.«

»Haben Sie eine Liste? Dann sage ich Ihnen, wer nicht draufsteht, falls ich es weiß.«

»Eine Liste?« Für einen Moment sah es aus, als würde Gallo in Gelächter ausbrechen. Dann jedoch kratzte er sich am Kinn und klang beinahe bitter, als er fortfuhr: »Sogar in meinem Manuskript stehen falsche Namen, die ich erst in der letzten Fassung austauschen werde. Nach der Sache mit Valeria bin ich vorsichtig geworden. Alle schriftlichen Beweise habe ich anderswo in Sicherheit gebracht. Sie sind so was wie meine Lebensversicherung.«

»Falls das in der Villa wirklich alles Imperatoren waren, dann haben die es weit gebracht«, sagte Spartaco.

»Oh, natürlich, das ist immer ihr Ziel gewesen. Sie waren einmal römische Kaiser, und die meisten sind heute nicht bereit, sich mit weniger zufriedenzugeben.«

»Eines verstehe ich nicht«, sagte Anna. »Wie können die alle an derselben Wahnvorstellung leiden?«

»Vielleicht ist es keine«, sagte Gallo.

»Ja, klar. Sie meinen so Reinkarnations-Hokuspokus?«

»Jedenfalls glauben diese Leute alle ganz fest daran. Sogar mein Informant.«

Spartaco hob die Brauen. »Sie haben einen Informanten? Einen der achtzehn?«

»Ich hatte einen, ja. Er ist verschwunden. Vielleicht ist jemand dahintergekommen, vielleicht aus anderen Gründen. Ich fürchte, dass man ihn umgebracht hat. Sie haben ihn gekannt, Stefano. Er war ein guter Freund Ihrer Stiefmutter. Jedenfalls hat sie das geglaubt.«

»Fausto?« Spartaco schüttelte vehement den Kopf. »Der hat einen Dachschaden, soweit ich weiß. Silvia hat sich um ihn gekümmert, warum auch immer. Vielleicht war früher mal was zwischen den beiden, aber in den letzten Jahren ganz sicher nicht mehr.«

»Selbstverständlich war da etwas«, sagte Gallo. »Sie war seine Ehefrau.«

Spartaco schnappte nach Luft. »Faustos *Frau?*«

Es dauerte einen Moment, ehe Anna sich erinnerte, warum sie das keineswegs überraschte. »Auf dem Tonband spricht sie davon. Sie hielt sich für Messalina, Neros dritte Frau ... Das heißt, der andere Mann auf dem Band – der, der geglaubt hat, er wäre mal Nero gewesen – das war Fausto?«

»In jungen Jahren, ja.« Gallo lehnte sich auf seinem knirschenden Stuhl zurück. »Bevor er diese Anfälle bekam, die ihn mehr und mehr in Verwirrung versinken ließen. Er war der Einzige der achtzehn, der bereit war, mit mir zu sprechen. Manche hielten ihn für geisteskrank, aber ich denke, das trifft es nicht ganz. Er hatte seine Phasen, keine Frage, und dann war er wieder vollkommen klar. Aber er hatte niemals den geringsten Zweifel daran, dass er Nero war – im Herbst 1944 wiedergeboren in einem neuen Körper. Genau wie die siebzehn anderen. Und vielleicht noch einige mehr, von denen wir nichts wissen.« Gallo bewegte den Kopf im Kreis, bis die Wirbelsäule knackte. »Er hat allerdings kaum von seiner Zeit als Kaiser gesprochen, meistens nur von seiner Kindheit. Fausto war ein Nostalgiker. Wehmütig noch dazu. Er konnte stundenlang über seine Affen reden.«

»Welche Affen?«, fragte Spartaco.

»Man hatte ihm schon als Kind ein paar Affen von den Feldzügen der römischen Legionen mitgebracht – vermutlich aus dem Käfig irgendeines Emirs oder sonst woher. Glaubt man Fausto, so hatte Nero zwei oder drei Dutzend davon und ließ sogar einen eigenen Palast für sie bauen. In den Geschichtsbüchern findet man so gut wie nichts darüber. Dort dreht sich alles immer nur darum, ob er als Kaiser nun wirklich eigenhändig Rom niedergebrannt hat oder nicht. Er selbst – also Fausto – wollte darüber nie reden. Über die Affen dagegen ... Sie waren so was wie ein Spielzeug, von dem er auch als erwachsener Mann nicht lassen konnte.«

Anna platzte der Kragen. »Können wir *bitte* weiter über meine Mutter sprechen und nicht über Affen?«

»Entschuldige«, sagte Spartaco. »Natürlich.«

»Was ist in der Pension Ilaria passiert?«, fragte Anna.

»Ich weiß es nicht«, antwortete Gallo. »Ich bin nie dort gewesen.«

»Mit irgendjemandem muss sie sich dort getroffen haben. Und Sie sind kurz danach bei meiner Großmutter aufgetaucht.«

»Zu dem Zeitpunkt wusste ich noch nicht mal, dass Valeria tot war.«

»Haben Sie eine Idee, mit wem sie dort verabredet war? Hat sie irgendwen erwähnt?«

»Der einzige Mensch hier in Rom, von dem sie gesprochen hat, war ihre Mutter. Die beiden hatten vorher wohl einen ziemlichen Streit.«

»Wusste sie, dass mein Vater unterwegs nach Rom war?«

»Gesagt hat sie nichts davon.« Er wirkte aufrichtig, aber das machte Anna nur noch gereizter.

»Du denkst dasselbe wie ich, oder?«, fragte Spartaco. »Dass der Imperator von damals ... ihr Vergewaltiger ... dass der was damit zu tun hat. Vielleicht hatte er Sorge, dass sie ihn doch erkannt hat und nun in Rom war, um alles aufzudecken.«

Anna schwieg. Den üblen Geruch der Hütte nahm sie nicht mehr wahr, nur das Pfeifen des Windes, der direkt vom Meer in ihren Kopf zu fahren schien. Ihre Wut legte sich allmählich. »Du hast doch gesagt, deine Stiefmutter kannte die Pension. Hat sie sich dort mit diesem Fausto getroffen?«

»Fausto hat eine Wohnung in der Via Margutta. Sie hätten sich nicht in irgendwelchen Stundenhotels verabreden müssen. Ich glaube auch nicht, dass die beiden Sex hatten. Ich kenne ein paar von Silvias Liebhabern, und die sehen alle aus wie Poolboys.«

»Vielleicht ist sie zu meiner Mutter in die Pension gegangen, um Fausto zu schützen. Falls er es war, der sie vergewaltigt hat.« Der Satz schmeckte bitter. Sie kannte das von anderen Worten, die sie oft genug hatte sagen müssen: *Mein Vater hat meine Mutter ermordet.* Und je stärker sie den Gedanken unterdrücken wollte, desto heftiger drängte er sich in den Vordergrund. Sie flüchtete sich zurück ins Reden. »Wenn meine Mutter ihn öffentlich angeprangert hätte, dann wäre zwangsläufig aufgeflogen, dass damals noch andere bekannte Persönlichkeiten in der Klinik waren. Deine Stiefmutter, Baron De Luna, Romolo Villanova, sogar dieser Kardinal.«

»Kardinal Saponara?« Gallo winkte ab. »Der hat bestimmt keine Frau vergewaltigt. Er hat andere Vorlieben. Und was Fausto angeht: Er war ein Kauz, vielleicht sogar verrückt, aber ich hab ihn nie aggressiv erlebt. Mit der Contessa hat ihn so was wie eine Hassliebe verbunden. Nero muss Messalina sehr geliebt haben. Und dann fand er sich im wenig ansehnlichen Körper dieses Malers wieder, während sie … Nun, die Contessa ist eine attraktive Frau. Und sie weiß genau, was sie will. Männer wie dein Vater, Stefano, sind ihr im Laufe der Jahre reihenweise verfallen, und sie hat das sehr gezielt genutzt, um gesellschaftlich voranzukommen.«

»Vor ein paar Tagen hat sie mich angerufen und gebeten, den Mercedes in der Via Margutta abzuholen«, sagte Spartaco. »Wenn sie etwas mit Faustos Verschwinden zu tun hätte, dann wäre ich doch der Letzte, den sie mit der Nase darauf stoßen würde.«

Anna rieb sich erschöpft durchs Gesicht. »Im Grunde ist jeder von ihnen verdächtig. Alle achtzehn. Für jeden stand eine Menge auf dem Spiel, wenn meine Mutter die Wahrheit publik gemacht hätte.«

Gallo dachte einen Augenblick nach. Als er wieder sprach, klang er bedächtiger als zuvor. »Es gibt noch was, das auffällig ist. Ich hab die Lebensgeschichten aller römischen Kaiser recherchiert, die auf den Tonbändern namentlich genannt werden. Wir haben es durchweg mit Herrschern und Herrscherinnen zu tun, die sich zu Lebzeiten selbst zu Göttern erklärt haben – und so größenwahnsinnig waren im antiken Rom längst nicht alle Kaiser. Aber durch die Biografien unserer achtzehn zieht sich das wie ein roter Faden.«

Anna beugte sich vor. Das deckte sich mit dem, was sie in dem Buch aus der Bibliothek gelesen hatte. »Wollen Sie damit sagen, die wurden wiedergeboren, weil sie sich vom Volk als Unsterbliche haben anbeten lassen? Dass sie *dadurch* unsterblich geworden sind? Das wäre ziemlich ... einfach.«

Gallo wollte gerade antworten, aber Spartaco schnitt ihm das Wort ab. »Wartet.« Er sah von einem zum anderen. »Können wir uns gerade mal darauf einigen, dass hier überhaupt niemand wiedergeboren wurde? Da sind wir doch alle einer Meinung, nicht wahr?«

Gallo und Anna tauschten einen Blick, aber keiner von beiden sagte etwas.

Spartaco zog argwöhnisch die Brauen zusammen. »Das *sind* wir doch, oder?«

51

Aus der Wohnung unter ihnen drang Musik herauf, die Anna kannte. Vor etwas mehr als einem Jahr hatte sie die Platte selbst rauf und runter gehört. Sie hatte sogar Tickets für das Konzert in London gehabt, aber dann hatte Musik plötzlich jede Bedeutung für sie verloren.

Es war nach drei Uhr nachts, und sie war so müde, dass nicht einmal die leidenschaftlichen Diskussionen von Spartacos Nachbarn sie vom Einschlafen abhalten würden.

Er öffnete eine Kiste in dem Raum, in dem sowohl seine Couch als auch ein brummender Kühlschrank standen, und zog eine Wolldecke heraus. »Du kannst nebenan im Bett schlafen. Ist frisch bezogen. Ich nehm das Sofa.«

»Das Sofa reicht mir. Wirklich.«

Er warf ihr einen skeptischen Blick zu, aber sie nickte bekräftigend. »Danke, dass ich hier übernachten darf. Morgen hol ich meine Sachen aus Brunos Wohnung und such mir was Eigenes.«

»Hier im Haus ist ein Zimmer in einer WG frei.«

»Das ist lieb, aber ich hab in London ein paar Monate mit Leuten aus einer Kommune rumgehangen. Das reicht mir fürs Erste.«

»Ich besorg dir was anderes.«

Anna zögerte. »Ich sollte nicht in einem Amarante-Haus wohnen.«

»Silvia wird nichts davon erfahren«, erwiderte er. »Die Häuser laufen auf mich.«

Sie sank auf das weiche Sofa. Eigentlich waren sie beide zu müde, aber sie hörte sich trotzdem reden. »Wir können doch nicht einfach weitermachen wie bisher. Du hast gesehen, wie sie jemanden umgebracht hat. Dann die Versammlung heute. Egal, ob Gallo ein Spinner ist oder nicht – diese Verschwörung existiert. Viele der achtzehn sitzen in einflussreichen Positionen, und wir kennen nicht mal alle. Wer weiß, wer noch dazugehört.«

Spartaco setzte sich neben sie, die zusammengelegte Wolldecke aus dem Schrank auf dem Schoß. Seine Augen waren rot, gereizt von der Müdigkeit und vielleicht auch von dem Rauch am Strand. »Im Augenblick können wir nur zwei Dinge tun. Herausfinden, wer oder was das Opfer sein soll. Und diesen Professor Cresta aufspüren, um mehr über das zu erfahren, was vor zwanzig Jahren passiert ist.«

»Wollen wir das denn überhaupt?«, fragte sie. »Es hat immer irgendwelche politischen Verschwörungen gegeben, und wir werden auch die hier nicht aufhalten können.«

»Du hast Silvia gehört. Sie will das, woran Mussolini und die anderen Diktatoren gescheitert sind. Das sind alles Faschisten.«

Anna hob die Beine in den Schneidersitz, weil ihre Füße auf dem nackten Boden froren. Große Teile der Rede, die Spartacos Stiefmutter gehalten hatte, trieben nur noch in Bruchstücken durch ihr Gedächtnis. Ein Wort aber hatte sich fest darin eingebrannt.

»Wen oder was hat sie mit ›Mächte, die uns wohlgesonnen sind‹ gemeint?«

»Keine Ahnung.« Er lehnte sich mit einem Gähnen zurück. »Rechte Parteien. Übrig gebliebene Mussolini-Anhänger – davon gibt es weiß Gott genug. Vielleicht werden sie auch vom Franco-Regime in Spanien unterstützt.«

»Hätte sie das nicht so gesagt? *Mächte* klingt sonderbar.«

»Du hast dich von Gallos Gruselgeschichte anstecken lassen.«

»Ich weiß nicht.« Sie hatte keinen Hang zum Übersinnlichen – von dem Ausrutscher bei der Wahrsagerin mal abgesehen. Trotzdem kam sie nicht umhin zu bemerken, dass sich um sie die rätselhaften Ereignisse häuften. »Der Mann in der Ruine – mit wem hat er dort im Dunkeln gesprochen? Warum lief da ein Affe frei rum? Und dann die Art und Weise, wie sie heute die Bilder verbrannt haben – das war wie eine Zeremonie.«

Spartaco schien nicht überzeugt. »Genau wie bei den Freimaurern, den Rotariern und von mir aus bei den Tempelrittern. Die haben alle ihre Versammlungen und Rituale.«

»Aber sie hat gesagt, die Opferung ist ein erster Schritt. Und dass bald weitere nötig werden.«

»Klingt nach einem Umsturz«, sagte Spartaco. Sie hörte, dass auch ihm die Erschöpfung zu schaffen machte. »Vielleicht gehören sie einfach alle zur Etruskischen Front und planen die nächste Revolution.«

Vielleicht. Anna lehnte sich zurück und massierte mit den Fingerspitzen ihre Schläfen. Sie beschloss, sich aufs Wesentliche zu konzentrieren. »Ich will vor allem wissen, wer meine Mutter getötet hat. Sie war ein Risiko, und deshalb wurde sie umgebracht. Irgendwer muss sie in die Pension gelockt haben. Vielleicht derselbe, der sie dann ermordet hat – aber nicht zwangsläufig.«

»Campbell hat doch erzählt, dass Valeria sich seltsam verhalten hat, als sie in seiner Wohnung Villanova begegnet ist. Sie muss ihn erkannt haben, von früher aus der Klinik. Das heißt nicht unbedingt, dass er sie auch vergewaltigt hat ... aber wer weiß.«

Ihre Beine begannen zu kribbeln. Sie drückte sich vom Sofa hoch, ging langsam ein paar Schritte bis zur Küchenzeile und kam wieder zurück. Die Bewegung vertrieb die Müdigkeit aus ihren Gliedern, aber nicht aus ihrem Kopf. »Meine Mutter hatte schon einmal Geld aus dieser Sache herausgeschlagen, um damit ein neues Leben zu beginnen. Könnte doch sein, dass sie dasselbe bei ihrer Rückkehr nach Rom versucht hat, indem sie Villanova erpresst hat. Vielleicht hat sie ihm gedroht, seinen Aufenthalt in der Klinik öffentlich zu machen. Er hat sich darauf eingelassen, sie haben sich in der Pension getroffen – und da hat er sie umgebracht.«

»Zumindest steht er ziemlich weit oben auf der Liste der Verdächtigen.«

»Und auf der meiner potenziellen Väter.« Wieder überkam sie der Ekel, und sie blieb stehen. »Gott, ich dreh noch durch, wenn ich weiter darüber nachdenke.«

Spartaco stand auf. Über seinem linken Arm hing die Wolldecke. »Sie hat gesagt, sie war vielleicht schon vorher schwanger.«

»Ja«, sagte sie. »Und ich kann's eh nicht ändern. Trotzdem ...«

»Versuch erst mal zu schlafen.« Spartaco deutete auf die Tür zum Schlafzimmer.

»Ich nehme das Sofa«, sagte Anna beharrlich. »Und was willst du wegen Halinka unternehmen? Jetzt hast du den Beweis, dass die Martinos zu den Imperatoren gehören.«

Er kniff die Augen zusammen – wahrscheinlich brannten sie so sehr wie ihre – und schüttelte den Kopf. »Halinka gehört zu ihnen. Sie hat ihre Entscheidung getroffen.« Er legte die Decke zurück auf die Couch.

»Danke.« Die Wolle roch ein wenig nach Schrank.

»Ich bin froh, dass du heute mitgekommen bist«, sagte er.

Sie lächelte matt. »Wir können jetzt nicht mehr aufhören, oder? Egal, was wir noch rausfinden.«

»Nein. Ich glaub nicht.« Mit wenigen Schritten stand er zwischen dem Bücherregal und einigen Pappkartons, die sich neben der Schlafzimmertür stapelten. »Schlaf gut.«

»Nacht, Spartaco.« Sie streckte sich auf dem Sofa aus und war eingeschlafen, ehe er das Licht gelöscht hatte.

52

Die Scheinwerfer des Autos strahlten die gesamte Front seines Elternhauses an. Palladinos Schatten verschlang die Eingangstür, noch ehe er sich dagegen warf. Die Tür bewegte sich nicht, sein Arm schmerzte umso mehr. Ein Déjà-vu.

Es war kurz nach zwei in der Nacht. Er wusste, dass Laura nicht mehr hier war – er selbst hatte sie gestern gebeten, so schnell wie möglich nach Rom zu fahren, ihr dann dabei geholfen, den sperrigen Cello-Koffer in ihrem Fiat zu verstauen, und zugesehen, wie sie sich auf den Weg in die Stadt gemacht hatte. Jetzt verfluchte er sich dafür, dass er sie nicht nach der Adresse ihres Hotels gefragt hatte. Er wusste nicht einmal, mit welchem Orchester sie auftreten würde. Alles, was er in Erfahrung gebracht hatte, war die Tatsache, dass das Konzert am nächsten Nachmittag in den Ruinen des Forum Romanum stattfinden würde – vor geladenen Gästen aus Politik und Wirtschaft, Kultur und Gesellschaft. Ugo hatte recht: Ein Anschlag an einem solchen Ort würde für weltweite Aufmerksamkeit sorgen.

Eine Chance hatte er noch.

Er ging in die Knie, blinzelte gegen das Scheinwerferlicht und tastete zwischen Blättern und Sträuchern nach den Beetbegrenzungen. Laura hatte die Steine gesammelt, vor Jahren schon. Ein paar hatte sie bemalt, andere beklebt. Der, den Palladino auswählte, war vor allem groß.

Er folgte dem Pfad am Beet entlang und blieb drei Meter vor dem Küchenfenster stehen. Den linken Arm hob er schützend vor das Gesicht und schleuderte mit rechts den Stein. Das Glas klirrte.

Er zog die rechte Hand in den Ärmel seiner Jacke, drückte die Splitter aus dem Rahmen und öffnete das Fenster mit einem geschickten Handgriff. Über die Fensterbank kletterte er ins Haus.

Er klammerte sich an die Hoffnung, hier einen Hinweis auf Lauras Unterkunft in Rom zu finden. Einen Brief, eine Einladung, die Bestätigung einer Hotelbuchung – irgendetwas.

Mit ausgestreckten Händen tastete er in der dunklen Küche umher, fand den Schalter und knipste das Licht an. Er sah sich um. An einer Pinnwand über dem Esstisch fand er einen Zeitungsausschnitt mit der Ankündigung des Konzerts, aber keinen Hinweis auf den Namen des Orchesters. Tagsüber hätte er mithilfe weniger Anrufe die nötigen Antworten bekommen, aber um diese Uhrzeit war das aussichtslos. Laura würde ab dem Vormittag am Veranstaltungsort sein. Das Forum Romanum würde dann hermetisch abgeriegelt und streng bewacht werden. Er musste versuchen, sie vorher zu erwischen und von dort fernzuhalten.

In der Küche war nichts, das ihm weiterhalf, und auch im Wohnzimmer hatte sie keine Spur hinterlassen. Er lief die Treppe hinauf und bog nach rechts in das kleine Arbeitszimmer.

Auf Lauras Schreibtisch herrschte das übliche Durcheinander Er blätterte hastig durch ein Notizbuch, das sie kaum benutzt hatte. Er sah sogar unter jedes Notenblatt – vergebens.

Palladino wandte sich zur Tür, um das Schlafzimmer zu durchsuchen, als es oben im Haus polterte, gefolgt von einem animalischen Grunzen.

Die Geräusche drangen durch die Decke vom Dachboden herab. Palladinos Sorge um Laura und seine Hilflosigkeit vermischten sich mit der Wut darüber, dass jemand – oder etwas – mit ihm spielte. Sein Kiefer mahlte, er hob den Kopf und schlug mit der flachen Hand gegen die Wand.

»Es reicht! Hörst du mich? Es reicht endgültig!« Palladino stürmte über die Stiege ins Dachgeschoss und stieß die dünne Tür auf.

Der Speicher des Hauses war eng und überfüllt. Zahllose Kisten und Kartons waren zwischen den Dachbalken gestapelt, unbewegt seit Jahrzehnten. Alte Möbel versperrten die Durchgänge, und vergilbte Laken flatterten in dem Luftzug, der mit Palladino hereinwehte.

Palladinos Zeigefinger legte den Lichtschalter um. An der Wand begann eine altmodische Leuchte zu summen, bevor sie einen warmen Lichtschein aussandte. Der verdammte Affe war nirgends zu sehen.

»Wo steckst du? Was willst du von mir?« Er setzte sich in Bewegung, zwängte sich an einer Stehlampe und alten Weinkisten mit Fotoalben vorbei. Dabei warf er einen Koffer um und das naive Gemälde einer Landschaft, die genauso aussah wie die Ebene rund um das Haus. Warum hatte das einmal im Wohnzimmer seiner Eltern gehangen, wenn sie dieselbe Aussicht vor dem Fenster hatten?

Irgendwo hinter Pappkartons und verstaubten Küchenstühlen konnte er das Vieh scharren hören. Durch den Irrgarten aus Kisten und Gerümpel erreichte er schließlich das andere Ende des Dachbodens. Vor der Giebelwand standen ein altes Schaukelpferd und sein Kinderfahrrad, dazwischen der Karton, in dem Laura den Zauberkasten und andere Dinge aus seiner Jugend gefunden hatte. Sie musste ihn wieder hier raufgebracht haben, dorthin, wo seine Mutter ihn vor vielen Jahren abgestellt hatte. Einen Moment lang war es, als träte Palladino vor einen Altar seiner selbst, in ein Mausoleum seiner Kindheit.

Von einer sonderbaren Melancholie ergriffen, sank er in die Hocke. Sein Atem ging flach, und für ein paar Herzschläge sah er den Dachboden verschwommen. Er blinzelte. Da war das Bild eines Esels, das einmal an der Wand seines Kinderzimmers gehangen hatte. Ein Lederball, aus dem vor Jahrzehnten die Luft entwichen war. Ein Clown aus Stoff, dem die Motten Lepralöcher ins Gesicht gefressen hatten.

Fehlte nur, dass hinter dem Karton seine alte Spieluhr klimperte. Er lauschte, aber da war nichts. Weder die Spieluhr noch der Pavian waren zu hören. Das Tier hatte Palladino nur den Weg gewiesen, denn erwartet wurde er von einem anderen.

»Palladino ...«

Der Fabelhafte Fratelli trat aus den Schatten, die zum Leben erwachte Karikatur eines Zauberkünstlers mit viel zu langen Armen und Beinen. Sein Lächeln reichte von einem Ohr zum anderen.

Palladino kam auf die Beine. »Was willst du von mir?«

Fratelli breitete die Arme aus, die Fingerspitzen berührten zu beiden Seiten fast die Wand. Auf verwirrende Weise erinnerte er an das Gerippe einer Fledermaus. »Wir sind das Chaos«, verkündete er. »Die Entropie. Der Zustand des Ursprungs und des Untergangs. Die Klammer allen Lebens. Wir stehen am Anfang und am Ende. Du wirst uns dienen.«

In Palladinos Brust baute sich Druck auf. Ein verächtliches Lachen, das den Weg zur Kehle nicht fand. »Euch dienen? Alles, was ich tue, ist, meinen verdammten Verstand zu verlieren.«

»Du bist nicht verrückt.« Fratelli zog die Arme langsam wieder an den Körper. »Nur ein Mann, der nichts mehr zu verlieren hat.«

Da lag er falsch. »Laura …«, flüsterte Palladino.

»Selbst sie hast du schon vor langer Zeit verloren«, sagte Fratelli. »Zusammen mit eurem Kind.«

»Nein!« Er stolperte einen Schritt nach vorn, ohne zu wissen, warum. Konnte er dem Zauberer den spindeldürren Hals umdrehen? Oder würde er durch Fratelli hindurchgreifen wie durch einen Geist, während der ihn nur angrinste?

Ungerührt sprach die Erscheinung weiter. »Sie hat gehofft, dass euer Sohn dich zu einem anderen Menschen macht. Du selbst hast das gehofft. Aber dann ist er kurz nach der Geburt gestorben.«

Palladino presste sich die Hände auf die Ohren. Er hörte das Blut in seinem Kopf rauschen, seinen eigenen Herzschlag, beides viel zu schnell. »Ich will das nicht hören!«

»Du weißt, zu was du geworden bist«, sagte Fratelli. »Zu einem Mörder. Einem Ungeheuer. Du willst das nicht wahrhaben, aber Laura … sie weiß es.«

»Ich werde sie retten!«

»Nur sie? Was ist mit all den anderen Menschen?«

»Ich …« Palladinos Hände rutschten kraftlos von seinen Ohren. »Ich kann das nicht aufhalten.«

»Vielleicht doch. Wir haben dich auserwählt.« Das groteske Lächeln wurde noch breiter. »Dich und einige andere. Damit ihr gemeinsam unserem Feind entgegentretet.«

»Was für ein Feind soll das sein?«

»Die Ordnung. Das ewige Streben nach Kontrolle und der Macht, anderen die eigenen Regeln und Gesetze aufzuzwingen. Wir sind das Chaos, aus dem alles geboren wurde. Ordnung ist wider die Natur. Ordnung ist Diktatur.«

Obwohl es Palladino widerstrebte, dem Zauberer den Rücken zuzukehren, sah er sich nach der Tür um. Nur um sicherzugehen, dass sie noch da war. Dass da draußen eine Welt existierte, außerhalb dieses Hauses, außerhalb seines Verstands. »Ich ... versteh das nicht.«

»Die Ordnung hat ihre Diener bereits in Stellung gebracht. Sie sind dir viele Schritte voraus. Sie haben ihre Kräfte gebündelt und werden gemeinsam losschlagen. Du musst das verhindern.«

»Wer sind diese Diener?«

Fratelli neigte den Kopf so weit, als säße der auf einer Sprungfeder. Es sah aus, als könnte er jeden Moment von seinem Hals rutschen wie ein Wassereis vom Stiel. »Das ahnst du doch längst.«

Palladino dachte an die Spielkarte, die er aus dem Hut gezogen hatte. »Die Pikdame – die Contessa Amarante? Und die übrigen Patienten aus der Klinik?«

»Ja.«

»Aber warum ich?«

»Weil du keine Skrupel kennst. Kein Mitgefühl. Du bist das perfekte Werkzeug, und du weißt es.«

Palladino schüttelte heftig den Kopf. »Alles, was ich will, ist Laura. Mein altes Leben, eine zweite Chance ...«

Fratelli hob eine feine, schwarze Braue. »Läuterung?«

»Ja, vielleicht.«

»Dafür ist es zu spät. Du bist verloren, Gennaro Palladino. Das Leben, das du dir wünschst, hast du nie gelebt. Du kannst dir nichts zurückholen, das nicht existiert hat. Aber wir können dem Leben, das du hast, einen Sinn verleihen. Eine Aufgabe. Diene uns, Palladino.«

Wenn er jetzt davonlief, würde Fratelli ihm erneut erscheinen. Immer und immer wieder. »Ich will das nicht.«

»Diene uns!« Fratellis Stimme klang scharf. Jetzt war da kein Lächeln mehr. »Das Chaos gibt deinem Dasein eine Berechtigung. Sei unsere Waffe gegen die Ordnung!«

Palladino schüttelte den Kopf. »Ich werde niemandem dienen. Ich werde Laura finden und retten. Ich werde –«

»Ihr Tod ist ein Teil des Plans der Ordnung. Darum rette sie. Du kannst sie nicht zurückgewinnen, aber vielleicht kannst du sie vor dem Schlimmsten bewahren.«

»Könnt ihr mir dabei helfen?«

»Nein. Du musst selbst tun, was getan werden muss. Aber bald werden andere auf deiner Seite kämpfen.«

Seine Angst und die Verzweiflung traten für einen Moment in den Hintergrund. »Wozu brauche ich dann euch?«

»Wir geben Rat.«

»Rat?«, fragte er verächtlich. »Nichts als Geschwätz. Nur leere Worte.«

Fratelli überging die Bemerkung. »Bezwinge die Diener der Ordnung. Vernichte sie! Beginne bei ihren Handlangern.«

»Ihren Handlangern? Ascolese?«

Das Lächeln bahnte sich seinen Weg zurück auf das bleiche Gesicht. Wieder breitete der Fabelhafte Fratelli in einer allumfassenden Geste die Arme aus. »Diene uns, Gennaro Palladino! Wir sind die Bewahrer des Urzustands. Wir sind das Chaos.«

Mit diesen Worten zog die bizarre Gestalt sich in die Schatten zurück und löste sich in der Finsternis auf.

»Warte! Was bedeutet das alles?« Palladino stürzte nach vorn, doch wo eben noch der Zauberer gestanden hatte, war jetzt nur Staub. »Rede mit mir!«

Niemand antwortete. Er war allein.

Erschöpft sank er auf die Knie und kauerte minutenlang vor den Relikten seiner Kindheit. Wenn diese Gegenstände ein Riss in seiner Wirklichkeit waren, die Schwachstelle seiner Vernunft, durch die ihn das Chaos erreichen konnte, dann war dieser Ort so viel mehr als ein alter Dachboden. So viel mehr als nur das Haus seiner Eltern.

Doch womöglich hatte Fratelli in einem unrecht. Denn dies hier war *sein* altes Leben. Es existierte, solange er die Erinnerung daran bewahrte. Und vielleicht, nur vielleicht gab es deshalb doch eine Rettung für ihn. Und, ja – sogar Läuterung.

Zuvor jedoch würde er Lauras Leben retten.

Palladino stand auf. Ohne sich den Staub abzuklopfen, verließ er erst den Dachboden, dann das Haus. Er stieg in den Wagen und startete den Motor. Er würde das Chaos zu seinen Feinden tragen. Und dann – gnade ihnen Gott.

53

In der Nacht auf den 28. April 1965, dem zwanzigsten Todestag des Diktators Benito Mussolini, hatte Palladino keine Sekunde mit Schlaf verschwendet.

Noch lag Dunkelheit über der Stadt. In den Museen zogen die Nachtwächter ihre letzten Runden, während draußen die Straßenbahnen mit leeren Waggons durch den Schein der Laternen rumpelten. Ein paar Kleintransporter holperten über das Pflaster, aus anderen wurden Kisten und Paletten geladen. Obwohl die Bauern und Händler ihre Marktstände bereits bestückten, würde es noch eine ganze Weile dauern, ehe die ersten Kunden kamen.

Während Palladino an den Menschen vorbeigefahren war, die ihrer alltäglichen Arbeit nachgingen, war die Erkenntnis mit aller Macht über ihn hereingebrochen: Niemand ahnte, welches Verhängnis über der Stadt und ihren Bewohnern heraufzog. Ganz gleich, wie dieser Tag auch endete – er war der erste Schritt auf dem Weg in den Abgrund.

Bald darauf schlich er in der Finsternis durch den Park, der die Villa von Carmine Ascolese umgab. Er hatte Erfahrung darin, ungesehen auf die Grundstücke der Reichen und Mächtigen zu gelangen, aber er wusste auch, dass ihm das Schwierigste noch bevorstand.

Der Prachtbau vereinte Elemente aus Gotik und Barock. Aus zahllosen Nischen, unter Spitzbögen und verspielten Giebeln, blickten steinerne Statuen auf den Garten und den Vorplatz herab. Müde Wächter patrouillierten um das Anwesen, Männer mit langen Mänteln, unter denen sie halbherzig ihre Waffen verbargen.

Palladino blieb in einem Gebüsch hocken und atmete fast lautlos, die linke Faust zwischen den Knien auf den Boden gestützt. Die Äste, hinter denen er sich verbarg, kratzten in seinem Gesicht. Er hörte den Kies knirschen und sah eine Bewegung jenseits des Buschwerks.

Der Mann kam nicht dazu, einen Schuss abzufeuern. Das Messer durchtrennte sauber seine Kehle.

Palladino zog ihn zwischen die Büsche, noch ehe das Blut den Kies besudelte. Geduckt vergewisserte er sich, dass er nicht entdeckt worden war, und nahm die Maschinenpistole des Toten an sich. Irgendwann würde man den Wachmann vermissen, aber nicht sofort. Palladino hatte das Haus lange genug beobachtet, um zu wissen, dass immer wieder Wächter zu Runden durch den Park aufbrachen und dabei von der Villa aus nicht mehr zu sehen waren. In wenigen Augenblicken würde der Nächste um die Ecke des Hauses biegen.

Er rannte los.

Ganz bewusst hatte er eine Seite des Anwesens ausgewählt, an der sich ein Beet mit Rhododendron an der Fassade entlangzog. Er zwängte sich durch die Gewächse und erreichte eines der Fenster.

Mit gezielten Handgriffen setzte er seinen Glasschneider oberhalb des Fenstergriffs an und schuf fast lautlos ein kreisrundes Loch. Er streckte den Arm hindurch und zog den Griff hoch. Den Glasschneider ließ er hinter den Büschen zurück, als er ins Innere kletterte. Gerade noch rechtzeitig, denn im nächsten Moment ging draußen der nächste Wachmann vorüber.

Palladino wartete unterhalb des angelehnten Fensters, bis die Schritte sich wieder entfernt hatten. Dann drückte er es zu.

Aufmerksam blickte er sich in dem Salon um und erinnerte sich. Er kannte dieses Haus aus seiner Zeit als Commissario. Die Designermöbel und die Bronzeskulpturen standen genauso da wie bei seinem letzten Besuch. Vor Jahren war hier eine aufsehenerregende Razzia durchgeführt worden – ergebnislos, wie so oft, wenn die Polizei gegen die Oberhäupter der Mafia vorging. Damals hatte er den Bauplan gründlich studiert. Deshalb wusste er, dass Ascoleses Schlafzimmer im ersten Stock lag.

Vorsichtig schob er die Tür zum Flur einen Spalt weit auf. Das Haus lag still da, also hatte man den Toten im Garten noch nicht entdeckt.

Ein Teppich schluckte seine Schritte bis zum unteren Treppenabsatz. Er hielt inne und lauschte, aber die einzigen Stimmen, die er hörte, kamen aus einem weit entfernten Raum.

Vorsichtig stieg er die Marmortreppe hinauf. Seine Sohlen verursachten ein sanftes Tapsen auf dem Stein. Er erreichte den ersten Stock und verharrte einen Moment, um sich zu orientieren.

»Halt!«

Die Stimme kam von hinten. Doch als er herumfuhr, bereit, sofort zu schießen, war das andere Ende des Korridors leer. Zwei Türen gingen ab, beide geschlossen.

Ihm blieb keine Zeit, nachzusehen. Ascoleses Schlafzimmer lag in der entgegengesetzten Richtung den Gang hinunter. Er würde sein Glück nicht überstrapazieren. Falls er heil hier herauskommen wollte, musste er sich beeilen.

Er zählte die Türen. Vor der vierten blieb er stehen, ergriff den goldenen Knauf und drehte ihn. Unverschlossen.

Palladino betrat Ascoleses Schafzimmer und drückte die schwere Tür vorsichtig hinter sich ins Schloss.

Als er das Licht einschaltete, sah er, dass jemand im Bett auf der anderen Seite des hohen Raumes lag.

Ascolese mochte es protzig, vom überladenen Stuck an der Decke bis hin zu den goldenen Möbeln. Selbst die Decke, unter der er schlief, war von glänzenden Fäden durchwirkt.

Mit der Waffe im Anschlag näherte Palladino sich dem Bett. Jetzt sah er schwarzes Haar über dem Rand der Decke.

»Aufstehen!«, befahl Palladino. »Frühstück ist fertig.«

Etwas an der Art, wie Ascolese im Bett lag, irritierte ihn. Er spürte, dass etwas nicht stimmte. Palladino war nicht naiv, er hatte mit Ärger gerechnet. Hätte er mehr Zeit gehabt, wäre er überlegter vorgegangen. So aber war ihm nur der direkte Weg geblieben.

Der Mann im Bett regte sich nicht, und da begriff Palladino, dass er getäuscht worden war. Die Tür, die er gerade hinter sich geschlossen hatte, krachte gegen die Wand, zeitgleich mit der Verbindungstür zu Palladinos Rechter.

Mehrere Männer drängten in den Raum. Alle Pistolen zielten auf seinen Oberkörper.

»Die Waffe fallen lassen!«

Einen endlosen Augenblick lang erwog Palladino, sich zur Wehr zu setzen. Er hätte vielleicht drei, vier von ihnen töten können, aber es strömten immer noch mehr ins Zimmer, vom Korridor und durch die Seitentür. Sie hatten gewusst, dass er kommen würde. Er war erwartet worden.

Ein Mann schlug ihm die Waffe aus den Händen. Von hinten stieß ihn ein anderer auf die Knie. Er beachtete keinen der beiden. Seine ganze Aufmerksamkeit galt dem kleineren Mann, der das Schlafzimmer jetzt durch die Seitentür betrat.

Obwohl Carmine Ascolese schmächtiger war als seine Angestellten, wirkte er nicht weniger gefährlich. Sein Anzug saß tadellos, das schwarze Haar war akkurat gescheitelt. Er sah aus, als käme er gerade aus der Oper. »Gebt mir seine Waffe.«

Der Mann hinter Palladino beeilte sich, dem Befehl Folge zu leisten. Ascolese nahm die Maschinenpistole entgegen und drehte sie in seinen Händen. Seine Miene blieb starr, aber jetzt sah er Palladino ins Gesicht. »Hat die einem meiner Leute gehört?«

»Signor Ascolese.« Palladino nickte zum Gruß. »Da liegt wer in Ihrem Bett.«

Der Mafioso drehte sich nicht um. »Das Gute an Puppen ist, dass sie nicht reden.« Er zeigte ein Lächeln, das einen Teil seiner Zähne entblößte. »Oder einen verraten können.«

Deshalb also hatten sie gewusst, dass er kommen würde. Ugo hatte alles ausgeplaudert.

»Nimm's ihm nicht übel«, sagte Ascolese. »Es ist nicht so, dass wir ihm eine Wahl gelassen hätten.« Er schien sich einen Moment lang an Palladinos Miene zu erfreuen, dann fuhr er fort: »Als ich das letzte Mal deinen Namen gehört habe, da hieß es, dass du für mich arbeitest.«

»Ich kündige.«

»Lag's am Urlaubsgeld?«

»Falls die Bombe hochgeht, töte ich Sie.«

»Ein bisschen spät für Drohungen, meinst du nicht?«

Acht Männer, zählte Palladino, dazu Ascolese. Er schätzte die

Entfernung zum Fenster, drei Meter, nicht mehr, und versuchte, sich zu erinnern, wie es darunter aussah.

»Bringt ihn zu dem anderen«, sagte Ascolese. »Wenn er sich wehrt, brecht ihm irgendwas.«

Zwei Männer drehten ihm die Arme auf den Rücken. Der Schmerz zog ihm bis in die Stirn. Er war zu langsam gewesen. In seinem Kopf sah er Laura mit ihrem Cello vor einer haushohen Explosion. Die Flammenwand schob sich wie in Zeitlupe heran und verschlang sie.

»Meine Frau wird dort sein«, sagte er zornig.

»Ich hörte, ihr seid getrennt.« Ascolese wusste bestens Bescheid. »Ein bisschen traurig, wenn ein Mann so was nicht akzeptieren kann.«

»Ich hab die Polizei informiert, die werden –«

Ascolese lachte leise. »Benedetto? Ja, ich weiß. Wir hören sein Telefon ab. Für mich klang es allerdings nicht so, als würde er diese Sache besonders ernst nehmen.«

»Falls Laura irgendwas zustößt –«

Ascolese stoppte ihn mit einer Handbewegung und trat einen Schritt näher. »Falls ihr etwas zustößt? Du hast es noch immer nicht verstanden, oder? Du bist wirklich völlig ahnungslos.« Er hob den Kopf und wandte sich an die Männer hinter Palladino. »Weg mit ihm! Aber tötet ihn nicht. Jemand will noch mit ihm sprechen.«

»Dafür werden Sie bezahlen, Ascolese!« Mit einem heftigen Stoß wurde Palladino nach vorn getrieben, zurück auf den Korridor. »Sie werden dafür bezahlen!«

»Nein.« Ascolese trat in seine Schlafzimmertür und blickte ihm nach, während Palladino zwischen zwei Männern den Gang hinunterstolperte. »Ich werde dafür *bezahlt*. Aber das ist nicht der wahre Grund. Dieses Land braucht Veränderung. Eine Führung, die Stärke beweist und Konsequenz. Was wir brauchen, ist eine neue Ordnung.« Er lächelte kühl. »Und das alles hier ist ein Teil davon.«

54

Die Haarklemme glitt ab und zog eine rote Spur über Annas Handrücken. Mit zwei Fingern drückte sie sie auf, drehte sich zur Seite, bis ihr Rücken das Deckenlicht nicht mehr blockierte, und beugte sich wieder über das Vorhängeschloss. Weder der Metallschrank in Brunos Dunkelkammer noch das Schloss waren ein technisches Wunderwerk. Seit zehn Minuten versuchte Anna mit einer gesunden Portion Optimismus, den Mechanismus zu knacken.

In Filmen sah das einfach aus. Sie änderte den Winkel und stocherte ein bisschen rabiater, die Haarklemme rutschte in einen Zwischenraum. Es klickte. Erleichtert atmete sie auf und schob die Klemme in ihre Hosentasche.

Als sie den offenen Metallbügel von der Schranktür löste, hörte sie die Wohnungstür zuschlagen. Bruno war früher zurück als erwartet.

»Anna, bist du da? Ich hab Licht gesehen.«

Panisch hängte sie das Schloss wieder ein, drehte es in seine ursprüngliche Position, ließ es aber nicht einrasten. Mit zwei Schritten war sie am Fototisch und gab vor, sich für Brunos neueste Bilder zu interessieren.

»Anna?«

»Ja, hier!« Sie bemühte sich um einen unbekümmerten Tonfall und fürchtete bereits, es zu übertreiben. »In der Dunkelkammer. Du kannst reinkommen.«

Schritte. Dann hörte sie, wie Brunos Hand den Vorhang teilte. »Alles in Ordnung?«

»Ja. Ich wollte nur noch mal die Bilder durchsehen.« Sie zwang sich, sich zu ihm umzudrehen.

Bruno blieb ein paar Sekunden lang in der Tür stehen, dann trat er ein. Anna schwitzte. Einem flüchtigen Blick würde das Vorhängeschloss standhalten, mehr nicht.

»Hör zu«, sagte er, »ich will dir keine Vorwürfe machen, weil du die Nacht über nicht zu Hause warst. Du bist erwachsen, und ich hab dich behandelt wie ein Kind. Das war falsch. Ich hab keine Erfahrung in so was. Ich hätte dich nicht … na ja, nicht an den Schultern packen dürfen.«

Er schien nicht still stehen zu können. Sie sah ihm an, dass ihm die Situation noch unangenehmer war als ihr. Zumindest kam er nicht näher. Stattdessen bewegte er sich seitlich auf den Metallschrank zu. »Ich hätte respektieren müssen, dass du nicht mehr meine kleine Nichte von damals bist. Ich wollte dir nicht zu nahe treten.«

Annas Anspannung verstärkte sich. Noch ein knapper Meter bis zum Schrank.

»Du hast nur getan, was du für richtig gehalten hast«, sagte sie beflissen.

Bruno hielt inne. Er nickte, als wäre er dankbar, dass sie das erkannt hatte. »Ich will nur, dass dir nichts zustößt. Nicht so wie deiner Mutter.«

»Ich pass schon auf mich auf.«

»Wenn ich die Augen schließe, dann sehe ich noch immer das Mädchen vor mir, das du mal warst«, sagte er. »Aber dann bist du aus diesem Zug gestiegen, und im ersten Moment hab ich gedacht, Valeria stünde vor mir.«

»Du hast erschrocken ausgesehen.« Anna hatte gedacht, dass es ihre Verfassung nach der Reise gewesen war, die ihn hatte erbleichen lassen. Augenringe und Hennaflecken. Sie hatte sich geirrt.

Bruno lachte nervös. Er lehnte sich an die Seite des Metallschranks. »Ich wusste nicht, wie ähnlich du ihr geworden bist. Auch sie konnte die Dinge nicht auf sich beruhen lassen.«

»Sie ist *vergewaltigt* worden, Bruno. So was lässt man nicht einfach auf sich beruhen.« Anna biss die Zähne zusammen, aber da waren die Worte schon raus.

Bruno stutzte. »Wer hat dir davon erzählt? Tigano?«

»Ich dachte, Dad wusste gar nichts davon.«

Er seufzte. »Er hat eine Menge gewusst. Nur hat er nicht darüber gesprochen, jedenfalls nicht damals. Er hat mir im Gefängnis davon erzählt.«

»Wann hast du ihn besucht?«

»Kurz nachdem er verurteilt worden ist. Ich wollte von ihm selbst hören, an was genau er sich erinnern kann. Es war furchtbar, die Wahrheit von einem Richter zu erfahren statt vom eigenen Bruder.«

»Was hat er gesagt?«

»Nichts über den Mord. Aber er hat mir erzählt, was vor zwanzig Jahren passiert ist. Von der Vergewaltigung, und dass Valeria Geld angenommen hat. Und dass er –«

Er brach ab, also führte Anna den Satz selbst zu Ende. »Dass er nicht mein leiblicher Vater ist?«

»Dass er *möglicherweise* nicht dein leiblicher Vater ist. Aber dass das nie eine Rolle für ihn gespielt hat.« Bruno stellte seine Fototasche auf dem Tisch ab. Anna sah sein Notizbuch in einer Seitentasche stecken und fragte sich, ob darin wohl die Adressen der anderen Paparazzi standen. Ihr Interesse an dem, was Saverio über seine Arbeit mit Romolo Villanova zu erzählen hatte, war durch die Ereignisse von Ostia noch gestiegen.

»Ich möchte, dass wir Freunde bleiben, Anna. Du hast deinen Vater verloren und ich meinen Bruder. Wir sind eine Familie, und wir haben jetzt nur noch einander.«

Sie nickte, ein wenig zu eifrig. »Natürlich. Du hast recht.«

In ihrem Zimmer stand der gepackte Koffer, aber die Tür war angelehnt, sodass Bruno ihn im Vorbeigehen nicht hatte sehen können. Ihr Herz klopfte wie wild.

Bruno sah nicht misstrauisch aus, wohl aber überrascht. »Dann bist du mir nicht mehr böse? Du hast jedes Recht dazu, wütend zu sein. Aber ich will es ab jetzt viel besser machen.«

»Ist schon in Ordnung.«

»Du brauchst deinen Freiraum. Das hab ich verstanden.«

»Wirklich, Bruno. Alles gut.« Sie zeigte zu viele Zähne beim Lächeln, und ihre Finger waren fest um die Tischplatte gekrallt. »Lässt du mich gerade noch die Bilder durchsehen? Vielleicht … mach uns doch 'nen Kaffee, dann reden wir gleich weiter. Irgendwas zum Frühstücken wäre auch super.«

Bruno lächelte versöhnlich. Er deutete vage nach hinten. »Ich kann unten im Laden was holen.«

»Würdest du?«

Als er sich vom Schrank löste, schlug das Vorhängeschloss gegen das Metall. Anna sah es im Ring schaukeln.

Bruno wollte nach seiner Tasche greifen.

»Warte«, sagte sie, »lass mich das bezahlen. Wenn du's schon holen gehst.«

»Unsinn«, sagte Bruno freundlich.

Aber Anna kramte bereits die Scheine aus ihren Hosentaschen zusammen.

Zögernd, mit einem Lächeln und einem Kopfschütteln, nahm er das Geld und ließ seine Tasche stehen. »Bin gleich wieder da.«

»Alles klar, dann mach ich in der Zeit den Kaffee«, sagte sie betont fröhlich, während er die Dunkelkammer verließ und kurz darauf die Wohnung.

Sie atmete auf und wäre beinahe über dem Tisch zusammengesackt. Ihr Herz pochte im Stakkato.

Zur Sicherheit wartete sie eine halbe Minute ab, dann zog sie sein Notizbuch aus der Fototasche und blätterte darin. Die meisten Einträge bestanden aus Abkürzungen, Uhrzeiten und Adressen, dazu ein paar Sätze zu Bildideen. Nichts Ungewöhnliches für einen professionellen Fotografen. Auf den hinteren Seiten fand sie Listen mit Namen, Telefonnummern und Anschriften. Darunter war auch die von Saverio. Sie kritzelte Straße und Hausnummer auf ein Stück Fotopapier, dann steckte sie das Buch zurück in die Tasche.

Auf dem Flur raschelte es.

»Bruno?«

Niemand antwortete.

Sie trat in die Tür der Dunkelkammer und blickte hinaus. Keiner da. Nach kurzem Zögern ging sie zurück zum Metallschrank, nahm das Schloss ab und öffnete die Tür, die verräterisch quietschte.

Ihr Blick fiel auf graue Pappschachteln voller Fotos, säuberlich aufgereiht und mit Kürzeln beschriftet. Sie horchte noch einmal in die leere Wohnung, dann öffnete sie eine Kiste und zog ein paar Negative heraus. Nacktaufnahmen von Frauen und Männern, oft gemeinsam, manche ungestellt beim Sex, andere in eitlen Posen. Es war nicht das, womit sie ihr Geld verdienen wollte, aber sie konnte Bruno schwerlich dafür verurteilen. Es war ein Job, nicht besser oder schlechter als die nächtliche Jagd auf Prominente auf der Via Veneto.

Flüchtig blickte sie in zwei, drei weitere Schachteln und fand ähnliche Motive. Sie war bereits drauf und dran, den Schrank wieder abzuschließen, als ihr Blick auf die unterste Reihe fiel. Dort standen drei Schachteln nebeneinander.

Die linke und die mittlere waren mit *Valeria* beschriftet.

Auf der rechten stand *Anna*.

Das Kratzen des Schlüssels in der Wohnungstür ließ sie zusammenfahren. Sie schob die Schranktür zu, hängte das Schloss ein und ließ es einrasten.

»Anna?«

Als Bruno die Dunkelkammer betrat, stand sie wieder mit dem Rücken zu ihm vor den Bildern und tat, als betrachtete sie eines besonders eingehend. Schweiß lief in ihren Ausschnitt.

»Sie haben frische Eier da«, sagte er. »Ich esse keine, aber ich dachte, vielleicht willst du welche? In England isst man doch Eier zum Frühstück.«

»Ja, gern«, sagte sie im Plauderton. »Lieb, dass du fragst.« Sie wagte nicht, sich zu ihm umzusehen, und versuchte, die Luft anzuhalten, damit er nicht sah, wie aufgeregt sie war.

Kurz war es so still, dass Anna nicht sicher war, ob Bruno den Raum verlassen hatte. Aber dann raschelte Stoff, als er sich langsam umwandte. »Okay, dann hol ich noch welche. Denkst du an den Kaffee?«

»Ja, mach ich.«

»Ist alles in Ordnung?«

»Sicher. Ich bin hier gleich fertig.« Ein einzelner Schweißtropfen fiel auf den Tisch.

»Gut«, sagte er nach kurzem Zögern. »Dann geh ich noch mal.«
»Okay. Bis gleich!«
Die Wohnungstür ging auf und fiel wieder zu.
　Anna atmete mehrfach tief durch und wischte sich dann mit dem Ärmel über das feuchte Gesicht. Sie wusste, dass ihr keine Zeit blieb, um das Vorhängeschloss erneut zu öffnen. Stattdessen wartete sie ab, bis Bruno hoffentlich im Laden war, dann ergriff sie ihren Koffer, stürmte die Treppen hinab und rannte in entgegengesetzter Richtung die Straße hinunter.

55

Palladino stieß sich den Kopf, als die Männer ihn über grobe Stufen in den Keller der Villa zerrten.

Vor ihnen lag ein Tunnel aus Ziegelsteinen mit moderner Deckenbeleuchtung und Stahltüren. Die beiden, die ihn in ihre Mitte genommen hatten, verstärkten den Druck auf seine verdrehten Arme. Der Griff drückte ihm die Nerven ab; selbst mit größter Willenskraft hätte er die Muskeln nicht anspannen können. Er selbst hatte die Technik so oft angewendet, nie war ihm einer entkommen. Aber irgendwann würden sie ihn loslassen müssen.

Ein weiterer Mann trat hinter ihm hervor und schloss eine Tür auf. Palladinos Augen gewöhnten sich rasch an die Düsternis in dem Gewölbe. Da war ein Umriss. Ein weiterer Gefangener.

Ugo saß auf einem Stuhl in der Mitte des Raumes, fest umschnürt mit einer Kunststoffleine. Sie hatten ihm heftig zugesetzt: Sein rechtes Auge war geschwollen, seine Unterlippe aufgeplatzt. Er hatte sich auf sein Hemd übergeben, als sie ihm immer wieder in den Bauch getreten hatten, und entsprechend roch es hier unten.

Palladino gab beim Anblick seines alten Freundes wohlweislich jeden Plan der Gegenwehr auf, und so kam er mit ein paar blauen Flecken davon, während Ascoleses Männer ihn auf einen zweiten Stuhl setzten und fesselten.

Sie verschwanden wortlos und schlossen die schwere Tür. Von innen konnte er hören, wie der Schlüssel gedreht wurde.

Er spürte Ugos Blick von der Seite.

»Die haben meine Mama bedroht«, sagte der Koloss leise. »Die haben gesagt, sie verbrennen meine Mama bei lebendigem Leib und schmeißen sie in einen Graben an der Autobahn.«

»Das ist es, was sie immer tun. Bedrohen die Menschen, die man gernhat, und machen einen zum Verräter.«

»Tut mir leid«, sagte Ugo. »Wegen Laura, mein ich. Na ja, auch wegen dir.«

Palladino sah Lauras Gesicht vor sich, schlafend in irgendeinem Hotelzimmer; er zwang sich, es abzuschütteln, bevor abermals die Flammen hinter ihr aufloderten. »Wir müssen hier irgendwie rauskommen.«

Blut und Rotz troffen aus Ugos Nase. »War eine Schnapsidee, mich für dich umzuhören. Ich hätte wissen müssen, dass irgendwer das Maul nicht hält.«

»Wer rechnet denn auch schon mit Verrat«, sagte Palladino bitter.

»Hey, was hätte ich denn tun sollen?« Ugos Stuhlbeine scharrten über den Boden, als er versuchte, sich zu ihm umzudrehen. »Als ob du das anders gemacht hättest.«

»Werden wir ja nicht mehr erfahren, weil sie uns so oder so umbringen werden.«

»Zu mir haben sie gesagt, dass erst noch einer mit uns reden will.«

»Irgendeine Idee, wer das sein könnte?« Palladino versuchte, die Hände hinter seinem Rücken zu bewegen, aber die Schnüre saßen zu fest. Seine Muskeln hatten sich verkrampft, und sogleich verästelte sich der Schmerz in seinen Nervenbahnen und knallte ihm ins Gehirn. Reflexartig presste er die Handgelenke wieder zusammen.

»De Luna ist hinüber, der kann's also nicht sein«, sagte Ugo. »Bleibt noch deine Pikdame.«

»Ich hätte ihr unter dem beschissenen Nussbaum den Hals umdrehen sollen.« Palladino rüttelte mit den gefesselten Knöcheln an den Stuhlbeinen, aber auch das verstärkte nur seine Schmerzen.

»Hab ich auch schon versucht«, sagte Ugo. »Bestenfalls fällt man auf die Fresse.«

Ganz vorsichtig drehte Palladino sich auf der Sitzfläche ein wenig in Ugos Richtung, um den Druck auf seine Gelenke zu lindern. »Ascolese hat nicht widersprochen, als ich die Bombe erwähnt hab.«

»Und das soll uns *wie* genau weiterhelfen?«

»Das heißt, es ist eine Bombe!«

Ugo zog die Nase hoch. »Ist mir eine Ehre, Roms scharfsinnigstem Detektiv bei der Arbeit zuzusehen.«

»Du hast uns hier reingeritten!«, fuhr Palladino auf. »Komm mir also nicht mit Scharfsinn, *alter Freund*.«

»Erst mal war ich dämlich genug, dir zu helfen.«

Palladino knurrte ärgerlich – und glaubte im nächsten Moment an eine Art Echo. Doch der Laut kam von der anderen Seite der Tür.

»Hast du das gehört?«, fragte er leise.

»Mein Auge ist geschwollen«, sagte Ugo, »nicht meine Ohren.«

Der Laut wiederholte sich. Ein dumpfer, verzerrter Schrei, der Palladino bekannt vorkam. Dann brüllten mit einem Mal mehrere Männer, unter Schmerzen und in Todesangst.

»Scheiße, was ist das?« Ugo starrte die Tür an, als rechnete er damit, dass sie jeden Moment aus den Angeln gesprengt würde.

Erneut schnitt die Schnur tief in Palladinos Fleisch, doch diesmal spürte er sie kaum. »Wie viele Wächter sind da draußen?«

»Zwei, drei … Keine Ahnung.«

Die Schreie der Männer überschlugen sich in einem Fanal aus Panik und Qual, dann verstummte einer nach dem anderen. Bald drangen nur noch Schaben und feuchtes Reißen vom Korridor zu ihnen herein.

Angstschweiß lief in Ugos buschige Augenbrauen. »Gott, bin ich froh, dass die Tür abgeschlossen ist.«

Wie als Reaktion darauf bekam die Bewegung auf dem Korridor eine neue Richtung. Etwas strich an der Tür entlang. Dann klimperte es metallisch, Metall schlug auf Metall. Jemand drehte grobmotorisch den Schlüssel im Schloss, und die Tür schwang auf.

Ugo stieß einen unterdrückten Schrei aus, aber Palladino saß stumm und wie erstarrt auf seinem Stuhl.

Eine wuchtige Gestalt stand im offenen Durchgang, den Oberkörper vorgebeugt. Der Pavian war so groß wie ein Mensch und auf groteske Weise muskulös. Sein Fell glänzte vor Nässe, von seinen Pranken triefte das Blut der Wächter. Mit schaukelnden Armen betrat er den Raum und sprang einmal im Kreis um die beiden gefesselten Männer auf den Stühlen. Er stank wie eine Mischung aus Schweinestall und Schlachthof.

»So also siehst du von Nahem aus«, flüsterte Palladino.

Ugo sträubte sich panisch gegen seine Fesseln. »Bleib mir ja vom Leib!«

Das Tier blieb hinter ihm stehen und schnaufte in seinen Nacken, rührte ihn aber nicht an.

»Er hat dir gerade das Leben gerettet«, sagte Palladino.

»Erzähl das den Kerlen vor der Tür!«

»Uns tut er nichts.« Palladino wandte sich dem Pavian zu, der seinen Blick aus kleinen, dunklen Augen erwiderte. »Stimmt doch, oder?«

Wieder nur Schnaufen.

»Kannst du die Fesseln durchbeißen?«

»Würdest du wohl nicht mit ihm reden?« Ugo starrte ihn mit aufgerissenen Augen an. »Sonst hab ich mehr Angst vor dir als vor ihm.«

Aber Palladinos Aufmerksamkeit galt allein dem riesenhaften Affen. »Ja, komm her. Du machst das doch für mich, oder?«

Die Ohren des Tiers zuckten, seine Arme waren weit nach vorn gebeugt. Palladino war sicher, dass es ihm zuhörte.

Unvermittelt setzte der Pavian sich in Bewegung.

Er umrundete die Männer erneut zur Hälfte und näherte sich Palladino nun von hinten. Erst schnüffelte er an seiner Kleidung, dann an den Fesseln.

Ugos Stimme klang höher als sonst. »Das ist alles Blut auf seinem Scheißfell!«

Palladino redete weiter sanft auf den Affen ein, obwohl der Gestank nach Blut und rohem Fleisch entsetzlich war. »Nicht meinen Arm, nur das Seil …«

Er spürte, wie etwas vorsichtig in die Fesseln griff, sich darin einhakte und sie zu zermahlen begann. Er versuchte, nicht daran zu denken, wie nah die riesigen Zähne des Pavians seinen Pulsadern waren. Der Atem des Affen schlug heiß gegen seine Haut.

»Hey, Jane an Tarzan!«, sagte Ugo. »Bei mir macht er das gefälligst nicht, okay?«

Hinter Palladinos Rücken zersprang das Seil. Der Pavian gab ein zufriedenes Schnattern von sich, machte zwei Schritte um den Stuhl herum und neigte den Kopf, als erwartete er eine Streicheleinheit zur Belohnung.

»Gut gemacht!« Palladino zog die Hände aus den losen Schlaufen und befreite sich vom Rest der Fesseln. Die Schreie der Wächter waren sicher oben im Haus zu hören gewesen, jeden Moment konnte Verstärkung auftauchen.

»Kann er bitte abhauen?« Ugo ließ den Pavian nicht aus den Augen.

»Du magst doch Tiere.«

»Ich mag Katzen. Und Hunde. Und Wellensittiche.«

Der Pavian bewegte sich in Richtung Tür, während Palladino sich an Ugos Fesseln zu schaffen machte. Draußen drückte der Affe seine Schnauze in einen der aufgerissenen Oberkörper wie in einen Schwamm. Als er den Kopf wieder hob, war sein Gesicht in Blut getaucht.

»Heilige Muttergottes!« Ugo rieb sich die befreiten Handgelenke und zerrte unruhig an seinen Fußfesseln.

Der Pavian schüttelte sich wie ein nasser Hund. Dann setzte er sich in Bewegung, sank auf alle viere, wurde immer schneller und tauchte am Ende des Korridors in die Dunkelheit.

In der Zelle löste Palladino den letzten Knoten. Ugo stand so schnell auf, dass er fast stolperte. Angeschlagen und steif wankten sie durch die Tür und sahen von Nahem, was der Pavian angerichtet hatte.

Ob es dieselben Männer waren, die Palladino hier eingesperrt hatten, war nicht mehr zu erkennen. Ugo schlug ein Kreuzzeichen.

»Wenn wir hier raus sind«, sagte Palladino, »brauch ich noch mal deine Hilfe.«

»Ich bin noch ganz gerührt von deiner Dankbarkeit beim letzten Mal.« Ugo ging in die Knie, griff nach einer Waffe und wischte sie an der Kleidung des Toten ab.

Palladino tat es ihm gleich. »Komm schon.«

»Du hast eine Menge zu erklären, mein Freund«, sagte Ugo, während sie den glänzenden Spuren des Pavians durch den Korridor folgten. »Eine *Menge* zu erklären.«

Oben stießen sie auf vier weitere Leichen. Keiner der Männer hatte auch nur einen einzigen Schuss abgegeben. Das Biest war hinterrücks aus den Schatten über sie hergefallen.

Als sie die Eingangshalle erreichten, stand die Haustür weit offen. Draußen unter der Säulenarkade lag die zehnte Leiche, ebenso übel zugerichtet wie die Männer im Inneren.

Ugos Gesicht war finster, seine Stimme belegt. »So was macht doch kein normaler Affe …«

»Ich weiß nicht, wo er herkommt. Aber er scheint so was wie … wie mein Schutzengel zu sein.«

»Schutzengel sind blond und schön und tragen weiße Kleider.«

Palladino grinste gequält. »Schätze, jeder bekommt den Engel, den er verdient.«

Ugo zog eine Grimasse, hob seine Waffe und trat entschlossen durch die Eingangstür.

Gerade als Palladino ihm folgen wollte, ließen ihn seine Instinkte innehalten. Er blieb stehen und lauschte ins Haus hinein. Obwohl die Spuren nach draußen führten, dachte er zunächst an den Pavian. Doch was er hörte, klang anders.

»Warte, Ugo!«

An der Seite der Halle führte eine Treppe hinauf zu einer Galerie im ersten Stock. Blut war in Rinnsalen die Marmorstufen hinabgelaufen. Auf dem ersten Absatz lag Carmine Ascolese. Wo sein Kehlkopf gewesen war, klaffte ein faustgroßes Loch. Ein Teil seines Gesichts war fortgerissen worden wie eine Gummimaske. Trotzdem lebte er noch, streckte zitternd den Arm nach ihnen aus.

»Lass die Drecksau verrecken«, sagte Ugo.

Aber Palladino eilte schon die Stufen hinauf und ging neben dem Sterbenden in die Hocke. »Sag's mir! Wo habt ihr die Bombe deponiert?«

Ascoleses Augen glimmten auf. Er versuchte zu sprechen, doch alles, was er hervorbrachte, war ein heiseres Röcheln.

»Nun red schon!«

Er sah das höhnische Lachen in Ascoleses Augen, aber aus seinem Hals drang nur ein feuchtes Keuchen.

»Wo ist das Scheißding?«

Die trüben Augen des Sizilianers erstarrten. Sein Röcheln verklang.

Ugo kam die Stufen heraufgerannt, packte Palladino grob am Jackensaum und zerrte ihn mit sich zum Ausgang. »Komm jetzt mit!«

Draußen würde bald die Sonne aufgehen. Niemand stellte sich ihnen in den Weg.

Als sie durch den Park rannten, bemerkten sie, dass eine Gestalt über ihnen durch die Baumkronen jagte, hörten etwas, das wie schnatterndes Gelächter klang, und rannten noch schneller, damit ihre Schritte die schrecklichen Laute übertönten.

56

»Ich hab deine Mutter nur flüchtig gekannt. Sie war eben die Frau von Brunos Bruder.« Saverio führte Anna durch sein überfülltes Apartment zu einem kleinen Tisch mit Stühlen am Fenster. »Ich hab sie ein paar Mal gesehen, aber das war's.«

»Eigentlich will ich gar nicht über meine Mutter reden«, erwiderte Anna, als sie sich auf seinen Wink hin setzte. »Es geht schon auch um sie, aber nicht nur.«

Er ließ sich ebenfalls nieder und sah sie ernst an. »Was genau willst du so früh am Morgen von mir, Anna?«

Saverios Möbel waren schlicht. Auf dem Tisch stand nichts außer einem dreieckigen Aschenbecher, wahrscheinlich aus einem Café. An den Wänden aber hingen Hunderte Fotos, einige gerahmt, die meisten nur mit Nadeln an der Tapete befestigt.

Viele zeigten gewöhnliche Menschen auf der Straße, in Alltagssituationen; sie hatten sich augenscheinlich unbeobachtet gefühlt. Dies waren keine Bilder von der nächtlichen Via Veneto, sie waren überall in Rom entstanden. Touristen vor dem Kolosseum, Geschäftsmänner auf dem Weg ins Büro und Großmütter auf der Parkbank. Bei den meisten anderen Motiven handelte es sich um Standfotos aus Filmen, die Anna nicht erkannte.

Zum ersten Mal wurde ihr bewusst, wie erstaunlich es war, dass in der Wohnung ihres Onkels kein einziges Foto hing – sie blieben alle in der Dunkelkammer, verbannt und weggesperrt.

»Sind da auch Filme von Romolo Villanova bei?«, fragte sie.

Er musterte sie ernst. »Wie kommst du auf Villanova?«

»Du hast mal für ihn gearbeitet, oder?«

»An seinen ersten drei Filmen. Nach dem ersten galt er als Genie, nach dem zweiten als Popanz und nach dem dritten als frauenverachtendes Ungeheuer. In Wahrheit war er all das schon von Anfang an. Für die Öffentlichkeit war es, als schäle sich mit jedem Film eine Zwiebelschicht ab, und unter den Schalen kam nach und nach der wahre Villanova zum Vorschein. Aber diejenigen, die ihn kannten, haben schon immer gewusst, dass all das nur an der Oberfläche kratzt.«

Er überraschte sie. Sie hatte Saverio nach ihren ersten Begegnungen als gutmütigen, aber ungehobelten Rüpel eingeschätzt. Jetzt zeigte er ihr eine andere Seite.

»Wie ist Villanova wirklich?«, fragte sie.

Saverios Gesicht war angespannt. »Warum interessierst du dich für ihn?« Sie konnte ihm ansehen, dass er sich mit einer halbherzigen Antwort nicht begnügen würde.

»Er hat meine Mutter gekannt. Und er war in London, kurz bevor sie sich entschieden hat, allein zurück nach Rom zu gehen.«

Kurz erwog sie, ihm auch den Rest zu erzählen. Von Valerias Arbeit in der Klinik, der Vergewaltigung und der Vertuschung durch Professor Cresta. Von ihrem Verdacht, dass ihre Mutter Villanova erpresst hatte und der sie vielleicht dafür ermordet hatte.

Doch sie traute niemandem mehr außer Spartaco. In Ostia hatte sie einige Imperatoren gesehen, aber nicht alle. Und sie wusste nicht, wer mit ihnen unter einer Decke steckte.

»Du glaubst, dass Valeria in dieser Pension mit Villanova verabredet war? Dass sie …« Er stockte. »Was? Ein Verhältnis hatten?«

»Vielleicht will ich das nur ausschließen.«

Saverio richtete sich auf. »Ausschließen würde ich bei Villanova überhaupt nichts.« Er griff hinter sich und fand eine angebrochene Zigarettenpackung. »Hast du ihn mal gesehen? Er ist nicht gerade ein Delon oder Mastroianni. Und trotzdem hat er mehr Frauen gevögelt, als die meisten Männer in ihrem Leben in der Straßenbahn sehen. Er hat diese Ausstrahlung. Es ist, als hätte er Macht über einen, sobald er einen nur ansieht. Nenn es Charisma, nenn es Autorität. Und vielen fällt es schwer, sich wieder von ihm zu lösen, ganz gleich, wie schäbig er sie behandelt.« Er bot ihr eine Zigarette an.

Sie lehnte mit einem Kopfschütteln ab. »Du *hast* immerhin aufgehört, für ihn zu arbeiten.«

»Ja, und monatelang war ich kurz davor, auf Knien zu ihm zurückzukriechen und ihn anzubetteln, dass er mich weitermachen lässt.«

Sie blickte wieder zu den Fotos hinüber. »Ich hab keinen einzigen seiner Filme gesehen.«

Saverio ließ ein Streichholz aufflammen und steckte die Zigarette an. Vor dem ersten Zug warf er es in den Aschenbecher. Die Rauchfahnen stiegen parallel zur Decke hinauf.

Eindringlich sah er sie an. »Du hältst dich besser von allem fern, was ihn angeht. Ich hab keine Ahnung, ob deine Mutter was mit ihm hatte. Sie hatte auch so genug Probleme. Ich weiß, was damals passiert ist. Bruno hat's mir vor langer Zeit erzählt.«

»Was hat Bruno noch über sie gesagt?«

»Was genau meinst du?«, fragte er.

»Hat er mal Fotos von ihr gemacht?«

Saverios Blick wurde eine Spur stechender. Sie rechnete damit, dass er seinen alten Freund verteidigen, sie vielleicht sogar rauswerfen würde. Doch stattdessen schwieg er eine Weile und schien seine nächsten Worte abzuwägen.

»Hat er Fotos von *dir* gemacht?«, fragte er.

Anna wich seinem Blick aus. »Hör zu, ihr seid Freunde. Es geht mir jetzt gar nicht um Bruno, ich will nur –«

»Hat er?«

Sie fixierte ihren Blick auf einem Foto über seiner Schulter, ohne es wirklich zu sehen. »Nicht, dass ich wüsste. Aber da ist eine Schachtel in seinem Fotoschrank, auf der mein Name steht.« Sie dachte, wie albern das klang. »Wahrscheinlich gibt es zehntausend Annas in Rom.«

»Er hat deine Mutter geliebt«, sagte Saverio.

»Er hat was?«

»Von Anfang an. Durch ihn hat sie deinen Vater kennengelernt.«

»Warte. Du meinst, die beiden –«

»Nein, sie hat Bruno abgewiesen, schon vor sehr langer Zeit. Und er hat behauptet, er hat damit abgeschlossen, nachdem sie deinen Vater geheiratet hat. Aber … na ja, ich denke, das war gelogen.«

»Shit.« Anna wurde flau im Magen. Ganz langsam nahm eine neue Ahnung in ihrem Kopf Gestalt an.

Saverio brachte ein dünnes Lächeln zustande. »Als ich dich zum ersten Mal gesehen habe, in der Bar, da dachte ich, Valeria kommt mit Bruno zur Tür herein.«

»Du meinst, er hat mich nur bei sich aufgenommen, weil ich aussehe wie meine Mutter?« Sie holte tief Luft. »Das ist krank.«

»Das hab ich nicht gemeint. Du bist seine Nichte. Aber ich hab mir so meine Gedanken gemacht.«

»Ich bin heute bei ihm ausgezogen. Er wurde … seltsam.«

Saverio blickte ihr forschend ins Gesicht. »Besitzergreifend?«

»Besorgt, hat er gesagt. Aber es fühlte sich anders an. Er ist laut geworden, hat mich gepackt. Und ich brauch so was nicht in meinem Leben.«

Saverio seufzte. »Er konnte früher schon rabiat werden. Dann hatte er sich nicht unter Kontrolle. Aber ich dachte, er hätte das seit Jahren im Griff.«

Anna wollte ihre nächste Frage nicht stellen, doch ohne die Antwort konnte sie Saverios Apartment nicht verlassen. »Bruno schien sehr wütend darüber zu sein, dass Mum sich mit jemandem in dieser Pension treffen wollte.« Sie zögerte noch einmal, dann sprach sie es aus: »Hältst du es für möglich … ich meine, glaubst du, *er* war dort bei ihr?«

57

Mit einem angenehmen Klingelton öffneten sich die Türen des Fahrstuhls. Spartacos Kragen war feucht von Schweiß. Nervös trat er hinaus auf einen lichtdurchfluteten Korridor.

Das Haus war einer der teuren Apartmentkomplexe an der Piazza Stefano Jacini, nur einen Steinwurf entfernt von den Wohnblöcken des Amerikanischen Gettos. Die Wohnung und ehemalige Praxis von Doktor Bellofiore befand sich im fünften Stock. Spartaco war als Kind zwei oder drei Mal hier gewesen, aber in der Regel war der Leibarzt der Amarantes zu ihnen nach Hause gekommen.

Mittlerweile war Bellofiore längst im Rentenalter. Trotzdem konsultierten ihn noch immer die Stars aus Übersee, wenn Verschwiegenheit gefragt war – wenn sie sich Geschlechtskrankheiten eingefangen oder es mal wieder mit den Drogen übertrieben hatten.

Spartaco klingelte.

Am Morgen hatte er Anna erzählt, was er vorhatte. Sie hatte mitkommen wollen, aber Bellofiore kannte sie nicht, und Spartaco wollte verhindern, dass er Verdacht schöpfte. Er hatte ihr versprechen müssen, vorsichtig zu sein.

Der Revolver in seiner Lederjacke stammte von einem der Kommunisten aus der Wohngemeinschaft unter ihm, ein rostiges Erbstück aus dem Krieg, und Spartaco hielt es nicht für ausgeschlossen, dass die Waffe nach hinten losging, falls er abdrückte.

Er klingelte ein zweites und ein drittes Mal. Hinter dem Türspion nahm er eine Bewegung wahr, aber es vergingen weitere Augenblicke mit Schweigen.

Dann erst ertönte eine brüchige Stimme. »Kenne ich Sie?«

Der alte Mann musste direkt hinter der Tür stehen.

Spartaco setzte ein Lächeln auf. »Stefano Amarante. Meine Mutter schickt mich zu Ihnen.«

»Stefano, natürlich«, sagte Bellofiore. »Warte.«

Innen wurde erst ein Schlüssel gedreht, dann schob Bellofiore einen Riegel zurück. Die Tür schwang nach innen.

Es war offenkundig, dass der Doktor so früh am Tag nicht mit Besuch gerechnet hatte. Der alte Mann trug einen Morgenmantel über einem Hausanzug und samtenen Pantoffeln. An seinem Revers befand sich eine Spur von Rasierschaum, den er sich eilig vom Gesicht gewischt hatte. Spartaco fragte sich, ob das Rasiermesser in einer seiner Taschen steckte.

Bellofiore trat einen Schritt zurück. »Wir haben uns seit Jahren nicht mehr gesehen. Zuletzt bei der Hochzeit deines Vaters mit der Contessa, glaube ich.«

»Ja, stimmt. Ich störe gerade, oder?«

»Komm nur rein.«

Beim Eintreten zog Spartaco die Hände aus den Taschen und achtete darauf, dass er die Ausbeulung auf der rechten Seite mit dem Arm verdeckte.

Der vordere Teil des Apartments glich noch immer dem Empfangszimmer einer noblen Arztpraxis. Daran schloss sich ein Raum mit deckenhohen Bücherregalen aus dunklem Holz an.

»Früher war das hier das Behandlungszimmer, aber ich praktiziere nur noch außer Haus, wenn überhaupt«, sagte Bellofiore, während er seinen Besucher an den ersten Regalen vorbeiführte. Er deutete auf einen der hohen Ledersessel. »Setz dich, Stefano.«

Sie nahmen einander gegenüber Platz. Durch die großen Fenster fiel Spartacos Blick auf die drei luxuriösen Hochhäuser des Amerikanischen Gettos, die das ganze Viertel und das grüne Tal dahinter überragten.

Der Doktor faltete die Hände über seinem Morgenmantel. »Was kann ich für die Contessa tun? Ich hab sie erst kürzlich gesehen.«

»In Ostia, ich weiß«, sagte Spartaco. »Die große Zusammenkunft.«

Bellofiore schwieg eine Weile. Weder sein Gesicht noch seine Körpersprache verrieten Überraschung oder gar Erschrecken. Doch als er wieder sprach, klang seine Stimme deutlich kühler. »Vielleicht sollte ich die Contessa lieber anrufen, damit sie mir selbst erklären kann, worum es hier geht.«

»Ihr wahrer Name ist nicht Bellofiore. Und Sie sind keiner von *denen*, jedenfalls glaube ich das, sondern so etwas wie ihr Entdecker und ihr Förderer. Professor Giuliano Cresta. Ehemaliger Leiter des Clara-Wunderwald-Instituts.«

Der Doktor rührte sich nicht. »Ist das so?«

»Sie waren der Erste, der alle Punkte verbunden und die richtigen Schlüsse gezogen hat.«

Darüber schien der Alte nachzudenken. Das Licht von den Fenstern fiel durch sein dünnes Haar direkt auf die Kopfhaut. »Wie du das sagst, klingt es sehr simpel.«

»Anfangs hatten sicher auch Sie Ihre Zweifel.«

»Sogar über eine lange Zeit hinweg.«

»Was hat Sie überzeugt, dass Sie es nicht mit einem Haufen Verrückter zu tun haben?«

Ein Mundwinkel zuckte, als versuchten Crestas eingesteifte Muskeln, sich zu erinnern, wie man lächelte. »Nachdem ich einmal meine Scheuklappen abgelegt hatte, gab es überhaupt keinen Zweifel mehr. Ich habe Geisteskrankheiten lange genug studiert, Persönlichkeitsspaltungen, Massenhalluzinationen – alles, was infrage kam. Nichts stimmte exakt mit den Symptomen überein. Achtzehn Menschen mit völlig unterschiedlichen Hintergründen, die am selben Tag ihre Identitäten wechselten. Das war mehr als ein kurioses Phänomen. Ich hielt es für einen Wink des Schicksals.« Als er nach einer Pause abermals ansetzte, erreichte sein Lächeln auch den anderen Mundwinkel. Sein seliger Ausdruck ließ Spartaco frösteln. »Mussolini war gestürzt, der Krieg verloren, dem Land drohte der Zusammenbruch. Damals dachte ich, es könnte kaum noch schlimmer kommen, aber ich hatte mich getäuscht. Schau dich nur da draußen um. Heute versinkt Italien im Sumpf der Parteipolitik. Um an der Macht zu bleiben, paktiert Moro sogar mit den Kommunisten.«

Spartaco beugte sich vor. »Und Sie dachten, wenn jemand das alles richten kann, dann diejenigen, die Rom schon einmal regiert haben?«

»Wenn die Menschen den Glauben verlieren – an etwas oder an

jemanden, der für sie über Richtig und Falsch entscheidet –, dann verlieren sie auch das Vertrauen in die Moral. Und ohne Moral herrscht das Chaos. Schau dich doch da draußen um: all die Straßenschlachten, die Anarchie der Massen. Als Rom seine Kaiser verlor, verlor es auch seine Bedeutung. Dasselbe ist nach Mussolinis Sturz passiert, und zwanzig Jahre später wird es noch immer von Woche zu Woche schlimmer. Wir werden von ausländischem Geld regiert. Der Duce hat den Kaisern nachgeeifert, aber er war zu schwach und zu selbstverliebt. Seine Vorbilder hingegen ...« Der alte Mann ließ den Satz unvollendet, aber in seinen Augen sah Spartaco einen unheimlichen Stolz aufglimmen. »Nun, wir werden sehen. Ich hatte gehofft, es würde zügiger gelingen, sie in den wichtigsten Positionen zu installieren. Aber ohne einen Umsturz, eine echte Revolution, scheint das unmöglich zu sein.«

»Und wenn die Sie getäuscht haben?«, fragte Spartaco.

Cresta sah ihn an wie ein einfältiges Kind. »Ich habe sie vier Jahre lang erforscht, Tag und Nacht beobachtet, ihre Gespräche belauscht. Bis ich vollkommen sicher war.«

»Warum nehmen die Ihnen das nicht übel? Sie waren alle vier Jahre lang da oben im Institut eingesperrt.«

»Sie waren verwirrt«, sagte Cresta. »Ich musste sie langsam an die neue Zeit heranführen. Das war ein langwieriger Prozess, schmerzhaft für manche, verbunden mit großen Verwirrungen. Manche kamen besser damit zurecht als andere, aber der Einzige, der sich nie ganz erholt hat –«

»Das war Fausto«, sagte Spartaco. »Nero.«

»Ich vermeide es, ihre wahren Namen zu benutzen. Das war einer der ersten Schritte, um ihnen klarzumachen, wer sie fortan sein würden. Und dass keinem damit gedient wäre, offen von sich zu behaupten, er wäre ein römischer Kaiser. In ihrem alten Leben kannten sie keinen Widerspruch. In ihrem neuen wäre man ihnen nur mit Häme begegnet und hätte sie an weit schlimmeren Orten eingesperrt als an dem, den ich ihnen geboten habe.«

»Sie haben sie vier Jahre lang auf die Welt hier draußen vorbereitet?«

Cresta lächelte, aber Spartaco fürchtete, dass der Grund dafür mehr war als nur ein Schwelgen in alten Erinnerungen. »Sie waren mir äußerst dankbar dafür. Das sind sie heute noch. Deine Stiefmutter hat es schwerer gehabt als viele der anderen, aber die ganze Zeit über hat sie niemals an meiner Treue und Ergebenheit gezweifelt. Silvia musste kämpfen, musste sich mit vielen unappetitlichen Männern einlassen, bis sie schließlich ihre heutige Stellung innehatte. Ich habe das oft bedauert. Aber sie wollte es auf ihre Weise schaffen, genau wie damals, als Messalina sich an die Seite des mächtigsten Mannes von Rom vorgekämpft hat.«

»Im Gegensatz zu den anderen schien Fausto keine großen Ambitionen zu haben«, sagte Spartaco und beobachtete Crestas Reaktion.

Das Gesicht des Professors bekam langsam Farbe. Spartaco hatte sich gefragt, ob der Alte so bereitwillig erzählte, um Zeit zu schinden, aber jetzt fiel ihm das Leuchten in den wässrigen Augen auf.

»Fausto *hatte* Ambitionen«, sagte Cresta. »Er wollte ein anerkannter Künstler sein. Nero hat es nie genossen, Kaiser zu sein, das war ihm eher hinderlich. Er ließ sich als Gott verehren, damit man ihn als Künstler liebte. Was natürlich ein Trugschluss war, hinter seinem Rücken hat man ihn ausgelacht und verspottet. Daraus hat er gelernt. Als er eine zweite Chance bekam, kümmerte er sich nur noch um seine Kunst – durchaus mit Erfolg. Leider ist er zum Spielball in De Lunas schäbiger Intrige geworden.«

»Hat Silvia De Luna deshalb ermordet?«

Cresta seufzte leise. »Du weißt eine Menge, mein Junge.« Er räusperte sich sanft. »De Luna – Caligula, wenn wir ihn denn beim wahren Namen nennen wollen – ist immer ein unangenehmes Subjekt gewesen. Ich hätte ihn ausschalten sollen, als ich die Gelegenheit dazu hatte. Aber er war auch einer der Ehrgeizigsten unter ihnen, genauso wie die Contessa, und ich wollte mich nicht von Antipathien leiten lassen. Ich hatte ein Ziel vor Augen, die Anfänge eines großen Plans, und ich wollte keinen meiner Schützlinge verschwenden.«

Spartaco spürte den Lauf der Waffe am Bauch und lehnte sich

vorsichtshalber wieder ein Stück zurück. »Stattdessen haben Sie Valeria Savarese ausgeschaltet.«

»Valeria?« Crestas Augen weiteten sich überrascht. »Du glaubst, ich war das? Nein, da täuschst du dich. Sie war ein Ärgernis. Eine Erpresserin. Aber das alles war schon so lange her. Mit ihrem Tod habe ich nichts zu tun.«

Spartaco erhob sich und trat ans Fenster, um sich zu vergewissern, dass unten auf der Straße keine dunklen Limousinen hielten, aus denen Ascoleses Männer strömten. Cresta hatte zweifellos einen Alarm abgesetzt, als er Spartaco durch den Türspion gesehen hatte. Vermutlich gab es einen Knopf unweit der Haustür, vielleicht einen zweiten unter dem Schreibtisch.

Wenn sich die Imperatoren mit Ascolese und seinen Männern so etwas wie eine Privatarmee leisteten, dann hätte Cresta sich an jedem anderen Tag auf sie verlassen können. Doch die Morgenausgabe der Tageszeitung hatte draußen an der Haustür gesteckt – im Gegensatz zu Spartaco hatte der alte Mann noch keinen Blick hineingeworfen. Auch lief nirgends ein Radio. Cresta hatte wahrscheinlich keine Ahnung, was in der Nacht in Ascoleses Villa geschehen war.

Spartaco drehte sich wieder um. »Sie glauben, dass ich dieses Haus nicht lebend verlassen werde.«

Cresta spreizte die hageren Finger und faltete sie erneut. »Ich werde deiner Stiefmutter die Entscheidung überlassen, was mit dir geschehen soll.«

»Wenn Sie Valeria nicht getötet haben, wer war es dann?«

»Ihr Mann, natürlich. So stand es in den Zeitungen.«

»Valeria wusste Bescheid über das, was in der Klinik vor sich ging. Sie hätte Ihren Schützlingen gefährlich werden können.«

Cresta blinzelte. »Das bezweifle ich. Sie hat das Institut schon nach wenigen Monaten verlassen. Es gab einen bedauerlichen Vorfall. Eine, sagen wir, Unbeherrschtheit eines Patienten.«

Das Gewicht unter Spartacos Jacke schien zuzunehmen. Er verlor allmählich die Geduld. »Welcher von denen hat sie vergewaltigt?«

»Warum interessierst du dich so sehr für Valeria Savarese?«, fragte Cresta verwundert. »Wer hat dir von ihr erzählt?«

Spartaco zog die Waffe und richtete sie auf den Professor. Der alte Mann blieb ruhig in seinem Sessel sitzen, hob lediglich die weißen Augenbrauen, nicht verängstigt, nur staunend.

»Sie verkörpern alles, was ich verachte, Professor Cresta. Sie sind Faschist, sogar einer, dem selbst Mussolini noch nicht faschistisch genug war. Sie verachten die Demokratie und haben jahrelang darauf hingearbeitet, sie durch ein neues Regime zu ersetzen. Was also sollte mich davon abhalten, Sie umzubringen?«

»So wird es kommen, nicht wahr?« Jetzt war da zum ersten Mal Verachtung in Crestas Augen. »Du und deine Genossen, ihr seid dumm und unbelehrbar – und ihr seid zum Scheitern verurteilt. Ist das eure Lösung? Zur Waffe greifen und diejenigen ermorden, deren Meinung euch nicht passt? Ich habe in meinem ganzen Leben noch nie jemanden mit einer Pistole bedroht, mein Junge. Das ist euer Weg, nicht meiner.«

Seine Vorwürfe prallten an Spartaco ab. »Die Imperatoren planen ein Opfer. Ein großes Exempel, nehme ich an. Wollen Sie mir erzählen, dabei werden keine Menschen sterben?«

Cresta legte die Arme auf die Lehnen des Sessels und seufzte leise. »Eine Torheit, die deine Stiefmutter ausgeheckt hat. Sie glaubt an eine höhere Macht, vielleicht an die alten Götter, etwas, das eine schützende Hand über sie hält. Sie hat nach den Gründen für ihre Wiedergeburt gesucht und glaubt, sie gefunden zu haben. Ich war zufrieden damit, die Rückkehr der achtzehn für einen Wink des Schicksals zu halten, aber sie ist anderer Meinung. Und vielleicht hat sie recht. Vielleicht auch nicht.«

Achtzehn. Dann stimmten Gallos Informationen.

Der Professor blickte Spartaco direkt in die Augen. »Oder Silvia hat einfach nur die Symbolkraft einer Opferung erkannt. De Luna hat sie dabei unterstützt, weil es seinen politischen Zielen gelegen kam. Ich hingegen habe davon abgeraten. Ich glaube, dass es einen sehr viel einfacheren Weg gibt, die Unterwanderung durch den Kommunismus aufzuhalten.«

Spartaco schnaubte abfällig. »Sie haben längst die Kontrolle über Silvia und die anderen verloren.«

Der Alte schüttelte den Kopf. »Ich hatte sie niemals unter Kontrolle. Ich habe ihnen nur eine Richtung gewiesen, habe ihnen Ideen in die Köpfe gepflanzt. Und jetzt bin ich alt, und mein Leben liegt hinter mir. Meine Mission ist beendet, die Dinge sind längst nicht mehr aufzuhalten. Ganz sicher nicht von einem wie dir, Stefano. Du kannst mit deinen linken Spießgesellen losziehen und dir Straßenschlachten mit der Polizei liefern. Zündet ein paar Autos an. Das sind nur die Auswüchse eurer Unmoral.«

»Sie haben etwas auf die Welt losgelassen, von dem Sie nicht wissen, wohin es führen wird. Und Sie unterstellen anderen fehlende Moral?«

»Ich unterstelle dir Schwäche. Und wenn es eines gibt, das diese verrottete Gesellschaft da draußen nicht brauchen kann, dann ist es Schwäche. Die Contessa und die anderen, sie stehen kurz davor, dieses Land zu regieren. Manche im Verborgenen und andere bereits ganz offen in politischen Ämtern. Und sie werden es mit aller gebührenden Stärke tun. Und *das,* Stefano, wird mein Lebenswerk sein.«

Die Waffe vorgestreckt, ging Spartaco langsam auf Cresta zu. »Sie glauben noch immer, dass Sie gewinnen, nicht wahr? Dann sollten Sie erfahren, dass Ascolese tot ist. Er ist heute Nacht in seiner Villa ermordet worden. Falls Sie also auf Zeit spielen, dann muss ich Sie enttäuschen. Niemand wird kommen, um mich abzuholen.«

»Ich weiß«, sagte Cresta ungerührt. »Sie hätten längst hier sein müssen. Aber der Stein ist schon ins Rollen geraten, Junge. Ich habe alles erreicht.«

Mit einer Schnelligkeit, die Spartaco nicht erwartet hatte, schossen die Hände des alten Mannes vor. Mit links packte Cresta den Lauf der Waffe. Er zog sie nach vorn und setzte die Mündung auf seine Stirn. Mit der Rechten umfasste er Spartacos Hand am Griff.

Der Alte sah zu ihm auf und lächelte. »Alles hat seine Ordnung.«

Ehe Spartaco den rostigen Militärrevolver fortreißen konnte, zwang Cresta seinen Zeigefinger gegen den Abzug. Der Schuss war ohrenbetäubend laut.

»Nein!«

Crestas Körper wurde so heftig gegen die Lehne geschleudert, dass der Sessel schwankte. Eine Blutfontäne war hinter seinem Schädel über den Lederbezug gespritzt.

Spartaco stolperte zurück. In einem Ohr summte es, im anderen pochte sein Herzschlag. Sein Rücken stieß gegen eines der Regale. Fast hätte er die Waffe fallen gelassen.

Der Schuss musste im ganzen Haus zu hören gewesen sein. Und da begriff er, dass Cresta Ascoleses Leute gar nicht brauchte, um ihn von den Imperatoren fernzuhalten. Das würde die Polizei erledigen. Man würde ihn einsperren und anklagen, würde seine Wohnung durchsuchen und seine Kommilitonen befragen. Ein unbelehrbarer Kommunist, würde man sagen, und den Mord an einem angesehenen alten Mann zum Anlass nehmen, die ganze Schlangengrube auszuheben. Wenn man Spartaco fasste, würde man ihn als Faustpfand gegen Moro und sein Bündnis mit den Kommunisten benutzen. Sie alle seien wie er, würde es heißen, nichts als Mörder und Anarchisten. Und Cresta würde recht behalten: Mit seinem letzten Opfergang hätte er tatsächlich alles erreicht – und gewonnen.

Benommen taumelte Spartaco herum, steckte die Waffe unter seine Jacke und lief zur Wohnungstür. Mit bebenden Händen öffnete er und streckte den Kopf hinaus auf den Flur. Hier oben gab es nur eine andere Wohnung, und davor zeigte sich niemand.

Er eilte zum Treppenhaus und rannte die Stufen hinunter. Im letzten Moment zwang er sich dazu, langsamer zu werden, ehe er ins Erdgeschoss trat und das Haus verließ. Draußen ging er zum Mercedes und stieg ein. Als er den Schlüssel ins Schloss stecken wollte, zitterten seine Finger so sehr, dass es eine halbe Ewigkeit dauerte, bis der Wagen ansprang. Er bemühte sich, gleichmäßig zu atmen, und konzentrierte sich ganz darauf, beim Ausparken nicht den Wagen vor ihm zu streifen. Der Mercedes rollte auf die Fahrbahn.

Spartaco hörte eine Sirene und sah im Rückspiegel Blaulicht. Ein Polizeiwagen hielt vor dem Apartmenthaus des Professors, zwei Uniformierte stiegen aus.

Der Mercedes bog um die nächste Ecke und beschleunigte.

58

Anna eilte die Stufen zu Brunos Wohnung hinauf. Mit jedem Schritt, den sie der Tür näher kam, wuchs ihr Unbehagen. Die Wohnung stieß sie ab und zog sie zugleich an. Sie konnte an nichts anderes denken als an die Schachteln im Fotoschrank. Zwei mit dem Namen ihrer Mutter, eine mit ihrem eigenen.

Den Schlüssel in der Hand, blieb sie vor der Wohnungstür stehen. Vor ein paar Tagen war das hier ihr neues Zuhause gewesen, und der Mann darin ihre Familie. Jetzt schnürte ihr der Gedanke daran fast die Luft ab.

Sie hatte unten am Eingang geschellt, aber niemand hatte reagiert. Als sie Saverios Adresse in Brunos Notizheft gefunden hatte, war ihr ein Termin im Kalender aufgefallen. Keine Details, nur die Uhrzeit. Sie hoffte, dass sie sich nicht täuschte und Bruno wirklich fort war. Sicherheitshalber betätigte sie die Klingel neben der Wohnungstür, erst dann schloss sie vorsichtig auf und öffnete.

Sie stand vollkommen still und lauschte in den Flur hinein. Als sie nichts hörte, schlich sie ins Innere wie eine Einbrecherin.

Alle Zimmertüren standen offen, nur die der Dunkelkammer am Ende des Korridors war geschlossen. Das Licht des frühen Morgens fiel von der Ostseite in den Flur.

Langsam pirschte sie am Wohnzimmer, den beiden Schlafzimmern und der Küche vorüber. Auf dem Boden neben dem Esstisch lag die Tüte mit den Dingen, die Bruno für ihr Frühstück im Laden gekauft hatte. Die Eier waren geplatzt, der Inhalt aus der Tüte gequollen; zwei Orangen waren gegen den Schrank gerollt. Er musste das alles einfach fallen gelassen haben, als er Annas Verschwinden bemerkt hatte.

Sie konzentrierte sich wieder auf die Dunkelkammer. Normalerweise stand die Tür des fensterlosen Raumes offen, wenn gerade niemand Fotos entwickelte. Anna blieb davor stehen und horchte auf Geräusche. Nichts.

Einige Sekunden lang wollte sie umdrehen und aus der Wohnung stürmen, aber stattdessen drückte sie die Klinke hinunter.

Im Inneren schob sie den schweren Vorhang beiseite. Dahinter war es dunkel. Sie trat ein, schaltete das Licht an und ließ die Tür eine Handbreit offen, um zu hören, falls Bruno nach Hause kam. So oder so säße sie dann in der Falle. Sie hatte eine Gänsehaut auf dem Handrücken, als sie die verbogene Haarklemme aus der Hosentasche zog und ihre Konzentration auf den Metallschrank richtete.

Diesmal brauchte sie weniger als zehn Minuten, um das Vorhängeschloss zu öffnen. Trotzdem bebten ihre Finger, als der Bügel endlich aufsprang. Beim Lösen aus der Verankerung hätte sie das Schloss fast fallen gelassen. Mit einem tiefen Durchatmen öffnete sie die Schranktür.

Die drei Schachteln standen noch immer in der untersten Regalreihe. Halb hatte sie damit gerechnet, dass Bruno sie fortgeschafft hatte. Sie zog die rechte heraus – jene, auf der ihr Name stand. Noch als sie den Deckel abhob, redete sie sich ein, dass es sich um eine andere Anna handeln könnte, irgendeines von Brunos Modellen.

Die Fotos standen hochkant in der Schachtel – und es waren Dutzende. Ihre klammen Finger griffen vorsichtig hinein und hoben einen Stapel heraus. Ekel, Übelkeit und das Gefühl, benutzt worden zu sein, überkamen sie.

Die vorderen Bilder waren sehr dunkel. Bruno musste die Tür ihres Schlafzimmers in der ersten Nacht einen Spalt weit geöffnet und die Fotos mit einem Stativ vom Flur aus gemacht haben. Anna lag schlafend im Bett, die Decke bis zum Kinn gezogen. Darauf folgten einige, die er am ersten Abend mit den Paparazzi von ihr gemacht hatte, unauffällig, während er vorgegeben hatte, jemanden auf der Straße zu fotografieren; eine ganze Serie von Großaufnahmen ihres Gesichts, während sie mit Michele, Saverio und den anderen gesprochen hatte. Sie begann zu frösteln, als sie Bilder entdeckte, auf denen sie und Spartaco zu sehen waren. Bruno musste ihr gefolgt sein, als sie zum ersten Mal mit Spartaco die Straße hinabgegangen war.

Sie steckte die Bilder zurück und zog andere aus der Schachtel.

Die nächsten zeigten sie erneut im Schlaf, und diesmal hatte Bruno das Zimmer betreten – der Winkel war ein anderer, und er hatte sich sehr viel näher herangewagt. Dann kamen einige Bilder vom Abend vor dem *Bricktop's*, gefolgt von mehr und noch mehr Fotos von ihr im Bett. Er musste jede verdammte Nacht in ihrem Zimmer gewesen und sie beim Schlafen beobachtet haben.

Immer waren es Großaufnahmen von ihrem Gesicht mit geschlossenen Augen, niemals von ihren nackten Beinen oder anderen Teilen ihres Körpers. Bruno war besessen von ihren Zügen.

Mit bebenden Händen legte sie die Fotos zurück in die Schachtel, schob sie wieder in den Schrank und nahm eine der beiden anderen heraus.

Sie zögerte, ehe sie die Fotos ihrer Mutter betrachtete. Da war ein schmerzhaftes Ziehen in ihrer Brust, das sich in den Bauch ausbreitete. Sie hatte Angst vor dem, was sie finden würde, während sie langsam durch die Bilder blätterte.

Auf den ältesten war ihre Mutter eine junge Frau, fast noch ein Mädchen, und Anna begriff auf den ersten Blick, warum alle so fasziniert waren von der Ähnlichkeit zwischen Valeria und ihr. Weder die brave Vierzigerjahre-Frisur noch die einfache Kleidung aus Kriegszeiten konnten verbergen, dass Anna ihr wie aus dem Gesicht geschnitten war. Valeria lächelte und winkte in die Kamera. Manche Bilder waren auf dem Land entstanden, andere vor Trümmern. Auf Fotos, für die Valeria posiert hatte, folgten bald immer mehr, die augenscheinlich ohne ihr Wissen entstanden waren. Darunter viele im Schlaf.

Auch die weiteren Bilder zeigten immer nur Valeria, aber an den Rändern ließ sich erahnen, dass da noch jemand gewesen war, den Bruno kurzerhand abgeschnitten hatte. Sein Bruder Tigano, Annas Vater.

Sie ließ die Schachtel auf dem Tisch stehen und stellte die dritte daneben. Die Bilder darin waren später entstanden, bei den seltenen Besuchen Brunos in London. Auf einigen war Anna als kleines Kind neben ihrer Mutter zu sehen, doch die meisten Aufnahmen konzentrierten sich ganz auf Valerias Gesicht. Sie alle hatten auf den ersten Blick nichts Sexuelles, und doch strahlten sie eine Intimität aus, die Anna verstörte.

Schließlich kam sie zu einem Foto, auf dem Valeria vor dem Haus der Großmutter stand. Die alte Frau war ebenfalls zu sehen, knapp angeschnitten. Es sah aus, als stritten sich die beiden und wären durch Buschwerk fotografiert worden. Es folgten weitere Bilder von Valeria in Rom, schließlich eines vor dem Eingang der Pension Ilaria, aufgenommen von der anderen Straßenseite aus. Bruno, der erfahrene Paparazzo, musste ihr nach ihrer Rückkehr vor einem Jahr heimlich gefolgt sein, durch die Stadt, hinaus aufs Land, dann wieder nach Rom.

Die Kälte hatte sich von ihren Fingern in Annas ganzen Körper ausgebreitet. Sie zitterte, als sie die letzten Fotos aus der Schachtel nahm. Was jetzt kam, wollte sie nicht sehen. Unwirsch wischte sie sich eine Träne von der Wange.

Die Bilder zeigten ihre Mutter erneut mit geschlossenen Augen, ganz ähnlich wie zuvor. Ihr Gesicht füllte jedes der Bilder fast bis zum Rand, und doch ließ sich hier und da erkennen, dass sie nicht auf einem Bett lag, sondern auf Teppichboden. An ihrem Hals waren kleine dunkle Punkte zu sehen, ein einzelner auf ihrer Wange. Die Fotos waren schwarz-weiß, aber Anna ahnte trotzdem, worum es sich bei den Spritzern handelte. Und wann diese Bilder entstanden waren.

Sie ließ die Fotos auf den Tisch fallen und wich davor zurück. Erbrochenes schoss ihre Kehle herauf, doch sie beherrschte sich. Wie im Fieberwahn überlegte sie, wo in der Wohnung das Telefon stand, um die Polizei zu rufen, aber es wollte ihr partout nicht mehr einfallen. Als hätten sich schwarze Vorhänge um ihren Verstand zugezogen.

Bruno hatte den blutbespritzten Leichnam ihrer Mutter fotografiert. Er war in der Pension gewesen, als sie getötet worden war. Bruno, es war immer Bruno gewesen.

Anna taumelte aus der Dunkelkammer, schaute sich schwankend im Flur um – und hörte mit einem Mal Schritte draußen im Treppenhaus.

Ihr Herzschlag stolperte. Ihr Atem ging stoßweise und viel zu schnell.

Ein Schlüssel wurde ins Schloss geschoben. Sie wartete nicht, bis die Tür aufging, stürzte in die Küche und zog eines der Messer aus dem Block neben dem Gasherd.

Wie erstarrt stand sie am Küchentisch, vor ihr auf dem Boden die geplatzte Tüte mit Lebensmitteln. Sie hörte das Trommeln in ihrer Brust, während Bruno im Flur seinen Schlüsselbund und die Jacke ablegte und ein paar Schritte Richtung Küche machte.

Stille. Er musste die offene Tür der Dunkelkammer entdeckt haben. Drinnen brannte noch immer Licht.

»Anna?« Seine Stimme klang ruhig, fast warm. Als wäre sie noch immer seine kleine Nichte, mit der er Verstecken spielte.

Sie antwortete nicht.

»Anna, bist du da?«

Langsam kam er näher. Jeden Augenblick würde er im Rahmen der Küchentür auftauchen.

Annas Griff verstärkte sich. Sie hob das Messer und erwartete ihn.

59

Die Reifen des Citroën quietschten, als Palladino knapp vor einem Taxi einscherte. Der Fahrer hupte hektisch, aber im nächsten Moment steuerte Palladino den Wagen um eine Kurve und setzte schon zu einem weiteren Überholmanöver an.

»*Faustos* Affe?« Ugo hielt sich am Türgriff fest. Palladino fürchtete, er könnte ihn mit seiner Pranke einfach abreißen. »Vorhin war er noch dein Schutzengel.«

»So was in der Art, ja.« Palladino hatte selbst noch nicht die Zeit oder Ruhe gefunden, über Fratellis Worte auf dem Dachboden nachzudenken. »Ich glaube, als ich Fausto getötet habe, da ist der Pavian ... ich weiß nicht, auf mich übergegangen. Sozusagen.«

»Übergegangen«, wiederholte Ugo tonlos.

»Scheiße, du hast es doch gesehen! Hast du 'ne bessere Erklärung? Warum hat er uns geholfen und alle anderen in Stücke gerissen?«

»Ich bin kein Affenexperte. Nich' so wie du.«

»Draußen vor Faustos Wohnung hast du ihn auch schon gehört. Im Treppenhaus und oben auf dem Dach.«

»Könnte alles Mögliche gewesen sein.«

»Ach, vergiss es einfach.« Palladino trat das Gaspedal durch.

Er jagte den Citroën durch den Vormittagsverkehr der Innenstadt. Drei rote Ampeln hatte er bereits überfahren – und mehr Zebrastreifen, als ein Zebrastreifen Streifen hatte. Das Forum Romanum, das antike Ruinenfeld gleich neben dem Kolosseum, war nur über dicht befahrene Straßen zu erreichen. Palladino musste immer wieder Busse überholen und Straßenbahnen schneiden, um nicht zum Stehen zu kommen.

Ugo wurde heftig in den Sitz gedrückt, während Palladino den Wagen aus einem Kreisverkehr herausdrängte und wieder beschleunigte.

»Glaubst du, die haben da jetzt schon alles geräumt?«, fragte Ugo.

»Benedetto hat gesagt, er kümmert sich darum. Ich bin aber nicht sicher, was das heißt.«

»Meine Klamotten sind voller Blut und Kotze. Wenn ich so aussteige, bin ich der Erste, den sie wegsperren.« Ugo sah weder an sich herunter, noch blickte er sich nach der Vespa um, die hinter ihnen ins Schlingern geriet. Er starrte nur geradeaus durch die Windschutzscheibe.

Nachdem sie aus Ascoleses Villa geflohen waren, hatte Palladino erneut seinen ehemaligen Kollegen angerufen. Diesmal hatte er Luca Benedetto nicht im Bett, sondern bereits im Büro erwischt. Es hatte ihn einige Überzeugungsarbeit gekostet, doch schließlich hatte Benedetto seine Warnung vor einer Bombe auf dem Forum Romanum ernst genommen. Vor allem aber hatte er Palladino verboten, dort aufzutauchen.

»Ich hab nachgedacht«, sagte Ugo. Jetzt, da er ihn erwähnt hatte, nahm Palladino den säuerlichen Geruch des Erbrochenen wieder wahr. »Über diese Männer mit den schönen Händen.«

»Und?«

»Wer fällt dir ein, der schöne Hände hat?« Ugo hob seine eigene Hand an und drehte sie langsam, als stünde die Antwort zwischen seinen Fingern geschrieben.

»Deine Mama?«, schlug Palladino vor.

»Ja, und die Mädchen in Toninos Bar. Aber die mein ich nicht … Überleg doch mal: In welchem Beruf braucht man schmale, geschickte Finger?«

»Goldschmiede. Klavierspieler.« Palladino zog den Wagen in eine Lücke im fließenden Verkehr und ließ den Bus auf der Gegenfahrbahn passieren. Dann scherte er abrupt aus, um einen Fiat zu überholen. »Uhrmacher. Schneider.«

Er bog um eine Kurve. Endlich zeigten sich die Umrisse des Kolosseums über dem Stadtverkehr.

Und da begriff er. »Ach, verdammt!«

»Bombenbauer«, sagte Ugo.

Palladino versteifte sich. »Und aus irgendeinem Grund waren die bei Laura.«

60

Spartaco presste seinen Finger so ungestüm auf den Klingelknopf, dass die Fassung knirschte. Er konnte nicht still stehen. Bei jedem Auto, das vorbeifuhr, rechnete er mit Verfolgern. Jedes ferne Sirenengeheul ließ ihm den Schweiß ausbrechen.

Er klingelte erneut. Der Knopf fühlte sich an wie der Abzug des Revolvers. Das Metall, das sich gegen seine Haut gedrückt hatte. Dann der Rückstoß.

Spartacos erster Impuls war gewesen, in seine Wohnung zu fahren. Aber was, wenn ihn irgendwer gesehen hatte? Wenn ihn jemand erkannt hatte?

Es knackte, dann drang Saverios Stimme unfreundlich aus der Sprechanlage. »Was gibt's?«

»Saverio! Ich bin's, Spartaco. Ist Anna bei dir?«

»Sie war hier. Ungefähr vor 'ner Dreiviertelstunde ist sie wieder weg.«

Spartaco unterdrückte einen Fluch. Als ein Bus vorbeirauschte, fuhr er zusammen. Jedes Knattern eines Auspuffs ging ihm durch Mark und Bein. »Weißt du, wohin sie wollte?«

»Noch mal zu Bruno.« Etwas in Saverios Stimme veränderte sich. Er klang jetzt aufmerksamer. »Spartaco?«

Aber der lief schon ohne ein weiteres Wort über die Straße und sprang in den Mercedes. Er wendete und raste nach Osten. Obwohl er das Lenkrad mit beiden Händen fest umklammerte, fühlte er immer noch das kalte Metall am Zeigefinger.

61

Zuerst sah Anna ihn im Profil. Bruno trat in das Rechteck der Küchentür, den Nacken leicht gebeugt und den Blick auf die Dunkelkammer am Ende des Korridors gerichtet. Den Vorhang hatte sie beiseitegeschoben, Bruno musste sehen, dass die Schranktür weit offen stand. Langsam wandte er sich zu Anna um.

Sie verstärkte ihren Griff um das Messer mit der zweiten Hand. »Bleib, wo du bist!«

Bruno rührte sich nicht von der Stelle. »Ich hab dich überall gesucht. Es gibt schlechte Nachrichten.«

Sie starrte ihn fassungslos an. Er wirkte weder überrascht noch erschrocken. Seine Stimme klang ruhig und gefasst. Bruno reagierte nicht auf den Anblick des Messers in ihren Händen, auch nicht auf die offene Schranktür in der Dunkelkammer und die Fotos auf dem Tisch.

»Es geht um deinen Vater«, sagte er.

»Was?«

Er griff an seine hintere Hosentasche und machte einen Schritt nach vorn.

»Bleib stehen!«

Einen Fuß in der Küche, den anderen im Flur, hielt er inne. Er zog ein Blatt Papier aus der Hosentasche, faltete es auseinander und hielt es mit der Vorderseite in ihre Richtung. Es handelte sich um einen Vordruck mit ein paar maschinengeschriebenen Zeilen. »Das ist ein Telegramm. Es kam an, als du gerade weg warst. Ist für dich.«

»Was soll das sein?«

»Es kommt aus London. Tigano hat heute Nacht versucht, sich das Leben zu nehmen. Barbiturate, irgendwelche Pillen. An was man so rankommt im Gefängnis.«

Die Klinge in Annas Händen begann zu zittern. Ihre Zunge fühlte sich trocken und taub an. Obwohl sie atmete, hatte sie das Gefühl, keine Luft zu bekommen. Sie schluckte hart, aber die Blockade in ihrer Kehle löste sich nicht.

»Du lügst«, fuhr sie ihn an.

»Lies selbst.«

Um Anna verschwamm die Küche, nur Bruno blieb glasklar im Zentrum ihres Blickfelds. Langsam machte er zwei Schritte vorwärts in den Raum und legte das Blatt zwischen ihnen auf den Tisch. Dann ging er rückwärts wieder zur Tür, ohne das Stück Papier aus den Augen zu lassen.

Blinzelnd riskierte sie einen Blick auf das Telegramm.

»Du kannst mir glauben«, sagte er. »Tigano liegt im Koma. Ich hab dort angerufen, und die haben es bestätigt. Seitdem bin ich durch die Stadt gefahren und hab nach dir gesucht.«

Ihr Blick bewegte sich hektisch zwischen ihm und dem Telegramm hin und her. Tränen machten ihr zu schaffen, aber die Worte schienen aus der Unschärfe ringsum hervorzustechen.

Er sagte die Wahrheit. Am Ende der knappen Nachricht wurde darum gebeten, dass Anna so schnell wie möglich nach London kommen möge. Es sei ungewiss, wie viel Zeit ihrem Vater noch bliebe.

Die Küche wurde dunkel, und der Boden schien zu schwanken. Einen Augenblick lang musste sie sich mit einer Hand an der Tischkante abstützen. Das Messer in der anderen Hand noch immer vorgestreckt, atmete sie einige Züge bewusst bis tief in die Lunge.

Sie ließ den Tisch los und straffte sich. »Er hat Mum nicht umgebracht. Das warst du!«

»Mach es dir nicht so einfach.«

»Du hast meine Mutter getötet!«, schrie sie ihn an.

»Willst du die Geschichte hören?« Seine Zungenspitze fuhr nervös von einem Mundwinkel zum anderen. Er sah Anna an, als wartete er tatsächlich auf eine Antwort. Als er keine bekam, sagte er: »Ich erzähl sie dir.«

Sie blickte von Bruno zu dem Telegramm. Las die Nachricht noch einmal. Sie hatte kein Wort übersehen. Nichts, das Interpretationsspielraum ließ oder die Dringlichkeit des Tons herabsetzte. Ihr war todschlecht, und ihr Mund schmeckte nach Galle.

»Dein Vater hat mich damals von London aus angerufen«, sagte er. »Tigano war sehr aufgebracht und redete davon, dass Valeria ihn verlassen hätte, um zurück nach Rom zu gehen. Sie hatte keinen Penny von eurem Konto mitgenommen, deshalb bin ich davon ausgegangen, dass sie sich kein Hotel leisten würde … Weißt du, wir waren mal wirklich gute Freunde, sie und ich.«

Anna ballte die freie Hand zur Faust. »Du bist völlig besessen von ihr! Sogar heute noch!«

Bruno senkte den Blick, schüttelte aber langsam den Kopf. »Ich bin raus zu ihrer Mutter gefahren, und tatsächlich, da war sie. Am nächsten Tag bin ich ihr durch die Stadt gefolgt. Das war nicht ganz einfach, sie hat sich ständig umgesehen, so als hätte sie vor jemandem Angst. Ich dachte, es geht um Tigano. Ich wusste, dass er unterwegs war nach Rom, und wahrscheinlich hat sie befürchtet, dass er sie findet und zur Rede stellt.«

»Sie hätte vor dir Angst haben müssen, nicht vor ihm!«

»Hast du dir die Fotos alle angesehen?«

»Du hast ihre Leiche fotografiert!«

»Ich wusste nicht, wann Tigano in Rom ankommen würde, also bin ich ihr abends zu dieser Pension gefolgt. Ich kannte den Laden und wusste, dass es keine Rezeption gibt, dass dort alles sehr verschwiegen ist. Ich dachte, sie trifft sich wieder mit diesem Schauspieler, diesem Campbell.«

»Und da bist du hoch zu ihr«, sagte Anna angewidert.

»Nein«, entgegnete er. »Ich bin nach Hause gefahren. Und da hat Tigano auf mich gewartet. Er hat ein Riesentheater veranstaltet, heulte und war am Boden zerstört – und da hab ich einen Fehler gemacht. Ich hab ihm von der Pension erzählt und davon, dass Valeria dort wohl ein Rendezvous hat. Er wusste von der Sache mit Campbell im Jahr davor und geriet völlig außer sich. Wir haben uns gestritten, und er ist dann allein dort hingefahren.«

»Du bist so ein Scheißlügner!«, schrie sie ihn an.

»Denk, was du willst, Anna. Verurteil mich für die Fotos. Aber ich hätte Valeria nie auch nur ein Haar krümmen können. Ich hab sie geliebt, schon vor vielen Jahren, und daran hat sich nie was geändert. Aber sie hatte ihre Fehler, und wer hat die nicht? Sie hat Cresta erpresst mit dem, was sie damals in der Klinik durchgemacht hat. Später war sie unglücklich mit Tigano und hat sich mit anderen Männern rumgetrieben. Campbell war längst nicht der Einzige.«

»Und deshalb warst du eifersüchtig?« Ihre Finger am Messerschaft waren weiß und eiskalt. Trotzdem lockerte sie den Griff nicht.

Bruno schüttelte den Kopf. »Unsere Freundschaft war zu wertvoll, um sie durch eine Affäre aufs Spiel zu setzen.«

Sie lachte bitter auf. »Du solltest dir mal zuhören, Bruno. Du belügst mich, und du belügst dich selbst!«

Doch er sprach ungerührt weiter. Er hatte sich im Türrahmen weder vor- noch zurückbewegt, schien aber langsam in sich zusammenzusinken. Er blickte an Anna vorbei ins Leere. »Ich bin Tigano zur Pension gefolgt. Nicht sofort, ich wollte mich da raushalten. Aber dann hab ich es mit der Angst zu tun bekommen. Als ich dort ankam, war es schon zu spät. Die Tür zu ihrem Zimmer war nicht verschlossen, und drinnen lag sie auf dem Boden. Tigano war nicht dort, die Polizei hat ihn anderthalb Tage später völlig verwirrt aufgegriffen. Ich selbst bin abgehauen, weil ich Angst hatte, dass man mich für den Mörder hält. Ich hab mich hier in der Wohnung verkrochen und darauf gewartet, dass irgendwas in den Nachrichten auftaucht.«

Die Worte blieben Anna fast in der Kehle stecken. »Du hast ihre verdammte Leiche fotografiert!«

Er hob den Blick und betrachtete ihr Gesicht, als wollte er es malen. Seine Augen schwammen, er blinzelte, und sie hörte die Qual in seiner Stimme. »Weil sie selbst im Tod noch so wunderschön war.«

»Du hast nicht mal die Polizei angerufen.«

»Doch, am nächsten Tag. Anonym. Als ihr Foto in den Zeitungen aufgetaucht war.«

»Campbell sagt, dass er das war.«

»Campbell?« Seine Überraschung ließ Anna aufhorchen. »Vielleicht haben wir beide angerufen. Spielt das denn eine Rolle? Aber du hast recht, ich hätte noch am selben Abend zur Polizei gehen sollen.«

»Nicht mal in der Gerichtsverhandlung hast du ein Wort darüber verloren.«

»Hätte das denn geholfen? Tigano hat Valeria umgebracht.«

»Und er war schon fort, als du in der Pension angekommen bist?«

»Ja. Aber du weißt so gut wie ich, dass sie seine Fingerabdrücke im Zimmer gefunden haben.« Er seufzte und hob die Hände. »Jetzt leg das verdammte Messer weg … Ich bin die einzige Familie, die du noch hast.«

Anna dachte nicht daran. »Nein. Du rufst jetzt die Polizei an.«

»Was?«

»Du hast mich gehört. Geh zum Telefon und ruf an! Erzähl ihnen alles. Sie sollen herkommen und sich deine Scheißfotosammlung ansehen.«

Die stoische Ruhe schmolz wie ein Eispanzer von Brunos Gesicht. In seinen Augen flackerte Panik auf, und die Silben rutschten ineinander. »Auf keinen Fall! Das sind *meine* Bilder!«

»Du hast mir nichts als einen Haufen Mist erzählt, Bruno«, sagte sie kalt. »Glaubst du, ich bin so dämlich?«

Er starrte sie aufgebracht an. »Niemand nimmt mir Valerias Bilder weg.«

»Und was ist mit meinen?«

»Du bist wie sie.« Sein Blick wanderte über jeden Zentimeter ihres Gesichts. »Verstehst du das noch immer nicht?«

»Geh zurück! Rüber ins Wohnzimmer!«

Bruno schüttelte vehement den Kopf. Seine Finger griffen links und rechts in den Türrahmen. In seinen Augen stand jetzt Entschlossenheit. »Ich kann nicht zulassen, dass die Polizei sie mitnimmt, Anna. Ich darf Valeria nicht zum zweiten Mal verlieren.«

Anna spürte den scharfkantigen Griff einer Schublade im Rücken. Ihr Puls begann zu rasen, und das Blut rauschte ihr durch die Adern.

»Scheiße, geh jetzt zurück! Und dann –«

Mit einem wütenden Schrei stieß Bruno sich vom Türrahmen ab und stürmte auf sie zu.

62

Palladino bremste den Wagen erst knapp vor der Menge ab, die sich auf dem Platz zwischen dem Kolosseum und dem Eingang zum Forum Romanum versammelt hatte. Er warf einen schnellen Blick auf Ugos Hemd. Die Blutflecken waren getrocknet, aber unübersehbar.

»Du bleibst besser im Auto.«

Ugo nickte widerstrebend. »Hol Laura da raus, okay?«

»Auf jeden Fall.«

Palladino stieß die Tür auf und stürmte über den Platz. Er versuchte gar nicht erst, sich in dem Durcheinander aus Polizei und Publikum einen Überblick zu verschaffen. Er suchte in der Menge nur nach dem einen Gesicht.

Aber hier standen Hunderte Zuschauer, die sich zum Todestag des Duce herausgeputzt hatten und aufgeregt miteinander diskutierten. Schwarze Anzüge, schwarze Kleider, schwarze Hüte – als wären all diese Menschen zu einer Trauerfeier erschienen, nicht zu einem Fest, bei dem der Sieg über den Faschismus gefeiert wurde.

Direkt hinter ihm drang die Stimme eines Polizisten aus einem Megafon. Die Leute sollten Ruhe bewahren, die Räumung des Forums sei eine reine Vorsichtsmaßnahme.

Palladino drängte sich durch die Menschenpulks. Es war kurz nach elf, vor wenigen Minuten hätte das Konzert im Ruinenfeld beginnen sollen. Immer schneller blickte er sich um und packte eine Frau an der Schulter, die nur von hinten Ähnlichkeit mit Laura besaß. Er ignorierte ihre Beschimpfung und bahnte sich weiter ziellos einen Weg durch die Menge.

Laura war nirgends zu sehen. Stattdessen entdeckte er Luca Benedetto, schnauzbärtig und mit hellem Trenchcoat, der gerade mehreren Polizisten Einsatzbefehle gab.

»Benedetto!« Mit Händen und Ellenbogen drückte er Männer

und Frauen in teurer Abendgarderobe zur Seite und brüllte über ihre Köpfe hinweg. »Hey, Benedetto!«

Das Gesicht seines ehemaligen Kollegen verfinsterte sich, als er ihn auf sich zulaufen sah. Benedetto schickte die Polizisten fort, bevor er sich Palladino zuwandte. »Was hab ich dir gesagt? Halt dich fern, hab ich gesagt. Tauch ja nicht hier auf, hab ich gesagt!«

»Habt ihr die Bombe?«

»Bisher haben wir gar nichts. Unsere Leute durchkämmen das Gelände mit den Hunden. Das Ministerium sitzt mir im Nacken. Eigentlich bin ich für den Scheiß gar nicht zuständig, ich müsste mich um die Sauerei bei Ascolese kümmern. Und du wirst mir jetzt schleunigst erzählen, woher du die Information –«

»Später. Wo ist Laura?«

Benedetto deutete grob in die Richtung, in der sich das Forum Romanum erstreckte. »Die Musiker sind alle da drüben bei den Bussen. Aber hau ja nicht ab! Du bist mir noch eine Erklärung schuldig.«

Palladino ließ seinen alten Freund stehen, der ihm hinterherbrüllte, und rannte auf mehrere Reisebusse zu, die er über die Köpfe der Menge hinweg entdeckte. Davor hatten sich weitere Männer und Frauen in Schwarz versammelt – das Orchester, das die Feierlichkeiten einleiten sollte. Alle hatten unübersehbar ihre Instrumentenkoffer dabei.

Er hielt geradewegs auf eine junge Frau mit Geigenkoffer zu, eine Streicherin wie Laura. Ungestüm packte er sie am Arm. Sie fuhr herum.

»Ich suche Laura Palladino. Wissen Sie, wo sie ist?« Als die Frau nicht sofort antwortete, drehte er sich um und hob die Stimme. »Hat irgendwer Laura gesehen?«

Die Violinistin überwand ihren Schrecken und schüttelte seine Hand ab. »Sie war gerade irgendwo da vorn.«

Palladino folgte ihrem Blick. Mehr Geigenkoffer. Männer, die ihre Bässe stützten. Und Frauen mit Celli.

»Gennaro?«

Er hörte ihre Stimme, ehe er sie sah.

Dann trat sie in ihrem schwarzen Kleid hinter einem der Kontrabässe hervor. Der sperrige Cellokoffer schimmerte im Sonnenschein, der Rocksaum wallte ihr um die Beine. Als sie auf ihn zukam, war er so erleichtert wie noch nie.

Er las die Verwunderung in ihren Augen und widerstand dem Drang, sie in die Arme zu schließen. Der Schein trog. Obwohl sie vor ihm stand, war sie nicht in Sicherheit.

»Was willst du denn hier?«, fragte sie. Und dann, aufgeregter: »Ist das Blut an deinem Ärmel?«

»Ich brauch deinen Koffer.«

»Was?«

»Den Cellokoffer!«

Die Violinistin kicherte, und die Männer mit den Bässen tuschelten hinter seinem Rücken.

»Spinnst du?« Entgeistert drehte Laura den Oberkörper weg und hielt den Koffer außerhalb seiner Reichweite.

Er trat kurzerhand um sie herum, nahm ihn ihr ab und sah sich nach dem kürzesten Weg aus der Menge um.

»Hey!«, protestierte sie.

Von hier aus war es nicht weit bis zum Eingang des Forum Romanum, dahinter lag das weite Ruinenfeld. In allen anderen Richtungen standen die Besucher und Musiker, dazu kamen immer mehr Schaulustige, die vom Kolosseum herüberschlenderten.

»Hast du das Ding heute schon aufgemacht?«, fragte er eindringlich.

»Natürlich. Im Hotel.«

»Der Auftritt sollte erst in ein paar Minuten losgehen, oder?«

Sie trat einen Schritt zurück und sah auf ihre schmale Armbanduhr. »Ja, die haben uns aus den Garderobewagen hinter der Bühne hierhergetrieben. Wir waren alle gerade erst angekommen.«

»Und die Probe?«

»Die war gestern Nachmittag.« Sie runzelte die Stirn. »Was zum Teufel willst du mit dem Cello, Gennaro?«

»Du bist sicher, dass da noch ein Cello drin ist, ja?«

Sie warf resigniert die Hände in die Höhe. »Scheiße, nein, mein Maschinengewehr!«

»War der Koffer irgendwann unbeaufsichtigt? Bevor du aufs Gelände gekommen bist, meine ich. Im Hotel, vor der Abfahrt, aber nachdem du zuletzt reingeschaut hast.«

Laura schüttelte wütend den Kopf. Doch dann schlich sich leiser Zweifel auf ihr Gesicht. »Ganz kurz nur, als ich auf das Taxi gewartet hab. Ich stand in der Lobby, als du angerufen hast. Die haben mich zur Rezeption gerufen, aber du hattest schon aufgelegt.«

Schlagartig fühlte sich der Koffer in seiner Hand viel schwerer an. »Ich wusste nicht mal, in welchem Hotel du warst. Ich hab da nicht angerufen.« Er ging einen Schritt zurück. »Schnell, verschwinde von hier! Sofort!«

Ohne sich zu vergewissern, dass sie gehorchte, wandte er sich um und drängte durch die Umstehenden. Niemand lachte mehr. Alle sahen ihn an wie einen Wahnsinnigen, manche wichen von sich aus zurück.

»Machen Sie Platz!«, brüllte er. »Lassen Sie mich durch!«

»Was hast du denn vor?«, rief Laura ihm nach, dann verschluckten die empörten Ausrufe der Zuschauer und Musiker ihre Stimme.

»Aus dem Weg!« Er stieß die Leute jetzt achtlos zur Seite. »Alle aus dem Weg!«

Die Menge stob auseinander, als wüsste sie um die Bombe im Koffer. Palladino hatte kaum zehn Meter hinter sich gebracht, da brach auf dem Platz eine Panik aus. Immer mehr Menschen drängten hastig in Richtung des Kolosseums.

Palladino hielt den Koffer in beiden Armen und hoffte, so die Erschütterungen beim Laufen abzufedern. Kalter Schweiß rann ihm von der Stirn.

Aus dem Augenwinkel nahm er einen Mann wahr, der, statt zu fliehen, von der Seite auf ihn zulief.

»Scheiße, Gennaro!« Benedetto war besser in Form und holte schnell auf.

Palladino rannte auf die Sperre am Ende des Platzes zu. Die

Polizisten, die dort postiert waren, machten keine Anstalten, zurückzuweichen. Nervös hoben sie ihre Waffen und zielten auf ihn.

Palladino verstärkte seinen Griff um den Koffer und blaffte Benedetto an: »Die sollen mich durchlassen!«

Benedetto fuchtelte wild mit den Armen. »Lasst ihn!« Er schloss zu Palladino auf, während seine Leute an der Sperre zögernd zurückwichen.

»Du glaubst, das Ding ist da drin?« Benedetto wurde beim Sprechen nicht langsamer, aber unter seinem Kragen krochen rote Flecken hervor.

»Ja! … Ich weiß es nicht … Ich mach ihn auf, aber erst, wenn keiner in der Nähe ist.«

»Falls das Ding in den Ruinen hochgeht … Der Minister wird –«

»Würde es ihm zwischen den Menschen besser gefallen?« Palladino schnaufte. Seine Lunge brannte bei jedem Atemzug. Er musste sich aufs Laufen konzentrieren und versuchen, nicht zu sehr an das Ding in seinen Armen zu denken.

In der Polizeikette am Eingang zur Via Sacra, dem Hauptweg auf das Forum Romanum, entstand eine schmale Lücke. Benedetto herrschte die Männer an: »Macht Platz! Lasst uns durch!«

Sie rannten zwischen den Uniformierten hindurch auf das verlassene Kassenhaus zu. In einiger Entfernung erhob sich der Titusbogen, vor dem die Konzertbühne errichtet worden war. Dahinter lag das Ruinenfeld, umgeben von Bäumen und Buschwerk.

Palladino und Benedetto bogen nach links ab und liefen einen Hügel hinauf, vorbei an Mauerresten und Hecken. Möglichst weit fort vom Zentrum der historischen Stätte und weg von den Polizisten, die dort nach Sprengstoff suchten.

Er hoffte, dass auf diesem Pfad noch keine Patrouillen mit ihren Spürhunden unterwegs waren. Keuchend rannte er weiter den Hang hinauf. Hier wurde es stiller. Dafür schien in dem Koffer jetzt ein Herz zu schlagen, er hörte ein vibrierendes Ticken. Hoffentlich nichts als Einbildung.

»Hörst du das?«, fragte er zwischen zwei kurzen Atemzügen.

Benedettos Antwort klang wie ein Röcheln. »Was?«

»Bleib du hier«, rief Palladino. »Ich mach das allein!«

»Das geht nicht. Wenn da wirklich eine Bombe drin ist –«

»Wir haben keine Ahnung, wie groß die Sprengkraft ist. Und der Zeitzünder müsste so eingestellt sein, dass die Bombe hochgeht, wenn die Musiker ihre Plätze einnehmen, und bevor Laura merkt, dass etwas mit dem Cello nicht stimmt. Das wäre jetzt!« Er holte Luft. »Also hau ab!«

»Auf keinen Fall!«

Palladino konnte nicht mehr warten. Er blieb abrupt stehen und legte den Koffer behutsam am Boden ab. Seine Hände bebten. Er atmete einmal tief durch und griff vorsichtig nach den Verschlüssen. Aus dem Augenwinkel sah er, dass ihnen in großem Abstand weitere Polizisten folgten, aber Benedetto gab ihnen mit einem Wink zu verstehen, sich fernzuhalten.

»Ich mach ihn jetzt auf.«

»Das sollten besser die Sprengmeister übernehmen.«

»Keine Zeit. Haust du nun ab?«

Benedetto musterte den Koffer verbissen. »Scheiße.« Er stützte sich mit den Händen auf den Knien ab. »Nun mach schon.«

Palladino zwang seine Hände zur Ruhe. Er warf Benedetto einen letzten Blick zu, dann ließ er die Verschlüsse aufschnappen. Vorsichtig hob er den Deckel des Koffers an.

Nichts.

Als nach zwei, drei Zentimetern keine Detonation erfolgte, öffnete er ihn weiter, klappte ihn schließlich ganz nach hinten.

Im schwarzen Samtfutter lag ein Cello.

Neben ihm atmete Benedetto erleichtert auf und stieß ein kurzes Lachen aus. »Okay ... das war's dann.«

»Warte!« Palladino besah sich die Maserung des Holzes, die runde Macke am Korpus und den hellen Fleck auf dem Griffbrett. Eindeutig Lauras Cello. Und doch hörte er noch immer das Ticken. Er dachte wieder an den Anruf in Lauras Hotel.

So vorsichtig er konnte, hob er das Instrument heraus. Falls es eine Attrappe war, hätten die Männer mit den schönen Händen Lauras Original zuvor genau inspizieren müssen. Laura hatte sie wohl entdeckt, nachdem sie gerade das Haus verlassen hatten.

Er hielt das Cello am Hals und drehte es behutsam, bis die Saiten zum Gras zeigten.

An der Rückseite entdeckte er eine feine Linie. Eine perfekt eingelassene Abdeckung, quadratisch und so groß wie seine Handfläche. Im Hotel hätte Laura sie sofort bemerkt, aber in der Hektik vor dem Auftritt war wohl keine Zeit dafür geblieben.

Ein Windstoß fuhr durch Palladinos verschwitzte Kleider bis auf seine nasse Haut. Er stützte den Holzkorpus auf seinem Knie ab und schob die Fingernägel der rechten Hand in die Einlassungen. Die Abdeckung löste sich.

Im Inneren befanden sich zwei kleine Blöcke aus einer grauen Masse, fest verklebt und umgeben von Drähten und mechanischen Vorrichtungen. Eine solche Menge Plastiksprengstoff hätte den Titusbogen bis zum Mond befördert. Auf einer Uhr kreiste ein roter Sekundenzeiger über einem größeren schwarzen Zeiger.

»Zweieinhalb Minuten«, sagte Palladino. In seinen Ohren klang es, als hätte jemand anderes es gesagt. Zweieinhalb Minuten.

Um unnötige Erschütterungen zu vermeiden, legte er das Cello vorsichtig zurück in die Fütterung und klappte den Koffer zu. Er kam auf die Füße und hob ihn langsam vom Boden.

Benedetto war leichenblass. »Ich hol unsere Leute her. Die werden das irgendwie –«

»Nein«, sagte er schroff. »Vielleicht schaff ich es bis zu der Grube dahinten.« Er deutete zu einer verlassenen Grabungsstätte zwischen hohen Zypressen. Jemand würde sehr unglücklich sein, wenn sich all die antiken Fundamente in einen Krater verwandelten.

Benedetto stand noch immer unschlüssig da.

»Wir müssen nicht beide draufgehen«, stieß Palladino hervor. »Lauf zurück! Und nimm diese Idioten dahinten mit!«

»Wie kann man sich nur immer so eine Scheiße einbrocken?« Benedetto wich keinen Schritt zurück, aber er gestikulierte wüst in Richtung seiner Leute, die endlich stehen blieben.

Mit jeder Sekunde, die verstrich, wurde der Koffer in Palladinos Armen schwerer. Zwei Minuten? Weniger?

»Sag Laura, dass ich nie aufgehört hab, sie ...« Er brach ab und schüttelte den Kopf. »Blödsinn, sag einfach gar nichts.«

Und dann rannte er wieder, das falsche Cello eng an seinen Körper gepresst. Seine Lungen fühlten sich an, als wären sie es, die jeden Augenblick explodieren würden. Benedetto rief ihm etwas hinterher, aber Palladino verstand ihn nicht.

Er spürte seine Beine nicht mehr, als er die Senke endlich erreichte. Hinter der Kante lag ein steiler Abhang, gut fünf Meter tiefer befanden sich die Rechtecke altrömischer Fundamente.

Er hatte keine Ahnung, wie viel Zeit ihm noch blieb, als er den geschlossenen Koffer sanft am oberen Rand der Schräge ablegte.

Behutsam ließ er den Koffer über die Kante kippen, sah ihn nach unten gleiten und warf sich im selben Moment herum. Sobald das falsche Cello gegen die Mauerreste prallte, würde der Sprengstoff detonieren. Vielleicht schon auf dem Weg dorthin.

Sein Kopf war wie leer gefegt, als er den Weg zurückrannte. Um ihn schien sich die Luft zu verfestigen. Wie in einem Albtraum hatte er das Gefühl, kaum vorwärtszukommen.

Dann, als alle anderen Laute verstummt waren, hörte er, wie der Koffer gegen das Fundament am Grund der Grube stieß. Sein Herzschlag, die pumpende Lunge, seine rennenden Beine – alles wurde ganz ruhig.

Er ließ sich fallen, flach auf den Boden, doch noch bevor er aufkam, war da kein Boden mehr. Die Welt riss auseinander wie eine Kulisse aus Pappmaschee, und alles ertrank in Finsternis.

63

Niemand hatte auf sein Sturmklingeln reagiert. Nach Minuten konnte Spartaco hinter der milchigen Scheibe in der Eingangstür endlich eine alte Frau ausmachen, die auf ihn zuhumpelte. In dem Moment, als sie die Klinke hinunterdrückte, drängte er sie sanft mit der Tür nach innen und lief an ihr vorbei. Ihre Beschimpfungen blieben bald hinter ihm zurück.

Atemlos stürmte er die Treppe zu Brunos Wohnung hinauf, drückte den Klingelknopf durch und hämmerte mit der Faust gegen die Tür.

»Anna?« Er horchte, aber in der Wohnung rührte sich nichts. »Bruno? Macht die Tür auf! Anna!«

Er klopfte weiter gegen das Türblatt. Erst mit der Faust, schließlich mit dem Handballen. Fluchend lehnte er für einen Augenblick seine Stirn gegen das Holz. Er hatte sie wieder verpasst.

Gerade wollte er sich abwenden, als das Türschloss klickte.

»Anna?«

Ganz langsam schwang die Tür nach innen auf.

Sie stand im Flur, Jeans und Hemd durchtränkt mit Blut. Der schwere Geruch von Eisen drang aus der Wohnung. Rote Handabdrücke zogen sich an der weißen Wand des Flurs entlang, wo sie sich beim Gehen abgestützt hatte. Sie schwankte.

Spartaco stürzte vor und hielt sie an den Schultern fest. »Wo bist du verletzt?«

Annas Lippen bebten. »Ich glaub … gar nicht.«

»Ist Bruno hier?« Spartaco versuchte, an ihr vorbei in die Wohnung zu sehen.

Anna hielt sich an der Klinke der Wohnungstür fest. Ihr Gesicht war kalkweiß, als sie nickte. »Er liegt in der Küche … Das ist nicht mein Blut … Ich hab die Polizei gerufen.« Für einen Moment schärfte sich ihr Blick, sie schien ihn erst jetzt wirklich wahrzunehmen. »Verschwinde lieber, bevor die hier sind.«

»Nein, diesmal nicht.«

Er fing sie auf, als ihre Knie nachgaben. Vorsichtig führte er sie hinaus auf den Gang und versuchte herauszufinden, ob sie Wunden hatte, die sie in ihrem Schockzustand nicht spürte. Da waren ein paar Kratzer in ihrem Gesicht und rote Flecken an den Handgelenken, die sich bald dunkel färben würden.

Draußen lehnte sie sich gegen die Wand und rutschte langsam daran hinab. Mit angezogenen Knien blieb sie am Boden sitzen und schloss die Augen. »Nur ... einen Moment ...«

Die Vorderseite ihrer Bluse war dunkel und nass. Auch ihre Jeans war blutgetränkt.

Spartaco sah zur offenen Tür. »Ich sollte nach ihm sehen ...«

»Bruno ist tot«, sagte sie und starrte die Treppe an. »Und mein Vater ...« Sie brach ab und räusperte sich leise. »Ich muss nach London.«

Spartaco sank vor ihr auf die Knie. Er strich ihr die blutigen Haarsträhnen aus dem Gesicht, dann zog er sie an sich und hielt sie fest, blieb stumm bei ihr sitzen und lauschte den heulenden Polizeisirenen, die aus der Ferne näher kamen.

64

In die Echos von berstendem Gestein in Palladinos Kopf mischte sich eine vertraute Stimme. Zwischen all dem Getöse fiel es ihm schwer, sich darauf zu konzentrieren. Aber als er sie endlich erkannte, wusste er, dass sie nur in ihm existierte, tief in seinem Verstand.

»Palladino«, sagte der Fabelhafte Fratelli. »Gennaro Palladino.«

»Lass mich in Frieden.« Er wusste nicht, ob er die Worte aussprach oder bloß dachte.

»Du hast den ersten Schritt getan«, sagte Fratelli.

»Den ersten? Ich bin fertig mit eurem Scheiß.«

»Andere werden zu dir stoßen. Die Ordnung muss zerschlagen werden, bis wieder Chaos regiert.«

»War das nicht genug Chaos? Du willst noch mehr davon?«

Er konnte Fratelli nicht sehen. Er sah überhaupt nichts, aber im Moment war er viel zu müde, um sich deswegen zu sorgen. »Das ist noch gar nichts«, sagte die Stimme, und Palladino konnte das Lächeln darin hören. »Alles wird sich verändern. *Du* wirst dich verändern, die Welt um dich herum.«

»Verpiss dich einfach.«

Und zu seiner Überraschung sagte Fratelli kein weiteres Wort mehr. Jetzt war da nur noch die Dunkelheit. Nicht wie die Nacht, mit Schemen und Schatten, sondern vollkommene Schwärze, wie er sie nur aus Albträumen kannte.

Ohne Fratellis Stimme schwoll das Durcheinander aus Geräuschen in seinem Kopf wieder an. Hellere Töne drangen durch die tiefen, sonoren, und darüber legte sich ein rhythmisches Piepsen, das ihn schon bald in den Wahnsinn treiben würde. Falls er es sich dort nicht längst gemütlich gemacht hatte.

»Blind …«, brachte er brüchig hervor, weil es das war, was ihm gerade die größte Angst einjagte. Er war selbst überrascht, als er plötzlich seine Stimme hörte.

»Laura, er wacht auf.« Ugo klang weit entfernt. Dann war es, als zerrisse ein Hindernis in Palladinos rechtem Ohr, und die dumpfe Geräuschkulisse klärte sich schlagartig.

»Ich … ich kann nichts sehen …«, sagte er in die Dunkelheit hinein. Seine Hände tasteten über den Untergrund, auf dem sie lagen. Trockenes Textil, ein wenig rau. Leinen oder Baumwolle.

»Das liegt an der Augenbinde«, sagte Ugo.

Er vernahm das Rascheln von Stoff, als jemand sich näherte. Dann stieg ihm der milde Duft von Lauras selbst gemachter Seife in die Nase. Nach Kräutern, deren Namen er nicht kannte und die ihm doch so vertraut waren.

»Alles ist gut«, sagte sie. »Du bist im Krankenhaus.«

Seine Hand suchte nach ihrer, und sie ergriff sie.

»Die Bombe …«

Es war Ugo, der ihm antwortete. Palladino stellte sich vor, wie er auf einem viel zu kleinen Stuhl in der Ecke saß, das bärtige Kinn auf die Brust gelegt. »War ein mächtiges Feuerwerk. Ein paar Ruinen sind umgekippt wie Kartenhäuser.«

Laura drückte sanft seine Hand. »Du hast einer Menge Leute das Leben gerettet.«

»Mir ging's … immer nur um dich …« Er wandte ihr langsam das Gesicht zu, vorsichtig, weil er den dicken Verband am Kopf spürte. »Warum kann ich nichts sehen?«

»Das wird wieder«, sagte Laura. »Die Binde ist nur zum Schutz. Die Ärzte sagen, es dauert ein paar Tage, bis du wieder Helligkeit ertragen kannst.«

Ugo gluckste in seiner Ecke. »Sind sogar noch alle Arme und Beine dran.«

»Das ist …« – er fand kein passenderes Wort – »beruhigend.«

»Aber nur noch ein Ohr«, fügte Ugo hinzu.

»Ugo …« Lauras Griff wurde fester, doch weder ihr Tonfall noch der mahnende Blick, den sie zweifellos in die Ecke warf, konnten Ugo stoppen.

»Das andere wird wahrscheinlich irgendwann ausgegraben«, fuhr er fort. »Dann landet's im Museum. Als echtes Römerohr.«

»Scheiße.«

»Du hast ja noch eins.«

Palladino tastete mit der freien Hand über sein Gesicht, erst zögerlich, dann energischer. Da war nichts zu spüren, außer dem Reiben des groben Verbandsmaterials auf seiner Haut. Entweder hatte die Explosion ihm nicht nur das Ohr, sondern auch die Nervenenden zerrissen, oder die Ärzte hatten Teile seines Körpers großzügig betäubt.

Lauras Haarspitzen strichen über seinen Handrücken. »Alle anderen Verletzungen sind nur oberflächlich, sagen sie. Ein paar Schrammen, ein paar kleine Brandwunden.« Sie beugte sich näher heran. »Mach das nicht noch mal, ja?«

»Auf keinen Fall«, sagte er.

»Irgendwer könnte dich noch brauchen.«

»Ja, jemand muss auf Ugo aufpassen.«

Ein Stuhl knarrte, als Ugo sein Gewicht in die Höhe hievte. »Ich bin gleich neben euch. Ich höre jedes Wort. Nicht nur die Hälfte, wie manch anderer hier.« Er lachte leise. »Na, ich werd mal der Schwester Bescheid geben, dass unser Schneewittchen aufgewacht ist.«

Palladino hörte, wie Ugo die Tür öffnete und davonstampfte. Dann war er allein mit Laura.

»Sag nicht, ich hab zehn Jahre verschlafen.«

»Wir haben jetzt fliegende Autos«, sagte sie ernst. »Und Armbandtelefone.«

»Dann flieg mich schnell von hier weg.«

Sie lächelte. »Waren nur zwei Tage. Die Welt ist noch so wunderbar wie vorher. Und dein Freund Benedetto hat dir Bananen geschickt.«

»Bananen?« Palladino fragte sich, ob die Explosion wohl Teile seiner Erinnerung ausradiert hatte. Dann dämmerte es ihm.

Laura blieb unbekümmert. »Bananen sind gesund, schreibt er.« Mit ihrer freien Hand schien sie nach etwas zu suchen, dann strichen ihre Finger über Papier. »Auf der Karte steht *Gib deinem Freund ein paar ab.*« Sie seufzte. »Was meint er damit?«

Schwere Schritte, dann war Ugo wieder bei ihnen. Er musste ihre letzten Worte mit angehört haben.

»Benedetto weiß Bescheid«, sagte er. »Die haben Affenhaare gefunden. Und wer weiß, was noch.«

Gegen jede Vernunft war Palladino fast erleichtert, dass die Haare sich nicht mit dem Affen in Luft aufgelöst hatten. »Klingt fast, als wäre Benedetto dankbar.«

»Affenhaare?«, fragte Laura irritiert. »Hätte wohl jemand die Güte, mir zu erklären –«

»Er hat mich gemeint«, sagte Ugo. »Der Freund mit den Bananen, das bin ich. Ich liebe Bananen.«

»Du liebst Bananen?«, fragte sie zweifelnd.

»Er liebt Bananen«, bestätigte Palladino.

»Schon immer.« Ugo kam um das Bett herum und nahm etwas vom Nachttisch.

»Erzählt keinen Scheiß«, sagte Laura.

»Doch, wirklich.« Ein weicher Laut erklang, dann roch es nach frisch geschälter Banane.

»Die machen groß und stark«, sagte Palladino.

»Und sind gut für die Ohren.« Ugo biss geräuschvoll hinein.

»Ich hasse euch«, sagte sie.

Palladino drückte ihre Hand fester, dabei zog Laura sie gar nicht weg. »Wir dich nicht.«

»Hier«, sagte Ugo schmatzend und schälte eine zweite. »Nimm 'ne Banane.«

65

Der Himmel über dem Flughafen Heathrow verhieß Regen. Ein scharfer Wind peitschte über das Rollfeld und fuhr Anna durch die Kleidung, während sie zusah, wie die Krankenpfleger die Trage ins Flugzeug schoben. Seit ihr Vater vor zwei Wochen ins Koma gefallen war, hatte sich keine Besserung eingestellt, und die Ärzte machten ihr wenig Hoffnung, dass sich daran in nächster Zeit etwas ändern würde.

Neben ihr stand Spartaco, die Hände tief in den Taschen seiner langen Jacke vergraben. Die Überführung von Annas Vater nach Rom kostete ihn ein Vermögen, aber Spartaco hatte gesagt, dass das Geld der Amarantes schon lange zu keinem besseren Zweck mehr ausgegeben worden sei. Ohne seine Unterstützung hätte Tigano Savarese in London bleiben müssen, und Anna mit ihm.

»Danke, dass du das machst«, sagte sie.

Spartaco zuckte die Achseln und lächelte. »Du gehörst nach Rom.« Er drehte sich gegen die Windrichtung und fügte leiser hinzu: »Und jemand muss mich im Knast besuchen kommen, falls die Sache mit Cresta rauskommt.«

»Das ist nicht lustig.« Sie warf ihm einen strafenden Blick zu, als er sich mit einem Grinsen abwandte und zu der gecharterten Privatmaschine hinübersah. Die Sanitäter waren mit ihrem festgeschnallten Vater im Flugzeug verschwunden.

»So schnell geh ich nicht ins Gefängnis«, sagte Spartaco. »Es gibt zu viel zu tun.«

»Deine Stiefmutter.«

Er nickte. »Und die Martinos. Der Kardinal. Die ganze verdammte Bande.«

Die Polizei hatte Brunos Fotos konfisziert und nach London weitergeleitet, wo der Fall um den Mord an Annas Mutter neu aufgerollt wurde. Das Urteil gegen Tigano war einstweilig kassiert worden, Bruno galt jetzt als Hauptverdächtiger. Anna hatte in Notwehr gehandelt, als sie ihren Onkel angegriffen hatte, und sie hatte zu Protokoll gegeben, dass er den Mord an Valeria zuvor gestanden hatte.

Angesichts dessen, was er getan hatte, war ihr die Lüge nicht schwergefallen. Weitere Verhöre würden auf sie zukommen, Protokolle und Gutachten, aber ihr Anwalt war optimistisch: Die rasche Erlaubnis, ihren Vater nach Rom in eine Privatklinik zu verlegen, stimme ihn hoffnungsvoll.

»Spartaco?«

Er löste seinen Blick vom Flugzeug und sah sie an.

»Ich weiß nicht, ob Bruno sie umgebracht hat«, sagte sie. »Er hat behauptet, mein Vater war's. Und ich will wissen, ob die Imperatoren damit zu tun haben. Ob meine Mutter Villanova und die anderen tatsächlich erpresst hat. Und ob er es war, der mit ihr in der Pension verabredet war – um sie zu bezahlen, oder um sie zu töten.«

Seine Antwort kam, ohne nachzudenken. »Wenn du mich lässt, helf ich dir dabei.«

»Du tust schon so viel mehr, als ich je wiedergutmachen kann.«

»Jemand wird Silvia aufhalten müssen«, sagte er. »Vielleicht brauche ich dann deine Hilfe.«

Sie standen sich gegenüber, fast so nah wie vor Brunos Wohnung, und Spartacos Hand berührte ihren Arm. Anna wollte etwas erwidern, aber sie kam nicht mehr dazu.

Links von ihnen, gut hundert Meter entfernt, brüllten zwei Männer in den farbigen Overalls des Bodenpersonals. Sie rannten über die Rollbahn auf sie zu, winkten aufgeregt und riefen etwas, das vom Lärm des Flughafens übertönt wurde.

Als der Wind drehte, hörte Anna das Bellen eines Hundes, und kurz darauf sah sie ihn auch. Er war schwarz, mittelgroß, und er hielt genau auf sie zu.

Einer der Techniker fiel zurück, doch der andere gestikulierte im Laufen wild zu ihnen herüber. »Halten Sie ihn fest!«

Anna ging in die Hocke und streckte ruhig die Hand aus. Knapp vor ihr kam der hechelnde Hund zum Stehen. Er legte den Kopf schräg und sah sie aus dunklen Augen an, dann rieb er ein Ohr an ihrem Knie. Er ließ zu, dass sie sein glänzendes Fell streichelte, begann aufgeregt zu tänzeln und bellte zur Begrüßung.

»So ist's brav.« Ihre Berührung schien ihn zu beruhigen, denn nun setzte er sich vor sie hin und streckte den Hals, damit sie ihn an der Brust kraulen konnte.

»Wer ist das denn?«, fragte Spartaco amüsiert.

Anna zögerte, es auszusprechen. Das Fell des Hundes fühlte sich so vertraut an. Nicht zum ersten Mal in den vergangenen Tagen war ihre Vernunft wie ausgeschaltet. »Ich glaube, das ist meiner. Ich hab ihn mal auf dem Pier in Bournemouth verloren … vor sehr langer Zeit.«

Schwer atmend holte der erste Techniker auf. Er stemmte die Arme in die Hüfte und sah verärgert vom Hund zu Anna. »Gehört der Ihnen?«

»Er ist mir weggelaufen. Entschuldigung.« Sie dachte an das Telefonat mit ihrem Vater. An seinen Traum.

Mit einem Lächeln packte sie den Kopf des Hundes hinter den Ohren und presste ihre Stirn an seine. »Jetzt hab ich dich ja wieder«, sagte sie leise, während Spartaco die Techniker besänftigte. Übellaunig zogen sie sich zurück.

»Erklärst du mir das, wenn wir im Flugzeug sitzen?« Spartaco bot dem Hund seine Hand zum Beschnuppern, und der nahm die Einladung an.

»Falls es eine Erklärung gibt, dann kenn ich sie nicht. Aber ich … ich kann spüren, dass er es ist. Irgendwie.«

»So oder so ist er jetzt deiner, schätze ich.«

Aus dem Cockpit heraus gab der Pilot Spartaco ein Zeichen. Alles war bereit für den Start. Sie gingen über das Rollfeld, der Hund lief schwanzwedelnd an Annas Seite, den Blick unablässig auf sie gerichtet.

»Hat er einen Namen?«, fragte Spartaco.

»Er hatte mal einen. Ich hab ihn vergessen.« Vielleicht würde er ihr irgendwann wieder einfallen.

Vielleicht, wenn ihr Vater erwachte.

Zu Hause in Rom.

EPILOG

In den Zweigen des Nussbaums saß ein einzelner Vogel, der unermüdlich nach seinen Gefährten rief. Durch das Fenster ihres Arbeitszimmers beobachtete Silvia ihn schon seit einer Weile. Der Sperling kauerte auf einer Astgabel über der Stelle, an der sie Neros Urne begraben hatte.

Es klopfte an der Tür.

»Ja, bitte?«

»Verzeihen Sie, Contessa«, sagte Matteo. »Ein Besucher für Sie.«

Sie wandte sich vom Fenster ab und trat hinter ihren Schreibtisch. »Um diese Uhrzeit? Wer ist es denn?«

»Er sagt, der Name, den er mir nennen könnte, hätte keine Bedeutung. Ich weiß leider auch nicht, was das heißen soll.«

»Was will er denn?«

»Ich soll Ihnen ausrichten, es gehe um … nun, um das Kaiserreich.« Der Diener machte keinen Hehl aus seiner Missbilligung. »Auch wenn ich nicht wüsste, wo es, außer in Japan, derzeit noch einen Kaiser gäbe. Und dieser Herr ist ganz gewiss kein Japaner.«

Argwohn und Neugier hielten sich in ihr die Waage. »Schicken Sie ihn rauf«, sagte sie schließlich.

Matteo ging, ließ die Tür aber offen. Silvia zog die oberste Schublade des Schreibtischs auf, griff über einen Papierstapel hinweg und öffnete die doppelte Rückwand. Aus dem Geheimfach zog sie eine handliche Pistole hervor.

Draußen auf dem Gang konnte sie ungleichmäßige Schritte hören. Sie überprüfte das Magazin, ließ es wieder einrasten und nahm Platz. Die Hand mit der Waffe legte sie unter dem Tisch auf ihren Oberschenkel.

Den Mann, der das Zimmer betrat, hatte sie nie zuvor gesehen. Er mochte Mitte fünfzig sein, war groß und braun gebrannt, trug einen maßgeschneiderten weißen Anzug und kostspielige Schuhe. Er humpelte leicht und benutzte einen Gehstock mit silbernem

Knauf. Das helle Blau seiner Augen ging nahezu fließend ins Weiße über.

Ehe Matteo ihm zuvorkommen konnte, schloss der Fremde die Tür vor seiner Nase. Der Diener hüstelte empört und zog sich zurück.

»Ich grüße Sie, Contessa.« Höflich deutete er eine Verbeugung an. Seine Stimme wahr kühl und präzise.

»Verzeihen Sie«, sagte sie, »sollte ich mich an Sie erinnern?«

Der Mann lächelte süffisant. »Sie haben einen Verbündeten verloren. Aber Carmine Ascolese war ein Narr und hat ein doppeltes Spiel gespielt. Deshalb bin ich jetzt hier.«

Silvias Neugier wuchs, aber sie wollte es sich nicht anmerken lassen. »Ich denke, Sie sollten auf der Stelle wieder verschwinden.«

Ihre Feindseligkeit prallte von ihm ab. »Ich werde Ihnen helfen, sich an dem Mann zu rächen, der auf dem Forum Romanum Ihre Pläne durchkreuzt hat. An ihm und an den Mächten, die hinter ihm stehen.«

Ihre Finger zogen sich um den Pistolengriff zusammen. »Wer, zum Teufel, sind Sie?«

Seine Augen schienen aufzuglühen, als er ihr ein feines Lächeln zeigte.

»Mein Name ist Gaius Julius Caesar«, sagte er. »Sie und ich, Messalina, wir werden gemeinsam die Welt erobern.«

NACHWORT

VON KAI MEYER

Ich bin mit Hörspielen aufgewachsen. Während meiner Kindheit in den Siebzigerjahren boomten die Schallplattenhörspiele von Labeln wie Europa und Maritim, gefolgt vom Siegeszug der Kassette in den Kinderzimmern, und ich konnte nicht genug davon bekommen.

Anfang der 2000er, nachdem ich eine ganze Reihe Bücher veröffentlicht hatte, war die Generation Kassettenkinder erwachsen geworden und machte sich daran, die eigene Jugend professionell wiederaufleben zu lassen. Ich nahm Kontakt zu den neuen Produzenten und Regisseuren auf, und bald erschienen die ersten Hörspieladaptionen meiner Romane. Angefangen mit meiner *Sieben-Siegel*-Reihe (ab 2003) wurde bald ein Roman nach dem anderen umgesetzt: Auf *Die Alchimistin* und *Die Vatikan-Verschwörung*, *Die Wellenläufer* und *Das Wolkenvolk*, *Die Geisterseher* und *Die Winterprinzessin* folgten *Loreley*, *Die Sturmkönige*, die *Merle-* und die *Arkadien*-Trilogien. Außerdem schrieb ich für den WDR zwei Original-Hörspiele, *Der Brennende Schatten* und *Der Klabauterkrieg*.

Im Laufe der Jahre änderte sich nicht nur die Produktionstechnik (von analog zu digital), sondern auch die Art und Weise, wie Hörerinnen und Hörer die Geschichten kaufen und konsumieren. Die weltweit größte Plattform für Hörbücher und Hörspiele ist heutzutage Audible, gegründet 1995, und seit 2015 werden dort eigene Programme entwickelt, darunter aufwendige Hörspiele. Als die Redaktion mich fragte, ob ich Lust hätte, für sie eine Originalserie zu schreiben, zögerte ich kurz, weil ich nicht sicher war, ob ich das zeitlich neben der Arbeit an meinen Büchern schaffen würde. Eine Staffel pro Jahr, jeweils acht Episoden zwischen fünfzig und siebzig Minuten, sind eine Menge Material – vergleichbare Fernsehserien werden in der Regel von einem sechs- bis zehnköpfigen Autorenteam geschrieben. Würde ich das allein hinbekommen? Und was bedeutete das für den Erscheinungsrhythmus meiner Romane?

Die Lösung war schließlich ganz simpel: Ich behandelte die Serie *wie* einen Roman, sie wurde einfach meine nächste Geschichte, ganz unabhängig vom Medium, und schon nach den ersten Skriptseiten der ersten Episode war klar, dass ich die richtige Entscheidung getroffen hatte. Wenn es nach mir geht, schreibe ich Hörspiele – neben Romanen – bis zum Sankt-Nimmerleins-Tag. (Meine zweite Audible-Serie, ein erwachseneres Reboot von *Sieben Siegel*, ist bereits gestartet, wenn Sie das hier lesen.)

Imperator war das erste Konzept, das ich Audible vorschlug. Die Redaktion hatte mir erklärt, man wolle »HBO und Netflix für die Ohren« produzieren, und wenn man sich ansieht, welche Serien bei den großen Streamingdiensten den besten Ruf genießen, dann sind es die eher ungewöhnlichen Stoffe mit Schauplätzen, die unverbraucht und eigenwillig sind. Geschichten, die eindeutig die Handschrift ihrer Erfinderinnen und Erfinder tragen und sich nicht um Moden, Trends und Beliebtheitsumfragen scheren. Mit Themen, die auf den ersten Blick obskur erscheinen und nach Nische klingen. Im Grunde also nichts anderes als das, was ich seit Jahren in den meisten meiner Romane praktiziere, wenngleich ich dort nicht auf das Budget einer riesigen Hörspielproduktion angewiesen bin. (An der ersten Staffel von *Imperator* haben über sechzig Schauspielerinnen und Schauspieler mitgewirkt, es wurde eine Menge Musik im Stil der Sechzigerjahre komponiert, und zwei Regisseure arbeiteten monatelang an der Produktion.) Trotz des zu erwartenden Aufwands ermutigte mich Audible, nicht in eingefahrenen Bahnen zu denken: Natürlich solle die Serie dramatisch sein, durchaus zugänglich, aber eben auch originell und unverwechselbar, eine Geschichte, die man eben nicht in zig Variationen anderswo finden kann.

Nun interessiere ich mich seit meiner Teenagerzeit für den italienischen Film, vor allem für all die Genreproduktionen der Sechziger-, Siebziger- und frühen Achtzigerjahre. Mit achtzehn verkaufte ich regelmäßig Artikel über *Giallo*-Thriller und Horrorfilme aus Italien an zwei der größten deutschen Filmzeitschriften. Nach dem Abitur fuhr ich zum ersten Mal nach Rom, führte Interviews mit Regisseuren wie Umberto Lenzi und Michele Soavi und schmuggelte mich schließlich in die legendären De-Paolis-Studios an der Via Tiburtina ein, die in *Imperator* gleich mehrfach auftauchen. Mit neunzehn saß ich im Büro des berüchtigten, aber ungemein herzlichen B-Film-Produzenten Joe D'Amato, ließ mir von Giannetto De Rossi erklären, wie er die Masken für Lucio Fulcis – in Deutschland verbotenen – Film *Geisterstadt der Zombies* herstellte, und lief mit einer völlig durchgeknallten Schauspielerin durch München, die eine Hauptrolle beim großen Mario Bava gespielt hatte.

Nachdem ich mit *Das Zweite Gesicht* bereits einen Roman über die Filmindustrie im Berlin der Zwanzigerjahre geschrieben hatte, nahm ich mir für *Imperator* das Rom der Sechziger vor. Die Welt der abgehalfterten Hollywoodschauspieler, die dort eine zweite Karrierechance suchten, fand ich faszinierend, seit ich als Teenager zum ersten Mal darüber gelesen hatte, und ihr Dasein zwischen wilden Exzessen und verzweifeltem Konkurrenzkampf war eines der Themen, die in *Imperator* einflossen.

Doch das Dolce Vita an der glamourösen Via Veneto fand nicht in einem Vakuum statt. Die brutalen Politkomplotte jener Zeit, die Wiedergänger des Faschismus, die skrupellosen Kämpfer für den Kommunismus, der Krieg der internationalen Geheimdienste um die Zukunft des Landes – all das ist ein historisch verbürgtes Gemenge, dessen haarsträubender Wahnsinn in der zweiten Staffel des Hörspiels (und im zweiten Roman) vertieft wird.

Zudem führte ich ein übernatürliches Element in die Geschichte ein, das hoffentlich – wie die beste Phantastik – die realen Ereignisse verdichtet und kommentiert. Das Ziel dabei waren weder reine Fantasy noch Horror, sondern ein magischer Realismus, der die Wirklichkeit punktuell überhöht, aber nicht die gesamte Handlung ad absurdum führt. Es mag Leserinnen und Leser geben, die darauf verzichten könnten, und umgekehrt auch einige, die sich Fabelwesen und Ungeheuer wünschen, aber mir war von Anfang an klar, dass bei diesem Thema eine sensible Balance nötig ist. Ich wollte die Geschichte nicht mit fantastischen Elementen überladen. *Imperator* ist Politthriller und Sittengemälde, *Giallo* und Gothic Novel – das sind bereits eine Menge Zutaten, für deren Zusammenstellung es keine bewährte Rezeptur gibt. Da gilt es zu probieren und zu experimentieren, und am Ende hat man ein Gericht, das vielleicht nicht jedem schmeckt, aber vielen dafür umso mehr.

Die acht Episoden der ersten Staffel wurden im Januar 2020 en bloc und exklusiv bei Audible veröffentlicht und stiegen bis auf Platz 2 der Thriller-Bestsellerliste auf. Mittlerweile stand fest, dass *Imperator* auch als Roman erscheinen würde – allerdings noch nicht zu Beginn meiner Arbeit an der Serie. Damals wusste ich nur, dass ich weder die Zeit noch die Geduld haben würde, die ganze Geschichte ein zweites Mal von vorn zu erzählen; zugleich hatte ich noch nie mit einer Co-Autorin oder einem Co-Autor an einem Roman zusammengearbeitet. Deshalb dachte ich erst ernsthaft darüber nach, als ich Lisanne Surborgs Buch *Xoa* las, ein dichtes Charakterdrama vor dem Hintergrund der Apokalypse. Lisanne und ich kannten uns flüchtig durch zwei Interviews, die sie Jahre zuvor mit mir geführt hatte, doch erst *Xoa* brachte mich auf die Idee, ihr vorzuschlagen, *Imperator* zu adaptieren. Ich freute mich, als sie zusagte, und erst recht, als sie umgehend loslegte. Dabei floss nahezu das komplette Hörspiel – alle Dialoge und die meisten Erzählertexte – in das Buch ein, und sie hatte freie Hand, wie und womit sie all das verbinden und zu einem echten Roman machen würde. Ich kann nur ahnen, wie kleinteilig die Arbeit war, und als ich am Ende das fertige Manuskript durchging, kam irgendwann der Punkt, an dem ich ihre Passagen kaum mehr von meinen unterscheiden konnte. Entsprechend ist *Imperator* nicht einfach eine Adaption, keineswegs vergleichbar mit den schnell fabrizierten »Romanen zum Film«, wie es sie früher oft gab. *Imperator* ist meine Geschichte, aber dies ist unser Buch, und Lisanne Surborg hat dafür gesorgt, dass es mit derselben Sorgfalt entstanden ist wie jeder andere Roman, auf dem mein Name steht.

Wenn dieses Buch erscheint, wird die zweite Staffel des Hörspiels schon bei Audible erhältlich sein – geschrieben habe ich die nächsten acht Episoden bereits im Frühjahr 2020. Wenn Sie also nicht auf die Fortsetzung als Buch warten und schon vorher wissen wollen, wie es mit Anna, Spartaco, Palladino, Ugo und der Contessa Amarante weitergeht, dann haben Sie die Möglichkeit dazu. Oder aber Sie üben sich in Geduld und lesen den zweiten Roman, wenn er 2022 erscheint. Beides sind Kollaborationen, die mir sehr wichtig sind – im Fall des Hörspiels mit den Regisseuren Simon Bertling und Christian Hagitte, die u. a. schon meine *Alchimistin* vertont haben –, und ich bin froh, dass *Imperator* demnächst in die dritte Runde gehen wird. Damit erreicht die Geschichte jenen Höhepunkt, der bereits im ersten groben Handlungsabriss angelegt war – Hinweise darauf finden sich in den frühen Kapiteln dieses Romans. Falls Sie danach suchen wollen, viel Spaß bei der Detektivarbeit.

Juli 2020

*Die letzte Entscheidung
um die Welt der Grisha*

LEIGH BARDUGO
RULE OF WOLVES

ROMAN

Der erbitterte Kampf um den Zarenthron von Ravka steuert unaufhaltsam auf sein schicksalhaftes Ende zu: Wird ein Krieg, den niemand gewinnen kann, eine ganz Welt in Asche versinken lassen?

Während der junge König Nikolai Lantsov – auch mithilfe des Monsters in seinem Inneren – alles versucht, um Ravka vor dem Schlimmsten zu bewahren, hadert Zoya Nazyalensky, die Sturmhexe, mit ihrem Schicksal: Nach allem, was sie im Krieg bereits verloren hat, verlangt nun die Pflicht von ihr, dass sie ihre Kräfte nutzt, um die Waffe zu werden, die ihr Land braucht. Koste es, was es wolle …

Zur selben Zeit riskiert die Grisha Nina Zenik als Spionin im feindlichen Fjerda mehr als nur ihr Leben: Ihr unbändiger Wunsch nach Rache könnte Ravkas Schicksal endgültig besiegeln – und Nina die Chance nehmen, ihr trauerndes Herz zu heilen …